从今往后，这是他的姑娘

他会用余生，敬她爱她守护她。

春风榴火。

男八宿门口
初相遇

“——阿姨，她是我带进来的。
——她是你什么人啊？
——还能什么人，女朋友行不？”

喵喵社

——汐汐不要生学长的气，学长知道错了。
——汐汐要是不理学长，我就不和汐汐玩了，
小猫咪也不和汐汐玩了。

X I A O Y F Q U

相拥

即便有时候，他锋芒太盛也会灼伤她，
但是这些，都不会妨碍一件事——
她喜欢薄廷，且绝不放手。

X I A O Y E Q U

告白

看着你那美好的微笑，我真的觉得，
喜欢你的我，是这个世界上最幸福的男人。
汐汐，我想要你。

X I A O Y E Q U

有爱的青春陪伴者

春风榴火 著
小夜曲
①
江苏凤凰文艺出版社
JIANGSU PHOENIX LITERATURE AND ART PUBLISHING

图书在版编目（CIP）数据

小夜曲. 1 / 春风榴火著. -- 南京 : 江苏凤凰文艺出版社，2021.8

ISBN 978-7-5594-5931-2

Ⅰ. ①小… Ⅱ. ①春… Ⅲ. ①长篇小说－中国－当代 Ⅳ. ①I247.5

中国版本图书馆CIP数据核字(2021)第097883号

小夜曲. 1

春风榴火 著

责任编辑 李龙姣
特约编辑 娄 薇
责任校对 彭 佳
出版发行 江苏凤凰文艺出版社
南京市中央路165号，邮编：210009
网 址 http://www.jswenyi.com
印 刷 长沙鸿发印务实业有限公司
开 本 880mm×1230mm 1/32
印 张 9.625
字 数 335千字
版 次 2021年8月第1版
印 次 2021年8月第1次印刷
书 号 ISBN 978-7-5594-5931-2
定 价 45.80元

目录

CONTENTS

目录
CONTENTS

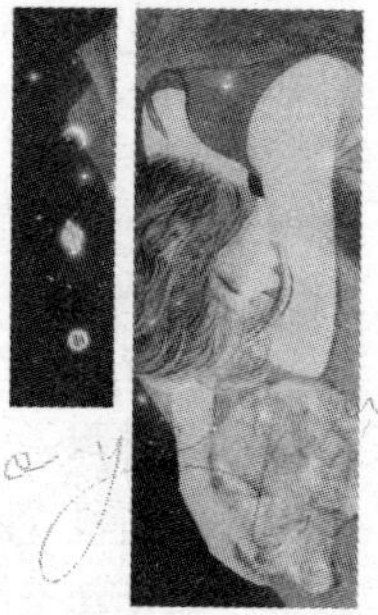

第一章

听说你真的想当我女朋友？

炎炎夏日，正午的阳光最是狠毒，晒得人皮肤生疼。

今汐微微抬头，眯起了一双漆黑小巧的鹿眼，望向面前的男生宿舍楼。

她低下头，擦掉了鼻尖的几颗汗珠，伸手从包里摸出了一张小字条，字条上写着——

男八宿，310。

今天是开学报到的日子，一上午就跟打仗似的，今汐拿着录取通知书来到操场，找到自己学院的伞棚位置，艰难地挤进人群填写资料报到，拿到了学生宿舍的钥匙。

她再次挤出人群时，却发现自己的红色行李箱不见了。

在她原先放行李箱的位置，只留下一张字迹潦草的字条：男八宿，310。

今汐的第一反应是赶到保卫科报告求助，可当她走到学校保卫科，却发现走廊里挤满了学生和家长，大多都是遗失了物品来这里求助的。

渝城大学非常大，占地上千亩，且地形复杂。今天迎来新生开学的狂潮，学校里到处都是外来人员和学生家长，鱼龙混杂，难免有所疏漏。

保卫科老师组织大家排队，一个一个处理，不要着急。

今汐等了片刻，决定放弃。

她按照字条上的信息，来到了男八舍。在楼下徘徊了半晌，她不知该如何是好。

有不少新生以及随行的父母提着行李，走入宿舍楼中。

今汐琢磨着，跟在谁身后混进去呢？

正在这时，一个穿黑T恤的高个儿男生从她身边慢条斯理地走了过去。

脸长什么样没看清楚，不过从背影来看，这家伙个子倒是非常高，足有一米八七往上走了，左肩挂着一面浅色的画板。

他穿着黑色七分裤，裤脚挽了上来，一双干净的球鞋，露出一截漂亮白皙的脚踝。

今汐当机立断，小尾巴似的跟在他身后，贴在他肩侧画板的位置，走进了男生宿舍的铁门。

这男生身上有一股子薄荷草的清香。

今汐吸了吸鼻子，觉得还挺好闻。

然而就在她跟在人家的身后进门的时候，这男生似有所感，回头看了她一眼，正好和她四目相对。

他蓄着一头清爽的短发，刘海略长，落到那双内勾外翘的丹凤眼下，眼角上挑，挑出几分慵懒和不羁。

今汐连忙冲他做了一个噤声的手势。

薄延眼角微挑，不解地望了望四周，这是他从哪里黏来的小尾巴?

然而下一秒，眼尖如鹰的宿管阿姨叫住了今汐："女生不能进男宿，同学你有什么事吗？"

呃……

今汐硬着头皮站出来，顶着周围一众男生异样的目光，磕磕巴巴道："我……我是……"

她心慌意乱，随意指了指男生："我跟他进的……"

薄延望向今汐。她的五官非常柔和，乌黑的长发垂在肩头，戴着厚厚的方框眼镜，眼睛看上去迷迷蒙蒙，显出几分憨态，一双大大的招风耳，耳郭红得像小兔子似的。

"阿姨，她是我带进来的。"

薄延终于站了出来，随手将她兜到自己身边："我宿舍乱，让她帮忙收拾收拾。"

今汐重重地松了口气，进男生宿舍被发现，没人解围那真是羞死了。

阿姨疑惑地问："怎么让她帮你收拾，她是你什么人啊？"

薄延的嘴角勾起清浅的微笑，竟也笑出一股子撩拨的意味："还能什么人，女朋友行不？"

周围有男生起哄道："薄延，行啊你，女朋友一天换一个？"

"胡说什么！"薄延的嗓音里透着一股子不羁的野性，"我就这一个。”

宿管阿姨还挺喜欢薄延这小子，也没为难他。今天宿舍楼里有不少学生家长和送行的亲戚，也不乏一些小女孩混进来帮男朋友收拾整理，阿姨睁一只眼闭一只眼也就放行了。

薄延拎着今汐的后衣领，将她带进了宿舍楼，转过楼梯角，便松开了这只被吓得瑟瑟发抖的小白兔。

“为什么跟着我？”薄延的嗓音压得很低，带了午后初醒的懒散。

今汐犹豫了片刻，像是下定决心一般，从包里摸出了那张被揉得皱皱巴巴的纸团，递给薄延：“学长，我行李丢了。”

“学长”这个词，真是上刀山下火海的通行证。

新学期伊始，薄延这才来学校没几天，居然就有这么可爱的妹子捏着细细的嗓儿叫他一声“学长”，心都化了。

薄延漆黑的眸子扫了那张字条一眼，二话没说，拎着今汐便上了楼。

“学长，我觉得其实你可以把我放下来，我自己能走。”

今汐被他这样拎着，使劲儿将自己的牛仔短裤往上拉了又拉。

薄延没和妹子这种生物近距离“亲密”接触过，小时候他跟着爷爷看过几集《红楼梦》，在他的印象中，妹子都是弱柳扶风，走三步喘一喘的黛玉状，一不小心还要吐血。

薄延便没有放手，提着今汐一口气上了三楼。

“310，尽头那间就是。”

今汐终于脱离了“魔爪”，站在边上理了理自己的衣服，又顺了顺自己的头发。

薄延觉得，她有点像自己投喂的那只流浪小橘猫，很爱干净，也很爱整洁，每次被他揉了之后，总要舔舔爪子，顺顺毛。

可爱，想揉。

今汐礼貌地向薄延道了谢，然后朝着310宿舍走了过去。

薄延挑挑眉，手插兜里，慢条斯理地跟了过去。

310宿舍的房间门敞开着，今汐走到门边，从门缝里望见了她的红色行李箱。

“你好，我是来拿我的行李的。”她朝着男生宿舍探头探脑地望了一眼。

宿舍里有四个男生，统一的工字背心，运动短裤，夹板拖鞋——典型的男生宿舍日常装。

他们或站或坐，对今汐的到来并没有感到惊讶，围在一起叽叽咕咕像鸽子似的，还讨论上了：

“这就是沈平川那浑蛋的妹妹？”

“沈平川居然还有这么可爱的妹妹。”

“我就没有妹妹，哭。”

今汐愣愣地问道：“那个，打扰了，请问你们想干什么？”

几个男生凶巴巴地望向今汐，异口同声说：“绑架！”

今汐：“……”

当我没问。

穿耐克勾T恤的男生道：“给你哥沈平川打电话！叫他带上东西来见我们！”

今汐瞧着他们这架势，敢情是讨债上门的。

她如实回答：“沈平川是我继兄，我们关系很一般的，他到底怎么得罪你们了？”

耐克哥愤怒地说：“开学查寝的时候，你哥沈平川带学生会抄了我们的宿舍，没收了我们的电水壶、电磁炉、电饭锅，还有洗衣机。”

边上一个斯斯文文的男生提醒：“还有两包烟外加一袋老重庆火锅底料。”

今汐有点无语。

这宿舍，违规装备还挺齐全。

耐克哥凶巴巴地威胁今汐：“给你哥沈平川打电话，让他把我们的东西带到310来赎人，不然就撕票！”

“别，太假了，我儿才信。”

“你说怎么办？”

斯文男看上去是他们的军师，他提议道：“要不，我们就说，我们要玷污这妹子的清白，看他来不来。”

此言一出，今汐防备地往后退了两步。

空气突然安静了。

宿舍其他三个男生看看今汐，又看了看斯文男，异口同声啐道：“呸！人渣！”

“学妹这么可爱，开开心心来学校报到，你忍心玷污人家吗？”

“等等，为什么要用‘玷污’这么书面化的字眼来描述这么猥琐的事情？”

耐克哥将手机递到了今汐耳边：“学妹，放心，我们不会对你做什么，你冲你哥哭几声，说我们欺负你，让他赶紧拿东西来赎人。”

今汐没有动。

耐克哥继续劝道：“哎，妹子，你就哭几声吧，沈平川没收的都是我们宿舍保命的装备啊！”

今汐平静地说：“沈平川是我的继兄，平时在家里总欺负我，还揍我。学长，你们要是找他寻仇请算我一份，我请你们吃火锅。”

几个男生一愣。

在他们的胁迫下，今汐最终还是给沈平川打了个电话，配合地嘤嘤哭了两声。

电话里，沈平川异常淡定：“你告诉他们，东西永远不要想了。另外，我会上报学院，扣光他们的操行分。妹，如果你‘壮烈’了，哥肯定给你报仇。”

“嘟——”电话挂掉。

今汐眨眨眼睛，还了手机：“看吧。”

几个男生面面相觑。

耐克哥同情地看向今汐：“遇到这样的哥哥，妹子你也是倒霉。”

今汐：“赞同，那个……行李能还给我了吗？”

耐克男说：“学妹，行李我们就先扣下了，你给你哥说，让他拿没收我们的电器来赎行李！”

今汐有些无奈，不知如何是好。

这时，一声嘲讽的轻嗤传来：“几个老不死合起伙来抢人越货还义正词严，你们挺有自己的坚持。”

“薄……薄延。”

几个男生见到倚在门边的薄延，跟老鼠见了猫似的，三人同时后退一步，把耐克男推了出来。

“尿什么。”耐克男撸起袖管上前，“咱们四个，他一个，怕什么！”

斯文男低声道：“去年国防学院期末格斗术考试，一挑十的大佬，这怎么干得赢！”

耐克男闻言，袖管子立刻放了下来，手一横，义正词严道：“大家都是文明人，君子动口不动手。薄延，这学妹是你什么人啊，这么护着？”

薄延望向今汐，眼角勾起一股子散漫撩拨的味道：“女朋友，行不行？”

今汐心跳突了突，和他灼烫的视线一接触，连忙挪开目光。

“开玩笑吧！”耐克男说，“这学妹第一天来报到，这么快就成你女朋友了？你这速度是开宇宙飞船呢？”

今汐见状，知道这是来了大靠山，乖乖挪到薄延身后，靠着他叫了声：“我亲爱的很厉害哦。”

声音娇娇软软，带了三分作态，却又是男人喜欢的调子。

几人以及薄延：“……”

这妹子声音真好听。

薄延低头看着她，她紧抿着红润的唇，眼镜片下，细细的眼睫黑而浓密，小巧的鼻尖沁着几粒薄汗珠子。

就冲这一声“亲爱的”，他还管定了。

“去拿行李。”薄延轻拍了拍她的后脑勺，柔声道，“不用怕。”

今汐连忙跑过去，从耐克男手里夺过行李箱。

一开始耐克男还不太乐意，但是被薄延那冷冽的目光一扫，立刻松了手，尿得不行。

拿到了行李箱，薄延送今汐回宿舍的路上，向她解释道：“沈平川在学生会独断专行，平时得罪了不少人，你和他沾亲带故，往后在渝城大学日子不会很好过。”

“学长，你也不喜欢我哥？”

“当然。”

“那你还帮我，真是个好人。”

薄延清浅一笑，觉得这姑娘有点意思。

“你长得好看，行不行。”

今汐诚恳地说：“谢谢，你也好看。”

“我哪儿好看？”他眼尾挑起，眸光变得轻佻张扬。

今汐没料到他会问得这么详细，实际上她也只是客气客气礼尚往来呀。

“你……”她打量着他英俊的脸庞，“单眼皮，我见过最好看的眼睛，和我男神李准基有点像。”

这话说得面红心跳。

今汐在心里默默地跟男神道了个歉，再打量薄延，阳光下，他的五官显得极立体，眉宇高挺，眼睛埋入深邃的眼廓中，细密的长睫毛在眼睑边投下阴影。

他的英俊，颇有几分阳刚气质。

与任何人都不像。

“我到了，学长就到这里吧。”

女生宿舍前，今汐再度向薄延道了谢。

薄延将行李箱递给今汐，今汐这才注意到，他一路过来都是提着行李箱，拉杆都没有拆出来。

这大号的行李箱里瓶瓶罐罐衣服用品，少说二十公斤，一路走过来足有两公里，这男人呼吸平顺，都不带喘的……

是个什么魔鬼!

惨绝人寰的八人间!

今汐站在宿舍门口，看着无比狭窄的屋子里，左右四个光秃秃的铁杆上下铺，心情无比凄凉。

阳台上，一个女生正在晾晒自己的衣服，凄风惨雨地唱着：“小白菜呀，地里黄呀。”

唱歌的人名叫林洛，今汐早在暑假加入班级群的时候，便以室友的身份认识了她。

今汐提着行李箱进了宿舍，林洛回头悲催地看了她一眼：“八人间，开心不开心，意外不意外?”

今汐无力地坐在钢丝床上，叹气道：“2019 年了，八人间这种灭绝人性的宿舍型号怎么还存在呢?”

“听说是今年学校过统招的女生人数远远多于男生，女生宿舍严重不够用，才改成了八人间。”

提及此事，林洛立刻坐到今汐身边，神秘兮兮地对她说：“有个小道消息，说学校正在研究，就这两天，分一部分女生到男宿住呢。”

今汐睁大眼睛：“真的假的?”

“谁知道呢，说是自愿原则，要么去男宿住四人间，要么就留女宿住八人间，自己选。”

“男宿你乐意去住吗?”

“2019 年了小姐姐，别说男宿，只要能分配到四人间，蹲号子我都乐意!”

今汐：“……”

牛。

两人正琢磨这事，另一名室友楚昭风风火火跑进宿舍：“刚刚楼下有人看到，薄延学长亲自送大一女生到宿舍哎。”

今汐眨了眨眼睛：“那个……”

楚昭激动地说：“谁这么牛，一来学校就搞定了妹子们整年都没有拿下来的薄延学长！”

今汐：“我……”

“万花丛中过，片叶不沾身的‘大猪蹄子’都敢招惹，看来这位小姐姐是真的猛士不惧怕流水线批量生产的追求者啊！”

今汐弱弱地举了手：“我能讲话了吗？”

楚昭看向她，她便一口气把上午的事情讲了一遍，然后对楚昭道：“他三言两语就把那几个难缠的学长打发了，还挺牛的。”

楚昭手里掌握着整个渝城大学各种消息一手来源，她坐到今汐身边，摇晃着今汐的肩膀说道——

“薄延是咱学校最帅最直最有气质的国防学院的院草！”

今汐知道国防学院，培养的都是军事国防生。开学的时候，她刚踏入校园便看到国防学院的一排长腿兵哥哥在翠绿的运动场踢正步，帅得那叫一个天怒人怨。

“听说他是渝城军区薄司令的孙子，父母都是烈士，从小在军区长大，没人敢招惹。你没见过他穿军装的样子，哎哟，帅哭啊！”

今汐回想起今天在湖边见到他的样子，一身松垮垮的衬衣，轻松随意，眉眼间颇有几分落拓不羁。

“薄延那种大帅哥，身边有挺多妹子的，一水儿的长腿大胸气质型美女，不然怎么说是流水线批量生产的追求者呢。”

今汐本能地低头看自己的胸。

林洛：“你那儿就跟减震带似的，有啥看头。”

今汐：“你才减震带！”

晚上，辅导员在群里 @ 全体成员，宣布了会将部分女寝搬到男八宿顶层的消息，愿意搬到男生宿舍区的同学请立刻到辅导员处报名。

当然，报名的女生稀稀落落，并没有多少人。

她们宁愿留在女宿挤八人间，也不要去和那帮臭男人住。

当晚，楚昭和林洛爬到今汐的床上，三个女生裹着被子商量“国家大计”。

林洛态度很坚决：“我一定得搬，哪怕蹲号子我都要蹲个四人间的。”

楚昭：“有个情况给你们说一下，男八宿，住的是体育学院和国防学院的男生。”

今汐、林洛：“所以？”

楚昭：“只是单纯觉得脱单有望，无视我。”

今汐：“等等……今天绑架我那几个学长，好像就住男八宿，我可不想遇到他们。”

楚昭：“你薄延男朋友也在男八宿，害怕不害怕？”

今汐瑟瑟发抖：“怕。”

三人嘀嘀咕咕了小半晌，统一了思想政策，同意住到男生宿舍去。

第二天早上，林洛便去向辅导员报了名，辅导员让她们准备着，各学院新生陆续到校，女宿紧缺，明后两天统计下来了估摸着就得搬。

黄昏时分，今汐和室友们在校门外的茶室喝奶茶。

新近开学，学校外面这条小吃街热闹非凡，奶茶店、饭店、面馆、地摊……

熙熙攘攘，人头攒动。

今汐三人坐在奶茶店门口的白色圆桌上，各自点了一杯抹茶奶盖，讨论待会儿上哪家店吃火锅的事。

今汐突然想起来：“薄延学长今天帮了我，我是不是应该请他吃顿饭表示感谢呢。”

楚昭说：“想请薄延学长吃饭的妹子排队能绕渝大三圈，大晚上做什么白日梦呢。”

今汐咬了咬吸管：“我忘了问他要联系方式。”

林洛：“你要了人家也不一定会给你。”

楚昭：“给了人家也不一定会加你。”

今汐：“……”

要不要这么笃定？

见今汐不信，楚昭摸出手机，将二维码图片摆到今汐面前：“薄延学长的微信，加吧，别说我没提醒你。”

“你怎么有他的微信？”

“谁都有好吗！渝大女生人手一份，只不过……有人家微信二维码是一回事，人家加不加你又是另一回事了。”

今汐还真不信邪，摸出手机扫了扫，跳出来的用户名是：水彩油画素描私聊良心价。

今汐：“怎么看着……这么像微商？”

“听说薄延酷爱画画，自主创业开了个画室。”楚昭催促，“肯定就是这个号没错，你快加吧！”

于是，今汐按下“添加好友”的绿色按钮，等待……

楚昭：“这张微信二维码一开始是被人挂论坛上卖的，听说销量好几千了，你可以想象每天有多少女孩加他，若能通过，你今年的火锅我都包了。”

就在这时，手机传来“哒啦”的提示音，两个女孩同时望向今汐的手机屏幕。

今汐划开手机屏幕看了看，笑道：“看来我今年的火锅……你包定了。”

手机里提醒：你和水彩油画素描私聊良心价已经成为好友，快聊聊吧。

空气安静了十秒。

楚昭抱头土拨鼠尖叫：“你是怎么做到的！”

林洛也觉得不可置信：“你给他的验证发了什么？”

今汐淡淡地道：“他不是卖画私聊吗？我就说我要买画，就通过了。”

两个妹子顿了很久，竖了个大拇指：“聪明。”

今汐问：“然后我该怎么办？”

“快跟他聊聊，约他吃饭。”

“不不，你得先自我介绍。”

“要不还是说买画吧，真心诚意，先混个业务关系。”

今汐耐心等她俩热烈讨论结束后，才缓缓开口道：“我就想单纯感谢一下人家，怎么被你俩这节奏带得这么复杂？”

“你不想和薄延当朋友啊？”

“你不想和薄延当男女朋友啊？”

今汐：“……”

“不管怎么样，先看看他的朋友圈！”

“没错没错，看看这位爷的日常生活是什么样的！”

今汐戳开了薄延的朋友圈，上面显示，朋友圈仅三天可见。

“什么都没有。”

“唉。”

几分钟后，店员叫了号，楚昭去取奶茶。然而，她回来的时候，明显脸色不对。

林洛问："怎么了，见鬼了？"

楚昭压低了嗓音，颤声道："有个好消息和一个坏消息，你们先听哪个。"

林洛和今汐异口同声选了坏消息。

楚昭道："那我还是说好消息吧，咱们的奶茶有人请了。"

"谁这么美丽善良，还请我们喝奶茶。"

"嗯，这就是我要说的坏消息。"

楚昭深吸一口气："请咱们喝奶茶的是薄延学长的朋友。别回头，他朋友们包括薄延学长本人，就在咱们后面。咱们暗搓搓看人家朋友圈，以及说今汐想当人家女朋友的事，全都被听见了，意外不意外？"

今汐："好了，你不用说了。"

今汐没敢回头，只觉得自己可以去死一死。

三个女生像小兔子似的，脑袋埋进桌子，畏畏缩缩不敢动，连抬头的勇气都没有。

楚昭："我想嘘嘘了。"

林洛："憋回去！"

直到身后传来椅子的响动，薄延那边一群男生拎了奶茶转身离开，她们才重重地松了一口气。

今汐抬头望向门口，熙熙攘攘一大帮男孩子，薄延置身其中，颀长高挑的个子分外惹眼。

一头清爽的短发，休闲的篮球运动衫，少年感十足。

就在今汐望向薄延的背影时，他也回了头，朝她投来轻描淡写的一瞥。

那狭长的单眼皮似开合有光，黑眸内藏而不外露，瞥向今汐的时候，微微勾了勾眼角，落拓不羁，却又带着几分勾魂夺魄的味道。

今汐感觉这男生就是古代的大尾巴狐狸，一双狭长丹凤眼，太会勾人了，难怪桃花这么旺呢。

两个人隔着熙熙攘攘的人群，遥遥对望了片刻，今汐无可奈何，只好冲他礼貌地笑笑。

事后，楚昭告诉今汐，这绝对是她这辈子见过最狰狞的微笑。

篮球场边，薄延平视前方，拎着热牛奶，有一搭没一搭地喝着。

"遇到女朋友不打个招呼？"说话的是薄延的室友荆迟，他将篮球扔给朋友，走到薄延身边坐下来。

薄延漫不经心道："这个女朋友跟我还真不太熟，倒是你，不认识还请人喝奶茶。"

"我不请人家喝奶茶，几个女生可能会把你的过去扒个精光。"

薄延左右活动着修长的脖颈，坐在球场边叼着牛奶吸管，平视着篮球场，面无表情。

许朝阳又道："那学妹可是沈平川的妹妹。我听说，五楼孙凯那帮人已经有计划了，要给沈平川点颜色瞧，就从他妹妹入手。"

"哦。"

薄延起身，晃着懒散的步子离开。

许朝阳追问："你管她吗？"

薄延淡淡道："我对小妹妹没兴趣。"

"是，薄爷您口味重。"许朝阳笑道，"知道孙凯他们怎么说的吗，'沈平川在学生会耀武扬威，老子就整你妹妹'，这是原话。"

薄延扔掉了手里的牛奶瓶，语调懒散："还挺押韵。"

晚上，今汐和室友去百货超市买日用品，新学期，百货超市人流量巨大。

为了效率，几人分头行事。

林洛到结账处排队，楚昭和今汐分散去选购商品。

今汐低头看手机备忘录清单，路过货架的时候，她望见了一抹熟悉的身影。

薄延。

他穿着白T恤和黑色九分裤，黑白分明，伫立在一格货架前。

他低着头，仔仔细细地看着商品的简介。

顶灯下，他皮肤越发白皙通透，眉宇微蹙，长睫毛在眼睑边投下一列浅浅的阴影。

他抬眸，望见了货架边的今汐，手中的那盒冈本避孕套，被他顺势扔进了红色购物篮中。

两个人对望了一会儿，今汐拔腿就跑，一口气跑出了十来米，才停下脚步。

咦，奇怪，她为什么要跑？

她摸摸自己发烫的脸颊。

人家买什么关她什么事，又不是她买，她为什么要脸红？

今汐耸了耸肩。

薄延看到今汐，一开始并没有认出她来，只觉得她有些面熟。

薄延脸盲，高中和他当过半年的同桌在毕业半个月之后遇到，人家跟薄延热情地打了招呼，薄延盯着人家看了很久，硬是没想起这人到底是谁。

想在他散漫的记忆里留下浮光掠影，难如登天。

薄延在商场兜了几步，又见到了今汐，她站在架子前，踮起脚，使劲儿去够架子顶层的商品，奈何身高不够，手脚并用，笨拙又显得有点可爱。

他终于想起她是谁了——

沈平川那倒霉的继妹。

今汐并不知道薄延正看着她，她专心致志，摩拳擦掌要和这货架杠到底。

严重怀疑某菲的卫生巾品牌是得罪了超市经理，搁这么高，哪个女生够得到！

哦不，还是有人够得到。

今汐眼睁睁地看着，头顶的卫生巾被取了下来。

拿着卫生巾包装袋的那双手，又白又长，很漂亮，一看就是精致保养过的。

妥妥的女神！

今汐甜美地微笑着，想要回头请女神也帮她取一下卫生巾，却不想，转过身直接撞上某人硬邦邦的胸膛。

首先映入眼帘的是一截透白的脖颈，颈部修长，脉络流畅，喉结略突出，显得分外有味道。

薄延。

此刻两人不过分寸的距离，她的脸几乎要贴到他的胸口了。

薄延居高临下地睨着她，轻柔的呼吸落在她的头顶。

今汐感觉有点燥热。

薄延垂眸看着她，目光正好落在她颈边白皙的一块肌肤上，小巧的锁骨横着，整个身形都被单薄的肩膀衬得格外小。

他站在她面前，就像看着小学时候的自己。

不对，他小学都比她高。

薄延懒洋洋地笑着，眼尾微勾，显得风流又多情：“听说你真的想当我女朋友？”

“啊，抱歉学长！”今汐立刻退后几步，向他道歉，“是我室友误会了，乱说的！我绝对没有想当学长女朋友的意思！”

薄延：“……”

当他女朋友还委屈了她不成？

薄延见她一张通透白皙的小脸都急红了，厚厚的眼镜片下，黑色的眼眸真诚又坦率。

是真心诚意地对他没想法。

薄延莫名还有些不爽了。

“昨天加我的人是你？”

“对。”

“有事吗？”

“没，就试试看学长会不会加我。”

薄延：“……”

有种被遛了的感觉。

“不请我吃火锅了？”

今汐抬起头，诧异地望向薄延：“学长想吃火锅，那也是可以……”

“不想，这两天有训练，保护肠胃。”

薄延将手里的卫生巾放进她的篮子里，转身离开。

本来以为这个离开的姿势很帅很潇洒，却不想薄延刚走出两三步，突然又被今汐叫住了——

“薄延学长，可不可以请你帮帮忙。”

他原本不想回头，奈何“薄延学长”温温柔柔的嗓音喊出的四个字，敲在他心头炸了一颗爆米花，甜啊。

薄延面无表情地转身：“嗯？”

今汐戳了戳货架顶端：“请学长再帮我多拿几个，可以吗？”

薄延无可奈何地走过去，伸手拿了两个颜色一样的，递到今汐的篮子里。

“夜用的也要三包，对了，还要加长的。”

“哪种？”

“深蓝色的拿四包。”

薄延按照今汐的要求，把顶端货架扫了一遍，漫不经心道：“这么多，用得完吗？”

问完他就后悔了，为什么他要关心女生卫生巾用不用得完这种问题！

今汐似乎没有想太多，如实道：“我喜欢囤着。”

薄延睨着她，她头发不多，扎在脑后翘了一个小辫儿，像蝎尾似的，俏皮又可爱。

他道：“好习惯，我也喜欢囤。”

今汐目光下移，望了望他篮子里七八个冈本避孕套。

还真是喜欢囤。

薄延：“……”

乱盯什么。

今汐抽回目光，拎着一篮子卫生巾，礼貌地对薄延道了谢。

薄延鼻息间发出轻飘飘的一声“嗯”，看着她像个小萝卜头似的个子，离开的时候，将自己篮子里的纯牛奶放了一瓶在她篮子里：“多喝牛奶，跟个小学生似的。”

今汐：“……”

小学生喝你家牛奶了？

而薄延已经走远了。

她撇撇嘴，离开。

路过那一架避孕套的时候，今汐鬼使神差停下了步子，将薄延刚刚买的盒子取下来看了看。

丝滑质感，0.03mm，比超薄更薄，无感体验。

这时，身后传来一声抽气声，楚昭推着购物车，瞪大了眼睛，无比惊惧地看着今汐手里的套套：“原来你是这样闷骚的室友！”

今汐：“……”

等等，你听我解释！

薄延回到宿舍，将两瓶牛奶放在自己的书桌上，剩下的一口袋避孕套全扔室友的床上了。

“以后别叫我帮你买这玩意儿。”

荆迟从游戏里抬起头：“怎么，被熟人撞见了？”

薄延烦躁地拆了包牛奶喝，没说话。

“还真被撞见了啊。”荆迟笑了起来，“妹子？”

这时，许朝阳从上铺探出脑袋来：“我们薄爷清清白白洁身自好，万花丛中过，现在还是单身，你跟人家学学。”

薄延反手抄起一盒避孕套塞他嘴里：“说得好像你不是似的，有这空闲不如跟你下铺学学，自主创业劫富济贫。”

荆迟将写着“男人，这里有你需要的一切”的避孕套广告纸黏上双面胶，贴在宿舍门边。

“谁有个紧急需求，这转手一倒卖，价格能翻个倍。”

许朝阳就看不惯荆迟到处张贴小广告：“咱楼上的宿舍马上要搬女生进来了，请把你的小广告全撤了。”

荆迟诧异道：“难不成搞混合宿舍的事是真的？”

许朝阳道：“落实了，辅导员亲口对我这个团支书说的，让咱们矜持点，走廊和楼梯间收拾干净，晚上别鬼哭狼嚎把新搬来的妹子吓到。”

荆迟突然想到一件事：“难怪呢，刚刚路过楼下操场，看到体院那帮狗崽子在写横幅。”

许朝阳：“什么横幅？”

荆迟捏着调子扮少女：“热烈欢迎可爱的大一学妹入住男八宿，元气满满哦！”

猝不及防，薄延一口牛奶喷了对面许朝阳一脸。

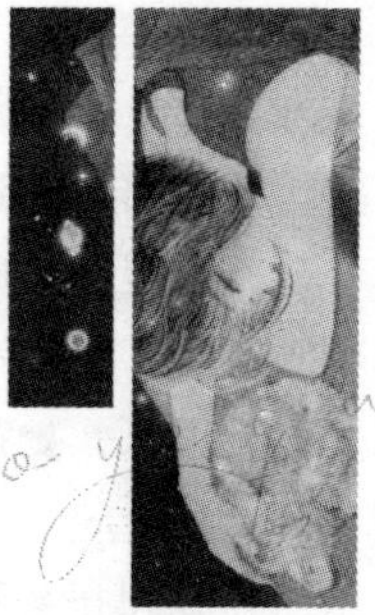

第二章

薄延学长，你别偷我的网哦！

今汐的家就在渝城市区，属于来学校报到比较早的那一拨新生。

距离新生报到截止日期还有好几天，每天无所事事，今汐便在学校里瞎溜达，熟悉校园。

学生活动街，各大社团撑着伞棚正在招人纳新。

“学生会服务处”几个殷红的大字格外明显。

今汐手插兜里，穿着人字拖，迈着碎步子刚走过去，一眼便望见了沈平川那笔直的身影。

这几年沈平川也不知道吃了什么，个子跟坐火箭似的，直往一米九的高度冲，这种身高很容易养出竹竿体态，然而沈平川却并非如此，他体格健硕而匀称，脱了衣服那一身的腱子肉，看上去特别带感。

沈平川是今汐的继兄，没什么血缘关系，不过四五岁的时候，今汐便认识了他，两人算是打打闹闹一起长大的。

沈平川小学便是优秀少先队员，初高中也是学生干部，养出了一身凛然正气。

此刻，他站在学生会服务棚边，一身白衬衫，短发清爽，双手叉着腰，高挺的眉弓下，漂亮的桃花双眼皮埋在阴影中，严肃地视察着周围的“民情”动态。

英俊帅气的五官为他招来不少女生的青眼，甚至还有妹子主动给他送冰可乐。

当然，沈平川是不会接受平白无故的爱。

他是学生干部，必须要有干部的样子，第一件事就是绝不收“私贿”，男的女的都不行。

今汐一看到他，跟看到鬼似的，转身就跑。

开学第一天“行李绑票”事件让她意识到，她必须和“人民公敌”划清界限，别说是没血缘的继妹，就算是亲妹妹，她也要大义灭亲，站在“人民群众”这一边。

今汐是个小屄货，不仅没气节，而且胆子特别小，“绑票”事件把她吓着了。

这几天，她都避着沈平川，沈平川好几次在女宿楼下等她，她也没下来。

沈平川扭头看见今汐，二话没说，大步流星追了上去：“小妹，等等。”

今汐见他追上来，惊叫一声，加快了步伐往前冲。

“跑什么！”

“那你追什么！”

“为什么这几天不见我？”

今汐边跑边义正词严说：“我们没有血缘关系，四舍五入就是陌生人，你爸是我爸，但我妈还是我妈，不是你妈。”

沈平川一脸的“我就默默看着你演”的死亡表情——

“你妈我妈的……皮又痒了是不是。”

“你不要再追我啦，不然我告诉沈叔叔！”

“别跑了，吃早饭没？”

“没有，你别追了。”

今汐也没看路，结果一头扎进了一片墨绿色的汪洋大海中。

她晃眼看清楚，才发现是国防学院正在列队踢正步，周围一水全是身穿军装的长腿高个儿小哥哥。

今汐扎扎实实跟兵哥哥撞了个满怀。

今汐抬头，恰好望见那双狭长的丹凤眼，漆黑的眸子带了几分困惑。

是薄延。

他穿着修身的军装，规矩而整肃，帽子遮住他挺阔的额头，眼睛埋在日光阴影中。

他的身体真是硬啊，今汐鼻子都撞疼了。

薄延的手落到今汐的后颈上，将她从身前兜到了身后，抬眸望向追来的沈平川：“他欺负你了？”

他这一问，今汐都有种要热泪盈眶的感觉了，被兵哥哥保护的感觉真好啊。

她躲在薄延身后，看向沈平川，低声说：“学长，他要揍我！”

沈平川走上前来，国防学院几个学长立刻挡在前面，没让他靠近。

沈平川平静地说：“这是我妹妹，我抓她吃早饭去。”

薄延淡淡道：“人家吃不吃早饭，关你什么事。”

“她是我妹妹。”

“那你叫她一声，看她应不应。”

沈平川整了整衣领，走到薄延面前。

两个身高体型不相上下的男人看样子是杠上了。

“薄延，上次你帮了我们家小妹，我很感谢。但这是我家的事，请你注意分寸。”

薄延嘴角扬了扬，眼尾勾起一丝轻蔑：“你的妹妹？被人欺负的时候怎么没见你第一时间站出来，现在跟我说注意分寸？”

沈平川不甘示弱，拔高了调子：“所以你又是以什么立场管她。”

“我以什么立场跟你没关系。”

沈平川冷笑：“你敢对我妹妹有非分之想，老子揍死你信不信。”

“来，试试。”薄延走上前去。

眼见着气氛越来越僵硬，两个人都有些发火了，今汐终于硬着头皮站出来，对薄延说：“沈平川铁定打不过你，我……谢谢学长了。”

她朝薄延抱歉地鞠了一躬，抬头看向沈平川，战战兢兢道：“走吧，吃早饭。”

这时，薄延伸手拉了她一下，“不想去不用勉强”的话在喉咙里堵了小半晌，还是没说出来。

是啊，他没立场。

沈平川跟拎小鸡仔似的，拎着今汐的衣领把她带走了。今汐还挺歉疚地回头看了薄延好几眼。

薄延目送两人离开，消失在晨曦的薄雾中。

他的眼神越发冷沉了下来。

周围人观察着薄延，这是肉眼可见地不爽了啊。

这家伙平时散漫又随性，好久没见他这么刚地针对谁了。

沈平川带着今汐来到食堂，刷自己的卡打了一碗热气腾腾的青菜鸡蛋粥，又买了三个烧卖和两个鸡蛋，端到了今汐面前。

勺子往她手里一塞，他沉声命令：“吃。”

这一个“吃”字，说出了作为兄长至高无上的威严。

“这也太清淡了。”今汐撇撇嘴，“早上除了麻辣小面以外，我对任何食物都没有兴趣。”

“还想不想长个儿了。”沈平川揉了揉她的脑袋，“多吃鸡蛋。”

今汐不爽地撇开了脑袋：“以后咱俩保持距离。”

“说得像是我乐意跟你亲热似的。”沈平川嘟哝一声，“你沈叔叔让我好好照顾你。”

今汐埋头吃饭不搭理他，沈平川继续叨叨：“不过一个继女，瞧把他给宝贝得……都读大学了还当小孩子。”

今汐听着这话，也不知道是吃醋还是嫉妒，可能都有。

“你得罪了人，人家不敢招惹你，算到我头上。”今汐闷声说，“我欠你沈平川的吗？”

沈平川扯了扯她的蝎尾辫儿：“你到我家来，是寄人篱下懂不懂，没见你像别人家的继妹一样，战战兢兢低眉顺眼，还什么都跟我抢。”

“我哪里跟你抢了，明明就是你欺负我。”

沈平川见她食不知味，坐了会儿，又去买了碗麻辣小面，自己吃，但是用小碗给她挑了几根面条，让她尝尝味儿。

最后，今汐还是把沈平川那碗小面撸了过来，把已经搅成清水糊糊的蔬菜粥给了沈平川。

沈平川看着粥面上还漂浮着几缕油花花，嫌弃道：“恶不恶心。”

“就恶心你。”

虽然嫌弃，但他还是把那碗粥喝光了。

他是六岁那年，遇到了比自己小一岁的今汐。父亲把这个小女孩领进家门，说这就是你的妹妹，以后你就是哥哥了，哥哥要照顾妹妹。

那时候沈平川眼睛都亮了，他一直都希望自己能有一个小妹妹，现在梦想成真，他对今汐的喜欢，立刻就超过了心爱的变形金刚模型！

父亲和今汐妈妈的结合，他并没有反感，因为母亲在生下他的时候便因意外去世了，六年后今汐妈妈的到来，反而让沈平川得到了极度渴求的母爱。

对于今汐这个戏精的小妹妹，沈平川在疼爱的同时，也端出了作为兄长该有的样子。

对于她的各种不良习惯，沈平川给予必要的纠正。

譬如，深夜，他会时不时走到她房间门口，要是瞧见门缝里还有光，他就会使劲儿敲门，提醒夜猫子，再不睡觉他就要揍人了！

今汐一直觉得，沈平川作为继兄，是真的很有继兄的样子：十年如一日地讨厌她、苛责她，甚至有时候还会上暴力手段，压迫她。

两人在家里，隔三岔五总打架，每次沈平川都把她欺负得眼泪汪汪。

她向自己的妈妈诉苦，妈妈却说，哥哥爱你才会对你要求严格。

今汐无语。

爱她就欺负她，这是什么神经病的爱。

今汐渐渐长大了，初高中都和沈平川念同一所学校，每每学校里有男生对今汐表示好感，沈平川总是会从各种角落里冒出来，把她往自己身后一兜，恶狠狠地说："我小妹要考大学，你要是再纠缠我妹，我上老师那儿告你。"

对，学生干部，不会动不动撸拳头，他只会告老师。

整个青春时代，今汐在沈平川的阴影之下，活得生不如死，好不容易把这货送去念大学了，结果没一年，她自己也考上了渝城大学。

这日子，真是没法过啊。

吃完了早饭，沈平川还有学生会的工作，他问今汐："去哪儿？"

今汐："随便溜达。"

沈平川："你校园卡发了吗？"

今汐："还没有。"

于是，沈平川将自己的校园卡递到今汐手里："去图书馆学习吧。"

今汐："……"

可不可以不要。

沈平川又给今汐理了理衣领，叮嘱道："衣服穿整齐，别吊儿郎当的。"

"噢。"

"还有，那个叫薄延的，你少跟他来往。"

今汐声音一扬："为什么？"

"那家伙不是好东西。"

"他哪里不是好东西？"

"哪儿都不是。"

从沈平川口中说出这话，今汐一点也不意外。

同样的话沈平川说过不止五十遍，每次对象都不一样，对于他而言，任何接触今汐的男人，都不是好东西。

沈平川转身离开了。

今汐望着他颀长挺拔的背影，突然叫了声："沈平川，你是不是特别讨厌我？"

他脚步微微一顿，不过还是没有回头，闷哼一声："对啊。"

"为什么？"

今汐从来没有不乖，他为什么总是那样对她呢?

沈平川抬头望了望天，喃喃道：“继兄妹是天敌，你不懂吗?”

今汐感觉很疲倦：“我不想和你斗嘴打架了，好累，念大学就都是成年人了，你要是讨厌我，以后就离我远一点吧。”

她说完，朝着图书馆的方向走去。

风起，梧桐叶纷纷扬落，小丫头单薄的背影消失在晨曦的光晕中。

沈平川原地站了很久，踱着步子离开了。

周末一大早，走廊里就开始叮叮当当敲个没完，还伴随着男生们粗豪的大嗓门，叽里呱啦叫骂着。

许朝阳一个鲤鱼打挺从床上翻身而起，穿着四角大裤衩走出去，破口大骂：“还让不让人睡觉了！”

半分钟后，他倒抽一口凉气。

阳台上，薄延洗漱了出来，赤着上半身，肩上搭着一条白毛巾，手里拿着水杯牙刷，走到了门边。

赫然见正对面四楼通往五楼的楼梯间，被人挂了十几个粉色气球，穿堂风一吹，气球招招展展。

楼道里还拉了红色横幅，写着：欢迎学妹，爱你们么么哒!

而横幅之下，还挂着一个心形的玫瑰花簇，玫瑰是塑料的，得有99朵拼成了桃心，正中间搁着半个巴掌大的熊仔玩偶。

真是丑得没眼看，有理有据完美展现了那帮体院男生的恶俗审美。

薄延嘴角抽了抽，而他身边的许朝阳都已经石化了。

荆迟抱着手臂，淡定地说：“看来我们即将拥有可爱的邻居妹子。”

对于即将搬来楼上的新邻居，薄延并没有表现出太大的兴趣，今天还有训练，他要赶在训练前，去吃个早饭。

而在薄延离开之后没多久，今汐几人站在男八宿大门口，看着男八宿写着“元气满满，加油”的巨大横幅，简直怀疑人生。

除了横幅以外，男八宿很多间窗户阳台上，还挂起了粉红色气球。

楚昭：“我们为什么要搬宿舍?”

林洛：“我也不知道，国防和体院的人这么傻。”

今汐：“能不能快进去，站在这里好丢人！”

几个妹子怀着巨大的心理压力，迈着赴刑的沉重步伐，朝着男八宿大门走了过去。

今汐默默地从包里摸出了口罩戴上，假装头顶的横幅和粉色气球跟她都没有半毛钱关系。

男宿门口，几个穿着白衬衣的学长，已经等候多时了。

“学妹，早上好。”

“学妹，我来给你们提行李。”

“学妹，宿舍在 509，我们带你上去。”

而今汐一眼便认出来，这几个男生，正是第一天报到的时候，抢了她行李的精致学长。

竹竿腿、高个儿、斯文男，还有一个没存在感的老四。

四个人排成两列，跟酒店迎宾似的，殷勤地迎着她们上楼。

今汐本能地将自己的行李往身后藏了藏，都被他们整出心理阴影了。

竹竿腿看到今汐的红色行李箱，脸色一变，手肘戳了戳高个儿：“老大，沈平川他妹妹耶！”

这时候众人也认出了今汐，即便她戴着口罩。

高个儿挠挠头，有点尴尬地举起手：“嗨。”

斯文男扯出一抹比哭还难看的笑：“又见到学妹了，千里姻缘一线牵，咱得珍惜这段缘，对不？”

今汐有点无语。

她并不想和他们有什么缘分。

竹竿腿连忙关心地问：“学妹这段时间过得开心不开心，快乐不快乐？有没有被欺负啊，告诉学长，学长帮你揍他去！”

今汐说道：“除了你们，没人欺负我。”

三人面面相觑。

其实今汐也是很大度的，只要他们别再继续找她麻烦。

竹竿腿想来给今汐拎行李，今汐没让。

这货当初扛着她的行李拔腿就跑，跑得那叫一个利索，她可不想再半道丢了行李箱。

“学妹，报到那天的事儿吧，是咱们做得不厚道。”高个儿率先向今汐道歉，“希望没给你留下心理阴影。”

今汐现在并不想开口讲话，用冷淡且防备的眼神向他们昭示，自己还没消气。

这几个男生本来是男八宿选出来迎接学妹的代表，但因为这件事碰了一鼻子灰，他们心里也挺不好受，讪讪地送了学妹回宿舍，便拔腿开溜了。

今汐她们将宿舍收拾得干干净净，各自选了床位，铺好了床，又摆上了自己的日用品，空旷的宿舍渐渐有了温馨之感。

而在这期间，今汐总听见门外有窸窸窣窣的声音，她打开房门，赫然看见自己的宿舍门口，堆着花花绿绿各式各样的零食。

薯片饼干辣条，可乐汽水果汁……

而走廊转角处，高个儿和竹竿腿他们偷偷探出了脑袋，小心翼翼地打量着她的神情。

今汐将零食抱进了房间，脚一勾，重重关上房门。

她也不是那么好收买的，虽然……对膨化食品和可乐汽水的确没什么抵抗力。

当然，这堆零食中，还夹着一张作业本纸，纸上写着三个歪歪斜斜的丑字：对不起。

今汐挑了挑眉，心里的气消了大半。

大人不计小人过，看在这么多零食的分上，姑且原谅他们吧。

当天晚上，林洛和楚昭又去超市买缺的生活用品，今汐没什么要买的，在宿舍收拾妥当之后，便撑着腮帮子，趴在宿舍阳台上发呆。

男八宿的视野极好，正对面就是篮球场，男宿区几乎没什么女孩的身影，整个篮球场上随风奔跑的全是高个儿大男孩。

而且身材颜值个顶个的好。

夕阳斜落，天色欲晚。

她无意间望见了薄延的身影，沿着操场绿坪走来。

他穿着笔挺的军装，腰以下全是腿，有型有款。帽子被他拎在手里，袖子挽起来到手肘，露出了小臂，肌肉线条无比流畅。

他漫不经心地踱着步子，不急不缓，脸上挂着清风霁月的疏淡神情，看上去像是在发呆，脑子里没搁事。

走到梧桐树下，他似乎有所感，抬头望了眼宿舍楼。

今汐"啊"了一声，连忙蹲下，躲开了他的视线。

几分钟后，当她再起身时，梧桐树下空荡荡的，已经不见了薄延的身影。

今汐困惑地想，咦，自己为什么要躲？

她洗了澡，吹干了头发，想上网玩游戏，于是拿出了新买的路由器。

学校的网络业务由好几个运营商承办，不同的运营商上网方式也不一样，今汐她们准备在宿舍装一个无线 Wi-Fi。

今汐捯饬了半晌，均以失败告终，以前她家的路由器都是沈平川管着，她也没接触过这玩意儿。

在第三次输入密码显示错误以后，今汐在宿舍微信群发了一条狂躁的消息：“这个世界上还有比路由器更傻的玩意儿吗！”

楚昭：“有，譬如某个连路由器都装不好的家伙。”

今汐：“……”

楚昭：“等我们回来再看吧。”

今汐：“你们回来能把网收拾好吗。”

楚昭：“我相信凭借我们三人的力量……”

林洛：“能把路由器砸个稀巴烂。”

楚昭：“哟，看来你很懂。【斜眼笑】”

今汐：“……”

今汐：“算了，我再想想办法。【叹气】”

林洛：“要不去楼下问问，楼下的男生应该会弄这玩意儿。”

今汐：“对哦！”

今汐扔下路由器便要往外跑，林洛提醒：“喂，别穿着睡衣就出去了，楼下是男寝。”

今汐拉开衣柜门，随手取下一件外套，去了楼下。

于是在男八宿四楼的走廊尽头，当薄延洗完澡，拎着盆儿从公共浴室出来的时候，乍一看还以为有头白熊在拱自家宿舍的门。

“小白熊”穿了件白色的羽绒服，戴着毛茸圈儿的帽子，畏畏缩缩站在他们 409 房间的门口，时而耳朵贴门边听听声音，时而攥着雪白的小拳头轻轻敲击。

屋里就算有人，那帮糙汉子听歌的听歌，玩游戏的玩游戏，这斯斯文文的敲门声，估摸也是听不见的。

“有事？”

“喔！”

今汐被这突然的出声吓了一跳，连着整个人都贴在了墙边，捂着胸口，惊悚地抬头。

面前的男人发尖湿润还滴着水，皮肤格外地白，却又浮着洗澡之后特有的红润，眼神也越发澄澈清润。

今汐目光下移，发现他赤着上身，胸肌挺阔，腹部结了六块腹肌，再往下就是绷紧的四角裤。

今汐目光惊悚了，眼睛也睁大了。

薄延极不自然地将盆子从侧边挪到了前面，问道：“你怎么在这里？”

今汐指了指上面：“我住楼上。”

这奇妙的缘分。

“有事吗？”他问她。

今汐脑子卡了一下壳，眼神茫然，无奈地说：“忘了。”

薄延见她浑身上下裹成了白粽子，毛茸茸的帽子勾勒着她白皙的鹅蛋脸轮廓，显得比白熊还笨拙。

薄延问：“你是不是要在我宿舍门口堆雪人？”

今汐沉思了一下，然后郑重摇头：“不是，是有别的事，咦，什么事来着。”

薄延觉得自己挺幽默的，可惜这妹子脑回路有点曲折。

薄延有点无奈，又觉得她分外可爱，耐心地问：“想起来了吗？”

今汐茫然地摇了摇头。

于是，薄延踱着步子走过来，路过她时顺手撸了撸她的头，拿出钥匙开门：“回去把羽绒服脱了，看着都热。”

今汐好奇地朝他宿舍里望去——

和今天路过时看到的其他男寝非常不一样，楼下409男寝收拾得非常整洁，被子都叠成了豆腐块，桌上物品分门别类，门口鞋柜上拖鞋球鞋，放得整整齐齐！

地板锃亮锃亮的，比她们宿舍都干净！

“哇！”

今汐情不自禁赞了声，这是什么神仙男寝。

薄延拉开衣柜门，取出一条长裤子，见她靠在门边朝里面探头探脑，问道：“你是不是还想进来坐坐？”

“啊，可以吗？”

“不可以。”

“噢。”今汐刚要转身，左拳突然敲了敲手掌，“学长，我想起来了，我是想请你宿舍的学长帮忙，装一下路由器。”

薄延看看四周：“他们还没回来。”

今汐：“那我等会儿再来。”

薄延：“……”

所以当他这个“学长”不存在吗！

是的，今汐裹着羽绒服已经回了宿舍，并且关了门。

五分钟后，薄延穿好长裤和T恤，还给自己吹了个清爽的发型，叩响了今汐的宿舍门——

“路由器有什么问题？”

路由器挂在床梯上，几段复杂的线路连着桌上的电脑和墙壁上的接口。

今汐看也看晕了。

薄延半蹲在桌前，时而噼里啪啦敲击着键盘，时而按着路由器的几个开关钮。

今汐端来自己的小板凳，放到薄延面前：“学长，请坐。”

薄延低头看了看那小板凳，方方的四角凳，铺着软软的卡通绒毛垫。

女孩子的用品，是不是都这样毛茸茸的呢？

他还真轻易不敢坐，怕给人家坐坏坐脏了。

“不用。”薄延快速地输入初始密码，“就好了。”

今汐靠到他身边，手扶着书桌，专心致志地看着电脑屏幕：“咦，我刚刚也是这样做的，为什么失败了呢。”

他轻嗤一声：“因为你笨。”

今汐不服气地撇撇嘴，但是不敢说什么，毕竟今天晚上能不能上网，就全靠这位大佬了。

她低头看屏幕，乌黑的发丝垂在了薄延握鼠标的手背上，丝丝滑滑，撩得他心头痒痒的。

薄延嗅到她发丝间的洗发水清香，抬头便望见她白皙的脖颈和两截漂亮锁骨。

她已经脱下了羽绒服，穿的是夏天女生喜欢的工字T，轻松又休闲，单薄柔弱的肩膀和纤细的小臂，都非常漂亮。

今汐注意到薄延的目光，问道：“学长，你看我干吗呀？”

薄延立刻别开视线，板着脸教训道：“穿这么少，也不怕感冒。”

“刚刚不是你叫我别穿羽绒服吗？”

“那也没让你脱完。”

“我没有脱完呀。”今汐低头看着自己的工字T和西瓜短裤，“我可比你刚刚穿得多呢。”

“这里是男生宿舍。”薄延不得不再度提醒，“别穿成这样在外面瞎溜达。”

今汐：“当我傻，才不会这样出去呢，但我在自己的宿舍，又没有别人。”

薄延：“……”

这丫头，是不把他当外人还是不把他当男人。

薄延不再和她计较衣服的问题，只要她自己知道分寸就行。

他将电脑推到今汐面前：“设个密码。”

今汐：“jinxi520。”

薄延无奈道：“我让你自己输入，没让你念出来。”

今汐不解：“有区别吗？”

薄延义正词严：“我就在你楼下，现在知道你密码，万一你怀疑我偷你网呢。”

今汐：“那学长会偷我网吗？”

薄延无语。

我是没钱买网吗还偷你的！

最后，薄延还是用了“jinxi520”的密码，帮今汐设置路由器。

今汐千恩万谢，在薄延离开的时候，拿出刚刚买的红富士苹果塞到他手里——

“今晚能上网，全靠薄延学长了！大恩不言谢，请学长吃苹果。”

薄延愉快地接受了红苹果：“有问题再叫我，不方便的话可以微信。”

“好的学长！”

薄延回了房间，看着手里红彤彤的苹果，越看越觉得可爱，怎么她买的苹果都这么可爱呢？

他放在鼻子下嗅了嗅，果香清新。

他几次都没舍得下嘴，小心翼翼地放在了自己的桌上，准备洗完衣服再好好享用。

晚上，许朝阳回来，刚刚打完球一身闷汗，看到薄延桌上摆了个红苹果，抓过来就是一口。

薄延刚好洗完衣服，回来就看见自己可爱的苹果被许朝阳啃得稀巴烂，盆儿落地。

许朝阳回头，还没反应过来，被薄延一个飞腿踢过来，栽在床上动弹不得。

“薄延你……”

“谁让你动我东西的！”

薄延气得眼睛都冒血丝了。

许朝阳疼得龇牙裂嘴：“不就一个苹果你至于吗，我现在就下楼给你买十斤回来！”

“能一样吗？”

“怎么不一样了？”

唯有看穿一切的荆迟，脸上挂着似笑非笑的神情：“妹子送的和你买的能一样吗？”

许朝阳眨巴眨巴眼睛，愣了愣：“妹子送的？”

薄延冷静下来，坐回了自己椅子上，不再理会这两人。

他好难过，心情沮丧。

荆迟说：“我赌五毛钱，薄爷和咱楼上宿舍勾搭上了。”

许朝阳错愕：“不能吧，你是怎么看出来的？”

荆迟握着手机，胸有成竹地说：“你搜搜 Wi-Fi 就知道了。”

许朝阳拿出手机搜了一下，果不其然发出一声惊叹。

薄延心下好奇，摸出手机打开 Wi-Fi 连接，上面赫然多出一格信号，信号名是：薄延学长你别偷我的网哦！

薄延：“……”

公共洗衣房，楚昭和林洛两人一致表示，薄延学长给今汐装路由器这事儿有猫腻。

林洛说：“你说他怎么不去给别人装路由器，巴巴地送咱们宿舍来啊。”

今汐拧干了衣服：“那不是碰巧遇上吗。”

林洛和楚昭相视一笑：“怎么就那么巧啊。”

今汐打开水龙头，哗啦啦放水，没再和这两人扯薄延的话题。

林洛凑过来，问道：“你觉得薄延学长怎么样？”

今汐：“挺好呀。”

林洛：“那你喜欢他吗？”

今汐：“喜欢呀。”

“得了！”林洛用胳膊肘蹭了蹭今汐，“喜欢就上啊，拿下薄狐狸给全校女生出口恶气！”

今汐关了水龙头，看向林洛：“才不要。”

“你不是喜欢他吗，不想把他变成你自己的？”

今汐费劲地拧干自己的 T 恤：“假如你喜欢楼下的公共洗衣机，咱们也要把它搬回宿舍据为己有？”

林洛：“……”

世界这么大，我为什么要喜欢楼下的洗衣机?

晚上九点，洗衣房里的男生渐渐多了起来，今汐她们洗完衣服便准备离开了。

楚昭连忙说：“我还有两件，等我洗完一起走，马上就好。”

“行。”今汐和林洛放下盆，站在边上等她。

就在这时，有两个女生端着脏衣服走进了洗衣房。

今汐抬头，看见她们白花花的臂膀，穿着吊带睡裙，流畅的后腰线条，胸前峰峦起伏。

今汐认得她们。因为这几个女孩子搬来的时候，阵仗可不小，好些个男生鞍前马后地给她们提行李，收拾房间，拖地擦窗户，闹了整整一下午。

这几个女生什么也没干，抱着手臂站在宿舍门口，跟四朵金花儿似的。

不得不承认，她们是真的特别漂亮，个子高挑，身材好。

别说周围这些男生眼睛瞪得直直的，就连今汐都忍不住一再偷偷打量她们。

看看人家要胸有胸，要腰有腰的这股子女人味儿，再低头看看自己……脖子以下全是腰。

不都是吃五谷杂粮长大的吗，人跟人怎么还长出不同形状呢。

女生对于来自同性的眼光天然敏感，对面那朵金花当下便冷了脸，冲今汐不客气地说道：“你看什么？”

今汐收回目光，道了声：“抱歉。”

金花儿轻蔑地打量了今汐一眼，喃喃道：“恶心。”

今汐满脸疑惑：她怎么就恶心了?

林洛将手里的盆往水槽里一搁，冲那朵金花道：“你叽叽歪歪说什么呢！”

那金花不甘示弱，指着今汐道：“她一直盯着我看，那眼神……明显就是觉得我穿得暴露，在心里道德审判我，当我看不出来吗？天气这么热，谁跟你们似的一个个还搭外套。今天搬宿舍的时候，你们就在走廊里偷看我们，有什么不满你们就说啊，别在背后叽叽咕咕当小人。”

今天她们搬过来的时候，今汐和林洛的确是站在门边望了望她们，不过也纯属好奇而已，没想到这几朵金花这么敏感。

仅仅因为几道眼神，积怨就深了，今汐觉得有些荒谬：“我们确实没在背后说你们。”

“那你刚刚看我做什么。”

今汐诚实地回答：“因为我觉得你很好看呀。”

金花：“……”

敌人这么友善又真诚地夸她漂亮，她肚子里这火还真发不出来，伸手还不打笑脸人呢。

金花端着盆讪讪地离开了。

一场风波，被今汐这样不动声色地化解了。

回宿舍之后，林洛气呼呼地说：“自己穿这么少，男生能看，女生看她就是别有用心吗？”

楚昭埋头书本，闻言，抬起头道：“一般情况而言，的确如此。像咱们小汐这样不计较的女孩已经是稀有动物了，得好好保护起来。”

今汐：“不好相处以后不相处就是了。”

晚上十一点，男宿 409，薄延在第三次尝试登录知网失败以后，冲许朝阳和荆迟喊道：“别下载了，一晚上憋不死你们！”

“别闹，还有三分之一，十一点半断网。”许朝阳兴奋地哼哼。

荆迟：“我这里也还有两个种子，马上完。”

薄延这边连网页都进不去了。

他点开了 Wi-Fi 格，第一行就出现了楼上的信号：薄延学长你别偷我网哦！

次日清早，今汐和室友们出门吃早饭。

林洛站在门边笑，今汐探头出来：“看什么呢？”

“喏，自己看。”

只见走廊另一端，四朵金花的宿舍门边，好几个男生排队给她们送早饭，笑得那叫一个周到又殷勤。

“谢谢你呀。”

女孩的声音又酥又软，又甜又糯，听得人直冒鸡皮疙瘩。

林洛她们哆嗦了一下，关门下楼。

林洛感叹道：“美貌就是武器，用来对付男人，一打一个准。”

今汐显得很有骨气：“不就是送个早饭嘛，咱们有胳膊有腿，自己也能打饭。”

林洛看了这还没长开的小丫头片子一眼：“不然你怎么还单着呢。”

今汐："我一心只想学习好吧！"

走出宿舍大门，今汐脸色骤变，跟见了鬼似的。

林洛顺着她的目光望过去，只见道旁的梧桐树下，身长玉立的沈平川木桩子似的站在路边，手里拎着饭盒。

今汐拔腿开溜："我残暴哥来了，先走一步！"

然而，沈平川三两步跨过来，揪住了今汐的后衣领。

他脸色难看，嗓音低沉："长本事了啊，居然搬到男生宿舍来，还不告诉我？"

今汐被他给拎了起来，跟被拎着条短腿柯基似的，毫无反抗的余地。

"这些男的没几个好东西，你不离他们远远的，还赶着往人跟前凑！"

今汐终于放弃了挣扎，可怜巴巴地捂住脸："你先放我下来，这么多人看着，好丢脸。"

沈平川顿了顿，见她羞红的脸，恍然意识到，这小丫头也长大了，大姑娘是要面子的。

于是，他耐着性子放下了今汐，没好气说："女生宿舍住得好好的，为什么要搬到男宿来？"

"女宿不是八人间吗？"今汐小声咕哝，"我最好最好的朋友，就算蹲号子也要蹲个四人间的，所以我们就搬了呀。"

"人家怎样我不管，你得给我搬回去。"

今汐不服气："凭什么！"

沈平川："住在这里不安全。"

今汐："真的，沈平川，你离我远点，我就安全了。"

沈平川："……"

这话今汐说得挺无心，但是沈平川看着好像有点受伤，他默了片刻，把手里的饭盒往她怀里一扔，转身气呼呼地离开了。

食堂里，林洛打来稀粥和鸡蛋，顺便打开了沈平川的饭盒。

饭盒里，装着热乎乎的红糖馒头。

她惊呼一声，说道："后街那家馒头店生意爆好，早上八点馒头就全卖光了，你哥铁定排了一早的队，才给你买到这几个。"

今汐把馒头推到她面前："那你快吃呗。"

"你不吃啊。"

"突然没胃口。"

楚昭笑眯眯地伸手抓起一个："我就不客气啦！"

林洛说："其实沈平川对你挺好的呀，我就没这样的哥哥，如果有的话，不知道多开心呢！"

楚昭嚼着香喷喷的大馒头："国家也欠我一个哥，特羡慕。"

"你们站着说话不腰疼。"今汐闷闷地说，"不知道从小到大，我是怎么水深火热过来的，你看他刚刚多凶！"

林洛："哎哟，这么帅还特关心你的大哥，你不要给我呀！我想要！"

楚昭一口馒头吃成了大胖子，巴巴地笑着："我也想要。"

"给你们了。"今汐大方地说，"请你们赶紧把他带走，解放受压迫的劳动人民。"

吃完早饭，几人朝着宿舍走去，林洛和楚昭的一通说教以后，今汐觉得自己刚刚对沈平川说的那番话，好像真的有点过分了，正低头编辑短信要给他道歉。

没承想，走到男宿门口，今汐发现沈平川竟然没走。

他堵在门边，见一个男生出来，便拎着人家的衣领，凶狠威胁道：

"509，我妹的宿舍，警告你不准骚扰她！"

"臭小子，别想打什么歪主意，不然有你好果子吃！"

"看你这样儿，是不是对我妹妹动歪心思了？"

她果断删掉了道歉内容。

晚上，第三运动场的操场要举办迎新晚会。

根据往年的经验来看，不限观看人数，但是座位肯定是有限的，所以先到先得。

宿舍三人商议决定，派一人先去三运操场占位置，另外两人去吃晚饭，顺便给占位的人打个盒饭。

今汐自告奋勇去操场占位置。

操场那一排排的椅子上已经放满了各种各样的物件，书啊、本啊、水杯啊，都是别人用来占座的。

今汐找了好半晌，才发现边缘的几个空位子，连忙跑过去坐下来，拿出书本占了位。

迎新晚会是校级举办的，每年都能吸引不少新生前来观看，今汐也是听学姐们说，演出质量很高，不去看准后悔。

夕阳斜落，她一个人孤零零地坐在小板凳上，等待演出开始。

操场边，国防学院的绿色方阵队伍训练结束，刚刚解散。

薄延拎了瓶水，仰头一直喝，满脖子都是水珠，分外凉爽。

他抖抖湿润的短发，正要回去冲个澡，一转眼，便看见不远处某个丫头弓着身子坐在小板凳上，低着头看手机。

他嘴角扬了扬，一双大长腿跟不受控制似的，朝她走了过去。

今天小丫头没扎蝎尾辫儿，而是换了两个小尾巴翘在耳后。夕阳将她的小耳朵照得红彤彤，隐约能见细细的白绒，分外可爱。

她坐在小椅子上，时不时伸手推推眼镜框，专心致志地看手机，似乎是在编辑信息。

薄延不动声色地在她身边溜达来溜达去，小丫头愣是没抬头看他一眼。

他索性直接坐到了她的身边，低头看向她的手机屏幕。

她肉肉的小指头戳进了某个深黑色的头像里，编辑信息——

“柏言学长，你看迎新晚会吗，我占着座。”

点击，发送。

薄延开口：“我没带手机。”

“喔！”

今汐又被他吓了一跳，小板凳一掀差点儿仰着翻过去，幸而他眼疾手快，拉住她的手腕，将她兜了回来。

“学长，你是幽灵吗！”今汐责怪道，“走路没声儿的。”

薄延笑了笑：“还怪我了？”

他释放了那么多信号，她一个都没接住。

今汐捂着小胸脯：“吓死了。”

薄延目光在她起伏的胸脯边驻留了片刻，移开，淡淡道：“我的名字，不是那样写的。”

“咦？不是柏言吗？”

“那个字用作姓氏，念 bai，不是 bo。”

今汐若有所思地点点头，感觉自己好像很蠢很没有文化，把人家名字念错还被当场抓包，有点小尴尬。

她只能故作淡定地问：“学长是哪两个字？”

薄延像是蓄了坏主意的老狐狸，眼尾一勾：“手伸出来。”

今汐乖乖将自己的手递过去，她的手心纹路繁复，柔软且干净。

薄延接过她的手，在她的掌心一笔一画地写下了自己的名字。

今汐抬头看向他，他眼睛真的好漂亮啊！

一双丹凤眼，笑起来特别撩拨，而垂眸的时候，睫毛又细又密。

如果这双眼睛长在女孩的脸上，不知道是何等的漂亮，肯定让所有男人神魂颠倒。

薄延写完之后，将她的掌心合拢，问道：“记住了吗？”

今汐错愕地摇摇头。

咦，他写了什么吗？完全没注意。

薄延：“……”

荆迟那一帮子男生在边上看了半晌，实在忍不住，出声道：“学妹，你薄延学长的名字，轻薄的薄，延时的延，记住了哟！”

今汐回头：“轻薄我知道啊，延时是什么？”

荆迟笑着打趣了一句。

薄延摘了帽子朝他们扔过去，男生们一哄而散。

他有些不好意思了，再望向今汐，她眨眨眼睛，一脸茫然。

这丫头眼神清澈，压根儿什么都不懂。

“学长，他们在说什么？”

“没什么，你以后别和他们讲话。”

今汐乖乖地点头，又问道：“学长要一起看迎新晚会吗？”

“不了。”薄延单膝半蹲在她身边，手撑着膝盖，蹙眉望望远方夕阳，“回去洗个澡，今天训练了一整天。”

“哦，好吧。”

“你不吃饭？”他看了看手表时间，“现在还早，八点才开始。”

“我得把位置看着，我朋友去吃饭了，她们一会儿给我带。”

“饿不饿。”

今汐摇了摇头，目光下移，落到薄延指尖拎着的矿泉水瓶上：“就是有点渴。”

薄延手里的矿泉水瓶里还剩了一小半的水。

喝过的水递过去，好像有点轻薄；不递过去吧，人家巴巴地看着，好像又显得有点小气。

轻薄和小气之间，薄延选择了前者。

他晃了晃矿泉水瓶：“还剩了点。”

今汐自小被俩大老爷们拉扯大，是个大大咧咧的性子，以前总跟她哥抢可乐喝，也从来没有什么男女之防。

她接过薄延的矿泉水瓶，扭开瓶盖咕噜噜地喝了一气。

薄延挑眉睨着她。

她叼着瓶口，没让水流从嘴里溢出来，一小口一小口，水流经过喉咙的时候，洁白的颈部微微滚动。

女孩喝水和男孩喝水，完全是两个样子。

薄延舔了舔干燥的薄唇。

她一口便将剩下的水喝了大半，看样子真是渴得不行了。

今汐喝完以后，秉持着爱护清洁环境的美好品德，准备将空水瓶拿去扔了。

边上盯着他们看了许久的清洁工大爷走过来："这瓶儿还要吗？"

薄延不想把她喝过的瓶子给别人，顺手接过了空水瓶，说道："要。"

清洁工大爷恋恋不舍地看着那空矿泉水瓶，见薄延是真的没有要扔掉的意思，这才讪讪离开。

今汐开口问："学长还收废矿泉水瓶吗？"

"收。"

今汐没想到学长这样爱护环境，于是说道："学长，我支持你，以后我们宿舍的矿泉水瓶，我都给你留着。"

薄延："……好。"

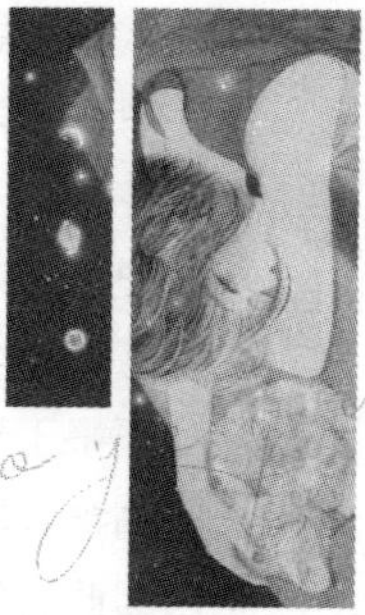

第三章

晚安了，傻大白

林洛总算打听清楚，四朵金花为什么总不待见她们。

“不是因为小汐贪恋美色老盯着人家看，也不是因为咱们就长得招人讨厌，这里面还有隐情，梁子是老早就结下了。”

楚昭抬起头来，好奇地问：“难不成你上辈子挖了人家祖坟？”

“那倒没有。”林洛一本正经道，“不过，听说当初分宿舍的时候，她们去找过后勤部，想要和咱们宿舍对调，后勤的老师给我打电话，问我愿不愿意换宿舍，我当时嫌麻烦，就说不换。因为这个原因，那四朵金花一直记恨咱们。”

“这有什么好换的呀。”今汐疑惑不解，“都在同一层楼，同一朝向，宿舍不都一样的吗？”

“那可太不一样了！”林洛神情无比严肃，“她们那头的楼下，多是体院的男生住，咱们这头，国防学院的居多，这里面的差距，你懂吧……”

今汐和楚昭同时摇了摇头。

“不然怎么说你俩不开窍呢。”林洛解释，“国防这边的男生宿舍，清一色的整洁干净，被子叠成豆腐块儿，学院派人不定期抽查呢。体院那边就不一样了，没人管，鞋袜乱扔，什么味儿都有。”

今汐一拍脑门：“原来如此！”

“还有，薄延学长不是正好住我们楼下吗。”林洛补充道，“咱们宿舍现在空缺了一个床位，在女宿那边，报名的人都抢破头，全都想往咱们宿舍挤。”

楚昭有点不爽：“那楼下宿舍不也空了一个床位吗，这么想跟薄延学长住一块儿，干脆搬到楼下宿舍去得了。”

今汐看着自己对面空荡荡的床位，心头不免升起一丝担忧。

咦，担忧什么，这跟她又没关系。

九月中旬，炎炎烈日之下，声势浩大的军训拉开了帷幕。

因为渝城属于军区重点部署城市，作为重点985高校，不久前，渝城大学和军事工程学院合并，拥有了自己的国防军事学院，培养的都是最正规的高学历军事人才。

正因如此，学校便没有舍近求远到部队去招揽教官，而是直接让国防学院的大二大三学生担任了训练新生的教官。

教官的报名暑假便开始了，薄延这种“万事不过心”的闲散人，自然是对教官这种苦差事没兴趣。

但事无绝对，当他看到室友许朝阳的学生训练名单上，今汐的名字没心没肺地横在第一排。

薄延心里开始有点小小的不是滋味了。

当天下午，许朝阳登录了教务系统，对着自己学员的照片，挨个记着新生的名字。

许朝阳立志要当好一个集美丽与智慧于一身的优秀好教官，因此，他要在第一天就把学员的长相和名字挂上，给他们一个惊喜。

薄延轻飘飘地从他身后经过，目光落到了他电脑屏幕上今汐的证件照上。

许朝阳认认真真地看着照片，记她的名字。

薄延随口问：“这学生眼熟吗？”

许朝阳一本正经道：“还真眼熟，看着她，我就在想这是谁，好像在哪儿见过呢。”

薄延提醒：“像不像你楼上宿舍的。”

许朝阳一拍大腿：“哎，要不然咱导员总夸薄延呢，这记忆力太好了，以后谁再说你脸盲我跟谁急。”

薄延：“……”

智障吗，每天抬头不见低头见的你说她“有点”面熟。

薄延拎了拎裤腿，坐到椅子上，语重心长道：“朝阳啊，当教官很辛苦，需要很有耐心。”

许朝阳翻开下一张照片：“耐心我有啊，等明天开始训练的时候，我要把他们的名字全叫出来，给他们一个超大的惊喜。”

薄延皱眉：“你这么想当教官吗？”

许朝阳："那肯定啊，我从暑假就期待着呢。你想想，领一帮小破孩在操场上踢正步，我喊什么口令他们都得照着做，多威风。"

薄延放弃了，许朝阳铁了心要当教官，名额肯定不会让给他的。

许朝阳的确是个认真负责的大暖男，当教官肯定没问题。

临睡前，薄延又叮嘱了许朝阳："你别动不动扯着个大嗓门瞎吼，把学生吓着，知道吗。"

许朝阳："学生该吼就得吼，不然他跟你蹬鼻子上脸，教官的威严就没有了。"

荆迟从杂志里抬起头来，笑呵呵地说："薄爷的意思是，你别把他媳妇儿吓着。"

许朝阳："……"

难怪从今天下午开始，总感觉背后阴森森的呢。

薄延关了灯。

黑暗中，荆迟惨叫一声："谁拿拖鞋砸我！"

第二天，因为军训的缘故，国防学院停了所有的训练，薄延背着他的画板出去写生了。

晚上回来，许朝阳憋了一肚子的话，拉着他吐槽。

"现在的学生也太难管了吧！

"男生女生一个样，调皮，不服管，居然还跟我顶嘴。

"不叫我教官，喊我学长，还有直接叫老许的。

"威信立不起来，这教官没法当了。"

薄延眼尾勾了一抹若有似无的笑，却还强忍着，问道："哦，某人不是说自己大暖男，很有耐心。"

许朝阳哼哼："我今天抓了几个典型出来好好教训了一顿，那帮家伙，人群里闹得厉害，单独拎出来，一个个都给我偃旗息鼓了。"

荆迟补充道："楼上宿舍也有妹子遭殃了，让他拎出来在太阳底下罚站了俩小时。"

薄延故意漫不经心道："总不能是……"

"就戴眼镜那个，今汐，看着小小的一只，乖乖的，骨子里叛逆着呢！"

薄延脸上的笑意忽地沉了下去，生硬地问："她顶撞你了？"

"那倒没有。"许朝阳喝了一口水，用本子给自己狂煽风，"那丫头嘴上没什么，性子执拗，就不肯给我好好站着。我让她挺直腰板，抬头挺胸，她偏不，非得按自己的姿势站，无精打采，看着我就来气。”

“站不好，你就好好教呗。”荆迟乐于和稀泥，“你把人家拎出来干啥，小姑娘面皮薄，看着可怜劲儿，眼睛都红了，硬憋着没哭。”

许朝阳说：“我这不是第一天走马上任，想给他们一个下马威嘛。”

薄延：“……”

夜风习习，天空中漫撒着几粒星子。

今汐站在线杆前，晾晒着自己洗好的绿军服，没注意到身后有人溜达了过来。

薄延望向她，背影瘦小，肩膀单薄，小身板看着的确不太精神，走路还一瘸一拐的，想来今天被许朝阳折腾得不轻。

他心底莫名升起一丝淡而细密的刺疼。

今汐拎着皱巴巴的裤子，转身看到薄延：“学长啊，这次你没有吓我了。”

“前几次也不是存心，没这么无聊。”

今汐目光下移，落到薄延手里的水桶上，里面装着洗好的墨绿色军装。

“学长也晾衣服啊？”

薄延鼻息发出一声清浅的“嗯”。

“晾这边。”今汐将自己的军装往边上挪了挪，给薄延让出位置。

薄延抖了抖自己的衣服，晾在今汐衣服的旁边。

“今天许朝阳教训你了？”他漫不经心地问。

“哦，没事的！”今汐大度地摆摆手，“因为动作总是不让许教官满意，所以他很生气。”

薄延看着她那双无比清澈的杏眼，知道她完全没有放在心上。

“还哭了？”

“没有哭！”今汐连忙说，“就是觉得被拎出来有一点点丢人，但也是我自己不对。”

因为着急，她那白皙的脸蛋漫上了几缕绯红，而后渐渐延展到了耳郭，看得薄延心痒痒的。

“所以明天要是还做不对，又被拎出来怎么办？”

今汐沉重地说：“认命。”

薄延无奈一笑，朝她走近了些：“站给我看看。”

今汐见薄延是要指导她的样子，非常高兴，憋足一口气，挺直了腰板，站在薄延面前。

薄延从前面走到了她的侧面，这次是正大光明地打量着她的体态身形。

稠质的睡裙布料，非常柔软。

女孩子的身体宛如含苞的花骨朵儿，还带着一股子青涩和稚嫩的味道，不够成熟，却也在慢慢地长开。

他不自然地别开了目光。

“胸，挺起来。”

今汐又深深地吸了一口气，挺着胸，但肩膀还是没有打开。

薄延的手轻轻地落到了她的背上，见她并没有排斥和反感，于是用力地往前推了推：“前挺。”

“不行了学长，快炸了。”

“谁让你憋气。”

“噢……”

今汐吐了一口气，又挺了挺。

薄延还是不满意：“再挺。”

“学长，还要挺到哪里去呀。”

薄延想了想，用以前教官教他们的方法，将自己的手伸到今汐胸前约莫几厘米的位置——

“要不，你试试用胸够着我的手。”

薄延指尖修长，手背白皙，有几条淡青色的筋络，一直漫上了手臂。

说这话的时候，薄延的脑袋是侧向一边的，他没好意思看她，薄薄的唇抿成了一条线，有点像是在偷笑。

今汐没有注意到他眼底促狭的笑意，她专心致志，努力地吸气，挺着小胸脯要去靠薄延的手。

薄延却突然抽回了手，拍了拍她的后脑勺——

“傻啊。”

今汐憋的气一泄而空，小身板被他拍得往前面突了突，不满地抬头，杏眼圆瞪：“干吗呀？”

不是按他说的做的吗？

薄延有些无奈：“假如你教官让你这样靠过来，你也这样？”

今汐“啊”了一声，眼神越发不解。

薄延郑重其事地警告她：“这是错误示范，任何人让你这样做都不可以，教官也不行。”

今汐点点头，咕哝道：“哦，那正确示范是什么？”

薄延站到她的身后，双手搭在了她单薄的肩膀上，往后掰了掰："双手自然下垂，不要憋气。"

他的手又落到她的凹陷的腰窝处："背，屁股，都要碰到我。"

今汐明显感觉自己的背贴在他坚硬的腹肌位置，隔着单薄的衣料，他的体温比她高了好多。

今汐额间渗出了薄汗。

薄延低头，能看见她小巧的耳郭变红了。

他松开了她，说道："就像刚刚靠着我那样，每天对着墙壁站半个小时，没多久你的体态就会纠正过来。"

"咦，这样我以后走路是不是就会像你们一样呀。"

"这只是站姿，让你变得更有气质，至于怎么走路，随意就好，不然会很奇怪。"

"是哦。"

她想起薄延平时走路，也不会像训练的时候那般，雄赳赳气昂昂，他在闲暇的时候比谁都轻松随意，趿拉着一双夹板拖鞋四处溜达。

今汐向薄延道了谢，拎着自己的小盆子转身离开。

薄延抬眸望向铁丝网上那一大一小的两件军装，觉得还挺顺眼。

军训的第二天，今汐心里七上八下，一直不敢抬头看许朝阳，生怕和他来个视线交错，又被单独拎出来罚站。

幸而没有。

今天的许朝阳全程温柔，没有惩罚任何一个同学，有同学做得不对，顶多也就咋咋呼呼骂两声。

昨天他可弄哭了两三个女生呢，估摸着晚上回去也做了自我反思和检讨，所以今天的许教官就像换了个人。

早上九点，薄延出现在了操场。

休闲黑 T 背面印着一只瞪眼的卡通熊猫 logo，下身七分裤，裤脚挽起来，露出了一截白皙的脚颈，脚上踏着运动板鞋，散漫又随性。

他背着画板，目不斜视地穿过操场，找到一处偏阴凉的梧桐树边坐下来，搭好了画板。

许朝阳发现，自己排队女生的目光全让薄延这家伙给吸走了。

"注意！"

没人搭理他，女生们小声叽叽咕咕：

"是薄延学长哎！"

“他怎么帅成这样！”

“眼睛好漂亮，像我们家猫。”

“学长是在画画吗，画我吗？”

“啊啊啊，他看我们了，快站直站直，美美哒！”

……

许朝阳很无语，他练了这么久，都没见妹子们认认真真地站过军姿。薄延一来，得嘞，一口气把胸憋得比谁都挺。

许朝阳有点吃醋了，别扭地说：“你们要是都这么喜欢薄延，我就把教官让给他，让他来教你们。”

“好哇！”

“完全没问题！”

许朝阳：“……”

心贼痛，昨天一天嗓子都喊哑了，教出这样一帮小白眼狼。

这时，一个柔柔弱弱的声音响起来：“许教官挺好的呀。”

许朝阳眼睛一亮，望向说话的那女孩。她站在队伍里，几根狗啃刘海盖在眉毛上，蓄着《这个杀手不太冷》中玛蒂尔达的高短发，笑眯眯地看着他。

许朝阳记得她，楼上宿舍的楚昭。

果然是远亲不如近邻，关键时候还是自家邻居靠得住。

“真的假的，楚昭。”

“你不会是讨教官喜欢，让你少罚站吧。”

楚昭就是特正直一小丫头，严肃地说：“许教官让你们出列的时候，叫的可是你们的名字，不是几排几列。”

此言一出，同学们才回想起来，还真是啊，每次被许朝阳点名，那是真的点姓名。

这才两天时间，他就把全班同学名字记下来，并且和长相挂上了！

这可不是谁都能做到的。

接下来的训练，同学们的动作认真了许多，许朝阳颇感欣慰，朝着楚昭投去感谢的目光，楚昭浅浅一笑，示意不必客气。

整顿休息期间，今汐和朋友们去休息棚接了水，走到阴凉的树梢下小坐片刻。

薄延等了很久，都没见这丫头走过来，他抬起头望向她。

今汐坐在小石椅上和朋友们交换抹防晒霜，厚厚的一层乳液，将一张热扑扑的小脸涂得白白净净。

薄延又耐心地等了几分钟。

今汐也不知道在讲什么，乐不可支，结果喝水还差点儿呛到。

眼看着休息时间就要过去了，今汐丝毫没有过来和他打个招呼的意思。

薄延耐着性子，眯起眼睛看了她许久，她朝他投来了无意的一瞥，两人的视线便遥遥地撞上了。

薄延心头乱七八糟炸了一簇电火花。

这妹子……有点勾人。

今汐则抬起手冲他扬了扬，然后扭头继续跟朋友们聊天。

薄延："……"

就这样？是你跟我不熟还是我魅力有限？

就在薄延几乎放弃的时候，今汐终于迈着缓步子，朝他走了过来。

"咦，学长在写生吗？"

薄延没好气地将画板摊开给她看："找找你自己。"

洁白的纸上，绘着好几个方阵的素描图，每个学生都被他绘了进去，高矮不一，几乎还原了从他这个角度目所能及的大半个操场。

这些学生的脸部并没有绘制，仅仅只是用一种模糊化的手法绘了身影轮廓。

今汐弓着身子，仔细地寻找着。

她的发丝散落到了他的肩膀上，薄延微微抬头，便能望见她颈下的皮肤，因为太阳的暴晒，原本白皙的肌肤微微有些发红。

他将她的头发轻轻撩开，放在掌心摩挲了片刻。

今汐浑然不觉，嘴里喃喃道："我是在这个方阵里面，这个人是许教官，咦，不对，许教官应该是这儿，那我应该是在……"

她找不出来，这画里的人也太多了，她是站在人群中最不起眼的那一个，而且脸都没有画，找碴游戏都没有这么难的。

"找不出来。"今汐望向他，"有正确答案吗？"

薄延淡淡一笑："有，不过需要条件。"

今汐粉嫩的小嘴撇了撇："还要条件呀。"

"当然。"

"那你说说吧。"

"凑过来。"

薄延修长如葱的指尖对今汐勾了勾，于是今汐听话地将耳朵贴了过去。

她的耳郭浑圆，耳垂莹润饱满，泛着潮红，看上去十分可爱。

薄延将她的发丝撩到耳朵后面，低声说道："待会儿全连休息的时候，会抽小朋友出来表演节目，你自告奋勇走一波，给你学长唱个歌或者跳个舞。"

今汐："……"

谁是小朋友啊！

"那我还不想知道了呢。"今汐咕哝着，"别想骗我出丑。"

"还没有上台，如何预设自己会出丑？"

"肯定会。"今汐一口咬定，"我就没这天赋，懂吗，别人会笑死我的。"

"你是没有勇气吧，小尿包。"

"随便你怎么说咯。"

今汐才不吃他的激将法，站起身，拍拍自己裤腿上的青草："走了，拜拜。"

"哎。"薄延突然伸手牵住她的手腕。

今汐低头："怎么？"

"我不会笑话你。"

她潇洒又酷炫地甩开了他的手："哼。"

诚如薄延所说，果然没多久，几个方阵排在教官的指挥下，全部坐了下来，开始拉歌。

许朝阳气壮山河地喊了一声："二排的同学，有没有自告奋勇出来表演节目的！"

二排的同学异常之团结，齐声大喊："没有！"

许朝阳："……"

要不要这么给面子。

"咳咳，那我就要点名了。"

人群中，今汐惊悚地望向薄延。

薄延靠着树干随意地坐在草地上，远远地睨着她，冲她比了个口型："来啊。"

今汐慌忙摇头："别想！"

许朝阳："咦，今汐同学看来有想法，大家鼓掌！"

今汐："……"

热烈的掌声已经响了起来，今汐硬着头皮出列，面红耳赤。

今汐扯了扯许朝阳的衣袖，低声说："我没什么才艺呀！"

许朝阳："那你会什么？"

今汐："我会胸口碎大石，行吗？"

许朝阳："好的，今汐同学要给我们唱一首歌，大家鼓掌！"

今汐："……"

"那……我就给大家唱一首周杰伦的《醉赤壁》吧。"

许朝阳诧异地问："周杰伦还有这首歌吗？"

今汐："啊？"

看着她那张红得要滴出血的小脸，眼神无比虚浮。许朝阳知道，这家伙现在已经紧张得元神出窍了。

"确认过眼神，我遇上对的人……"

今汐唱完这句的时候，又和薄延眼神撞上了，她声音跟着抖了抖，紧接着调子开始天南地北地乱跑，台下笑成了一锅粥。

她发誓，那一定是她这辈子最灰暗的时刻。

今汐上一次开口唱歌，是在小学一年级的儿童节会演上，她脸上挂着两坨嘟嘟红，眉头点着美人痣，穿着她继兄为她特意准备的昆虫装，就跟个长了翅膀的小蚕似的，傻了吧唧站在舞台上唱《虫儿飞》。

那次，沈平川站在台下离她最近的地方，在她唱完以后使劲儿鼓掌，差点儿热泪盈眶，迫不及待告诉周围人："那是我妹妹，我妹妹好可爱啊！"

那满脸欣慰的老父亲表情，今汐现在还记忆犹新。

这次，她的调子依旧是跑了十万八千里，周围笑声不断。

"恕我直言，曹操的棺材板都摁不住了！"

"周杰伦听了眼泪掉下来。"

"妹子有点可爱啊。"

……

当然，都是没有恶意的讪笑，今汐早就料到了，所以并没有放在心上，有始有终地坚持唱完了这首歌。

同学们给她鼓掌，她顶着红透的脸蛋回到自己的队列里面，再度望向薄延。

薄延那英阔的眉宇下，眼角盈满了笑意，伸出手，疏懒地拍了两下，算是给她鼓掌了。

今汐冲他做口型，愤愤道："我谢谢你了。"

晚上，她拎着空盆走回宿舍，发现门口放着一张纸。今汐好奇地拾起来，打开外面的薄纸垫，里面夹着一幅画，正是薄延今天坐在树下画的那一张。

不过有不一样的地方，所有人都是没有脸的黑白色调，而唯独人群中的一个女孩子，有了清丽的面孔和漂亮的颜色，瞬间就突显了出来，所有人都成了她的陪衬。

她挺着小胸脯，双臂紧贴身侧，鼻梁上挂着眼镜，紧皱着眉宇，表情无比认真而严肃。

画的左上角有两个流畅而遒劲的小楷字——

勇气。

今汐收到薄延送的那幅名为《勇气》的画，特别珍惜，军训的时候也比以往认真了许多，连许朝阳最近都经常夸她，说她大有进步。

晚上吃过饭，两位室友去散步溜达，今汐便独自回了宿舍。宿舍楼下，她看到一个穿绿色军服的女孩子，正在和薄延讲话。

女孩扎着马尾辫儿，军训外套被她系在腰间，一件单薄的迷彩 T，勾勒着她丰满的身材，前凸后翘，高挑又性感。

今汐认出那女孩，正是走廊尽头四朵金花之一。

那女孩看薄延时的眼神无比热烈，眉飞色舞地对薄延说着什么。

夕阳黄昏之下，薄延侧脸的轮廓透着光，很是漂亮，眼角微微一抬，勾出了几分撩拨之色。

小金花从背后拿出了一件礼物，羞怯怯地递给薄延。

而这时，薄延眸子一抬，恰好和今汐撞了个正着。

今汐呼吸一滞，转身跑了。

一口气走出去老远，她才反应起来，跑什么呀！她又没做坏事，怎么反而显得是她做贼心虚呢？

当今汐重新回到宿舍楼下时，已经没有两人的身影了。

说不定已经好上了，手拉手去小树林了呢。

她回了宿舍，将挂在墙上的那幅名为《勇气》的画取下来，塞回了课桌里。

半个月的军训进入尾声，许朝阳收到了不少女学生送来的书信和小礼物，有包装精美的小蛋糕，还有漂亮文艺的笔记本和进口的巧克力。

许朝阳高兴得像只三百斤的狗子，每天都要向宿舍里唯一不是教官的薄延炫耀五百遍，还把女生写给他恋恋不舍的感谢信，用标准的新闻联播腔调播报一遍，那副贱相连荆迟看了都想把他按在地上狠狠摩擦。

薄延并不羡慕他，因此总是面不改色，左耳进右耳出，直到……

许朝阳收到了今汐送的糖果礼盒。

礼盒包装精美，系着蝴蝶结的丝绒带，盒子里装着好些口味不同的糖果，有大白兔奶糖，还配了喜之郎果冻，看样子是她精挑细选自己亲手制作的成品。

随糖果盒送出的，是一张粉粉的少女心卡片，上面有一行隽秀的字迹——

许教官，这些日子以来您辛苦了，我们从您身上学会了朴实和刚毅。虽然军训即将结束，但是我们会永远记得您的教诲，严格要求自己。最后，一首《红军·七律》送给许教官：红军不怕远征难，万水千山只等闲……

此致敬礼

今汐

许朝阳将一枚大白兔奶糖搁薄延的桌上：“请薄爷吃糖糖，楼上的小汐送的哟！”

薄延拆了糖衣，许朝阳继续捅刀子：“小汐还送给我一首诗哦！”

薄延面无表情：“哦。”

那天晚上，409宿舍门进出的撞门声大了不止一倍，震得人肝颤，荆迟正在玩游戏呢，手一抖，差点儿让人给杀了。

他摘下耳机，冲进门的薄延道：“谁惹你了。”

薄延依旧是平日里那副气定神闲的模样：“没有。”

说完，又是“砰”的一声，他手里的水杯重重地砸在了桌上。

荆迟吓得赶紧戴上了耳机，缩回被窝保平安。

接下来几天，许朝阳严重怀疑，薄延已经和他单方面绝交了。

具体表现在，军训期间，他因为抽不开时间，便请薄延每天路过团委的时候，代他签个到。

结果几天后，许朝阳兴致勃勃拿签到表去兑换操行分的时候，赫然发现，那一排原本应该是“许朝阳”的名字，全变成了“薄延”。

操行分也都加到了薄延的账上。

许朝阳气冲冲地质问薄延，薄延挠挠头：“哦，写错了，不是故意的。”

他那一脸报复的快感，摆明了“我就是针对你，不服忍着”。

而后许朝阳发现，薄延每天晚上夜跑也不叫他了，甚至两个人一起去上厕所，薄延都是等他上完了出去，才矜持地解皮带。

所有不同的征兆都在预示着同一个讯息：他和薄爷友谊的小船快要翻了。

许朝阳思来想去，觉得问题可能出在今汐送给他的礼物上。

糖果礼盒就摆在桌上，他每次从里面拿出糖果，塑料包装撕得哗啦作响的时候，都能感受到背后射来的一道阴恻恻的目光。

许朝阳决定跟今汐聊聊。

那天晚上解散以后，许朝阳单独把今汐留下来，问她道：“今汐同学，明天军训就结束了，你没有准备给你薄教官送点什么？”

今汐：“哪个薄教官？”

许朝阳：“就你邻居，薄延教官。”

今汐：“咦，他是教官吗？”

许朝阳：“你薄教官不是每天都在天台上教你动作吗？虽然你的军姿依旧站得很丑，几乎可以说丝毫没有进步，也不知道他每天教你些什么玩意儿，不过……不过这都不是重点，重点是他教了你，一日为师，终身为父，你不得孝敬孝敬他老人家。”

今汐被许朝阳这一席话说得愣愣的，想了想，说道：“他女朋友不会生气吗？”

许朝阳：“薄爷有女朋友，我怎么不知道？”

今汐：“我看到有女生跟他表白来着，还送礼物。”

许朝阳淡然一笑：“给薄爷送礼物的女孩子多了去，但不是谁都够格当他女朋友，薄爷这方面还是很挑剔的。”

今汐抬头：“咦，他没交女朋友啊？”

许朝阳：“他这几天鼻子不是鼻子，眼睛不是眼睛的，什么火气都冲我来，交了女朋友能这样？”

既然还是单身，今汐觉得送他礼物也没什么关系。

于是当天晚上，薄延也收到了一份今汐亲手做的糖果小礼盒，比许朝阳的礼盒大一寸，糖果更多，还附写了一首《沁园春·雪》。

走廊尽头的露台边，薄延收到小礼盒，眼角微微上挑，榛色的眸子里暗流涌动，满脸写着“宝宝很开心，但是宝宝不能表现出来”。

今汐说：“谢谢薄延学长帮助我，这是一点小心意。”

薄延强压着嘴角的笑意，面无表情喃了声：“幼稚。”

今汐一双乖巧的鹿眼盯着薄延，她很聪明，看得出来薄延其实很高兴，只是要面子死不承认而已。

薄延见她抬头，顺势伸手捏住她的下颌。

今汐：“呃……”

她能感受到这男人指腹的粗砺质感：“干吗呀？”

薄延捏着她的脸左右看了看，喃了声：“晒黑了。”

“那我就很奇怪了。”今汐也伸出手，抬起了薄延的下巴，“你每天都在太阳下面晒，也没见变黑呀。”

男人挑女人的下巴，带有占有的味道，而这世上，还没人敢对薄延做这样具有挑衅意味的动作，今汐不仅挑了薄延的下巴，还轻轻拍了拍他的脸颊。

“学长的皮肤还真是好，又细又滑。”

薄延：“……”

这绝对是被轻薄了。

今汐十分好奇：“所以学长是怎么保养的呢？”

薄延捏住她的手：“多晒早上的太阳，以毒攻毒。”

今汐蹙起了眉头，怀疑地问：“真的吗？”

别是骗她的吧，晒太阳还有以毒攻毒一说？

“为什么要晒早上的太阳啊？”

“因为我早起。”

咦，好像没毛病。

薄延说：“明天早上开始，跟我去晨跑，多晒晒。”

今汐差点儿双腿一跪：“薄教官，放过你学妹吧！”

好不容易挨过军训，今汐可不想再过每天早上六点起床的艰苦革命生活了。

次日清晨，今汐五点就醒了，生怕薄延来敲门，忐忑地在床上挨到了六点。

幸好，他没有上来敲门。

今汐安心地闭眼睡觉，然而，睡不着了。

她到底是在瞎折腾什么呢！

中午，今汐从学院的新生宣讲会出来，在食堂门口又遇到了薄延，他穿着一身笔挺的墨绿军装，挺拔又精神。

穿军装军靴的薄延，和平时穿夹板拖鞋疏懒的模样全然不同，看上去精气神十足，连眼睛都要亮一些，举手投足间，英气十足。

一个人怎么能把完全不同的两种气质如此完美地融合呢，今汐觉得这人真是挺厉害。

薄延看见她，微微抬了抬下颌：“今天早上，我在门口等了你十分钟。”

今汐一秒戏精上身，靠在墙边做弱柳扶风状，捂着嘴：“你学妹生病了，咳咳，好晕。”

薄延抱着手臂，一副“我就看着你演”的架势：“哦，病了，吃药没？”

“吃了。”

“吃的什么药？”

今汐面不改色心不跳，一字一顿：“六味地黄丸。”

薄延微微挑眉：“原来学妹是肾虚了。”

他走过来拍拍她的肩膀：“那学妹好好休息，不要太过劳累，有需要学长的地方，尽管开口。”

今汐：“……”

你学妹肾好着呢！

迟来的校园卡终于发放了，今汐拿着校园卡，兴致勃勃地去食堂给自己刷了个炸鸡腿。

对桌的一个平头背心男，似乎总有意无意地盯着她看，被今汐发现以后，他礼貌地笑了笑。

他的鬓间剃了一道闪电，手臂肌肉仿佛要爆出来似的，看着挺能吃。

今汐以为他觊觎自己手里的大鸡腿，于是指了指食堂东南角窗口：“那边买的。”

那平头闪电哥似乎对鸡腿没兴趣，他起身离开，路过今汐身边的时候，故意把自己的校园卡丢下了。

今汐看看地上那张遗落的校园卡，又抬头看看他。

他走出食堂大门以后，故意回头望了望今汐，似乎是在期待她叫住他，把校园卡送还。

然而……今汐淡定地吃完了鸡腿，擦了嘴，这才慢悠悠地捡起了校园卡，送到了食堂的失物招领处。

刚把卡放上去，那平头闪电哥便匆匆跑回来，对今汐感激地说：“同学，谢谢你捡到我的卡！这样吧，我请你喝奶茶！”

今汐把卡放到失物招领台，然后说：“不好意思哦，我现在很撑。”

平头闪电哥立刻接茬：“我真的很感谢你，要是没有你，我卡上几千块钱就没有了呢。”

拥有数额上千的校园卡黄金土豪吗？

“不用谢。”今汐说完转身离开。

平头闪电男立刻追上前来：“学妹，这样吧，加个微信，以后我再请你喝奶茶。”

“不用了，这是小事。”

“加一个吧，学妹，就当交个朋友。”

今汐见他这死缠烂打的架势，要是不同意的话，估摸着是要一直跟到自己的宿舍楼下。

“好吧，你扫我。”

她说完点开手机相册，戳开了沈平川的微信二维码，递了过去。

平头闪电哥兴奋地添加今汐为好友，还忍不住夸赞她：“学妹，你这微信名真文艺。”

沈平川的微信名是：山川潮汐。

这微信名，沈平川用了好多年了，是他绞尽脑汁想出来的昵称，既包含了他的名字，又有他妹的名字，看上去还特壮阔，特有气势。

他的微信头像，是大白机器人抱着一个小女孩，小女孩脑袋埋进大白那胀鼓鼓软绵绵的肚子里，远处夕阳日暮，满满的暖意。

大白是他，小女孩是今汐。

很少有男孩会用这种温暖的卡通图片作为头像，因此平头闪电哥丝毫没怀疑，开开心心地加了微信。

刚刚下课的沈平川看到一条新的好友添加，还没戳进去，便收到今汐的信息。

小妹：“沈平川，跟上次和上上次以及上上上次一样，帮我礼貌拒绝人家哦。”

沈平川：“又到处拈花惹草。【敲打】”

小妹：“没有。【委屈】”

沈平川：“算了。”

这也不是第一次了，今汐软萌可爱，桃花朵朵开，大部分时候直接拒了，遇到死缠烂打的实在招架不住，她会留给她哥处理。

一般情况下，加了沈平川的男生就再也不会出现在今汐面前。

沈平川通过了好友添加，戳进对话框，准备直接告诉那人，不要打他妹妹的主意。

消息还没有发送出去，平头闪电哥“吧唧”一下甩给沈平川一张照片。

沈平川手机都差点儿飞出去。

照片里，闪电哥赤着上身，秀出了自己的肱二头肌。

肌肉块很结实，看着让人恶心。

沈平川骂了声，正准备把人拉黑，然而放大了照片后，他感觉这男生有点眼熟。

上次男宿查寝，这个男生好像和他发生过冲突。

可对方怎么会突然找上今汐呢？

沈平川心下疑惑，因此没有直接拉黑，而是发去了一个试探性的问号。

“学妹，我叫孙凯，军训的时候我就注意到你了。【羞涩】”

沈平川：“你想做什么？”

孙凯：“想和学妹交个朋友呢。【嘻嘻】”

沈平川：“发照片是什么意思。”

孙凯：“学妹别这么严肃嘛，你看学长照片帅不帅。【调皮】”

沈平川：“……”

孙凯：“学妹，你朋友圈的封面真好看。”

沈平川朋友圈的封面，挂的是今汐的照片，去年家庭旅行的时候，今汐在大马路上撸起袖子吃麻辣烫，辣得她直翻白眼，这一幕让沈平川给拍了下来，挂成了朋友圈封面。

今汐好几次要求沈平川删掉这张没有任何美颜滤镜的照片，苹果前置相机那就是“360度放大你的丑”，什么仇什么怨，沈平川居然拿这张照片当封面。

但沈平川就觉得这张特真实特可爱，死都不删。

孙凯：“学妹，你这么漂亮，为什么还没有男朋友呀，不合理哟！【调皮】”

沈平川被他油腻的语言风格恶心得早饭都要吐出来了，他不想再和这家伙废话，直接将对方删了。

然而没两分钟，这家伙又发来了好友添加申请：“学妹，好好的，为什么删我？”

沈平川拒绝添加，而孙凯是不到黄河不死心，连着给沈平川发了四五条添加信息。

沈平川重新通过添加。

孙凯：“【委屈】【委屈】”

沈平川看着他发送的表情包，心头直冒火：“你烦不烦。”

孙凯："学妹别生气嘛，我想约学妹出来玩。"

沈平川："不约。"

孙凯："学妹好凶，怕怕。"

沈平川："……"

孙凯："学妹会喝酒吗？"

沈平川："不会。"

孙凯："不会可以学嘛，学长带你，这周五晚上，你把你的室友啊朋友啊都叫上，咱们去酒吧玩玩。"

学生会办公室里，面前的椅子被沈平川一脚踹飞了。

以前也有错加他微信的男生，不过好歹人家是真心诚意想要认识今汐，所以他说清楚之后，就把人家删了，没发生矛盾。

这个叫孙凯的，居然一来就想直接把自己妹妹往酒吧拐，居心不良可见一斑。

沈平川打算给他点教训，当下便回了信息："行，到时候联系。"

男生宿舍里，孙凯赤着胳膊坐在床上，看着手机，大叫了一声："居然同意了！"

室友问："什么同意了？"

孙凯高声道："沈平川那漂亮妹妹，同意跟老子出去玩了。"

室友："真的假的，你不是刚刚才加了人家的微信吗，这么快就同意了？"

孙凯得意一笑："我把那张健身房拍的照片给她发过去了，看了照片，估计已经爱上我了。"

室友："哇，凯哥，你也太鸡贼了吧。"

孙凯："就这周五，我肯定搞定她。"

室友："这样会不会不太厚道啊。"

孙凯："有什么不厚道的，沈平川收了我们多少东西，现在是该给他点厉害瞧瞧。"

室友："你追上他妹妹，是不是就成了沈平川的妹夫了？"

"什么妹夫！"孙凯冷冷道，"要是那小丫头听话上道，我还可以跟她玩玩，要是她不讨人喜欢，我玩两天就扔。"

室友竖起大拇指："凯哥好样的。"

没过几天，孙凯约了沈平川妹妹出去玩的事情，便私底下在男生中传开了。

孙凯在渝城大学是出了名的渣，借着自己有一身肌肉，长相也还不错，喜欢用各种社交聊天软件勾搭妹子，交往时间最长一个月，最短不过三五天。

众人纷纷感慨，孙凯那种猪居然都能把今汐约到手，这世道，真是渣男横行，无法无天。

这件事，很快便传到了薄延的耳朵里。

课堂上，荆迟低声说：“男十二宿那边传来的消息，说孙凯约了小汐今晚出去玩。”

许朝阳正在玩游戏，闻言抬起头来：“咱楼上的今汐？”

荆迟指尖的笔转了转：“说的是沈平川的妹妹，沈平川还能有几个妹妹，老早就听说他们要报复沈平川，这不，上手了。”

许朝阳手机一放：“那可不行，今汐是我学生，我可不能让他被孙凯那畜生祸害了。”

荆迟淡淡一笑：“人家单身成年男女出去玩，许教官你还能拦在门口不让人家出门吗！”

许朝阳想了想，觉得荆迟说得有道理。

“那我去找孙凯！”

许朝阳说完便要起身，被荆迟一把拉住：“正上课呢！你找他干吗，揍一顿然后你自己背处分？”

许朝阳：“那你说怎么办？”

“人家薄爷都没说话呢。”荆迟回头，发现薄延位置空荡荡，“咦，人呢？”

桌上剩了一支铅笔，以及半张未完成的许朝阳素描画。

薄延冷着脸，大步流星朝着教室大门走去，上思修课的老师见状，连忙喝止：“这位同学，你去哪里？”

“厕所。”

“下课再去。”

薄延眉眼一挑，眼角划出一丝浅淡的笑意：“老师，憋不住了。”

“那你……快去吧。”

“谢谢老师。”

薄延头也不回地走出了教室。

“神了。”身后的荆迟看得一愣一愣的，这薄爷不愧是老少通吃的师奶杀手啊。

许朝阳偷偷收起了自己的画。

宿舍里，今汐给自己打扮得美美的，刚走到四楼，便见薄延懒洋洋地倚靠在墙边。

他手插兜里，漫不经心地望着天花板，狭长漂亮的丹凤眼，宛如珠子般通透明净。

“学长，我记得这个时间，你们要上公选课呀。”今汐诧异地问，“你翘课啦？”

“嗯。”

薄延尾音一扬，侧过身睨着她：“上课好无聊。”

今汐皱起眉头，义正词严说：“学长，翘课不好，万一待会儿老师点名，你就完蛋了。”

“我怎么完蛋了？”薄延有意要逗逗她。

“我听说，那个思修老师总是在课后点名，要是她发现你不见了，就会扣你的分，期末拿不到好成绩，就没有奖学金了！”

今汐神情非常严肃，仿佛奖学金是一件特别重要的事情。

“如果学长拿不到奖学金，会怎么样？”

“如果拿不到奖学金……”今汐想了想，“好像也不会怎么样。”

“所以为什么要勉强自己做不喜欢的事情。”

今汐看着薄延那疏懒清淡的神情，说道：“因为，这是正确的事情呀。”

因为是正确的事情，所以即便不愿意，也要去做，当一个能拿奖学金的好学生，成为不让父母操心的好孩子，成为优秀的人。

薄延发现，这女孩心思特别单纯而直接，不会绕弯子，只有在土壤温厚的家庭里，才会培养出这般剔透无瑕的心灵。

别看沈平川对别人贱兮兮的，但对这小继妹，他必然是放手心里疼着的。

薄延望向今汐，她穿着漂亮的格子布连衣裙，扎着一个蝎尾辫儿，辫儿上还系着红头绳，俏皮又可爱，脖颈处的皮肤很白，脸上还挂了淡妆。

他问道：“你要去哪儿？”

“约了朋友一块儿玩。”

今汐手上还拎着一个粉红色的小袋子，看来还要送礼物。

薄延脸色转了阴：“一定要去？”

今汐理所当然地说：“老早就约好了，怎么能放人家鸽子呢！”

“行，我跟你一起去。”

在她确定薄延是真的铁了心要跟她一起去参加高中闺密聚会的时候，还有些小担忧。

路上，她不止一次地问：“学长，你真的要跟我去玩啊？”

薄延踏着碎步子，坐在她身后，淡淡道：“不欢迎？”

“那倒也不是。”今汐忐忑地说，“就……你也不认识我的朋友，确定要和她们玩？”

“我喜欢认识陌生人。”薄延说。

今汐不相信，他可不像喜欢结交陌生人的样子。

“你现在后悔还来得及哟，不然到时候无聊，别怪我没提醒你。”今汐闷声说。

薄延脸色沉了沉：“怎么，我不方便去？”

“也不是。”

“那就行了。”

今汐放弃了，人家满心想跟你一块儿出去玩，你也不好硬拦着不让人家去。

两人下了轻轨又转了公交车，商区A馆，今汐通过微信好友共享位置，找到了她的闺密小伙伴。

她们正在逛一家非常可爱的Hello Kitty主题馆，馆里摆放着各种各样的小猫周边，几个女孩站在店门口，用手机疯狂自拍——

“今汐来了！”

“来得正好，快快快，一块来拍照！”

今汐哒哒哒地跑过去：“这家店好可爱哦，你们怎么找到的？”

“嘿嘿，微博上我都关注好久了，今天开张，特地约你们过来拍拍拍！”

女孩们好奇地望向薄延：“咦，今汐，你还带了朋友啊？”

今汐：“他说也想和我们一块儿玩。”

“那既然是今汐的朋友，过来跟我们一起拍照呗！”

“哎呀，别害羞呀，没什么，大家都是朋友，待会儿跟我们一块儿逛街。”

薄延：“……”

他看了看周围粉粉嫩嫩的卡通周边，四周全是摆着姿势各种拍照的女孩子。

整间店就他一个男生，沉着脸，手插兜里，僵硬地站在几个可爱的妹子身边，身体力行地诠释了一个大写的——

尴尬。

那一晚的经历，对于薄延来说，可以称得上是魔幻了。

几个女孩逛 Hello Kitty 主题店，仅是自拍就花了一个小时，然后又去吃甜品，甜品店继续拍拍拍，接着逛街买衣服，又是一顿狂拍！

拍完以后精挑细选，选出几张大家都赞同的照片，加上各种美颜滤镜然后发了朋友圈，还相互点赞。

薄延全程黑人问号脸。

今汐觉得薄延跟着她们着实挺无聊，于是拉着他过来一块儿拍照，让他更有参与感。

薄延其实挺不爱拍照，这回算是舍命陪君子，硬打起精神来，顶着“职业假笑 · jpg”，和几个女孩完成了自拍。

“汐汐，朋友圈我们能发你学长的照片吗？”闺密低声问今汐，“这么好看的小哥哥跟咱们一块儿玩啊！发出去羡慕死别人了。”

今汐又转身问薄延：“朋友圈能发你的照片吗？”

薄延：“你想发吗？”

今汐：“我朋友想。”

薄延睨着她，眼尾微微一挑：“你想吗？”

今汐眨了眨清澈的鹿眼，说道：“我都行啊。”

薄延说：“要我同意，那你也得发。”

今汐回头望望自己的闺密们，她们冲她一个劲儿点头。

无可奈何，今汐只好编辑照片发送——

“幸福，一辈子的朋友……”

以及某个走错片场的哥们。

晚上九点，几个女孩亲亲抱抱相互道别。

踩着月色，薄延踱着步子，陪今汐回了学校。

天上无星无月，夜风轻抚，送来一阵初秋的凉爽。

薄延手插在兜里，走在她的身后，一股子慵懒散漫的调儿。

“为什么突然要跟我一块儿玩啊。”她声音也是懒懒洋洋的。

薄延也不隐瞒，直言相告：“有人说你今晚约会，我想见见你男朋友。”

今汐愣了愣，脸红了：“哪有男朋友，谁造谣呀真讨厌！”

薄延：“你许教官他室友，回去帮你揍他。”

今汐顿住脚步，抬眼望向薄延：“那也很奇怪，即便我要约会，学长你为什么想见我男朋友呀？”

薄延从容地走到她面前，俯身，缓缓靠近她的脸。

今汐明显感觉到他那英俊的五官渐渐放大。

“唔……”

这是干吗？

两个人隔着几厘米的距离，对视着，今汐感觉好像有点……不能呼吸了。

她的视线移到别处，薄延则按住了她的后脑勺，扭过来，逼她看着自己。

他的五官分明，轮廓颇具攻击性，眼神凌厉——

“不准谈恋爱。”

今汐的眼睛眨了眨，睫毛宛如小刷子一般，扫了扫他的鼻梁：“啊？”

“你还太小了，现在的男孩不单纯，不要和他们接触，知道吗。”

今汐往后退了几步，抬头望着薄延。薄延被看得有些不太自在，耳根发烫——

“想谈恋爱，要找好一点的男生。”

良久，今汐“哦”了一声，算是答应了他。

薄延顺手撸了撸她的脑袋，嘴角扬了起来，带着她往学校走。

女孩跟在他身边，很乖很听话，这不免让他有些羡慕沈平川。

有这样乖巧可爱的妹妹陪着长大，沈平川还能长得那么招人讨厌，真是他自己的造化了。

走到学校门口，今汐接到了继父沈石山的电话。

“小汐，你在哪儿？”

“我在学校呢。”今汐有些心虚，毕竟这么晚了。

虽然，没进校门，也算是在学校吧。

“沈叔叔，怎么了？”

沈石山愤声说：“还不是你哥，打架被抓进派出所了，我怕你出事，打过来问问，没事就好。”

“沈平川打架？还进派出所了？”

薄延抬头望向今汐。

今汐一口咬定：“沈平川好学生一个，哪会打架呀，肯定是误会！”

沈石山道：“我现在去派出所领人，具体情况还不清楚，这么晚你别乱跑了，乖乖待在学校。”

今汐挂了电话，满心担忧。

“学长，沈平川怎么会跟人打架，还进派出所，沈平川从来不打架，都是讲道理的呀，他是学生干部一直以身作则，他肯定被人揍了。”

薄延本来想说，沈平川被人揍其实挺正常，不过见今汐挺着急的，他也没忍心说风凉话，走过来，摁了摁她的肩膀：“先别急，让你叔叔处理，你先回去。”

今汐摇头：“我得回家等着。沈叔叔都气坏了，肯定揍他，我得回去拦着些，不然沈平川今天肯定医院二进宫。”

“我送你。”

“不用，宿舍快宵禁了，我家挺远的，学长不要送我了。”

今汐说着已经打开了叫车软件。

“住得远就更不能放你一个人回去了。”薄延说，“你没看新闻吗，女大学生失踪，几天后尸体在荒山野岭被发现。”

今汐哆嗦了一下，显然有些害怕：“那……还是麻烦学长送送我吧。”

她家的确住得有些远，在市郊的一处高档小区。

薄延知道这处小区，是城里少有的比较低调的富人区，之所以低调，是因为小区没修大别墅，都是三四层的花园小洋楼，并不显眼，但是环境和物业管理都特别好。

车停在小区门口，薄延问她：“家里有人吗？”

今汐摇头：“不知道呢，沈叔叔可能还没回来。”

“你妈妈呢？”

“啊，妈妈已经不在了。”

薄延微微一怔，立刻反应过来，诧异地望向她。她情绪挺正常，应该是过去很久的事情了。

于是他也不再多说什么。

今汐刷卡走进小区的大门，踱了几步之后回头，发现薄延还没有离开，孤零零地站在灯下，目送她。

他手插兜里，眼睛埋在灯光的阴影之中看不真切，颀长的身形似有些萧索。

今汐对她扬了扬手，让他快回去。

今汐到家之后没多久，沈石山扯着沈平川的衣领进了屋，跟拽了只狗崽子似的。

沈石山脸色难看，进门的时候还推了沈平川一把。

“跟人打架居然还打到局子里去了！你可真能耐啊沈平川。”

沈平川一个趔趄，险些摔跤，幸而今汐跑过来，稳住了他。

沈平川脸上挂彩，嘴角有瘀青，眼角也有些肿，还真是跟人动了手英勇负伤啊。

“虎父无犬子，老爸有钱有势，我天大的能耐也是拜老爸所赐。”

“你还有脸贫！看老子不打死你！”

今汐连忙挡在沈平川前面：“你就再多说两句，看来今天还没被揍痛快。”

“你回来做什么？”沈平川见着今汐，有些讶异，“谁让你回来的。”

“我回来看沈叔叔怎么揍你啊。”今汐说，“真是长本事了呀，居然还会跟人打架。”

沈平川愤愤地推了推她：“去去去，回你的房间去，看热闹不嫌事儿大，还巴巴跑回来，就这么喜欢看你哥遭殃。”

“你还有脸说你妹妹。”沈石山气得拿脚下的拖鞋砸他，“我让你给妹妹做好榜样，这就是你的榜样！泡酒吧，还跟人打架！书都念到狗肚子里去了？”

沈平川躲开了拖鞋暴击，低着头也没再顶嘴。

沈石山气呼呼地指着他：“我还希望你将来有出息，毕业之后把公司交给你来管，现在看来，你妹妹都比你有出息！”

沈平川望了望今汐：“她懂什么呀，小屁妹一个，还不姓沈。爸，我才是你亲儿子。”

“今汐是我亲闺女。”

沈平川乐呵呵道：“那你让她叫你一声爸试试。”

沈石山右脚的拖鞋又飞了过来，沈平川脑袋一偏，再度闪躲开。

今汐把两只拖鞋都给沈石山捡了回来，狗腿地放在他脚下，回头冲沈平川道：“别想转移矛盾，快老实交代，为什么泡酒吧，还跟人打架！”

沈平川像看小白眼狼似的看了她一眼，说道：“我是为了谁！”

今汐拧眉：“总不能是为了我吧，我请你去泡酒吧的？”

沈平川踟蹰了片刻，终究还是偃旗息鼓，乖乖对老爸认错：“爸，我错了，最近学习压力大，我才去的酒吧，喝多了跟人打架，以后不会了。”

“这不是刚开学，哪来的学习压力呀？”

今汐才不信沈平川这套说辞，她还不知道他吗，他简直就是台学习机，能有什么压力？

“沈叔叔，你别信他，肯定有别的原因。”

“小屁妹你闭嘴，又皮痒了是不是。”

“你还有脸凶你妹妹！”沈石山直接抄了撑衣杆来要揍他，“你到底说不说实话！为什么打架！”

沈石山是个老糙汉，不太会教育小孩，他从小就是吃棍子长大的，因此一贯奉行棍棒底下出孝子，也好在沈平川从小乖觉，很少挨打。今汐又是继女，虽然有时候调皮了些，就更打不得了。

这会儿两杆子落在沈平川的背上，结结实实地吃了痛，沈平川嗷嗷叫了两声，最后还是很没出息地躲到了妹妹身后。

今汐站出来护住沈平川：“沈叔叔，您别动手，我哥这皮细嫩肉的不经打，您快坐下来歇歇，有话好说。”

沈石山一直想要个女儿，得了今汐之后更是当成自己的幺女疼着宠着。她这巴巴地跑回家，看热闹是假，当父母的还能不知道，她是要护着她哥呢。

沈石山指着沈平川气呼呼道：“看在你妹妹的分上，老子饶了你，再有下次，没这么好过了。”

沈平川还想分辩几句，今汐使劲儿给他甩眼色，他这才偃旗息鼓。

夜深了，今汐拿了消毒碘酒和一些活血化瘀的药膏，偷偷钻进了沈平川的房间。

屋里亮着小台灯，他坐在书桌前夜读，神情专注。

“叮叮叮，三好学生今天也挨揍咯。”

沈平川头也没抬，翻了一页书继续看，鼻息发出一声轻哼：“小白眼狼。”

今汐走到桌边，自顾自地用棉签蘸了碘酒，然后捏着沈平川的下颌，给他擦拭嘴角。

他下颌间缀着少年人青色的小胡楂，这会儿今汐才发现，她的小哥哥是真的长大了。

不仅个子高，身上腱子肉也多了，小男孩变成了大男孩，大男孩变成了男人。

沈平川别开脸，咕哝道：“走开，哥还气着呢。”

“别动。”

今汐鹿眼一瞪，沈平川便立刻老实了，任由她给他擦拭着嘴角的创口：“嘶，疼！”

“知道疼还跟人打架。”

“那家伙也不轻松，老子把他门牙都打掉了两颗！”

“还挺得意的啊。到底怎么回事？”今汐板着脸问，“你怎么会去酒吧那种地方？”

很多话不方便对父亲讲，但兄妹之间总是无话不谈的，他总能告诉她吧。

沈平川却不耐烦地说：“是我的事，跟你没关系。”

“是不是学校有人看不惯你，要对付你？”

“看不惯我的人多了去。”沈平川说，“今天我杀鸡儆猴，以后他们都得掂量着点，敢把主意打到我妹……”

他顿了顿：“敢打我的主意，我扒了他的皮！”

今汐手下用力，沈平川疼得嗷嗷叫。

她瞪他一眼：“那就是学校的人咯。我让你不要太出风头，非不听，这下好了，全校都讨厌你。”

“随便他们，我才不在乎，我只做好自己的工作。不说这些了，小屁妹，你今天不是和高中同学约了逛街吗，玩得怎么样？”

“很开心啊，小贾她们还是老样子。”今汐嘴角突然翘了翘，“不过有件好玩的事，今天薄延也跟我一块儿去了。”

“薄延？”沈平川脸色一变，“他去干吗？”

“说是以为我出去瞎约会，要看着我呢。”今汐越想越觉得好笑，“你不在场，都不知道他跟着我们一群女孩去逛 Hello Kitty 主题店，那叫一个尴尬，简直了……”

沈平川微微张开嘴，然后又缓缓地阖上，竟一句话也吐不出来。良久，他撸撸今汐的脑袋：“快回去睡觉。”

“你也是啊，早点睡。”今汐收拾了桌上的药瓶，“我会跟沈叔叔说，让他别生你气了。”

沈平川一脸嫌弃：“小屁妹，你别想鸠占鹊巢，那是我亲爸，还你帮我说好话，你个继女。”

今汐耸耸肩：“晚安了，傻大白。”

晚上，薄延回宿舍的时候，果不其然宿舍已经关门了，不过这家伙嘴甜，三言两句几声问候，就把宿管阿姨哄得开开心心给他开了门。

刚洗漱了睡下，他便接到了一条微信添加请求：山川潮汐。

看到这个名字，薄延猜到了加他的人是谁。

通过了好友请求之后，沈平川直入主题："薄延，你们宿舍上次没收的杂志，明天来我学生会办公室取。"

薄延："你老人家看完了？"

沈平川："滚。"

薄延："丑还不会说话，挨打不奇怪。"

沈平川默了片刻，说道："那个……今天谢谢你了，看着我们家小屁妹。"

薄延没回他，几分钟后，手机屏幕又亮了。

沈平川："你住得近，帮我盯着些，别让浑蛋王八羔子打她的主意。"

薄延挑挑眉："好处呢。"

沈平川："以后查寝，409 白名单，听说你爱喝牛奶，再两箱澳洲脱脂纯牛奶。"

薄延："成交。"

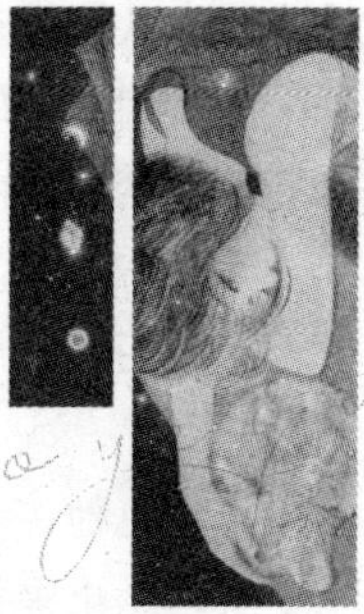

第四章
喵喵社

枯燥的现代汉语课上。

今汐昏昏欲睡，手撑着桌面，轻轻打了个呵欠。脑袋下垂，她立刻清醒过来，撑了片刻，意识又模糊了，一搭一搭跟啄木鸟似的。

午后第一二节的课，真是够要命。

一放学，今汐立刻精神矍铄，迈着抖擞的步子，随人流走出教室。

“马上十一假了，咱们出去玩好不好啊。”楚昭提议，“出去旅游。”

今汐还没说话，林洛道：“十一长假到处都是人山人海，就你俩这身高，得了。”

楚昭搡搡今汐：“小汐，她讽刺你长得矮，只配看人家屁股。”

林洛是东北女孩，高挑又漂亮，穿上高跟鞋直奔一米七五，比好些男生都要高呢。

今汐和楚昭是典型的南方女孩，个子上吃了些亏，都还没够到一米六的门槛，和林洛站在一起，就像她带了俩小朋友似的。

今汐说：“我听着，她是连带讽刺了我俩，昭昭，你怎么看。”

楚昭：“她很凶，我决定隐忍，你呢？”

今汐点点头：“我也忍。”

俩人打定了主意，依旧没出息地跟在林洛身边，才不和她计较。

“我看景区就算了，不过可以去市区玩玩啊。”林洛说，“吃饭逛街，听说有一家恐怖密室上新主题了，试试去。”

“密室三个人不够玩吧。”

林洛想了想：“再叫几个男生护体，也没那么恐怖。”

几个女孩正商量着，便在这时，走廊正对面有男生气势汹汹地走了过来。

今汐认出，正是那日食堂遇见的平头闪电哥。

平头闪电哥好像负伤了，脑袋开了瓢，现在还裹着纱布呢，门牙好像也少了两颗。

几天不见，怎么搞得这么狼狈?

平头闪电哥带着几个兄弟走了过来，冲今汐怒声道："臭女人，你玩我！"

今汐见他来者不善，本能地往个子最高的林洛身边靠了靠。

林洛站出来护住今汐："打群架还是吓唬人，比谁家嗓门大啊？"

"我变成现在这个样子，全拜你所赐！"

"我可没……没这么大本事。"今汐躲在林洛身后，露出一只眼睛，怕兮兮地看着他。

孙凯指着今汐，气得不轻，手都在抖："有胆子跟我玩阴的，骗我去了酒吧，自己不露面，叫你那哥哥上来就给我一酒瓶脑袋开瓢，你现在装什么可怜啊。"

今汐转念一想："哦！就是你害我哥进派出所！"

想到前两日沈平川出事，她大概也明白了这是怎么回事。

过去沈平川帮她解决烂桃花，事情做得干净利落妥妥帖帖，这次竟把人给揍了，如此冲动并非学生干部一贯作风。

想来这个平头闪电男肯定不是好东西，才惹怒了她家那位"老干部"。

"沈贱男敢对我动手，我就从你身上讨回来。"

今汐有些生气了，辩解道："沈平川不是贱男，你再乱叫，我……"

孙凯上前两步，气焰嚣张："你怎么样？"

今汐往后挪了挪，鼓着腮帮子，故作凶狠地瞪他："我告教务处去，扣你操行分！"

国防学院这边公共课刚巧下课，薄延几人见这边有热闹，拖着懒散的步子走过来，刚挤进人群，便听见今汐威胁要扣人家操行分。

奶凶奶凶的。

薄延淡淡一笑，抱着手作壁上观。

孙凯："你还真不愧是沈贱男的妹妹啊，蛇鼠一窝狼狈为奸。"

楚昭都要吓哭了，推着林洛低声道："他怎么还会说成语呢！"

林洛："那你也说，咱们是中文系，输人不输阵。"

楚昭鼓起勇气冲孙凯一顿炮轰："你们一帮男生聚众欺负女生，才是同流合污，臭味相投，沆瀣一气！"

今汐冲她竖起了大拇指。

“行，要讲道理是吧。”孙凯伸手推搡了今汐一下，“你哥把我打成这样，你总要给我个说法。”

这时，一只手搭在了他的肩膀上，他还没来得及反应，只感觉手关节处遭到重击。

“哎哟！”孙凯发出一声惨叫，胳膊肘瞬间叫人卸了力，身子都疼得蜷了起来。

薄延的擒拿术考核学院第一，出手向来稳准狠，半点余地不留。

孙凯落到他手里，分分钟便收拾了，行云流水一气呵成，放飞了吃瓜群众的一众少女心。

薄延将孙凯扔给许朝阳，嗓音冷淡：“许教官，交给你了。”

许朝阳拎起孙凯的衣领，毫不客气地说：“要说法没胆子找沈平川，搁这儿欺负我学生，你还是男人不是！”

孙凯空有一身健身房练出来的腱子肉，但绝对比不上国防学院这几个真刀实枪的练家子，立刻缴械投降，有气无力说：“我这不是来要个说法吗，这妹子玩我，我就不能过来问问清楚？”

今汐傻乎乎上前要回答，薄延拎着她的衣领，将她兜到了自己身后，望向孙凯，以极低极冷的调子道——

“你不能。”

孙凯心虚气短，强撑着一口气：“凭什么！”

荆迟走出来，手上还提着两箱牛奶，对孙凯说：“看到了吗，沈平川孝敬你薄爷的，从今天开始，沈平川这个小妹，归你薄爷管了。”

今汐一惊。

一开始，她还以为这些人胡说，仔细看荆迟手上的两箱还没开封的牛奶，这不是沈叔叔前阵子去澳洲出差带回来的那两箱助她长高的脱脂牛奶吗！怎么一转眼就到薄延手里了！

孙凯看看牛奶，又看了看缩在薄延身后的小兔子今汐，感觉沈平川有点阴险！把自己的妹妹交给薄延罩，他还有什么机会，别说他了，全校男生都没机会了！

“打扰了。”识时务者为俊杰，孙凯无奈摇摇头，扶着生疼的手臂灰溜溜地要离开。

今汐却突然开口：“道歉。”

孙凯回头：“什么？”

“你骂沈平川贱男，道歉。”

孙凯踟蹰地看向薄延，薄延漫不经心道：“骂人道歉，天经地义。”

孙凯真是惹不起这帮国防学院的，来日方长，现在就先暂时委曲求全一下吧。

他讪讪地道歉：“对不起。”

许朝阳笑说：“大声点，我学生听不见。”

“对不起！”孙凯放开了嗓门，“我不该骂沈平川，对不起！”

一场风波，在薄延的“武力”干预下，得到“和平”解决，孙凯的遭殃，也让学校里很多跃跃欲试想要从今汐入手来对付沈平川的家伙放弃了。

沈平川这一招釜底抽薪，以两箱牛奶将自家妹妹托付给了薄延，干得真是漂亮。

全校都知道，薄延爱喝牛奶，沈平川送这两箱牛奶也算投其所好了。

既然俩邻居宿舍撞在一起，又到了饭点的时间，大伙便一道去校门外吃火锅。

今汐坐在薄延身边，幽黑小巧的鹿眼死盯着薄延的牛奶盒子，满眼哀怨：“沈叔叔给我带的。”

薄延将牛奶往自己身边挪了挪：“找沈平川去，搁我这儿扮可怜没用，一口都不会给你喝。”

他话音刚落，今汐“吧唧”一口叼上吸管，咕噜咕噜秒秒钟给他解决了大半瓶，直到瓶子里发出呼呼的空气声，见底了。

薄延：“……”

你赢了。

今汐低声咕哝：“果然是继妹，我才值两箱牛奶。”

薄延眼底闪动着笑意，放下手里的筷子，看向她：“那你自己给自己开个价。”

今汐郑重其事地想了想：“两箱牛奶，再加五包小浣熊干脆面和一袋妙脆角。”

薄延勉为其难说：“既然如此，待会儿吃完饭，你就去超市补齐这些东西，再给我送过来。”

今汐想了想，觉得没毛病：“好吧。”

晚上，今汐特意去超市大采购，给薄延补齐自己的“身价”，许朝阳埋怨薄延：“就你能套路，我学生多单纯一小孩，落你这一肚子坏水的家伙手里，以后还能好了？”

薄延心情似乎非常不错，没搭理他，加快了步伐朝前走。

夜色降临，校园操场上时而传来少年们的阵阵呼喊。

荆迟笑着对许朝阳说："你学生现在是薄爷的姑娘，人家大哥钦定，你就眼红吧。"

"我还以为他闹着玩玩。"许朝阳追上薄延，追问，"真的假的，你来真的啊？"

薄延走到单杠边上，单手一个引体向上，白皙的手臂漫起淡青色的血管脉络，他喃了声："什么真的假的。"

"你看上小汐了？"

薄延从单杠边落下，调子不咸不淡："一个还没发育的破小孩，我能看上她什么。"

许朝阳正要松口气，却又听薄延道："等她发育了再说。"

今汐为了提高自己的"身价"，还真送了薄延好几口袋的零食。

当然，荆迟知道，薄延从来不吃这些膨化食品，于是和他商量着，想把这些零食拿去宿舍楼道推销，晚上宿舍门关了以后，男生总是肚子饿，这会儿转手卖，价钱能翻个倍，到时候两人五五分。

薄延反手就是一本书扣他脑袋上："做梦。"

那几天，每天晚上，许朝阳都能听见下桌传来"咯吱咯吱——咯吱"的声音。

他脑袋落下去，赫然发现他薄爷一双大长腿搁桌上，一边看书，一边手上捏着薯片，吃得非常香。

许朝阳眨眨眼睛，一脸悲壮地看着他："薄爷，难为你了，要实在不爱吃这些垃圾食品，作为兄弟我可以为你分忧……"

说完，他将罪恶的狗爪子伸向了薄延的妙脆角。

薄延没拦着，许朝阳满心欢喜以为自己空落落的肚子终于能得救了，却没想到，妙脆角袋子已经空了。

"你什么胃口啊，这就吃完了！"

荆迟嘲笑许朝阳："你薄爷胃口大开，还能有你什么事？"

"他不是养了神仙胃，最讨厌吃零食吗。"

"那也要看是谁送的零食。"

许朝阳恨得牙痒痒，觉得薄延真的很过分，分走了自己学生的爱戴和关心。自从和沈平川达成只可意会不可言传的君子协议之后，薄延在小汐身边的地位，都已经超过了自己这个操碎了心的婆妈教官。

现在两人关系可好了，每天晚上，薄延都会带着今汐夜跑，美其名曰强身健体，许朝阳还能不知道这老狐狸打的什么盘算吗？小汐那么单纯，被老狐狸叼走了都不知道呢。

当然，许朝阳不知道的是，除了夜跑以外，今汐每天都要向薄延汇报情况。

大部分时候的细碎琐事，薄延都没回她，时不时看着手机里蹦出来的消息，薄延眼角的神色都会温柔许多。

但也并非所有信息都不回，譬如——

今汐："回宿舍了。"

薄延："顺带路过学校后门，卤肉饭谢谢。"

但这能是顺道路过吗！她是齐天大圣一个筋斗云还能顺到学校后门去?

两天后的国庆假。

林洛最惨，临时被家里抓去来了一场全家出游，登泰山。她发来一段视频，视频里人群熙熙攘攘一眼望不到头。

可怜的东北大姑娘，被堵在前不能进、后不能退的云梯之上，她的身高比周围女孩突兀地高出了一截，因此视频能捕捉到她那被挤成肉饼而生无可恋的绝望脸。

每隔十秒钟，往上级阶梯挪一步。

保持着这个频率，她爬了整整俩小时，终于到了排队买票的地方。

然而，林洛的朋友圈，发的照片是朝霞云彩衬泰山苍松，配的文字是——

"历代帝王封禅之地，浓浓的文化古韵兼之以绝美的自然风景，令人心旷神怡，身体和心灵，总有一个在路上，嘻嘻！"

现在只剩了楚昭和今汐两人，玩密室人数肯定不够。楚昭提议，让今汐问问她哥，要不要加入。

今汐发去语音："沈平川因为前段时间打架事件，被沈叔叔禁足，国庆那会儿都不能去。"

沈平川以狗蹲的姿势坐在沙发上，冲今汐道："要不，你去跟老沈求求情，放你哥出去浪一天。"

今汐："其结果很可能是，老沈顾念我俩兄妹情深，让我留下来陪你禁足。"

"行啊，咱俩找部恐怖电影来看，也挺好。"

今汐光着脚丫子，抬脚踹开她哥，故意气他："你乖乖待在家里，一个人看恐怖电影，我和傻大昭去玩密室咯！”

“哎！你俩女孩怎么玩，人数也不够啊。”

“刚刚打电话预约，老板说可以帮我们拼玩家。”

沈平川不太放心：“把薄延叫上，多几个男生才好。”

“薄延啊。”今汐顿了顿，“真的要叫他吗？”

“不然你以为你老哥两箱牛奶白送的？以后你就尽管使唤他，甭客气！”

今汐征求了楚昭的意见之后，给薄延发了一条短信。

彼时，偌大而空荡荡的四合大院里，薄延刚从侧屋洗完澡出来，头发还有些微润，肩头搭着一条白毛巾。

院子里，薄老司令正在打太极。

薄延倚在雕栏红柱边看了小半晌，笑着说：“爷，别打太极了，刘爷还等着您一块儿去跳广场舞。”

老司令鼻息间一声轻哼：“骨头硬了敢笑话你爷爷，觉得我掀翻不了你了。”

“哪能啊，爷爷您身子骨还硬朗着，我哪儿是您的对手。”

这时，薄延的手机里收到一条微信消息，备注是小汐。

“今晚约密室，学长一起吗？”

薄延嘴角微微一勾，正要回复，这时老司令淡淡开口：“国庆就该跟你叔叔伯伯们聚聚，今天晚上的时间空出来。”

薄延微微一愣，站直了身子：“聚餐？”

老司令望向他：“院里的叔伯都挺想你，他们是你爸生前的战友同事，这次正好见见，对你前途发展也有好处。”

“爷爷，大概要多久？”

老司令停下手上的动作，望向薄延：“你有事？”

薄延挠挠头，温雅一笑：“朋友约我了。”

“你应该知道轻重缓急。”

不过老司令从来心疼这位独孙，也没为难他，只说道：“要和朋友玩，至少八点以后。”

薄延握着手机，指尖微微一顿，已经编辑好的“OK”两个字母，被他迅速删掉，半晌之后，改成：“八点行不？”

小屁汐：“会不会太晚了呀，一场密室玩两个多小时呢，沈叔叔让我十点前回家。”

薄延指尖编辑了几个字，又被他快速删掉，又重新编辑，又删掉……

反复几次之后，他说："我帮你约许朝阳他们。"

小屁汐："学长不来吗？"

薄延："我可能会比较晚了，让你许教官带你玩。"

屏幕上方显示，对方正在输入……

今汐的回信编辑了很长时间，然而发送过来的却只有几个字："哦，那好吧。"

薄延不知道这几个字里是否有包含失望，又或许是自己想太多。

今汐还是订了八点的局，让许朝阳转告薄延，如果他能抽身的话，可以过来的。

然而这句话落到许朝阳嘴里，说给薄延听的时候，直接变成了："晚上八点，爱来不来，过时不候！"

酒席之上，薄延穿着得体的白衬衫，礼貌地向席间的叔伯们敬了酒。长辈面前，他便又是另一番姿态，说话得体，颇有见地。

薄老爷子满意地看着自家的乖孙儿，眼里眉间一片喜色。

既然和老爷子说好了八点，薄延看着手表时间，时间一到，立刻起身告辞。匆忙走出了宴会厅，他给许朝阳发了一条短信："现在过来还赶得及？"

许朝阳："给你十分钟。"

幸而吃饭的地方距离商圈不远，薄延加快了步履匆匆赶去，十分钟是没可能了，十五分钟内倒是可以赶到。

许朝阳转告了薄延会过来的消息，今汐淡淡地"噢"了声，坐在奶茶店的高脚凳边，脚有一搭没一搭地点着地，在她点到第二十一下的时候，薄延到了。

薄延到的时候，正巧听见许朝阳扯着大嗓门对妹子们说："跟你们说，薄延胆子特别小！你们想要找强 T（强力防战），他没戏，但也别怕，有你许教官带肯定没问题！"

每次看恐怖片都捂着眼睛嗷嗷叫的不知道是谁。

"薄延学长来了！"楚昭招手。

薄延走过去，站在今汐身边，今汐坐高脚凳上，此刻与他身高一般无二。

她还从来没有以平视的角度打量过薄延呢。

衬衫勾勒着他匀称的身形轮廓，肩臂肌肉线条略微明显，衣角扎在裤子里，松松地露出来一截，显得稳重了许多。

穿衬衣的薄延，干净而清秀。

许朝阳："我正跟妹子们说呢，薄延胆子最大！有你肯定没问题。"

楚昭："咦？你刚刚不是……"

许朝阳看看时间："时间差不多了，进场咯！"

今汐见薄延似乎是一路小跑过来的，因此胸膛起伏，气息不定。

"学长渴不渴，要不要去点杯奶茶。"

许朝阳说："门口排着队呢！奶茶铁定半小时以后了！"

"走吧，我不渴。"薄延说这话的时候，目光侧移，落到了今汐的奶茶杯上。

淡杏色的纸杯，配色舒服，有一种舒心的暖意。

薄延挑挑眉，淡淡道："两个小时，忍忍就过去了。"

许朝阳一眼看出了这只老狐狸诡谲的心思，他鄙夷地翻了个小白眼，将自己的奶茶推过来："来来，薄爷你喝我的奶茶。"

薄延没有接，骄矜自持地卷了卷袖子："直男不喝来自同性的奶茶。"

许朝阳："……"

今汐那卷翘而浓密的睫毛掀下，望望自己手里热乎乎的奶茶杯，又望了望薄延。

薄延漫不经心看天花板，全然一副守株待兔的老狐狸奸相。

片刻之后，善良的小白兔将自己手边的奶茶推到薄延面前——

"学长，我是异性。"

薄延勾起嘴角，慢条斯理接过了奶茶杯，不想许朝阳一把握住了杯子，对今汐道："今汐同学，他可是男的！"

今汐单纯无害地看着许朝阳："我哥也是男的呀。"

她和沈平川从小就各种抢牛奶抢鸡腿抢蛋糕，反正就没有不抢的食物，这让万贯家财的沈石山总是产生错觉，好像他们家已经穷得揭不开锅了，俩孩子吃不饱还要互相夺食。

许朝阳恨铁不成钢："今汐同学，许教官必须严肃地教育你，男人都是'大猪蹄子'，一定要保持距离！"

今汐清澈的眸子眨了眨："也包括许教官吗？"

"许教官当然不一样，我只会关心爱护你们，不像某只老狐狸，满肚子坏水。"

许朝阳瞪了瞪薄延。

薄延推开许朝阳的手，夺回奶茶，嫌弃道："你教官还当上瘾了，我帮你学生喝水，避免浪费。"

“哼，狡辩！”

奶茶是焦糖奥利奥爆珠口味的，薄延捻碎了一颗爆珠，立刻有香浓的巧克力浆从爆珠里流出来，化在舌尖。

“好喝。”

“是吧。”今汐看着他上下翻滚的喉结，扯扯他的衣角，担忧地说，“学长你给我留点。”

薄延晃了晃瓶身：“噢……已经没有了。”

她刚刚半小时都没喝到三分之一，这男人两三口竟然把她的奶茶喝光了！

男人究竟都是什么生物，奶茶这么美味的饮品当白开水解渴吗！

“那珠珠呢？”她心疼地问，“还有吗？”

薄延打开奶茶瓶盖，朝里面看了看：“还剩了好多。”

“我要吃！”

薄延便将瓶子递了过去，今汐咬着吸管，对准了平底一颗颗的小爆珠，认认真真地吮吸着，咬爆，甜腻融化在舌尖，她眉宇间不自觉展露幸福的神色。

“你这样一颗一颗得吸到什么时候，来，我帮你。”薄延接过了奶茶杯，“张嘴。”

今汐乖乖地张开樱桃小口，薄延倾倒纸杯，一颗颗爆珠滑入了今汐的口中。

“你俩差不多得了。”

许朝阳看得真是好生气，打断他们：“人家谈恋爱也没你俩这么腻歪，还喂奶茶喂珠珠，感情这么好，你俩今晚去楼上过夜好了。”

今汐满嘴爆珠，牙齿一嚼一个准，满脸幸福之色：“楼上是哪里呀？”

楚昭心直口快，嘻嘻一笑：“酒店。”

今汐又咬碎了一颗爆珠：“哦。”

薄延见某人白皙的脸颊漫起了绯红，一双小耳朵也红扑扑像兔耳似的，还强装淡定呢。

他横了许朝阳一眼，充满鄙夷：“现在的年轻人，思想真复杂。”

许朝阳气不打一处来，发誓待会儿密室里一定要让薄延在妹子面前颜面扫地！

工作人员带他们来到密室门口，时不时能听见隔壁传来男人歇斯底里的惨叫声，许朝阳心头开始发怵了。

他强撑着脸面，故作淡定：“嘁，瞎叫唤什么，还是不是男人了，到……到时候女孩子们就跟在我后面，别走丢了啊。”

薄延将今汐揽在自己身边，只剩楚昭，很给面子地点了点头，跟在了许朝阳的身后。

这次进密室的总共也就五人，荆迟有事没来，店家这边又帮他们另外组了一个身材圆滚滚的小胖子，凑齐了最低人数。

他们戴上眼罩，排成了一行纵列进入了密室。

进入之后，今汐能够明显感觉到周围光线暗了下来。

这时候，一个低醇浑厚的男声背景音响了起来——

“你们是来到长陵镇写生的学生，天黑了，你们迷路了，只能在郊外的一所废弃的学校过夜。当你们进入了学校以后，发现自己根本走不出去，你们被困在了这所阴森恐怖的小学里，等待你们的，将是什么……”

背景音结束，众人摘下了眼罩，赫然发现自己身处于一条黑漆漆的学校走廊上，光线非常阴暗，周围灰蒙蒙一片，墙上贴着几张废旧的板报画和卷了边的奖状。

“这环境也太逼真了吧！”许朝阳回头对两个女孩道，“千万别怕，教官在，不会让你们有危险！”

然而话音刚落，一个东西突然从黑漆漆的走廊尽头滚过来。

许朝阳大惊失色连连后退：“妈呀！什么玩意儿！”

今汐距离那东西最近，滚过来的时候也吓了一跳，不过还算淡定，没有许朝阳这么大的反应。

她看清了那滚过来的不明物体，是个灰黑色皮球。

正对面的走廊尽头，依旧埋在黑暗中，什么也看不见。

许朝阳被吓得不轻，躲到了楚昭的身后，脑袋埋在她的肩膀上：“有鬼啊！”

楚昭用力挣开他紧攥她的手，无奈道：“许教官，是个皮球，没有鬼。”

许朝阳声音都变了：“没有鬼它……它怎么滚过来的！”

楚昭解释：“前面肯定有工作人员扮演的NPC（非玩家角色）埋伏呢，别怕，你不是还要保护我们吗？”

许朝阳这才抬起头来，但他还是不敢看那皮球：“是是，我要保护你们，今汐，你快到我身后来，别怕！”

今汐也被吓得够呛的，看看情势，还是觉得目前最淡定的薄延学长比较靠得住，于是她自觉地挪到了薄延身边。

薄延嘴角抿了抿，问道：“怕吗？”

今汐不诚实地摇摇头。

薄延眼角微勾，柔声道：“怎么办，我好害怕。”

今汐沉思片刻，说道：“那我们走一块儿，我保护你。”

薄延将自己束在裤子里的衬衣全部扯出来，递到今汐手边：“好好保护我，别让我被鬼拖走。”

今汐看着白衬衣松松垮垮地耷在腰间，略有些皱了，他正装的样子很少见，还是这样轻松随意的打扮看得比较顺眼。

她拾起衬衣的一角，攥住了，声音颤抖：“别……别怕。”

薄延探查了一下邮箱，从里面取出了几张陈旧的照片，借着昏暗的顶灯，看清照片上似乎是几张学校运动会一类的照片。

板报边宣传栏正好空出了几张照片的位置，他凭借直觉，将这几张照片按照时间顺序放进了板报栏中。

触动机关，只听“咔嚓”一声，走廊拐角处的教室门，开了。

门缝里透出昏暗的鹅黄色灯光。

小胖子赞叹道：“哥们，可以啊，你这是二刷吧，这么容易就解密了。”

薄延：“第一次。”

小胖子：“那肯定经常玩密室游戏。”

薄延：“不是，第一次，我胆子小，现在超级害怕。”

说完，他还把今汐往自己身边兜了兜：“保护我。”

筛糠似的瑟瑟发抖的今汐：“好……好。”

小胖子：“……”

教室里放着几张课桌椅，讲台上摆着通关的道具。

到了揭秘环节，许朝阳已经是个“废人”了，他一米八五的身高，瑟缩在人家一米五八的楚昭身后，手落在她的肩膀上，脑袋埋进人家头发里，嘴里一个劲儿念叨：“教官保护你们，别怕别怕。”

楚昭回头看了看许朝阳苍白的脸色，感觉到这人可能有点靠不住，她兀自走到教室后面去找线索。

许朝阳连忙跟上去，攥着她手腕：“你别乱跑，小心受伤，还是教官牵着你吧。”

楚昭明显感觉到，他手掌湿热，冒了一层薄汗。

这什么破胆子啊！

今汐拿起讲台上的一个小本子，借着微弱的灯光，断断续续地念着：“小红性格孤僻，不喜欢和……和……什么人坐，哎，光线太暗了，看不清。”

薄延接过笔记本，垂眸扫了一眼，念道：“小红性格孤僻，不喜欢和女生坐，李大伟是她最好的朋友，他们总是坐在一起，周平经常扯小芬的辫子，邓云性格调皮，总是一个人坐在讲台下面……”

今汐难以置信地望着他，他的眸子埋在眼廓阴影中，宛如黑曜石般幽深。

这是什么神仙眼睛，夜视镜吧！这都能一字不落地看清楚。

“应该是要给每位同学安排座位。”

薄延放下了破烂的笔记本，环视了教室里的课桌一眼，很快便在角落发现了刻有同学名字的积木，他根据笔记上的提示，将积木挂在了墙上的课桌表内，立刻触发了情节。

音响再度传来男人低沉的声音：“接下来，招魂仪式已经启动，外来者啊，请你们坐在教室的椅子上，接下来，无论看见什么，听见什么，都不可以离开位置，否则，将会发生非常可怕的事情。”

两个妹子连忙坐在教室最后排，那里是看似安全的位置，男生们则自觉地坐在比较危险的前排，薄延回头对今汐道：“抓着我别松手，否则我不确定你还在。”

今汐：“学长你真的这么害怕吗？”

薄延面无表情：“好怕好怕。”

于是，今汐将手递过去，在课桌下和薄延手牵着手。

薄延的掌心温度略低于她，柔软而带着淡淡的凉意，被他牵着，今汐感觉忐忑的心情平复了不少。

很奇怪，这男人好像自带镇定气场。

不过在这样的教室场景里牵手，倒有某种奇怪的……初恋的感觉。

许朝阳不肯独自坐在位置上，他瑟瑟发抖地蹲在楚昭的课桌边，抱着楚昭的手臂不肯撒手：“我不会离开你的，别害怕。”

楚昭：“……”

学长请你自重啊。

就连监控室的工作人员都看不下去了，发来一段对讲语音：“请各位玩家自觉遵守规则，待在各自的课桌上，不然会有可怕的事情发生。”

许朝阳哭丧着说：“还有可……可怕的事情，楚昭同学，你是不是不想玩了，要不咱们出去吧。”

楚昭拉开了他的手：“许教官，别怕。”

“我哪里怕，我……我不怕。”

许朝阳战战兢兢坐到了位置上。

所有人坐好，各就各位。

原本就昏暗的灯光一瞬间熄灭，教室陷入了无边的黑暗中，几乎伸手不见五指。

就在这时，教室门传来“咯吱”一声古老的脆响，黑暗中，似乎有什么东西进来了。

这东西在讲台上流连了一会儿，又走到过道边。

脚下，是沙沙声。

今汐明显感觉到，这东西好像就在她身边，冲她耳朵吹气。

今汐猛地握紧了薄延的手，战栗地唤了声：“薄……薄延学长……”

黑暗中，薄延低醇的嗓音传来：“走开，别吓她。”

或许是他的声音太过淡定，颇有气势，以至于扮鬼的NPC反而愣了一下，果然就离开了。

今汐重重松了一口气，心里的恐惧被极大的安全感所取代，被他紧紧握着，她竟然不怎么害怕了。

许朝阳还没忘安慰自己身后的妹子：“楚昭同学，你别怕，扶着教官的肩膀就好了，不怕不怕。”

楚昭：“许教官，我没有扶你的肩啊。”

现场骤然安静了几秒钟，许朝阳感受着无边黑暗里，搭在自己肩头的那双冰冰凉的手，一度就要吓晕过去了！

然而就在这时，令所有人未曾想到的是，黑暗中，传来许朝阳军训时那粗犷豪迈的嗓音——

“团结就是力量，这力量是铁，这力量是钢……”

他唱得撕心裂肺，唱得沉痛又决绝。

扮鬼NPC干了这么多年了，也没遇到过这种画风的玩家，“噗”的一声，居然笑场了！

虽然有薄延这样一位智商担当的淡定“王者”，但是后面跟了一堆瑟瑟发抖的破“青铜”，他感觉真是有点……带不动。

首先，许朝阳把人家NPC给逗笑了，后面的剧情，人家NPC是顶着无比尴尬的演技走完的。

再后来，几个解密环节触发了恐怖剧情，几人完美展现了什么是猪一样的队友，每个人都吓得不肯走游戏的单线剧情，偏要聚在一起打团战。

许朝阳还被吓哭了。

监控室的工作人员实在无可奈何，只好放水让他们过了剧情。

游戏顺利通关。

出来以后，大家坐在沙发上休息，工作人员过来向大家讲解整个故事剧情，同时对薄延说道：“这位帅哥全程也太淡定了吧，完全没有被吓到吗？”

“没有，我很害怕。”薄延懒洋洋地倚在靠背上，指尖扣着手机，望向身边被吓得还没回过神的今汐，“全靠小汐全程跟着我，给我很大的勇气。”

今汐本来都被吓得灵魂出窍了，听到薄延这样说，心里又升起某种成就感，她觉得自己表现还是不错的，至少还能帮着薄延找线索……不像某个㞞货教官，一惊一乍，被吓得嗷嗷叫。

走出写字楼，许朝阳靠着一棵树开始干呕，看来后遗症真的相当严重。

楚昭轻轻拍着他的背：“刚才谢谢许教官了，其实你还是很厉害的。”

“是……是吧。”

得到夸奖的许朝阳，状态稍微缓和：“下次如果你们还……还想玩，也可以叫上许教官。”

薄延靠在路灯边，淡雅一笑：“刚刚在密室里，也不知道是谁，抱着桌子腿，哭唧唧说这辈子都不会再来了，谁来谁是孙子。”

许朝阳哼哼唧唧：“就你话多。”

薄延拍了拍他的肩膀：“不过你这护花使者当得还算不错。”

游戏的最后环节，真正扮演终极恶鬼的NPC出来要拖人，楚昭因为跑在最后面，差点儿被拖走。

许朝阳虽然被吓成狗了，一见到自己学生被恶鬼拖向无尽昏暗的走廊里，他作为教官的责任感一下子冒了出来，一往无前地冲过去，虽然一路都在惨叫。

最后，他把楚昭从NPC的手里抢了回来，将女孩的脑袋按在自己的胸膛里，简直红了眼，就像真的处于生死关头一般：“教官在，谁也不能伤害你！谁来谁死！”

楚昭后期几乎是被他完完全全圈在衣服里面抱着走的。

楚昭其实没那么害怕，因为她被“恶鬼”抓走的时候，还听见了“恶鬼”耳麦里传来控制室的声音：“NPC注意，动作轻一点，不要伤害玩家。”

以至于她全程出戏，被拖走的过程里也非常配合。

许朝阳反而特别沉浸其中，演得那叫一个淋漓尽致，若不是楚昭拦着，估计他就要暴揍 NPC 了。

众人津津有味地讨论完情节，已经是晚上十点半了，许朝阳开车来的，准备把大家挨个送回家。

然而大家都不太放心让他开车，这家伙现在肾上腺素飙升，整个人云里雾里，开车估计也是开云霄飞车。

最后商议由薄延开车，依次送众人回了家。

车里只剩了今汐一个人，她靠在车窗边，怔怔地望着窗外飞速流过的树影和路灯，脸上带着倦意。

薄延透过后视镜望向她，她蜷在座位角落，眼皮一点一点地下耷，看样子是困得不行了。

今天晚上这一波智力体力的双重挑战，连薄延都觉得有些精疲力竭，更遑论是这小姑娘。

他伸手关上了车载音响，车厢里静了下来，他甚至能听见今汐轻微的小呼噜声，咕咕咕的，像一只入眠的小兽。

很快，车停在了今汐家的小区门口，薄延见她没有反应，似乎已经睡熟了。他走到车后座，拉开了车门坐进去。

此刻夜色浓郁，女孩那白白净净的一张小脸显得生动而明晰，长睫毛宛如小刷子似的，垂在眼睑。

薄延不愿回到那个空空荡荡的家，因此他并没有立刻吵醒她，而是安静地陪着她，每一秒的时间都显得弥足珍贵。

很快，沈平川那张分明又立体的大脸，出现在了车窗边。

他的手圈在眼周围，趴在车窗上，努力朝黑乎乎的窗里探看，大喊了一声："喂！你们在干吗！"

今汐被他吵醒了，恍惚地发出一声沉吟。薄延慢条斯理地按下了车窗，神情略有不爽："吵什么？"

穿着条纹睡衣的沈平川疑惑地望望车内，车里只有今汐和薄延两人，可两人都坐在车后座，他不禁问："司机呢？"

薄延："不知道。"

沈平川皱眉，拉开车门将今汐拎出来护在身后，指着薄延说："你小子，不老实。"

薄延摊摊手，表示自己很无辜。

今汐被沈平川挡在身后，探出脑袋冲薄延道："学长，路上小心。"

"嗯，学校见。"

薄延走下车，站在驾驶位车门边，叮嘱她道："健康生活，早睡早起，还有，记得按时想我……”

今汐微微一愣，却又听他调子上扬，嘴角勾了一抹清浅的笑意：“按时向我汇报情况。”

“知道了。”

“聊起来还没完了你俩。”沈平川不耐烦地打断，“在家里我看着小屁妹，薄爷你老人家就别操这份心了，走了走了。”

他兜着今汐往家里走。

进了小区大门，今汐情不自禁地回头望了薄延一眼，他站在灯下，影子被拉得好长好长，有些萧索。

今汐总觉得，薄延没有表现出来的这样热闹，他有一份孤独的气质，像是长年累月里寒潭浸骨，浸出来的一份冷清。

为什么会这样呢？

今汐想不明白，觉得有点心疼。

薄延回到家里，409的宿舍群里热闹了起来。

荆迟：“兄弟们起来嗨！”

许朝阳发去一张葛优瘫的表情包：“老子不想说话。”

荆迟：“咋了？”

许朝阳：“今天密室里全靠老子和恶鬼斗智斗勇，拯救无辜少女！”

薄延毫不留情地拆穿：“抱着人家姑娘的胳膊喊妈妈，斗智斗勇你莫非是讲冷笑话？”

许朝阳：“死皮赖脸要牵着人家姑娘的手说自己好怕怕，你有什么脸嘲笑我。”

荆迟：“我好像错过了什么精彩故事。”

许朝阳：“年度戏精，非你薄爷莫属。”

薄延：“【拱拳】”

国庆七天假期结束，今汐收拾收拾，又麻溜地滚回了学校。

过了国庆假，学校开始正式上课，大一的课程不算太多，学习任务比较轻松，今汐加了好几个社团。

然而大部分社团都属于神龙见首不见尾那种，每年只在招新大会上出现，其他时候好像不存在一样。

今汐甚至都忘了，自己到底加入了哪些社团。

就在“百团大战”如火如荼之际，楼下409男生宿舍门上，张贴了“喵喵社”招贤纳新的海报横幅。

与此同时，今汐在学校宣传栏、厕所门口，甚至楼梯上，都看到了

"喵喵社"的小广告。

小广告的画风异常清新脱俗，经常和"代考四六级"以及"绝密期末试题答案"贴在一起，给人一种夹缝求生的励志感。

后来今汐问过了团委的学长才知道，学校里还有几个未被团委承认的"野生社团"，喵喵社就是其中之一，这些野生社团是不够资格参加"百团大战"的，因此只能偷偷发展社员。

初秋的阳光极好，中午的阳台边，薄延架好画板，专注地绘制着宿舍楼下大片金灿灿的银杏叶。

荆迟拿着一沓彩印宣传册，唉声叹气："今年一个新社员都没有招到，好多社团在国庆前就已经满员了，话剧社都招了一百多人，咱们喵喵社，还是哥几个老搭子。"

许朝阳坐在上铺，一双满是腿毛的大长腿挂在床边荡来荡去："个人觉得，咱们社团的宣传定位有问题，你把小广告打印成巴掌大小，贴在各种隐晦场合，不知道的人晃眼看去还以为是行骗广告，谁敢加入。"

荆迟嚷嚷道："这还怪我了？咱不是正规社团，又不能明目张胆地招新。"

许朝阳跳下床，拍了拍荆迟的肩膀："今年再申请申请，没准儿能通过。"

荆迟望向薄延："喵喵社的薄书记，你说说话。"

薄延在纸张上落下一抹金黄，淡淡道："佛系招人，一切随缘。"

荆迟："所以你这么佛系，当初为什么退了美术社，加入老子的喵喵社？"

薄延："因为美术社不让我当书记。"

荆迟："你这官瘾还有点重啊。"

这时，门外响起了敲门声："请问这里是喵喵社招新吗？"

荆迟一跃而起，连忙冲出去开了门。

今汐和楚昭俩妹子站在门边，朝着房间里望了望："喵喵社？"

"是是是，学妹快进来，对咱们喵喵社有兴趣？"

薄延放下画笔，抬头睨了今汐一眼，她穿着墨绿色的方格子连衣裙，梳着一条细长的小辫儿，看上去清新动人。

今汐和楚昭俩女孩走进宿舍，荆迟殷勤地给她们让出椅子，许朝阳又给她们用纸杯倒了一杯热水。

"学妹是从哪里知道我们社团的？"

今汐抿了一口热水，然后从包里摸出一沓厚厚的小名片，上面画着一张折耳猫性感腿照——

“性感小野猫、风情田园猫、清纯学生猫、风骚社会猫……喵喵社，满足你所有需求，感兴趣请联系 13872XXXXXX。”

今汐诚实地说：“学长，我们是来咨询喵喵社的，但是……以后可不可以不要往我们宿舍门口塞小广告了？”

“呃。”荆迟挠挠后脑勺，“这个……”

薄延鄙夷地看了荆迟一眼：“说了让你别塞小广告，还往女生宿舍塞，你要脸不？”

荆迟：“啊咧！这名片不是你薄书记亲手设计绘制吗！”

今汐连连摆手道：“没关系，我没有责怪你们的意思，只是名片太多了，上面画的猫猫很可爱，我觉得扔了很可惜，所以过来还给你们。”

楚昭问：“喵喵社是个什么社团啊？”

荆迟当然不放过任何一个发展社员的机会：“我们社团成立不久，所以知道的人不多，现有社长一人，正是在下；团支书薄延，就是阳台上那个正在画画的高冷男子，宣传部长许朝阳，你们宿舍的小广告就是他塞过来的。”

今汐还在等下文，然而好像没有下文了，这社团所有成员，一共也就三人。

荆迟轻咳一声，继续说道：“大部分的学校社团都是围绕同学们开展工作，不过咱们社团主要是围绕学校里的流浪猫猫和狗狗。”

他从抽屉里拿出一沓照片，大约十多张：“这些是目前在我们学校安家的流浪猫狗，我们的主要工作就是保护这些小动物，尽可能照顾它们远离伤害，怎么样，学妹们考虑考虑？”

今汐看看楚昭：“我觉得也还是可以的。”

薄延收了画板走进来，对今汐说道：“想清楚了再加入，野生社团没有操行分。”

荆迟对薄延挤眉弄眼，低声埋怨：“薄书记，你这胳膊肘往哪边拐啊。”

今汐道：“我们考虑好了，想加入喵喵社，加不了操行分也没关系。”

楚昭点头：“反正在别的社团也没有操行分可加，还坑我们二十块钱入社费呢。”

荆迟闻言，大喜过望，连忙招呼许朝阳：“宣传部长，快拿入社登记表给学妹填。”

许朝阳耸肩：“我们这破烂社团，哪有入社登记表这东西？”

“有啊，薄书记前两天亲手画的。”

薄延面无表情道：“前天宿舍厕纸用完了，那几张登记表被你宣传部长拿去应急。”

荆迟：“……”

住嘴，住嘴住嘴，别说了！

薄延现场给俩女孩手绘了一张登记表，用漂亮的艺术字写上姓名，学院和联系方式，还在边角的位置画了几只可爱的简笔小猫。

今汐和楚昭两人趴在桌上，认认真真地填好了登记表，递给荆迟。荆迟道：“恭喜学妹正式成为喵喵社的一员，来，请薄书记来给学妹们讲几句。”

今汐和楚昭一脸期待地望向薄延。

薄延一双漆黑的丹凤眼在今汐的身上稍稍停顿，淡淡道：“如果选择加入喵喵社，希望你们至少坚持一学期，不要半途而废，这是个爱心志愿社团，没有想象中的那么有趣，目前人少，工作会比较繁重，这些你们要有心理准备。”

荆迟轻咳一声：“干吗说得这样沉重，咱们社团也还是很有趣的，譬如会定期组织放风郊游。”

许朝阳：“啊咧？我们还有放风郊游的活动，本宣传部长怎么不知道？”

荆迟瞪他一眼：“以前没有，现在有了，不行吗！”

楚昭因为有事先行离开，今汐留下来，认认真真听荆迟介绍了社团工作。天色晚了，她起身离开，薄延跟着也放下手里的画笔，道：“天黑了不安全，本书记送送她。”

荆迟：“……”

人家就住在楼上，说不安全的那位，才是最大的不安全因素吧！

薄延关上了宿舍门，转身将今汐推到墙边，手落在她的肩膀上，目光低垂，柔声问道：“我记得你很怕狗。”

前两天他在花园的草丛里放狗粮，引来了几只流浪狗，今汐正好路过，看见了但是踟蹰着没敢上前。

“为什么要加入我们社团？”

今汐感觉到他的手搭在自己肩膀上的重量，不轻。隔着衣服的布料，他掌心的温度传导到她皮肤，使她不禁战栗了一下，心跳开始加速。

“我不怕狗的。”今汐眼神闪躲，白皙的耳郭迅速泛红。

他居高临下地凝视着她，轻薄的唇微微一抿：“真的？”

“好吧，我是很怕狗。”今汐叹息一声，承认了，“但我听说你们很缺人。”

“是很缺。”薄延淡淡道，“一开始的确有很多同学加入，但是坚持不过一周，最长一个月，最后只剩了我们宿舍三人，这不是轻松的活儿。”

她那一双乖巧的鹿眼发出坚定的光芒：“学长能坚持，那我也能。”

薄延微微勾了眼尾，附身凑近她，湿热的气息就拍打在她的耳畔——

“你好像很喜欢我。”

今汐呼吸一滞，望着薄延，他眸子清澈坦荡，光明磊落，于是今汐也坦率相告：“对呀！”

“你好像很喜欢我。”

“对呀。”

接下来发生的一段对话，让附在门边偷听的许朝阳和荆迟，对薄延的无耻属性达到了叹为观止的程度。

“可是你还太小了。”薄延淡淡一笑，伸手掌了掌今汐的小脑袋，然后平移到自己胸膛的位置。

“这么小一丁点，咱们可能会合不来。”

今汐不解地问：“什么合不来？”

薄延眼角上挑，眸光漆黑又明亮，带着三分轻佻，七分认真：“尺寸。”

许朝阳摩拳擦掌，恨得咬牙切齿：“太过分了，我学生那么可爱他讲什么荤段子！”

今汐深深地吸了一口气：“尺寸？”

薄延不再继续这个话题，转而问道：“有多喜欢学长？”

“这个……学长对我蛮好的。”

薄延靠在墙边，薄唇微勾，黑漆漆的眼底含着笑意，直勾勾地盯着她。

“想不想学长对你更好？”他声音压得很低，带着一丝淡淡的沙哑，性感又撩拨。

今汐漆黑的眸子眨了眨。

“不用啊，我喜欢学长就和喜欢许教官和昭昭是一样的，你们都是我的朋友。”

听到这话，薄延动作一顿，松开了按在她肩膀上的手，脸上挂着“你仿佛是在逗我”的哀怨表情。

“和他们一样？”

"对呀。"

今汐顺势从他身下溜走，保持了几步的安全距离，回头说："学长你好会套路哦。"

"嗯？"

"难怪这么多女孩喜欢你，我刚刚心跳加速了都。"

说完，她钻进自己的宿舍，关上了门，还小心翼翼地上了锁！

薄延手插兜里，站在空荡荡的走廊尽头，穿堂风一过，凄风冷雨。

他感觉自己有点痴心错付的意思，这么长时间的明示暗示，以为是水到渠成，结果差点儿当了流氓。

当他沉着脸回宿舍时，许朝阳幸灾乐祸道："翻车了吧，让你乱撩，人家现在把你当渣男，百口莫辩的滋味，爽不爽。"

薄延维持着自己最后一点男人的尊严，漫不经心道："都说了她还小，小屁孩懂什么。"

"你别小看现在的女生，厉害着呢。"荆迟道，"很多事情未尝不懂，只是不好意思承认罢了。"

下午的公选课结束，薄延走出教室门，恰好见今汐背着小书包从他面前经过。

她鬓间发丝挽到了招风耳后，一双小耳朵总是红扑扑的惹人喜欢。

一开始，薄延以为她总是因他耳朵红，久而久之，他渐渐发现，她的耳朵红得无缘无故，和他没有半毛钱关系。

让你自作多情，活该了吧。

今汐正低着头和沈平川发信息吵架，起因是沈平川总盗她的图发朋友圈，譬如她精心摆拍了一组美食照片，下一秒就被沈平川盗了去，装成是自己的劳动成果。

美食的照片就算了，沈平川连她美美的自拍照都不放过，盗过去发朋友圈，认识的人夸赞说："小屁妹越来越漂亮了。"

沈平川就回复人家："主要她哥基因好。"

今汐发评论质问："请问你老人家对我的基因做出了什么贡献？！"

父亲沈石山接着评论："野生继兄不要乱找存在感，主要还是你继父养得好。"

今汐："爱您。【亲亲】"

沈平川："……"

对对，你们是一家人，我是野生的。

薄延也看到了沈平川的那条朋友圈，他保存了那张照片，然后追上今汐。

“去哪儿？”

今汐回头见是薄延，气冲冲说道：“到经管学院找沈平川干一架。”

“先陪我去做一件事。”

“什么呀？”

薄延淡淡扬了扬嘴角：“到时候就知道了。”说完，他牵起了她的手腕，带她离开教学楼。

今汐低头看着某人骨节分明的那一双漂亮的手，正环握在她的手腕上。

她包里手机还在不断传来振动的闷响，沈平川还在和她掐架。今汐迫不及待地要反击，于是说道：“学长，我又不是小孩子。”

“嗯？”

“你不必牵着我呀，我又不会摔跤。”

薄延松开了她。

今汐两只手得了空，赶紧摸出手机，快速编辑文字和沈平川对骂，结果一个不设防，脚底踩空，直直地朝着薄延扑了过去，一脑袋撞在他背后。

啊，好硬。

薄延反应敏捷，迅速攥住了她的衣领，没让她摔跤。

今汐劫后余生，捂着自己扑扑跳动的胸膛：“惊险。”

最终，她还是选择牵着薄延的袖子，一路走出了学校。

这次今汐不发文字了，直接发语音，兄妹就将来要去对方坟头蹦迪的事情，吵了一路。

薄延带着今汐来到一家宠物医院的大门口，今汐终于放下了手机，好奇地四处张望着。

护士将一只橘猫抱了出来，对薄延道：“手术很成功，你们结账以后，就可以带小猫咪回去了哦。”

“谢谢。”

薄延接过橘猫，橘猫温顺乖巧地趴在薄延的肩头，看样子非常喜欢他。

今汐惊喜地问：“薄延学长，这是你的喵喵啊？”

薄延眼中盛满了温柔，轻轻把猫咪抱到她面前：“这不是我的喵喵，这是咱们学校的流浪猫，要抱一抱吗？”

今汐连连点头，小心翼翼接过了薄延手里的猫咪，抱在怀中，橘猫蹭了蹭今汐的手，今汐发出一声惊叹：“好可爱啊！”

“小心一点，不要碰到它的伤口。”

“哪里受伤了？”

“它的蛋被割了。”

“呃……”

薄延结了账之后，将猫咪装进了猫包里，背在肩后。

小猫咪时不时透过猫包的圆形玻璃窗，好奇地往外探头探脑。

猫包被薄延这样一米八七的大男孩背在后面，一人一猫走在路上，简直不要太吸睛了。

校园里，好多女孩都不禁驻足回头，还有拿手机拍照的，激动不已。

“薄延学长也太萌了吧！”

“想撸猫。”

“想撸学长。”

今汐好奇地问薄延：“学长，喵喵社日常工作是什么呀？”

薄延边走边说道：“比较烦琐，定期投喂，纠正不良行为，还要带学校的流浪猫狗去宠物医院做绝育手术。”

今汐:“绝育啊,这样会不会很残忍啊,我是说,它们肯定不愿意吧。”

“当然。”

“那为什么还要这样做呢？”

薄延沉声道：“遏制生殖就是为了避免更多的死亡，如果不能照顾自己的孩子，不如一开始就不要生下他。”

今汐沉默了片刻，突然攥住了薄延的衣袖。

“怎么了？”

“没什么。”

今汐心里有点难受，她渐渐开始明白，为什么薄延会照顾学校里的流浪小动物。

他也是没有爸爸妈妈的孩子。

学校里，薄延将橘猫放回草丛里，拍了拍它的小脑袋：“别想女朋友了，反正心有余而力不足，以后就老老实实地当个安静的美男子。”

猫咪蹭了蹭薄延的掌心，冲他喵喵叫了几声，然后离开了。

今汐执意要请薄延喝奶茶。

在奶茶店排队拿号时，今汐对他说：“如果喵喵听得懂你的话，肯定气死了。”

薄延站在她身边，淡雅一笑：“以前全校母猫都是阿黄的女朋友，你说它气不气。”

“唔……”

这下没蛋蛋了，还真是挺气人的。

拿到热乎乎的奶茶，今汐分给薄延一杯，两人在靠窗的桌边坐下来。

天色已晚，街边华灯初上，微凉的晚风带来了早秋的讯息。

薄延手撑在桌边，叼着吸管，问道：“为什么请我喝奶茶？”

“没有为什么。”

今汐努力寻找着珍珠，吸管对准，小心翼翼地吸入，然后用后牙槽碾碎，脸上露出满足的神情。

“任何事情都有原因。”

薄延融化了舌尖的甜腻，垂眸睨着她，不依不饶地追问：“嗯，为什么？”

窗外起了一层朦胧的薄雾。

今汐呵出一口白雾，目光侧向一旁：“天气冷的时候，喝到一杯热奶茶是挺幸福的事，我也希望学长能感觉到。”

幸福。

这种玄之又玄的东西，七岁那年父母边境缉毒以至尸骨无存，自那以后，薄延再也没有想过它会是什么形状。

他的目光落到今汐握着奶茶杯的手上，指甲盖莹润剔透，小月牙十分饱满。

他眉梢微挑，拉过她的手，指尖触到她的指甲盖上，轻轻敲了敲：“冬天喝小汐请的奶茶，是一件幸福的事。”

弯弯的月牙，大约是他心里幸福最初的形状。

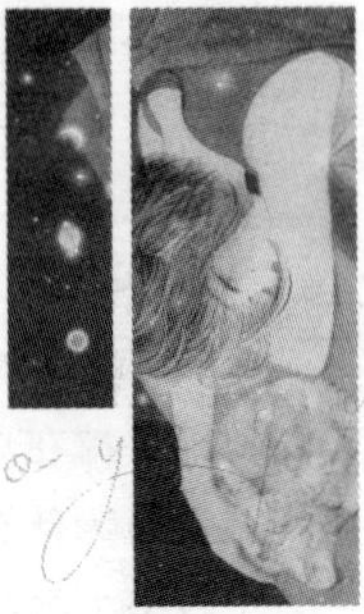

第五章

我要娶她

两个宿舍在十一长假之后，各自迎来了新室友。

509 女生宿舍搬进来一位身材高挑，模样俊朗的女孩子，名叫初棠。

她一头短发，眉宇间挂着一股淡淡的英气，长相十分俊秀，性格也相当之冷酷。

而 409 男生宿舍，则搬进来一位时尚人士——夏尤，一身的爆款潮牌，脚下的耐克鞋在黑夜里都会闪闪发光的那种。

这位精致男孩一搬进来，首先便将包里的瓶瓶罐罐护肤品摆满了桌，让一屋子大老爷们叹为观止。

他还给楼上女生准备了礼物，每个宿舍一盒面膜，引得女孩们尖叫不已。没几天，他便和楼上的很多女孩子亲亲热热打成一团，成为整栋楼的男生公敌。

509 和 409 的成员们不约而同地感觉，男女宿舍各自搬来的新成员，完全反了吧。

十二月初，气温越发寒凉。渝城的冬季又湿又冷，宿舍使用大功率电器的也多了起来。

学生会联动保卫科，组织了一场大规模的学生宿舍检查，力求每间宿舍都要走一遍，排除用电安全隐患。

依旧是男生们嘴里杀千刀的沈平川带队，各宿舍收缴的违规电器直接用卡车装，一车一车地运到了保卫科。

轮到 509 女生宿舍的时候，众人在门口围观，满以为他会对自己的妹妹手下留情。

然而并不。

沈平川对这小妹了如指掌，走进来二话没说，反手掀了今汐的被子，从里面搜出一个大功率电吹风；转身拉开她衣柜，找出一个电水壶；脚一勾，还在她行李箱里摸出一个电磁锅。

今汐低着头都要哭了，一个劲儿揪着沈平川的袖子，可怜兮兮地喊了声：“哥——”

沈平川没好气地看着她，平日里一口一个沈平川你大爷，这会儿知道乖乖喊他“哥”了。

他有些来气，嚷嚷道：“电吹风就算了，这锅是干什么，三个学生食堂还养不活你吗？”

“不是，烫……烫牛奶。”她低声哀求，“哥你放过我吧，真的知道错了。”

别人就还算了，今汐是自己的妹妹，沈平川第一个就不能徇私枉法，否则真出了安全事故，他可不敢想。

东西全给今汐没收了，临走的时候，沈平川还说：“违规电器你买多少，我给你收多少，你要是再胡闹，我告诉你沈叔叔，停了你的零花钱！”

今汐眼见着无力回天，将他的袖子一扔，翻脸不理他了。

沈平川搜完女生宿舍，出门又直接去了楼下 409 男寝。

荆迟和许朝阳这俩门神，端端正正站在门口，宛如迎接玉皇大帝似的，点头哈腰：“沈爷辛苦了，沈爷请进，沈爷你千万别客气，随便搜。”

沈平川狐疑地看了他们一眼，进了屋。

薄延坐在桌边，修长白皙的手里拎着一本画册，正绘着素描。

沈平川好奇挪到他跟前，发现他绘的是刚刚今汐捏着自己袖子哭兮兮的肖像。

薄延随手将画撕下来，拍在了沈平川胸口上：“沈爷大义灭亲，我辈楷模，孝敬你老人家。”

沈平川知道这家伙讽刺他呢，正准备将画撕了，不过画里的今汐楚楚动人，眼里眉间的韵致有九分神似，别说，真挺娇俏可爱。

他有些舍不得，便将画折好揣进了自己的口袋里，清了清嗓子道：“你们男生宿舍，比楼上女寝还整齐呢。”

荆迟赶紧说：“我们国防学院宿舍不可能有任何违规违禁用品，沈爷你自己搜，搜出一件来，我把它吃了。”

这话沈平川听了不下八百遍，才不信他的邪，这帮家伙狡猾着呢，像洗手间衣柜这些地方，他都不屑于搜了，直接趴下来，把每个人的床底检查一遍，果然有发现。

床底下，他搜出几瓶老陈醋。

沈平川拿着 CIA 特警的腔调，将醋推到众人面前："说说吧，这醋干什么的，难不成是用来当饮料喝。"

薄延轻笑一声："没这癖好，不过上面有贴纸，你自己看。"

果不其然，几瓶老陈醋的背面都贴着标签呢，几个正楷大字写着：泡脚专用。

沈平川："……"

然而，人家有理有据，沈平川还真是抓不到什么把柄。

他又扫荡了一圈，没搜出什么东西，离开的时候，愤愤地冲他们喃了声："泡脚的时候，别忘了撒点孜然。"

荆迟笑眯眯道："得嘞，送沈爷，沈爷您一路请好嘞！"

今汐被没收了电吹风，晚上就只能到楼梯间吹自然风晾干头发。

楼下宿舍门打开，许朝阳穿着裤衩坐在桌上刮腿毛，迎面撞上今汐一双黑漆漆鹿眼。

他大惊失色，连忙捂住自己的胸，冲薄延高声嚷嚷道："哎哎！谁让你开门的，关上关上，老子没穿衣服呢！"

薄延走出来，迎面看见了今汐，她穿着冬日里棉茸茸的保暖睡衣，站在走廊边，发丝微润，搭在肩头，显得她脸越发小了。

两个人悄无声息地对视了一眼，今汐继续低头发短信给沈叔叔告状，薄延转身朝着楼道口走去。

脚步声渐远，今汐抬起头来，从背后看，黑色铅笔裤将薄延那一双腿勾得又长又直，整个腰以下全是腿了，笔直而挺拔的身形，令人羡慕。

今汐又低头看了看自己的小短腿，轻轻地叹息了一声。

薄延走过楼梯转角的时候，回头睨她一眼，漫不经心道："去我宿舍有热牛奶，让你许教官拿给你，热水温好的。"

今汐"咦"了声，正要说话，薄延却转身下楼，离开了。

这么酷，话都不让人家说完吗?

今汐又在楼梯间待了几分钟，然后叩响了 409 宿舍的房门，门没关严实，刚一叩响就自己开了。

今汐见宿舍没人，几个大男孩全挤在阳台边，朝楼下观望，不知道在看什么热闹。

她好奇地走过去，探头探脑地朝楼下望去。

只见薄延手插兜里，斜倚在路灯边，带了几分吊儿郎当的轻狂模样。

他面前，站着一个身材高挑的女孩子，女孩子长头发齐刘海，肤白貌美，非常漂亮。

面对这个女生的一番情真意切的告白，薄延面色平静，内心毫无波澜。

“我还有事，先走了。”

“薄延！”女孩声嘶力竭地叫住他，看样子是准备上演琼瑶戏码，“我是真的喜欢你！请你给我一次机会。”

薄延淡淡一笑，眼角勾出一丝轻佻的渣男气质——

“我跟你不熟，为什么要给你机会？”

……

荆迟说：“你说有些人的桃花，他怎么就一朵败了一朵开，源源不断呢。”

许朝阳：“这是命。”

夏尤：“世界上没有丑男只有懒汉，你俩拾掇拾掇，不怕没有妹子喜欢。”

许朝阳：“你面膜还有吗，借我用一下。”

夏尤：“行啊，一张一百。”

许朝阳：“抢钱啊！”

夏尤：“土帽儿。”

荆迟：“这还算好的，上一个跟他表白的女生，那一身香水味把他熏吐了，是真在大马路上吐了，求问那女生的心理阴影面积。”

今汐好奇地问：“所以他拒绝她了吗？”

荆迟：“很明显啊……”

三个男生同时回头，诧异地望向今汐，异口同声：“你怎么来了！”

今汐眨眨眼睛，无辜地说：“门开着，我就……”

许朝阳连忙将今汐兜过来，不让她再看楼下的两人。

“小汐是过来拿牛奶的吧，你薄爷早就吩咐好了，温着呢。”

许朝阳从大红盆里取出了热水温泡好的牛奶袋，递给了今汐。

“谢谢许教官，那我把钱给你吧，买牛奶的钱。”

“不用，薄爷说都是你哥送来的，一家人没什么请不请。”

“哦，那谢谢许教官。”今汐转身出门。

荆迟叫住她：“小汐，那个……你薄爷没别的毛病，就是招人喜欢。”

今汐咬开牛奶袋子，说道：“我知道呀。”

她离开以后，许朝阳问荆迟：“她啥意思啊？”

荆迟说道：“意思就是，革命尚未成功，薄延同志仍需努力。”

薄延急匆匆出门，是去学校外面的电器店买东西的。他流连在货架间，看着商标仔细对比，买了一台最小功率的电吹风，并且再三向商店老板确认，这是学生宿舍用电范围内允许使用的型号。

晚上十一点，509 宿舍房间门被叩响，林洛开了门之后，门外空无一人，门把手上挂着塑料口袋。

“哟，这是谁啊，做好事不留名，给咱们送来一台电吹风。”

“来得正好。”今汐说，“我头发现在还湿着呢。”

她好奇地拆开了包装盒，取出了吹风机，里面贴着一张便利贴纸张，什么也没写，只用简笔画了一个安睡的小橘猫。

林洛问今汐：“这是谁送的？”

今汐顿了顿，说道：“我……不知道，没写。”

她将便利贴纸张小心翼翼地放回了书页的夹层中。

有两三天的时间，今汐没见到薄延，问许朝阳才知道，薄延请假回家了，原因不详。

要不要关心一下呢？

作为好朋友，关心一下应该是正常的，她连短信都编辑好了——

“薄延学长，你这几天都没有在学校，发生了什么事情？”

但是久久没有发送。

课堂上，林洛脑袋凑过来，长长地喃了声：“哟……”

今汐斜着眼睛瞪她：“窥屏可耻！”

林洛笑着说：“你这几行字修了改，改了修，磨磨蹭蹭大半节课，你什么时候学会拐弯抹角了，担心他直接问不就好了？”

“他对我挺好的，我关心一下人家的去向，很正常！”今汐一本正经地解释。

林洛：“没说不正常呀，我也很关心学长的去向。”

楚昭回头：“我也关心 +1。”

帅帅的新室友初棠回头：“我也关心 +10086。”

于是，薄延收到来自今汐的信息内容如下：

“薄延学长，你这几天都没有在学校，509 全体成员都很关心你的去向，发生了什么事，方便告诉我们 509 全体成员吗？”

他嘴角扯出一抹轻笑，半死不活地躺在沙发上，摸出腋下的体温计看了看：38.3℃。

手机一振，今汐激动得不行：“回了回了！”

薄延发来的是一个体温计的照片，今汐横着手机看了半晌，说道：“他发烧了。”

除此之外，薄延还截屏了百度百科，说 38.5℃以下是低热，38.5~39℃是中度发热，39℃以上是高热。

林洛看着那段百度百科，愣愣地说：“你学长是生怕你这智商看不懂，他生病了。”

今汐：“……”

至于吗？！

无论如何，人家都已经表明了自己在生病，那么需不需要前去医院探望呢？

就这个问题，今汐咨询了最可亲可靠最值得信赖的许教官。

许朝阳穿着一身绿军装站在单杠边，皱着眉，引体向上：“小毛病，你薄延学长身体素质好，不用住院，吃了药回家躺两天，一准儿能活蹦乱跳。”

“那就好。”今汐稍稍有些放心了。

“不过吧……”许朝阳话锋一转，“你薄延学长家里没有人照顾，生了病孤零零也挺可怜的。”

“他家里没人？”

“对啊，薄延从小跟着薄老爷子，高中的时候搬出来，现在一个人住。”

“那生病了也没有人照顾吗？”

许朝阳沉痛地点了点头。

今汐想了想，问许朝阳：“你能把他家的地址给我吗？”

许朝阳给今汐发了薄延家的地址，松了口气，戳进薄延的聊天对话框：“我徒弟虽然脑子不太好使，但善良是真的，你不在这几天，咱们学校的流浪猫猫狗狗都是她照顾着呢。”

薄延现在也就剩手指头还有点力气了，戳着手机屏幕，直接打缩写：“sytswnpybsnnpy。”

许朝阳：“说人话。”

薄延：“wnpyrmxstxdy。”

许朝阳：“……”

谁看得懂啊！

他找到荆迟帮他翻译薄延的天书：“你快看看，这人是不是又拐着弯儿骂我呢。”

荆迟正在挨个宿舍兜售新进的一批套套，看了眼字母缩写，喃道：“第一句说：所以是我女朋友不是你女朋友。”

“那第二句呢？”

“我女朋友人美心善天下第一。”

许朝阳：“瞧把他嘚瑟的……太不要脸了，我学生什么时候成他女朋友了。”

荆迟笑着耸耸肩，意味深长地说：“人家都发烧了，你还不让人家犯犯‘迷糊’？”

许朝阳越想越不对劲：“不行，我得去给我学生说说，不能看着她往那老狐狸的坑里跳啊！”

荆迟一把按住了许朝阳的肩膀：“你把薄爷的好事闹没了，面临的就是接下来三年中每一天，你薄爷的横眉冷对和背后小鞋。”

许朝阳哆嗦了一下，还真有点怕怕的。

今汐作为一个资深路痴，早上出发，按照许朝阳给的住址，乘坐公交车又换乘轻轨，转了好几条线，同时又坐错了几条线，跋山涉水千难万难，抵达薄延的小区时，已经日暮西沉了。

她手里拎着一袋沉甸甸的水果，感觉肩膀都快脱臼了。

也怪她太笨，早知道这么费劲，直接打出租过来不就好了。

按照地址，今汐走进了电梯，在一间暗红色的防盗铁门前，仔细对了对门牌号。

没错，就是这间。

叩了叩门，很久很久以后，房间里传来男人拖沓无力的脚步声。

“咯吱”一声，门打开。

“薄延学长，我来看望你，祝你早日康……”

今汐的话都还没有说完，男人直接倒在了她身上，双手从她的肩膀穿过，脑袋无力地垂在她肩上，全身的重量压了下来。

他弱弱地说：“开个门，全部力气都用完了，你学长现在好虚。”

今汐微微睁了睁眼，侧面望去，男人耳朵红红的，头发蓬松凌乱，呼吸似乎十分滞重，湿热的气息拍打在她颈项肌肤间，撩着她的痒痒。

她都能嗅到男人身上那绵软无力的气息。

“薄延学长啊，你能不能站直。”

“学长很虚弱。”

“唉……”

今汐勉强撑着他的身体，艰难地带着他进了屋，关上了房间门。

“学长，你好重呀。”

薄延闭着眼睛，八爪鱼似的挂在她身上，嗓音松软无力，带着某种低沉的沙哑感：“没力气，你带我去床上。”

今汐费劲地将他搁在了沙发上，放平了身子。

“学长，你怎么病得这样厉害呀。”

今汐摸了摸薄延的额头，温度是真的挺高的：“去医院了吗？”

“有药。”薄延伸出手，指了指茶几。

今汐检查了一下口袋，都是处方药，上面写着剂量和用法，可是她数了数，薄延这也没怎么吃呀。

她严肃地问：“学长，你是不是没吃药啊？”

薄延的眼睛眯成了线，眼睫又黑又密，脸色却苍白如纸，有气无力道：“看不清写的什么，随便吃了几颗。”

今汐也没办法责怪他，只将这些药包按照处方上所写的用量和次数分门别类放好，又在饮水机边接了热水。

“学长，吃药吧。”

薄延的唇微微张开了一条缝，她耐心地将药片一颗一颗地给他喂了进去，然后托着他的下颌，给他喂了些温热的清水。

他喉结微微动了动，做出下咽的动作。

“学长，咽下去了吗？”

“没，卡在喉咙里了。”

薄延恍恍惚惚间看了她一眼：“再给我喂点水。”

今汐将他的脑袋抬起来，轻轻给他喂了水，每次一小口，生怕他给呛到，比照顾喵喵社生病的小猫还悉心。

薄延吃了药，索性就枕在今汐的腿上，昏昏欲睡。

小姑娘现在可是心疼极了，没舍得推开他。

她心地善良，学校的小猫病了都担心得整夜睡不着觉呢，何况是个大活人。

“学长，你病得这样严重，怎么不告诉家里人呀。”

薄延眼睛睁开一条缝，柔和地看着她：“我爷爷今年七十六了，还让他来照顾我，不忍心。”

今汐又问：“家里别的亲戚呢？叔叔伯伯，婶婶阿姨？”

“他们都有自己的事，这点小毛病，”他微微侧了侧身，平躺着，“撑一撑就过去了，劳烦人家做什么。”

终究不是自己家里的人。

今汐前所未有地觉得，她薄延学长需要一个女朋友，好歹生病的时候还能照顾他，不至于撂在这儿无人问津。

越想越觉得可怜，今汐眼睛都红了。

“你在想什么？”他有气无力地问。

“你都病成这样了，还管我在想什么。”

今汐说完还是没忍住，一滴眼泪“吧嗒”一下，掉在了他的眼睫上。

他微微眨了眨眼，那滴眼泪润着他的眼睫，迷迷糊糊间，心也被润活了。

在今汐离开以后，薄延从沙发上坐起来，揉了揉眼睛。

微信群里，许朝阳 @了他不下二十遍。

许朝阳：“我学生还没回宿舍！你干什么了！我警告你啊！你不准乱来！”

薄延：“她回了，我送她下楼，看着她上出租，到了你告诉我一声。”

许朝阳：“哟，到手的羊羔崽子你还能轻易松口，不容易啊。”

薄延顿了很久，说道：“wyqt。”

许朝阳低头问荆迟：“人形翻译机，你看这人是不是又骂我了！”

荆迟正拿计算器算着他今天的收益，瞥了眼手机，喃了声：“你薄爷开口说了这辈子第一句人话。”

许朝阳：“他说啥了？”

荆迟：“他说，我要娶她。”

薄延身体向来不错，吃了药，状态好了不少。惦记着昨天今汐说还会过来的话，他特意洗了个香喷喷的热水澡，拿出了实打实的精神头来伪装虚弱。

黄昏时分，薄延家的门被叩响了。

他迈着拖沓懒散的步调，打开了房门，蓄势待发，准备好了往人家姑娘的脖子上挂，却不曾想，出现在他眼前的，是沈平川那张讨人嫌的大脸。

沈平川手背在腰后，挺直了胸膛，跟个执行公务的衙门捕快似的，凶狠狰狞地看着他。

薄延险些栽他身上了，扶着门稳住身形，错愕地问：“怎么是你？”

沈平川皮笑肉不笑，一脸的刻薄：“惊不惊喜，意不意外？”

薄延直接想关门。

这时，沈平川身后，穿着白羽绒服的今汐冒出小脑袋。

她头上戴着圣诞小红帽，扬了扬手里精心包装的红苹果，冲薄延笑道："学长，圣诞快乐，病好些了吗？"

薄延见到她，脸色方才缓和，让开了门，把两个人迎了进来。

屋里暖气充足，今汐进屋以后，便脱了羽绒外套，露出内里的圆领浅杏毛衣，毛衣贴身。

平日里见她总是裹得严严实实，不想腰条凹陷处，竟也有几分女儿家的味道。

薄延挑挑眉，接过她的外套，挂在了架子上。

"麻烦学长。"今汐对他解释道，"沈平川知道你生病了，强烈要求，要跟我一块儿过来看望你。"

"谢了。"薄延对这位强烈要求过来"探病"的不速之客，并没什么好脸色，"随便坐。"

沈平川挡在他和今汐之间，上上下下打量了他一番："小妹说你路都走不了了，不过我看你精神好像还不错。"

薄延倚靠在沙发上，随意地说："吃了药，好多了。"

沈平川嘲讽道："我小妹来看你一眼，你就能百病全消了？"

薄延挑眉："主要还是年轻，又经常锻炼着，不比你老人家上了岁数，肾虚腰痛的说到底还是身体虚，得补。"

要不看他还是病人，沈平川撸起袖子就想干架了。

这人说话也忒气人了吧，如此刻薄又毒舌的家伙，也不知道他家小屁妹看上这家伙哪点好，巴巴地送上门来嘘寒问暖。

沈平川腾地站起身，拉着今汐便要出门。

"哥，咱们说好陪学长过圣诞的啊！"

"你看看，他哪有生病的样子，明显就是装的！"

今汐回头，薄延顺势躺在了沙发上："啊，虚弱。"

"看吧！学长都被你气晕了！"

"你这都信！"

沈平川想打人。

今汐甩开沈平川的手，固执地说："要走你自己走，我陪学长过圣诞。"

薄延睁开眼，有气无力地对沈平川道："出门右拐 304 公交站慢走不送。"

沈平川哪能把今汐一个人留下，哼哼唧唧半晌：“我偏不走。”

今汐其实是想着，薄延这几天生病，肯定没吃好，便去超市买了些菜，要给薄延做顿饭，和他一起过个圣诞。

沈平川看今汐拿刀砍萝卜这架势，摇摇头，把她赶出了厨房。

今汐的妈妈几年前去世，把她留在了沈家。沈叔叔平日里工作忙，沈平川长兄如父，虽不是一把屎一把尿，但绝对是一把又一把黑暗料理，将今汐拉扯到现在这么大。

今汐一直觉得，就沈平川这破厨艺，她这么多年吃下来，没长成畸形儿，是她的功德造化。

今汐担忧地看着沈平川：“你要是把薄延学长毒死了，我们都要完蛋。”

沈平川穿上小碎花的围裙，悠闲地说：“你放心，恶人活千年，他没那么容易挂。”

今汐从厨房门边出来，见薄延坐在沙发边，身体前屈，手肘撑着膝，正在削苹果。

他穿着一件浅灰色的毛衣，日常又居家的色调，在暖黄的顶灯照耀下，令她生出几分亲近之意。

他的皮肤也是白得通透，脸上没有一点血气，平白多出一股子柔弱病态的美感。

他握着小刀的手势特别灵活，分分钟便将苹果皮一丝不断地削了出来。

今汐拎起单薄如蝉翼的果皮，叹了声：“技术活啊。”

薄延将苹果削下来一小块扔嘴里，睨着她笑：“你学长技术好，以后你就知道了。”

沈平川从厨房里探出脑袋：“你闭嘴！”

薄延一副你能拿我怎样的架势。

沈平川愤愤道：“老子毒死你。”

今汐盯着薄延手里白澄澄的苹果，咽了口唾沫：“学长，我也想吃。”

薄延给她削下了一块果肉。

今汐伸手去接，薄延嫌弃道：“手脏，张嘴。”

于是今汐乖乖张嘴，他把果肉喂进了她的嘴里。

也不知道为什么，这探病买的苹果真是特别甜，汁水多。

两人坐在沙发上，你一口我一口，把苹果吃了只剩核儿。

沈平川在厨房里看得咬牙切齿地，过去他没少给今汐削苹果，她从来吃一半就扔了，这会儿吃人家的苹果吃得这么有劲儿。

果然是养不熟的小白眼狼。

他敲敲锅铲："哎哎！你俩坐太近了！小妹，你离他远点，当心传染……"

薄延："那个人好讨厌哦。"

今汐连忙说道："他就看着讨厌，其实人还是挺好的，这次是主动要来给你探病。"

薄延嘴角淡淡一抿，主动来的他信，不过探病是假，当护花使者才是真的吧。

从沈平川顶着学生干部的身份，敢在酒吧给人脑袋瓜开瓢，薄延就知道，他是把今汐当亲妹妹疼着。

就冲他这一点，薄延对沈平川的好感度也是正数。

沈平川还算用心，做了一桌子比较清淡的菜，味道勉强，能入口。

本来没什么胃口，不过薄延还是多吃了一碗饭，因为今汐不断给他夹菜。

沈平川吃一嘴飞醋，他妹妹还从来没给他夹过菜呢。

薄延见沈平川鼻子不是鼻子，眼睛不是眼睛，"嗯哼"了又"嗯哼"，索性给他夹了块鸡腿肉："沈爷，招待不周。"

"哼。"

吃饭过程中，沈平川东张西望，打量薄延这房子。

大是非常之大了，四室两厅的错层，但就是有点空，兴许是没什么人气的缘故，他随口问了句："你爸妈呢，怎么你生病了还把你一个人扔家里，也太不关心你了吧，看来是从小缺爱，脑子才这么缺钙。"

本来是一句怼人的风凉话，不想今汐一脚给他踹过去，疼得沈平川一哆嗦。

还真下狠手啊！

今汐狠狠地瞪了他一眼，不说话你就不痛快是吧！

薄延却没什么情绪，淡淡道："墙上挂着呢。"

沈平川一抬眼，便看见正对面墙上挂着两张黑白的遗照。

照片里的父母都相当年轻，笑容特别好看，尤其是母亲，眼角上挑的弧度，和薄延平日里微笑的样子，宛如复刻。

沈平川噤声了，喉咙里像是梗了什么东西似的，一顿饭食不知味，满心忐忑。

今汐真是被她哥蠢到了，那么大两张照片搁那儿他都没看见，还傻兮兮戳人家痛处，真是无药可救。

她也再不搭理他了，不住地给薄延碗里夹菜，似乎是想用这种方式弥补什么。

薄延眉眼柔和，她给他夹多少，他照单全收。

吃完饭后，兄妹俩也没急着离开，而是陪薄延坐在沙发上看电视。

沈平川因为说错了话，内心愧疚，抱着膝盖坐在沙发上，当个安安静静的美男子。

今天是平安夜，各大商圈都有圣诞活动，气氛特别好。以前每年圣诞，今汐和沈平川都会出去溜达，瞎凑热闹，美美地吃上一顿大餐。

薄延现在正生病，肯定不能出去吹冷风了。于是，今汐和沈平川蹲沙发上看电视，两兄妹一左一右，将薄延夹在中间。

沈平川要看游戏直播比赛，而今汐想看《圣诞惊魂夜》的电影，说这样应景，两人为了争遥控器还差点儿打起来。

薄延挤在中间，好几次险些被他们误伤。

对于很早便开始一个人生活的薄延来说，这样热热闹闹的家庭氛围，他早已经忘了是什么感觉。

薄延看着争执不休而大打出手的两个人，几乎可以想见他们在家里鸡飞狗跳的生活，别说，细想起来其实挺温暖。

今汐还是争不过沈平川，气得脸蛋红扑扑，祭出她的终极武器——向继父沈石山告状，控诉沈平川的暴行。

没多久，沈平川的电话响起来，听筒里，沈石山暴躁粗犷的大嗓门十里外都听得见。

“把遥控器给妹妹！多大的人了还不知道让着妹妹！信不信老子回来把电视给你砸了！腿都给你打断！”

遥控器重新回到了今汐的掌控中，今汐调到《圣诞惊魂夜》的电影，看了会儿，昏昏欲睡。

恍然想起，这是在薄延的家里啊。

她看向身边的薄延，他好像已经睡着了，脑袋倚在松软的沙发靠背上，手臂随意自然地垂下来，蓬松乌黑的短发，丝丝缕缕掩住他细密的眼睫，没注意很难发现他已经睡着了。

生病的人，总是比较嗜睡。

今汐给沈平川做了个噤声的手势，去屋里拿来棉毯，轻轻地给薄延披上，然后关了电视机。

“我们走吧。”

今汐正要起身离开的时候，薄延突然伸手握住了她的一截小拇指。

她低头柔声说："吵醒你了。"

薄延睁开狭长的丹凤眼，漆黑的眸子露出一点光，嗓音带了沙哑的质感："我没有睡着。"

"我们准备回家了。"

"你等一下。"

薄延掀开薄毯，站起身，朝着自己的房间走去。

今汐和沈平川站在原地，面面相觑，不明所以。

很快，薄延手里拿着一个粉红色的兔毛围脖，走到今汐身边，将围脖戴在了她的脖子上。

他的动作很轻，向上拉着毛领的边缘，让毛茸茸的围脖盖住她乖巧的小嘴。

今汐白皙的脸蛋被圈在了围脖里，严严实实，只露出了黑漆漆的鹿眼，看着他。

"学长……"

"是圣诞礼物。"薄延敛眸看着她，无声地弯了一下嘴角，"你来看我，我很高兴。"

走出小区大门，沈平川揉了揉兔毛围脖，脸上露出不悦之色："这怎么保暖，花架子，还不如你哥送你的毛线大围巾。"

"你轻点，你把毛都扯下来了。"今汐立刻往边上挪了挪，小心翼翼护着自己的兔毛围脖。

"瞧你那宝贝的样儿。"

"你才不懂，我就喜欢这样式。"今汐努努嘴，"比你的大红毛线围巾好看多了。"

沈平川揽着今汐的肩膀，走在热闹的街道边："他薄延什么人，百花丛中过的风流二世祖，他当然知道什么礼物能讨女孩子欢心，就这，中看不中用。"

今汐对此不屑一顾，摸着自己的兔毛领，侧头看见橱窗里精美又漂亮的圣诞树，圣诞树上结着许许多多的礼物。

"沈平川，来一起拍照。"今汐摸出手机，以圣诞树作为背景，打开了美颜相机。

"嘚瑟，戴个新围脖还臭美起来了。"

"少废话，你拿手机，我站后面。"今汐将手机递给了沈平川。

沈平川看了看屏幕："哎，我的脸怎么变成锥子了，这有问题啊。"

今汐笑了起来，伸手将瘦脸功能关了。

沈平川鄙夷地说："你们这些女孩子，就是不肯面对真实的自己。"

今汐狡辩："美颜相机里的自己就是最真实的自己！"

兄妹俩咔嚓咔嚓拍了几张照片。

照片里她挽着沈平川的手，做出各种卖萌的表情，沈平川表情更是搞怪，和平时在学生会严肃正经的样子判若两人。

今汐发了条朋友圈，圣诞树前的自拍照配了一段文字：卖继兄，跳楼价两瓶牛奶。

然后，她对沈平川说："你看，跳楼价都没人要你。"

沈平川不服气，把她的图盗走然后发了一条报复性的朋友圈："小屁妹不要钱，谁要啊！"

两分钟后，薄延给他留言："我要。"

沈平川为人公正严明，小学生的时候，他手挂五道杠，脖挂红领巾，站在国旗下敬着少先队礼，一张肃穆的小脸绷得紧紧巴巴。

他是老师的亲信，同学中谁要有个风吹草动，他下课一准汇报老师。

从小到大，沈平川都是老师心目中的优秀少年好学生，也是同学们心目中的"贱男""特派员"，老师有多喜欢他，同学们就有多讨厌他。

从小到大，沈平川就没几个朋友。

但是他并不在乎，他自认为自己坚持原则，做的是对的事情。

进入大学，沈平川如愿以偿加入了学生会，从小到大培养的卓越管理能力让他在学生会混得风生水起。

同时，他也一如既往地招人讨厌。

今汐对沈平川的讨厌半点不比别人少，每天都在想段子和他吵架。

讨厌归讨厌吧，有时候，看见他孤零零一个人在食堂吃饭的样子，又觉得好可怜，于心不忍。

所以中午晚上每每临近放学的时间，她都会给沈平川发消息，问他有课吗，约饭吗，三食堂见哦。

沈平川板着脸孔教训她："好好听课！还没放学呢就想着吃！吃这么多也没见你长个儿，我们家都快被你吃破产了！"

今汐："……"

下午的体育课，自由活动时间，今汐在操场边看见了沈平川。

沈平川穿着白色的运动衫，一个人站在篮球场的塑胶跑道边。

他手里抱着篮球，自顾自地拍了会儿，又抬头望了望球场。

篮球场有四个场地，八个篮筐。

男孩奔跑着，传球，上篮，热汗淋漓。

沈平川拍了拍球，鼓起勇气走过去，故作矜持喃了声：“一起啊。”

几个穿黑球服的男生见沈平川过来，相互对视，传递着促狭的眼神：“我们人数够了。”

“哦。”

沈平川站在篮板下，抱着球看他们打了会儿，然后自己拍了拍。

有点尴尬，他准备转身离开。

手里的球突然被人抢走，沈平川回头，见今汐小胳膊小腿的，抱着篮球“噔噔噔”跑到空场下，对着篮板就是一通猛掷。

篮球反弹回来，今汐抱头鼠窜，大喊了声：“哎呀，好险！”

“笨蛋。”沈平川笑了起来，“不是你这样打的。”

“谁还不会打篮球啊。”

今汐说完捡起球，又投向了篮筐，这回球在篮筐周围旋了一圈之后，落地。

“我来教你吧。”沈平川走过去，接过了球，三两步一个上篮，将球稳稳投入了篮筐中。

虽然沈平川是讨厌了些，但帅是真的帅，尤其是打篮球的样子，那叫一个雄姿英发。

今汐对篮球没什么兴趣，不过是陪着沈平川玩，所以也没认真学，拿着球一顿乱投。

沈平川一边嫌弃她菜，一边还挺兴致高昂地给她示范动作。

“你不能带着球跑，你得拍，拍球懂吗？”

今汐抱着球拍了两下，球滚了，于是她固执坚持：“我就抱着跑。”

“犯规了！”

“那又怎样。”

沈平川有些无奈，这小丫头浑脾气，自由散漫惯了，他索性也就让着她，球落下来，他便传给她，让她投篮。

今汐的室友们见两人玩球，还挺欢乐，索性也加入了阵营里。沈平川带着几个女孩子，玩得还挺开心的。

之前拒绝沈平川的那几个穿黑球服的男生见状，很有些不解。

平日里打球，要有女生过来围观，他们铁定是志得意满要好好表现的。

现在被他们拒绝的沈平川，不仅被女孩围观，还有女孩主动和他玩球。

这让他们有点不爽。

一颗陌生的篮球，猛地砸向了篮板，发出“哐”的一声巨响。

篮球反弹，直直地飞向今汐。

沈平川眼疾手快，扑过来将篮球接住，往草丛里一掷，转身怒吼道：“你们什么毛病！”

几个黑球服男生走过来：“你和女生打球是什么毛病。”

“跟你们有什么关系。”

为首的一个高高壮壮的男生道：“你占了我们半场，现在我们要打全场了，沈平川，你滚远点。”

今汐见他们如此不讲理，上来就赶人，奶凶奶凶地说：“篮球场是你们修的呀，凭什么叫我们让。”

“妹子，这事跟你没关系。”

那帮男生似乎不乐意和女生吵架，只针对沈平川一个人：“沈平川，带妹打球你还挺风光的，就你这水平，也只够和女生玩了。”

沈平川被他这样一激，怒声道：“既然如此，来比一场啊。”

为首的黑球服男生冷笑：“比一场，我们这么多人，别到时候输了说我们欺负你。”

“我一个人打你们绰绰有余。”

今汐眼见这势头不对，拉了拉沈平川的衣角：“算了吧，你一个人怎么打。”

这时，草丛里的篮球被人捡了起来。

“这么热闹。”

众人回头，只见几个穿着迷彩军服的家伙走了过来。

薄延站在中间，外套随意地扣在腰间，露出了肌肉线条流畅的臂膀。

篮球在他灵活的指尖掂着。

他挑起了下颌，漆黑的眸子透着森然的寒意：“我朋友碍着你们事了？”

几个男生面面相觑，低声嘀咕——

“国防学院的薄延。”

“他怎么和沈平川站在一起了？”

为首的黑球服男生舌尖抵了抵后牙槽，翻白眼道：“有没有搞错，薄延，你还要帮沈平川这贱男？”

今汐立刻站出来护犊子：“不准骂他！”

“哇，妹子你这么可爱，就是有点瞎。”

穿黑球服的几个男生嘿嘿地笑了起来。

今汐气呼呼地还要说什么，薄延的手却落到了她的肩膀上，将她兜到了身后。

他抬起头，漆黑明亮的眼睛望向黑球服男生，嗓音带着几分疏懒：“这妹子是我的，你有什么意见。”

今汐望向薄延，他眼角微挑，唇边挂着撩拨的笑意。

“薄延，这妹子是你的，就当我们哥几个什么都没说。”

黑球服们显然是十分不愿意得罪薄延：“这事你想怎么解决。”

薄延睨了沈平川一眼：“我们这边，算上我沈哥正好五个人，跟你们来一局。赢了，你给我沈哥道歉，输了，我薄延再也不来三运打球，怎么样。”

黑球服男生们面面相觑，一脸错愕，显然不能相信薄延居然管沈平川叫“沈哥”？

能让薄延看得上叫一声“哥”的人在整个渝大能有几个，他沈平川何德何能?

何德何能的沈平川自己都蒙了，蒙了之后，回过味来，还鬼使神差地脸红了。

居然有点害羞呢。

黑球服们同意了薄延的约战，不能不同意，这么多人看着，本来就是他们先找碴，现在沈平川有后援靠山了，他们就开溜，这成什么了，欺软怕硬。

虽然对手是国防学院的，但是几人刚刚下了训练，这会儿估计是没什么力气，要打一场他们不一定会输。

楚昭和林洛则站在了篮板下，期待地看着他们上场：

“学长们加油啊！”

“好好教训这帮目中无人的家伙！”

薄延脱下了自己的外套，塞到今汐手里：“拿着。”

“哦。”

今汐接过外套，给他规规整整地叠好了抱在身前，听话得像个小媳妇儿似的。

沈平川回头看了看自己胡乱扔在地上的外套，心情突然有点复杂。

夏尤是个花架子，他直接站在了篮板下的女生堆里，对薄延道："薄爷，我给你们加油哟！"

薄延拎着他的衣领把他抓了回来。

夏尤哭丧着脸："我不会打篮球啊，我从小只打羽毛球、踢毽子和跳橡皮筋。"

比赛正式开始，薄延和许朝阳等人算得上是王者级别了，沈平川勉强也还不错，带夏尤一个"青铜"水平绰绰有余。

一场四十分钟的球赛，他们把那帮黑球服的男生打得七零八落。

这几个男生玩球的水平看起来也还行，但是遇上薄延几人，就完全没眼看了，无论是速度还是体力，都跟不上这帮国防学院的。

不过打了半场，他们就累得瘫在地上呼呼地喘粗气，最终让薄延打出一个 34：12 的成绩，丢人丢到了姥姥家。

结束的时候，几人垂头丧气走过来，挨个给沈平川道歉。

沈平川拿出了作为社会主义接班人海纳百川的宽广胸怀，摆摆手，没有和这帮家伙计较。

今汐将外套递给薄延："学长，你可快些穿上吧，病才刚好，一热一冷别又着凉了。"

薄延接过被叠得整齐的外套，还挺有些舍不得拆开，说道："现在热，回宿舍穿。"

"听话呀，现在满身汗，风一吹肯定得感冒。"

今汐夺过衣服，抖开了踮起脚给薄延披上，薄延顺手拎起了外套，然后俯下身，与今汐平视。

冷风里，她鼻头有些红，细碎的空气刘海垂下来，掩住白皙的额头。

薄延凝望着她的眼睛，弯起了嘴角，轻笑一声："小汐，想让你学长听话只有一个办法。"

今汐细密的长睫毛如小刷子似的眨了眨："嗯？"

薄延看了眼沈平川，淡笑道："像叫他一样，叫声薄延哥试试？"

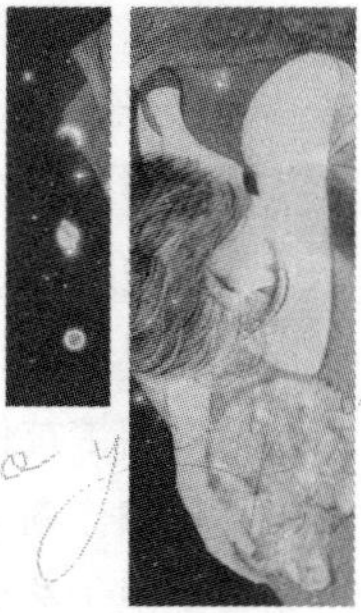

第六章

新年快乐啊，臭小子

《马克思主义哲学》课上，今汐握着笔，认真地勾画着书上的重点。

林洛凑过来，低声问她：“元旦回去吗？”

“不回，期末复习。”

“好嘞！昭昭和棠棠都不回去，明天晚上咱们去解放碑跨年！”

今汐抬头睨她一眼：“辅导员不是说，过节期间不让去人多的地方吗？还是你这个班委代为传达的呢。”

“只说建议不让去，又没在校门口给你设关卡拦着，阳奉阴违走一波。”

楚昭回头道：“最好别去，这些网红景点过节期间人可多着呢，我才不要被挤成肉粽。上次国庆节某些人去了泰山，屁股还没看够啊？”

“那你说怎么玩。”

楚昭想了想：“既然大家都不想出去跨年，咱们就买点零食啤酒什么的，约楼下宿舍的学长一块儿跨年呗。”

今汐赞同：“可以。”

林洛冷笑道：“这会儿想起你楼下的学长哥哥了，晚了，你楼下宿舍那几棵国防大白菜，可是全宿舍楼品相最好的，早就让人家摘走了。”

“不是吧，谁啊？”

“还能有谁，走廊尽头那几朵金花呗，约了他们联谊跨年。”

“答应了吗？”

林洛冷笑道：“有美女约，还能不答应，最高兴的就是你们许教官，今天下午在操场上和小金花说话，笑得跟只狗子似的。”

楚昭骂了声：“大猪蹄子。”

今汐咬着笔头，闷闷地看向窗外，南方的冬日里碧叶依旧青葱，一阵狂风过，簌簌作响。

看样子是要下雨了。

“哎呀！”今汐突然惊叫了一声，“我衣服还晾楼顶没收呢！”

几位室友都还挺淡定，俨然只有她一个人干着急。

“我得回去收衣服了。”今汐匆忙收了书准备开溜。

林洛连忙拉住她：“以咱马哲老师的性格，下节课肯定点名，人不在，肯定扣你期末成绩，你这一个学期都坚持没翘课，这个当口开溜太不划算了吧，奖学金要不要啦。”

“那我的衣服也不能不要呀。”

楚昭出主意：“要不你问问你学长们，谁在宿舍，帮你收一下呗。”

今汐想了想，给薄延发去一条信息——

“薄延学长！”

搏击室里，薄延练得一身燥腾腾的热汗，兜里手机振动。

看到三个感叹号，他嘴角微扬，编辑短信：“怎么了？”

“学长在宿舍吗，在宿舍能帮我收一下衣服吗，我还在上课，走不了。”

薄延回头看了看搏击场上，同学们被他打得七零八乱，累瘫在了地上。

他回道：“在。”

今汐：“麻烦学长！【拜托】【拜托】”

薄延：“是麻烦薄延哥。”

今汐：“呃……”

这时候，林洛的脑袋又探了过来：“让人家冒雨给你收衣服，叫这一声哥，不吃亏。”

今汐连忙捂住手机：“窥屏可耻！”

……

在她犹豫的片刻，薄延已经脱下护膝护腕，扯了外套快速走出搏击教室。

“薄延，还没下课，这就跑了？”

“给我姑娘收衣服。”薄延面色带笑，大步流星走出了搏击教室。

这声“薄延哥”，今汐还是忍辱负重地叫了。

沈平川想给她当哥，薄延也想给她当哥，许朝阳辈分那就更高，直接跳到师长这一档去了。

这些“大猪蹄子”怎么都喜欢玩这一套啊，有劲没劲。

林洛说，像今汐这样软萌可爱的小兔子，别说是男生了，连女生都想把她关到小笼子里养起来呢，没事儿就抱一抱揉一揉呢。

变态！

今汐自觉地离她们远些了，低头编辑短信：“薄延哥，衣服收到了没，认识吗，我经常穿的那几件。”

薄延：“看到了，天台没几件，都是你的。”

今汐松了一口气，发了个小兔子点头卖萌的表情：“谢谢。”

薄延发来一段语音，语音里似乎风很大，薄延的声音显得非常浑厚：“清点一下，两件毛衣，灰的和白色，围脖我送你那条。”

今汐：“是的是的。”

她注意到，屏幕显示对方一直在讲话，可是又久久不见语音发送过来。

良久，只见薄延发来一条文字信息：“还有，一件粉色的那个……”

那个……哪个？

今汐想了想，猛地按下了手机。

“！”

差点儿忘了，她还挂了件粉色的文胸。

没多久，窗外淅淅沥沥地开始下雨了，窗外茂盛的碧叶被大雨冲刷得哗啦作响。

手机屏幕里消息横了出来。

薄延：“带伞了？”

今汐：“没有。”

中性笔在她的指尖转了几圈，接着也没下文了。

好不容易挨到了下课，今汐惦记着她的衣服，等不及室友们慢吞吞地收拾书本，她匆匆忙忙离开了教室。

走廊边一位高高瘦瘦的男生叫住了她：“今汐。”

今汐回头：“啊，班长，什么事？”

班长比今汐高个十多厘米，也有一米七左右，戴着斯文的黑框眼镜，生得白净，长相清秀，看上去文质彬彬。

班长白皙的脸上透出几缕红血丝：“明晚你……你……你……”

今汐正急得火烧火燎，班长“你”了半天也没“你”出个所以然来，今汐索性道：“班长，那我还有点急事就先走了啊。”

“我是想问你明晚有事吗？”

班长追上今汐，和她一起走下楼梯：“如果没事的话，我想……想约你一块儿跨年。”

“没什么事，不过……”

“那就这样定了啊。”班长怕被拒绝，没让她把剩下的话说出口，便匆匆告辞了，“明天晚上学校的 eco 咖啡店通宵营业，我们就在那里跨年！”

看着班长弱小而文质的背影，今汐微微蹙了蹙眉。正在这时，只听墙边传来一个男人慵懒散漫的声音——

“看来有约了。”

今汐回头，见薄延懒洋洋地站在走廊护栏边，背后有珠串般的雨点打着雨棚哗哗响。

他挽起了袖口，露出一截白皙的手腕，手里握着一柄黑伞，骨节分明的手背连接指尖的关节微微凸起，挂着湿润的水珠。

他逆着光站着，望向了她，嘴角挑起一抹微笑，冲她招了招手，手指根根长而有力。

“我正要回去找学长呢。”今汐捏着自己的斜挎包带子，朝他跑了过去。

只听“哗”的一声，薄延撑开了黑伞，晶莹的水珠顺着黑伞边缘一颗颗地滚落。

他望了望距离自己两尺外的今汐，调子疏淡而不耐烦，却又那样理所当然——

“走啊。”

今汐顿了片刻，还是钻进了薄延的黑伞之下。

伞不算很大，庇护着两个人，不可能全然不沾雨水，今汐靠在他身边，能明显感觉到他身体的热度，透过单薄的衣衫熨烫着她的肌肤。

她连步子都迈得有些僵硬了。

薄延恶人先告状，喃了声：“你干吗？”

今汐不解：“我什么干吗？”

“你挤我。”

薄延的嗓音有种沙哑的质感，低沉而有磁性。

今汐离他远了些，心说还不是怕雨水弄湿你的衣服，才靠得更近一些，不识好人心。

她这小模小样的神态，也不知道是哪里戳中了薄延的笑点，他嘴角扬起来就没有落下去过，伞边缘朝她倾斜了几个角度。

“小汐，明天你要和那只瘦鸡一起跨年？”

“你别乱叫人家，他是我们班长。”

薄延挑挑眉：“他喜欢你。”

今汐漫不经心说：“他工作很认真负责，我也挺喜欢他的呀。”

薄延鼻息间发出一声轻哼：“所以这学校里有你不喜欢的人吗？”

今汐低着头思考了一圈，好像还真没有，就连凶巴巴的楼管阿姨，她每天都还跟人家笑眯眯地打招呼呢。

薄延无奈地叹息了。

这时，道旁一辆黑色的轿车驶过，溅起路边淤积的雨水，水花四溢。

薄延连忙揽过今汐的肩膀，整个将她提起来，护在自己的另一侧。

今汐感觉自己像只猫，轻而易举就被他拎起来，到处乱甩。

她要是和他打架，肯定会被按在地上摩擦。

今汐哆嗦了一下。

“在想什么？”薄延见她脸色变来变去，不知道脑子里横着什么鬼念头。

今汐坦诚道：“我在想，沈平川身手肯定不如你。”

他清浅地笑了笑：“这倒是句实在话。”

“沈平川连我都打不过。”今汐说，“他超级弱。”

薄延低头望向她，她额前有几缕湿润的发丝，漆黑的眸子与白皙的肌肤达成了某种透亮的鲜明感，使她的五官显得格外立体。

“敢拿酒瓶给人脑瓜开瓢，沈平川可不弱。”薄延柔声说，“你是他的软处。”

今汐若有所思地点点头：“那……我以后就不欺负他了。”

“真乖。”

不知道是不是因为他总喝牛奶的缘故，今汐好像嗅到他身上的一股淡淡的奶香。

原来男孩子身上也会有这种香香软软的味道啊。

后半段的路程，薄延的手顺势落在了今汐的肩膀上，自然而然地揽住了她。

今汐没有觉得不适，或许是因为这雨太凉了吧。

男八舍，薄延收了黑伞，领着今汐回了自己的宿舍。

今汐靠在门边，见他从柜子里将她的衣物取出来。

衣服被他叠得整整齐齐，成了一个个的小豆腐块。

今汐不可置信，赞叹道：“你这是什么神仙技术！”

"想学可以教你。"

今汐脑袋摇得跟拨浪鼓似的："不要！"

每天让她这样叠衣服叠被子，干脆直接死亡好了。

最后，薄延将她的粉色文胸拿出来。

今汐脸色一红，伸手去夺薄延手一扬，没给她。

"你……干吗？"

薄延眼角微弯，无声地笑了一下，漂亮的指尖将文胸的双瓣合拢，然后藏到了衣服中间的夹层里。

"多吃点吧，小学生。"

今汐脸颊和耳郭都烧了起来，本来还挺不好意思，听到他这话，不服气地轻哼一声："才不是小学生！"

小学生都穿小背心，她穿的是名副其实的文胸好吗？

薄延那黑漆漆的视线在她的胸前驻留片刻，便拎着她的衣领，将她推了出去："以后，那个不准挂在外面让别人看到。"

"楼顶天台又没人。"今汐回头说，"更何况我们宿舍里没地方挂呀。"

"可以挂我宿舍来。"薄延漫不经心说，"我给你打几个钩子。"

今汐："……"

那还是不劳烦薄爷了吧。

当天晚上，薄延果然带了锤子绳索一类的物件叩响了 509 宿舍门。

他给今汐她们阳台的墙壁上咚咚咚打了几个铁钩子，牵了几条晾衣服的绳索。

待他离开以后，林洛不解地问今汐："学长这是什么意思啊？"

今汐艰难地说："他的意思是……让我们把内衣晾在屋里。"

几个女生同时瞪大了眼睛。

今汐："是不是特尴尬？"

楚昭："很暖好吗！"

林洛："我想嫁给他！"

31 号的傍晚，许朝阳走进宿舍里。

"奇了怪，刚刚下楼遇到楼上宿舍几个女孩，我跟她们打招呼呢，没一个好脸色。"

荆迟床上堆满了没有开封的避孕套，他一边拿货一边记账："让你昨天下午嘴贱，答应那四朵金花联谊跨年的事。"

许朝阳不解：“就为和妹子们跨年的事，咱邻居就不理咱了？”

“是不理你了，我和薄爷可没招她们。”

“那今天晚上跨年，你们不去？”

荆迟伸了个懒腰：“我不去，摆明了和那几朵小金花跨年会得罪全宿舍楼的男生，以后哥的生意还怎么做。”

许朝阳又望向薄延：“你去吗？”

阳台上，薄延放下画笔，拾起一块铅粉，淡淡道：“挡人财路犹如杀人父母，不去。”

许朝阳这下子有些急了：“可我都答应人家了，总不能让我一个人去吧。”

薄延回头，清清浅浅睨他一眼：“男孩子出门在外，要保护好自己，最好不要参加动机不纯的男女联谊。”

许朝阳：“……”

这时，楼上女寝的女孩们打扮得漂漂亮亮地走了下来。

许朝阳抬了一嗓子问道：“学妹去哪儿啊？”

今汐：“超市买点零食，晚上咖啡店跨年。”

“那还挺好的哈。”

“学长不是也要和那边的 501 联谊吗，还不收拾收拾？”

许朝阳无奈地挠挠后脑勺：“我们不去了。”

“怎么又不去了？”

“你薄延学长说，男孩子在外面要保护好自己，不要随便乱参加什么动机不纯的男女宿舍联谊。”

今汐展眉，笑了起来：“那你们就在宿舍瞎玩啊。”

许朝阳：“对，打游戏。”

“那学长要不要跟我们去咖啡店啊？”

“就不去了吧，主要你荆爷和薄爷都不太想和女生……”

他话音未落，脚被路过的某人给狠狠地碾了一下。

薄延懒洋洋地从许朝阳身边走过，将画挂在墙上风干，散漫的视线落到今汐的身上，喃道：“我们去。”

许朝阳关上房门，指着薄延嚷嚷：“你你你……刚刚怎么说来着，洁身自好、保护自己！现在怎么又答应女孩了？”

荆迟笑了起来：“‘真香’定律听过吗？”

薄延拉开衣柜开始给自己试衣服，随口道：“我今晚本来就打算要和小汐一起过，没有‘真香’。”

许朝阳：“得了吧，小汐就不是女的了？”

薄延：“不一样。”

许朝阳：“有什么不一样。”

薄延淡淡睨他一眼：“别人是别人，她是我姑娘。”

许朝阳：“……”

不要脸！

咖啡店很大，班长看到今汐进来，托了托鼻梁上的黑框眼镜，立刻站起身，超级无敌紧张。

“今汐同学，你来了，快请坐。”

“学长晚上好。”

然而，当他看到今汐身后跟了三个室友，脸色有些不太自然：“你……还带了同学啊。”

“对呀，人多好玩一些。”

林洛见班长面色不好看了，问道：“班长大人这是不欢迎我们来吗？”

班长勉强地笑了笑：“哪里，请坐请坐。”

几人坐下来，开始漫长的尬聊。

半小时后，今汐出门，回来居然又领了几个男生。

班长的脸色一下子由绿转了黑。

“这……这也是你的朋友啊？”

“对呀，说一起玩桌游，所以多约了几个朋友，这几位是我们楼下宿舍的男孩子。”

从她糯糯的嘴里说出“男孩子”三个字，非常好听。

薄延轻笑，舌尖抵了抵齿关，无声地学了一下。

因为人太多，于是几人换了雅座。

本来一开始，班长订的是墙角非常浪漫双人桌，就为了和今汐共度良宵，没想到人越来越多，越来越多，从双人桌换成了中桌，又换了个大桌。

今汐则坐在雅座最里面的位置，边上排着三个女孩。

薄延看这局面……想攻进去有点难。

幸好，今汐中途又出去了一下，回来的时候把沈平川给领进来了。

班长脸色就更沉了些：“这又是谁啊？”

今汐解释：“沈平川，我户口本上的哥。”

沈平川和大家打了招呼之后，找了个空位坐下来。

荆迟正要给今汐让道，薄延轻咳了一声。

男人当然最懂男人的心思了，荆迟立刻站起身，对今汐道："学妹，你就坐我这位置吧，挨着你薄延学长，我坐里面去。"

今汐"哦"了一声，没有多想，坐到了薄延的身边。

她穿着棉茸茸的白色毛衣，圆领之上，颈部的肌肤分外白皙无瑕，脖子上挂着小手套，手套上还缝着一只卡通小兔。

薄延捏了捏她手套上的软毛，今汐问道："你手冷吗？"

"你摸摸不就知道了。"

今汐用手背靠了靠他的手，温温热，却不算很烫。

念着他大病初愈，别又感冒了，今汐索性摘下自己的手套递过去，轻轻说："给你戴。"

许朝阳很想说，你薄爷没那么娇贵，在宿舍他都是脱光了衣服做俯卧撑，哪能被风一吹就生病，这成什么了，薄黛玉吗。

但是薄延好像铁了心不要老脸，居然真的接过了那两只小兔子手套，一点一点给自己戴上了。

女式手套根本容不下他那双宽大颀长的男人手掌，也没有全戴进去，戴了半个手掌，就把人家姑娘手套给撑了个满满当当。

手套里，还残留着女孩身体的余热，细软的绒毛包裹着他，他突然喜欢上了这种松松软软的感觉。

许朝阳冲他翻白眼，荆迟笑而不语，而夏尤盯着今汐的手套犯病，说真的超可爱的，自己也要买一双。

班长看得目瞪口呆，他们都是魔鬼吗？

咖啡店的学生渐渐多了起来，聚在一起等待跨年，气氛也越发地热闹了起来。

林洛准备了牌，大家一块儿玩狼人杀。

这种一本正经说胡话的游戏，薄延挺擅长，不管是当狼还是当村民，都能带着队友稳赢，然则出乎大伙儿意料的是，今汐居然也很能伪装，扮猪吃虎，总是能骗倒一帮傻子，尤其今汐和薄延同时当狼，几乎可以说是所向披靡。

文质彬彬的班长大人，最后输得索然无味，于是告辞离开了。

玩了半小时以后，林洛提议："只是这样玩，多没意思呀，要不咱们来一些奖惩措施？"

"什么奖惩措施？"

林洛想了想："就最烂大街的真心话大冒险呗。"

"又是这个，有劲没劲啊。"

虽然大家伙抱怨着这游戏烂大街，但也想不到更新的招了，集体活动里，真心话大冒险永不过时。

第一轮，今汐和薄延便打了个擂台，薄延作为狼人，被今汐扮的女巫给直接干掉了。

按照规则，谁干掉他，就该由谁来提出惩罚措施。

众人早就翘首期盼着薄延被干掉，好好地整他一回，以报方才碾压之仇。

"真心话还是大冒险？"

薄延挑挑眉，毫不犹豫地选择了"真心话"。

如果选真心话就要问三个问题，才抵得上一次大冒险。

薄延坦荡，不怕他们问。

今汐正要开口，许朝阳连忙附在她耳边，小声嘀咕了几句。

薄延看他这奸诈阴险的模样，就知道没有好事情，他对今汐道："你别搭理他，提你自己想问的。"

今汐暂时想不出问题，还是用了许朝阳给她支的一招——

"许朝阳问，你昨天晚上一点在厕所里待了半个小时，干什么了？"

男生立刻不怀好意地交换眼神。

沈平川嚷嚷道："哎哎，怎么能让我们家小妹问这么不健康的问题！"

今汐还没反应过来，以为让薄延当众承认自己拉粑粑这种不文雅的事情，就算是整蛊他了。

却没想到，薄延淡笑一声："关你什么事。"

许朝阳却不依不饶地追问："厕所里好像还有光线透出来，你是不是看谁照片了？"

薄延："该你问吗，你就问。"

许朝阳推推今汐，今汐反应道："该我问哦，那你是不是看谁照片了？"

荆迟几人早已经笑得趴在了桌上。

薄延犹疑了片刻，终于低沉地"嗯"了声，脸颊居然还挂了红。

还剩下最后一个问题，肯定就是呼之欲出的"你看了谁的照片"。

薄延的手机就明明白白地摆在桌面上，能有谁的照片，女生们抓耳挠腮非常好奇。

一开始阻拦的沈平川，这会儿闹得比谁都厉害，他扯着嗓子激动地问："你看谁的照片了，快说快说！"

薄延睨他一眼："老子为什么要告诉你。"

最后一个问题，还是应该由今汐来提问。

沈平川催促今汐："小妹，就问他看谁的照片。"

今汐觉得这样问下去，实在有点过分了，这几乎是把人家的隐私给扒了个底朝天，就算是真心话大冒险，也不该这样子玩别人。

但是众人又这般期待。

她想了想，开口问道："你那照片上的人，她不在我们当中吧。"

这个问题抛出来，算是相当温和了，只要薄延承认不在，那么这事就算了结了。

沈平川大失所望："你问的这是个啥问题啊！会不会问啊，不会让我来问啊。"

今汐瞪了他一眼，然后期待地望向薄延："不在吧？"

却不承想，薄延嘴角微勾，一双充满了攻击性的狭长丹凤眼，意味深长地望向她，嗓音低醇——

"她在。"

狼人杀又来了几轮，其间许朝阳中招，薄延壮烈牺牲的前车之鉴摆在那儿，他可不敢再选真心话，于是选了大冒险。

大冒险也不是什么好游戏，几个男生铆足劲儿要整人的，怎么可能轻易放过他。

尤其薄延，刚刚被他出卖，这会儿铁定是要报复回来的。

几个男生商量之后，荆迟笑说："咖啡店的所有女生，你挑一个看得顺眼的，和人家亲个十五秒的嘴。"

许朝阳跳了起来："过分了！这不是摆明了让人家扇我巴掌吗，我不去！"

"刚刚你整我们薄爷的时候，厕所里那种隐私的问题都问出来了，这会儿耍赖，不够意思吧。"

薄延手撑在桌边上，望着他，漆黑的眸子泛着危险的冷意，想来主意铁定是这腹黑大魔王出的。

真是地狱空荡荡，魔鬼在人间啊。

许朝阳有点后悔，男人何苦为难男人呢。

“这什么破游戏啊！”他哭唧唧，“人家不乐意怎么办，扇我怎么办？这就是赤裸裸地耍流氓嘛。”

今汐心地善良，给他支招：“你不一定要选陌生人呀。”

此言一出，薄延的大腿立刻惩戒性地碰了碰她。

“就你烂好人。”他低眉看着她，柔声说，“等你中招的时候，看这人怎么欺负你。”

今汐冲他笑了笑，就跟春天里的小柴犬似的，把薄延的心都给暖化了。

他宠溺地揉了揉她的小脑袋。

许朝阳对今汐千恩万谢，她可提醒了他。

对啊，不一定要选陌生人，陌生女孩肯定当他是流氓，只要选在座的女孩子，知道是在玩游戏，就不会当真了呀。

他求助地看向几个女生：“小姐姐们人美心善，谁帮帮我啊。”

几个女孩面面相觑，谁都没率先开口。

谁要亲他啊！几个女孩可都没谈过恋爱呢，这还是亲嘴，这一亲，初吻可都交代了。

楼上宿舍这几个女生里，许朝阳和今汐关系最好，他一望向今汐，薄延冷冽的目光就刺过来了。

这是绝对不能选的，除非他想当场暴毙。

其次就是楚昭了，上次在密室里，他还救过楚昭呢。

“昭昭学妹。”许朝阳可怜巴巴地望着她，恳求道，“行不？”

“行你个大鸡腿呀。”楚昭说，“谁要亲你呀。”

许朝阳都要哭了：“洛洛学妹，棠棠学妹。”

林洛道：“还是求你昭昭学妹吧，我俩跟你可没那么熟。”

许朝阳最终还是转向了楚昭：“学妹，就一下，碰一下就好，帮你许教官把这一关过了，以后你有啥事，许教官绝无二话，刀山火海都给你去闯！”

楚昭见他实在可怜，绞着衣角低头思虑了很久：“你……干吗选我啊？”

“不是……没别人了吗！”

“那……就只能碰一下，不能别的了。”

“那肯定啊！我保证！”

还别的，碰一下他都快炸了好吗，人家是初吻，他难道不是吗！

众人兴奋地给两个人让出了位置。

楚昭坐到许朝阳身边去，不满地说："你们真的是坏透了，瞎出什么主意。"

"学妹不厚道，刚刚没点到你的时候，你还跟着瞎起哄呢！"

楚昭："行，反正你们都有机会！"

她深吸了一口气，紧紧闭上眼睛："来吧许教官。"

许朝阳手肘撑在桌上，缓缓地靠近了楚昭。

感受到他的靠近，楚昭身体本能地后仰，结果让他给单手按住了背。

许朝阳怀着一股子上刀山下火海，一往无前的决绝气势，托住楚昭的后脑，一嘴巴凑了过去。

楚昭咬紧了牙关，只感觉一片柔软的唇搭了过来，她睁开眼睛，迎面便是男孩那放大的英俊五官。

他脸都红成热气球了。

楚昭脑袋里开始嗞拉嗞拉地冒火花。

男人似乎是天生的调情高手，许朝阳的唇居然轻轻地碾了碾她。

周围人叫嚣着计时："15、14、13……3、2、2、2、2……"

楚昭一把推开了许朝阳，红着脸对众人说："你们干什么呀，2了这么久，你们……"

她上气不接下气，都快晕过去了。

许朝阳："过分！太过分了！"

"嘿你个许朝阳，得了便宜反过来找我们算账。"

许朝阳现在不敢看楚昭，楚昭也不敢看他了，两人回到各自的位置上，继续开始游戏。

许朝阳是铆足了劲儿要报复回来，接下来的几把，荆迟和沈平川被他整得够呛，无论是真心话还是大冒险，都没有什么好下场。

没多久，今汐败在了荆迟的手上。

荆迟"嘿嘿嘿"地盯着她笑了很久，沈平川这会儿也不维护她了："往死里整，这臭丫头，刚刚害老子丢了人，这会儿必须让她吃点教训。"

刚刚今汐让沈平川去问隔壁桌的女孩要微信，结果人家男朋友上个厕所回来，正好撞上，沈平川尴尬得简直不要不要的，一张老脸没地方搁，回来整个人都不好了。

他可不再护着今汐了，非要给她好看。

今汐扫了一眼自己的姐妹，知道如果选真心话，指不定被这帮家伙掀了老底呢。

相较于此，她更愿意选大冒险，不就是做点傻事吗，问人要微信要电话，这有什么难的。

今汐清了清嗓子："我选大冒险。"

此言一出，荆迟和许朝阳两人那小眼神啊，相互交换着，早就已经有了计谋，就等着这小丫头上钩呢。

薄延倚在座位靠椅边，气定神闲喃了声："别太过分了。"

"哟，怎么着薄爷敢情你还要护着是吧。"荆迟笑着说，"沈平川都还没说话呢。"

薄延活动了一下手腕："别太出格，我不管。"

今汐像是找到了靠山似的，朝薄延身边靠了靠："你们听见了，别太出格啊。"

荆迟眼尾勾了起来："马上就要跨年了，咱们这游戏就这一局，搞个大事情，在场所有人，把自己的名字写在小纸团上，放在一起让今汐抓阄，抓着谁，今晚跟那个人去酒店开房，跨年过夜。"

"这个刺激啊！"

"我赞同，就这么干。"

今汐："……"

这还不叫出格！

她立刻望向薄延："学长，你看他们是不是过分了！"

薄延和荆迟两个人对视着，眼神里不知道交流了什么信息，漫不经心道："你还有一半的概率抽到妹子，怕什么。"

"那也……过分了吧。"今汐抓住最后一根救命稻草沈平川，"哥，你看他们！"

沈平川气还没消，板着脸说："今天晚上，我不管你，爱怎么玩怎么玩。"

今汐无语了，早知道刚刚整沈平川的时候就该给自己留条生路，这会儿好歹还有个兄长护着自己啊。

荆迟说："小汐，你也别怕，过个夜而已，抽中了某个幸运儿，就算是男孩子，咱也没让你们做什么呀，你要是乐意，和他一起通宵复习功课都可以。"

今汐："……"

你开房是去复习功课的呢。

这是最后一局游戏了，今汐也没有耍赖皮扫大家伙儿的兴，反正她还有一半的概率抽到女孩子，怕什么。

沈平川还挺积极，去问咖啡店前台要来了纸和笔，然后撕成了四四方方的小纸片，递给了众人，特意叮嘱道："都写自己的名字啊，别乱写。"

几人拿到了笔，挨个写上了名字，许朝阳去看荆迟的，荆迟像捂了个宝贝似的，偏不给他看。

薄延接过了笔，大大方方地在纸团上写下了"薄延"两个字，揉成团，当着今汐的面，第一个扔进了碗中。

动作还挺潇洒。

荆迟熟练地将碗倒扣在桌上，摇骰子似的摇了小半晌。

"小汐，来选一个吧。"

今汐闭着眼睛随手抓，抓了小纸团递给荆迟："就这个啦。"

荆迟接过纸团，神秘兮兮地说："能跟我们小汐同个房间的幸运儿，已经诞生了，他会是谁呢？"

沈平川催促："你就别卖关子了，快宣布啊！"

荆迟打开了字条，然后故弄玄虚地做出惊讶的表情："喔！"

沈平川刚刚跟着起哄，这会儿也开始有些着急了，他的宝贝妹妹真的要跟这帮"大猪蹄子"开房过夜，他真有点不太乐意，索性一把夺过荆迟手中的纸团，看了看，脸色骤变——

"薄……薄延。"

今汐也感觉脑袋空了一下，脚底轻飘飘的，还问了声："是……是薄延学长啊？"

尴尬的气氛扑面而来，今汐感觉耳朵开始火烧火燎了起来，都不敢去看薄延的脸。

荆迟笑着说："看来，今晚你注定要和你薄延学长一起复习功课了。"

今汐灵机一动，回头对薄延说："要是学长不愿意，可以拒绝呀！"

反正是她的大冒险，又不是薄延的，只要薄延拒绝，游戏就不作数的吧！

今汐满心期待地望着薄延。

薄延身形后仰，手肘撑在座椅扶手上，懒洋洋地靠着，那漆黑狭长的眼眸扫向她，似笑非笑——

"我愿意。"

酒店是几个伙伴拿着薄延的手机订的，他们凑在一起叽叽咕咕地替他谋划，兴奋得好像是他们要去开房一样——

"这个好，这个地中海主题。"

"不不，情趣圆床房。"

“这个这个，上厕所都没有门的呀。”

今汐：“……”

她能不能溜了！

今汐望望薄延，明亮的灯光下，他瞳仁宛若黑色的猫眼石一般深邃通透，神情坦然，清风霁月。

今汐忽然觉得周遭空气有些燥热。

沈平川气呼呼地夺过手机:“差不多得了,别太过分啊我警告你们!老子来选！”

在继兄的保驾护航精挑细选之下，酒店终于选好了，天街商圈写字楼里的一家高档酒店，套房，三个房间，两个独卫。

荆迟说：“你订套房做什么，咱们的游戏规定可是两个人一间房。”

沈平川愤懑地哼了声：“我自己住不行啊，我得看着我小妹，要是这禽兽晚上对我小妹做什么，我得第一个冲进去。”

今汐几个室友妹子相互对视着，不确定地说：“那……我们也住进去吧。”

半个小时后，酒店大厅。

前台看着这一大群年轻男女，不确定地问：“你……你们确定不再多开一间套房？”

“不用，就这间。”

当然还是要大家在一起才好玩，所以目前的情况就是，今汐和薄延住一间房，一兜男生挤一间，三个女生挤另一间。

今汐无奈地说：“这……又是何苦呢。”

“不苦不苦！成全你们一生一世一双人，我们高兴呢。”

几人坏笑着，迫不及待地将今汐和薄延推进了房间里。

关上房门，大家一个靠着一个，趴在门边听墙脚。

“怎么样，有动静吗？”

“开始了吗？”

……

只有沈平川崩溃地捶墙，号啕大哭：“小妹啊，大哥对不起你。”

这时候，许朝阳似想起了什么，问荆迟:“你字条上写的谁的名字？”

荆迟说：“还能有谁，当然是薄爷啊。”

许朝阳嘿嘿一笑：“巧了，我也是。”

楚昭挠挠头：“那个，其实……我也写的薄延学长。”

林洛：“我也写的薄延。”

夏尤：“我当然写的薄爷啊！”

初棠：“别看我，我跟你们一样。”

沈平川一口老血，回过头继续崩溃捶墙：“我的小妹啊。”

今汐并不知道，所有人都心有灵犀地写了薄延的名字，除了沈平川。

关上门，喧哗热闹就全部挡在了外面，房间墙壁孤零零亮着一盏昏暗的小夜灯。

男人站在床边，明澈的眼睛一半埋在了眼廓阴影中，英挺的轮廓倒是分外清晰。

今汐首先将床头的灯全部打开，提高了房间的整体照明亮度，然后又打开了窗帘，让视野更加开阔。

这样好像就不会那么尴尬了。

大床发出一声沉沉的闷响，薄延坐到床上。

今汐迅速地往后退了退，贴在墙边：“你干吗！”

薄延无辜道：“我坐下来。”

今汐指着他，没有底气地质问：“刚……刚荆迟偷偷把你拉到走廊，塞给你一盒东西，是什么？”

薄延看着她葱白玉润的手指头，低头抿了抿唇，眼角挑起笑意：“你猜？”

今汐走到他面前，居高临下地看着他左边裤子口袋，有一盒东西撑着薄薄的布料，露出了方形的轮廓。

她那双漆黑如点墨般的鹿眼盯着他：“薄延，那是什么？”

薄延看着她紧抿的红唇，嘴角都泛起了粉白，耳郭绯红，显然已经紧张到不行了。

“你自己过来摸，摸到了就给你。”他手撑着床，往后仰了仰。

他的羽绒服外套已经脱下来挂在了衣钩上，现在穿着一件淡灰色的圆领羊绒毛衣，松懒地修饰着他匀称的身形，显得健硕却又并不鲁莽，是非常典型的衣架子身材。

他就这样仰面看着她，嘴角的笑意越发加深了，漆黑的眼神带了危险的气息，像在故意引诱她似的。

今汐舔了舔干燥的嘴唇，踟蹰了片刻，慢慢走过去，伸手摸他左边的裤子口袋。

不想他突然握住她纤细的手腕，一股力道顶在她的后背，轻而易举将她翻转了过来，按压在了松软的大床上。

今汐骤然跌入松软的大床中，天旋地转。

薄延的双膝跪在她的身体两侧，单手将她的两只纤细手腕交叠扣住，按在了头顶，使她整个躺在他的身下，宛如脱离了水面的鱼儿，无法动弹。

她猛地睁大眼睛，心跳噗噗噗敲打着胸腔。

薄延缓慢地附身，凑近了她的脸。

“唔！”今汐发出一声嘤咛，宛如受惊的小兽，将脸别向旁侧。

他轻慢的呼吸拍打在她的额头上，热热乎乎。

薄延没有说话，一双黑漆漆的丹凤眼就这样看着她，两个人隔着咫尺的距离，对视着。

今汐从脸颊到耳郭，都已经红透了，连呼吸都屏住了。

薄延心痒难耐，缓缓地凑近了她的唇。

今汐感觉到不妙，用力闭上了眼睛。

唇间的触感并没有传来，男人的脸忽而埋进了她的肩窝里，开始笑了起来，笑得整个床都在颤。

今汐睁开眼，只见他颀长的指尖拎着一盒烟，放到她的耳边，笑得没完没了。

“刚刚让荆迟帮我买包烟而已，你在想什么？”

今汐发觉自己被耍了，用力推开了他，气呼呼地坐在边上。

薄延走过来，拉拉她的小拇指，不依不饶：“嗯，你以为他给我的是什么？”

今汐甩开他的手：“我哪知道呀！你们这么坏！”

薄延坐到她身边，歪着身子低头看她：“我对你怎么坏了？”

今汐想说，却又说不出来，他从来没有对她怎么样过，就是感觉……经常欺负她。

可是他真的欺负了她吗，今汐说不上来。

“你们今天……合起伙来整我，算吗！”

薄延面不改色，摊开手坦然道：“别忘了，你学长在第一轮，就被你亲手扒得骨头都没剩了，还有许朝阳和你那小室友接吻的局，全场数你闹得最开心，现在轮到自己了，就是我们合起伙来整你？”

“我……”

他这一堆大道理，堵得今汐哑口无言。

还真是怨不了别人，这也算是她自己孽力回馈。

她赌气地往边上挪了挪，说道：“就不该玩这种游戏，相互伤害，有意思吗。”

薄延扬着调子说：“与其后悔刚刚发生的事情，不如想想今天晚上怎么办，我们还有好几个小时要过。”

今汐连忙说：“你不准动歪心思。”

“我动什么歪心思了。”

她站起身，环顾四周，又拉开了衣柜看了看，柜子里空空如也，连多余的棉被都没有。

整个房间就一张床，一套被单。

她幽怨地问：“学长，今天晚上怎么睡啊？”

薄延手撑着后脑，半躺在窗边，长腿交叠：“学妹想怎么睡？”

这个时候，今汐感觉一口一个“学长”“学妹”的，反而还带了点角色扮演的意趣，气氛怪怪的。

今汐走过去，一双白皙的小肉爪抓起了被单：“学长困吗？”

话音未落，薄延打了个懒洋洋的呵欠，算是回答了她的问题。

“那……那学长你就睡床吧。”今汐端着小板凳，来到墙角边，面对着墙壁坐下来。

薄延看她这架势，是打算静坐一晚上。

“那我不管你了，先去洗澡。”

薄延说完就进了洗手间。

几分钟后，今汐轻手轻脚地来到洗手间门口，听了听，里面传来了哗哗哗的水声，她这才放心地走到门边，拉开门要出去。

不想，伙伴们全都挤在门边听墙脚，见她出来，立刻又把她塞回去——

“干吗呀，进去进去。”

今汐恳求道：“我就出来透透气。”

“说好了你俩待一晚上，少一分钟、少一秒都不是一晚上。”

她又被这帮损友给塞回了房间里。

薄延洗完澡出来，穿着一件单薄的黑T恤和运动长裤，露出了那条白皙修长的腿。

以前在宿舍倒是经常见他这样穿，轻松自在，不过现在……

她别过脑袋，都不敢多看他一眼。

薄延见她红得通透的一张小脸，嘴角无声地勾了起来，也不说什么，走到床的左边躺下来，拿出手机玩。

今汐连忙钻进了洗手间，锁上门，洗手间里带着一股暖暖的热雾，鼻尖能嗅到沐浴露的清香。

不管了，今汐脱了衣服开始冲澡，热水拍打在她的身上，将全身的寒意都驱逐了。

她鬼使神差地站在镜子前，看着水雾朦胧中的自己——

白皙的身体，腰线流畅，凹凸分明，已经有了女孩家的美好轮廓，前面的小胸脯，还是比减震带要稍稍好一些吧，果实青涩，像是还未睡醒的感觉。

薄延肯定瞧不上她这身材。

等等，她连忙背过身，这是想什么呢！

就在她转身的时候，忽然看见磨砂的玻璃门外，站着男人高大颀长的身影，黑乎乎的一圈，整个人面对着玻璃门而立。

今汐惊呼："你干什么？"

门外，薄延沉声说："过十二点了。"

"啊？"

"过十二点，跨年了。"

"哦……"

"想和你一起跨年，我能进来吗？"

今汐："……"

能就怪了！

"别！你别进来！我在洗澡呀！"

门外，薄延轻笑一声："逗你的。"

今汐松了一口气，感觉和他相处，跟玩过山车似的，他总是有办法引得她心潮起伏。

"总之，新年快乐，小汐。"

"今年快乐。"她慌里慌张，口齿都含混不清了。

薄延笑了声，离开了。

今汐看着他模糊的轮廓消失在磨砂门前，松了口气，回过头，又自顾自地纠正自己刚刚的话："新年快乐。"

她拍了拍水花，咬牙切齿说："新年快乐啊，臭小子。"

今汐洗完澡出来，径直走到墙角，坐在了小板凳上。

薄延放下手机，望向她。

漆黑的头发吹过之后，显得异常蓬松，皮肤白皙，带了些水雾蒸腾的红润，楚楚动人。

这丫头，还小眉小眼地偷看他呢。

薄延顺手关了床头灯，房间里陷入了浓郁的夜色里。

“我睡了。”他嗓音低醇。

今汐“哦”了声，趴在椅子靠背上。

过了十二点，门外窸窸窣窣的动静渐渐消停下来，这帮最佳损友终于闹够了，各自回房睡下了。

今汐的困意渐渐地漫上来，她打了个呵欠。

很快，她的手肘便有些撑不住沉甸甸的脑袋，索性窝进了座椅里，蜷着膝盖，脑袋搭在靠背上，打着蔫儿，当起了啄木鸟。

他轻轻咳嗽了一声，今汐立刻惊醒。

“过来睡吧，我不碰你。”

黑暗中，薄延的嗓音有一种沙沙的质感。

今汐心里的那点防备，也早已经抵挡不住强烈的困意，她起身，磨磨蹭蹭地走到了空出来的床铺边。

“你不准动。”

她声音娇娇弱弱，在这静谧的夜里，尤其诱人。

薄延背对着她，身形如山脉绵延——

“我不动。”

今汐掀开被单，躺了进去，动作甚是轻柔小心，像是害怕惊扰了身边酣睡的野兽。

被窝很温暖，全是这男人的温度。

今汐躺进了松软的枕头里。

他果然如自己保证的那般，没有动，甚至都没有转身。

今汐闭上眼睛，绷紧神经感受了十多分钟，确定了身边的男人不会有进一步的动作，总算放松下来。

慢慢地，睡意席卷，她沉沉地睡了过去。

黑暗中，薄延睁开了漆黑如墨的眼睛。

身边女孩子的呼吸渐渐平稳了，他的睡意却全然消退。

所以他到底是给自己找的什么洋罪受？

元旦假期之后，第一学期的课业正式进入尾声，全校同学开始了紧张的期末复习。

409和509两个宿舍的关系在跨年夜之后，有了些许微妙的变化。

楚昭看见许朝阳，不再一口一个许教官，舌头开始打结，支支吾吾地话都说不出来几句。

本来就是抬头不见低头见的邻居，现在两个人见面就脸红，从此形同陌路。

相比他们，今汐和薄延还算融洽。

事后，在沈平川的一再追问之下，今汐向他坦言，两人虽然同一个被窝睡过觉，但是没有发生任何事，薄延根本没碰她。

沈平川摸着下颌，皱着眉头说："没碰你，一晚上都没碰？"

"对啊。"

"这不科学。"

今汐跺跺脚："你是不是还挺失望啊？"

"怎么会！"沈平川连忙摆手，解释道，"我一开始以为他对你意图不轨，现在都睡一块儿了，这哥们居然还能这么稳，那我就放心了。"

"你放心什么呀。"

沈平川笑了笑："薄延对你没心思呗。"

今汐顿了顿："可能人家是修养好。"

沈平川手搭在她的肩膀上，和她一道朝着图书馆走去，向她灌输自己的理论："什么修养，男人都一个熊样，我还能不知道。"

今汐心里不太舒服："他才不是你说的那样呢。"

"你还不信我。"沈平川拍了拍她的小脑袋，"薄延什么人，围在他身边的女孩子个顶个的魔鬼身材，他能看上你个土唧唧的秋裤妹？"

今汐脸蓦然涨红："谁秋裤妹呀！"

沈平川笑了："你敢说没穿秋裤？"

今汐心虚，加快步子离开，嘴里嘟哝着："秋裤招你惹你了。"

她给自己买保暖秋裤的时候，还没忘给沈平川也买了一套，他不识好歹就算了，还嘲笑她。

哥哥真讨厌。

迎面走来的女孩子便是高腰小短裙配丝袜长靴，衣着单薄，身材高挑。

今汐低头看了看自己宽大的白羽绒服，怎么都觉得臃肿，心情有点小郁闷。

图书馆门口，楚昭正在等着她。

"现在才来，早就没位置啦。"

"这么快就没了？"

“现在是期末复习季，什么牛鬼蛇神都来图书馆了，早上六点外面就排长队了。”

两个人在自习室兜了好几圈，都没见一个落单的座位，全让人占着了。

有女生用几支笔也占了好几个位置。

楚昭走过去问她：“我们可以坐这儿吗？”

占座的长发女生很不客气道：“你瞎啊，没看见这里有人了吗？”

“噢。”

楚昭讪讪地回身。

今汐却说：“就坐一会儿，人来了我们就走，行吗？”

“不行，谁知道你们待会儿走不走呢。”长发女生说话非常不客气。

要林洛在还好，楚昭和今汐俩都是小𡱁妹，也没想和人发生冲突，只能离开了。

转过身，楚昭戳了戳今汐的腰，努努嘴。

只见自习室最后排，恰是楼下409的几个男生。

除了荆迟在认真看书做笔记以外，其余三人要么打瞌睡，要么就索性趴在桌上玩手机。

荆迟看见了抱着书本的今汐和楚昭，连忙招了招手：“学妹，过来坐。”

今汐大大方方地走过去：“学长好。”

“坐这儿吧。”

今汐望向周围，几张小桌还不够几个大男人趴桌睡觉呢。

荆迟踹了踹许朝阳的凳子：“挪挪，给学妹让个座。”

许朝阳脑袋从厚厚的书里抬起来，迷迷糊糊地看了楚昭一眼，睡意全消，猛地站起身来。

剧烈的动作也弄醒了薄延，他高挺的眉弓微微蹙了蹙，狭长的眼睛间带了点起床气，正要踹向许朝阳，却见今汐抱着书本站在自己身边。

于是，他收回长腿，喃了声：“你来了。”

“薄延学长，你们这里也没位置了呀。”

“来坐我这儿，我得去上课了。”夏尤站起身背着单肩包离开。

夏尤的座位紧靠许朝阳，今汐没动，眨眨眼睛看了看楚昭。

楚昭一脸惊吓：看我干吗！

今汐的意思很明显，初吻都交代了，你不坐过去，难道让我坐？

两个女孩眼神间对战，最后楚昭还是红着脸坐了过去。

今汐搁下书包，准备站着背会儿单词。

这时，薄延原本伸直的大长腿，躬了过来，膝盖轻轻碰了碰她的腿。

今汐甩给他一个“你干吗”的眼神。

薄延眼角挑了一抹笑，对她比了一个口型——

“坐。”

今汐低头，见他的长腿靠着她。看这意思，是要让她坐他腿上?

今汐狠狠瞪他一眼。

薄延回头对几人道：“挤挤吧，给小汐让个位置。”

自习室的座位是连排的，几个男生挤成一团，薄延身边的位置便空出来一小块。

他收拾了桌上自己的书本和笔，给今汐留出学习空间。

今汐索性也就坐了过去，小屁股占着椅子最边缘的位置，尽可能和他保持距离。

即便如此，两个人共用一张椅子，不磕着碰着是不可能的。

他身材高大挺阔，时而拿笔，时而在本上写写画画，施展不开，最后直接从后面环着今汐。

现在这局面，她就像是坐在他怀里似的。

隔着单薄的衬衣布料，她能清晰地感觉到他身体的温度，感受到他紧致的肌肤，以及肌肤之下燥热鲜活的心跳。

她回头看他，他侧脸的轮廓英挺锋利，眼睫细密而纤长，甚是好看。

他指尖握笔，继续勾勒图形：“看书，还是看我。”

今汐连忙收回心神，专心看书。

薄延在书上勾出一段重点，膝盖碰了碰她厚实的腿，漫不经心道：“你是不是穿秋裤了。”

今汐：“……”

我穿秋裤还影响你学习了?

她低头，看到自己圆滚滚的小萝卜腿，瞬间感觉自己就是个残废。

楚昭补了一刀：“她不仅穿秋裤，还穿了两条。”

今汐狠狠瞪她一眼，说道：“这么冷的天，你们不穿啊？”

几个男生面面相觑：“还真没穿。”

为了证明清白，几个男生纷纷将自己单薄宽松的运动裤拉起来，果然，里面一截光秃秃的小腿，除了腿毛什么都没有。

今汐低声自顾自地嘟哝了几句。

一个小时后，薄延起身准备离开，今汐连忙问他：“你去哪儿？”

“有课，先走了。”薄延收了书装进背包里，单肩挂上，顺势按了按今汐的小脑袋，“别走神，认真复习。”

今汐的脑袋被他按进书里：“才没有走神呢！”

薄延离开，位置总算宽敞了，不过背后的那股子温暖源也随之消失。

今汐回味着刚刚被他环抱着的感觉，不仅仅是温暖，还有一种窝心的安全感。

409宿舍的国防生每天早上五六点就要起床出操，因此，他们每天都能在图书馆占到座位。

那天以后，楼下起得比鸡还早的男生会帮女孩们留足四个位置。

每次去图书馆，今汐总能见几个大男孩横七竖八地趴那儿打瞌睡。

那天下午，今汐刚从教室里出来，便被宿舍几个女孩兜着去了国防训练场。

“今天有国防生的打靶考试，去看看热闹。”

“打靶有什么看的呀。”

“重点不是打靶，重点是国防学院！一水儿的制服长腿小哥哥，多诱惑啊。”

今汐心说，薄延一双大长腿成天在她面前晃悠，还不够她看的呀。

国防学院的训练场在学校后山脚下，场地周围种着短枯草，地面粗糙，设置了不少训练障碍物。

周围已经聚了不少女孩子，想来都是被“制服诱惑”吸引过来的。

有穿迷彩服的男孩子拿枪射击，不管有没有中靶，都能引得女孩们的呼喊尖叫声。

今汐低声问楚昭：“真枪啊？”

楚昭道：“当然，国防生将来都是要入军编的，谁还给你打假枪啊。”

今汐目光扫向训练场，一眼便望见了薄延那高挑的身影。

他穿着英挺的军装，身形修长而笔直，手指灵活地快速拆换着弹夹，枪在他手上玩得就跟玩具似的，分分钟便组装完成。

女生掀起了新一波的尖叫声。

今汐捂了捂耳朵，目光注视着他。

他挺直了上身，眼睛深埋在眉弓下，偏头，闭眼，透过瞄准镜，调整精度。

即便隔着几百米的距离，今汐依旧能感受到他身上所释放的张力，每一个紧绷的动作，甚至眼角微勾的细纹，都包含了某种深邃的力度。

今汐的心平白揪紧了。

"砰"一声枪响，稳稳命中了靶心。

"啊！"今汐蓦地尖叫了起来，激动地拉着楚昭和林洛的衣袖，"中了哎！"

两个人无语地看着她，刚刚别人也中了，怎么没见她这么激动啊。

面对两人质疑的目光，今汐尴尬地松开了她们的衣袖，没底气地说："学长打得好嘛。"

薄延的确打得好，后面的几枪全部命中十环靶心，这精确度毫无疑问能拿下全院第一了。

林洛说："上学期的期末考，薄延学长就拿下了学院的十项全能，每门实战训练都是第一名，这样的好成绩真是不多见。"

楚昭道："将门无犬子，听说他自小在部队里摸爬滚打长大的。"

今汐注意到，薄延打完靶下场的时候，有同样穿迷彩装的女孩走到他面前，对他说了几句话，脸上挂着甜美的微笑。

她像是在向薄延请教问题，说了几句话之后，薄延便向她示范了握枪的姿势。

看样子，应该是同班同学。

今汐终于明白了许朝阳说的话并非空穴来风——你薄延学长身边从来不缺漂亮女孩子。

就算睡到一张床上，他连她手指头都没碰一下，就她这小身板，人家可能真没看在眼里。

虽然她并不想真的和他名副其实地"睡觉"。

但是作为女孩子，缺少必要的吸引力，也是一件令人沮丧的事情呀。

她闷闷不乐地回了宿舍。

晚上，她进了洗衣房，正好薄延也在，躬身搓洗自己的迷彩服。

她磨磨蹭蹭，走到了洗衣房角落，离他远远的。

半分钟后，薄延端着盆，懒洋洋地走到她身边。

"今天来看我的打靶测试没？"他开口问。

"没有，我今天有课。"

"我中了五靶，靶靶命中十环。"

这话说得有些迫不及待，像是故意向她炫耀似的。

见今汐闷声不语，他以为她不懂，于是耐心解释道："全学院靶靶命中十环的……只有我。"

"哦。"

薄延见她依旧没反应，微微蹙眉："怎么了？"

“没有啊。”

薄延满心希望能从她嘴里听到几句赞美和鼓励，可是这丫头不温不火的一个“哦”，多少让他心里有些不是滋味。

他并没有纠缠这个问题，只说道：“今天很热闹，很多女孩都来了，我以为你在里面。”

今汐放下手里的盆，力道有些重，盆底溅起水花——

“那些女孩来，我就要来吗？你又不缺我一个观众。”

“你今天吃火药了？”

这时，楚昭进了洗衣房，见到薄延第一句话就是：“学长，恭喜哦！”

薄延淡淡一笑：“你来看比赛了。”

“对呀。”楚昭走到他对面，放下桶，“你命中的时候，把小汐激动得跟只狗似的，嗷嗷地叫着喊着‘学长中了好棒棒’！”

今汐：“……”

打脸来得太快就像龙卷风。

薄延意味深长地望向今汐，喃了声：“骗我啊。”

今汐放下手里的衣服，扭开水龙头冲了冲手，还甩他一身水：“讨厌你！”

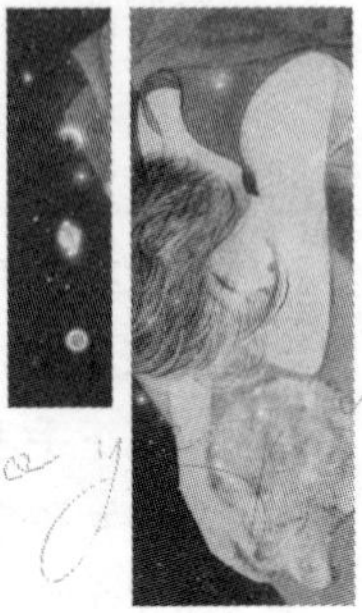

第七章

今汐不住地回头看他，
薄延对她笑了

对于今汐突然讨厌自己这件事，薄延百思不得其解。

他扪心自问，好像并没有做过任何招人讨厌的事情。

除了偶尔“借用”一下楼上宿舍的Wi-Fi。

晚上，薄延翻来覆去睡不着，抬脚踹了踹隔壁被窝里的荆迟，问道：“女孩子在什么时候会无缘无故生气？”

荆迟从被窝里探出脑袋：“问百度去，我又不是百科全书。”

薄延还真拿出手机，搜了一下：女孩无缘无故生气是为什么？

没想到还真有收获，在一个戳进去就是满屏广告的网页里，薄延看到如下几种可能性——

“撒娇式生气，以图引起你的重视，你不要总是觉得自己倒霉。其实你很幸福，这说明她没有把你当外人。”

他嘴里低声念道：“她很喜欢你，故意假装生气，目的是想得到你的宠爱。”

隔壁的荆迟看不下去了，探出脑袋对薄延说：“你够了，大半夜想什么。”

薄延一本正经道：“我看着挺有道理。”

荆迟：“有个什么道理。我告诉你，女孩生气还有一个原因，就是她们来大姨妈了。”

薄延语滞，仔细那么一琢磨，觉得这比网上找的答案更合理。

他又顺手一搜：女孩来大姨妈怎么办？

第二天早上，今汐的手机里横出一条短信，来自薄延。

直男四字箴言——

“多喝热水。”

自习室里，薄延格外乖巧，给今汐的座位垫了粉粉的坐垫，还准备了暖呼呼的热水袋，她一落座，他便将热水袋放在她的肚子上。

今汐每每起身去洗手间，薄延都如临大敌，不知所措，那小眼神还时不时飘到她屁股后面。

今汐受不了了，在他第三次帮她换了杯子里的热水时，她按住他的手：“薄延学长，你到底想干什么？”

薄延还是那句语重心长的话：“多喝热水。”

林洛没忍住笑出声：“学长，你小汐日子不是今天，你误会了。”

“不是今天？”

“对呀，是月底的日子，记着别忘了。”

今汐总算明白了薄延的意思，这一上午，又是坐垫又是热水袋的这般殷勤，原来是以为她……

今汐一张老脸羞得通红，起身跑出了教室。

蠢死了！十头牛都拉不回来的蠢！

薄延回头瞪了荆迟一眼，荆迟摊手，表示我也不过是猜测而已呀。

中午，大家趴在桌上午休。薄延凑到今汐身边，下颌搁在桌边，一双狭长的丹凤眼可怜巴巴地望着她。

“小汐……”

今汐握着笔，没好气地看了他一眼：“不要以为你用李准基的眼睛看我，我就会原谅你，不可能的，这辈子都不可能！”

“我哪里不好了？惹你生气。”

“哪里都不好。”她气呼呼地继续写字，不理他。

薄延伸手戳了戳她白白的小手：“总能说出一二三来，说吧，学长听着，真的不好，我就改。”

男人撒起娇来，还真没女人什么事了。

今汐垂着细密的眼睫，强忍住想摸摸这小奶狗的欲望，咕哝道：“你没有不好，不好的人是我。”

薄延：“……”

所以有的时候，他是真的搞不懂女孩子。

你都这样低声下气地恳求了，要是真的有做得不对的地方，道个歉，事儿也就算完了，偏偏人家还不给你这个机会。

换了男生，一瓶酒，要么一顿乱揍也行，事情总有解决的办法。

偏偏女孩子，骂也骂不得，揍也不能揍，阴着跟你撒气，除了受着，还真是无可奈何。

薄延伸手抓住她的小手。

今汐拳头攥得紧紧的，藏到自己的背后不给他碰。

“是不是我说你穿秋裤了？”薄延问，“如果是，我给你道歉，行不？”

今汐脸颊一红：“有什么好道歉的，我本来就穿了，又、又不是丢人的事。”

“本来就不是大事，两条秋裤算什么大事。”

“我今天只穿了一条！”今汐辩解，“我没有穿两条了。”

“好了。”薄延揉揉她的脑袋，“别生气了啊。”

今汐低着头，委屈地说：“你要是喜欢不穿秋裤的女孩子，那我和学长就没朋友当了。”

薄延微微一怔，愣了半晌，总算回过味来，低头笑了笑：“我几时说过喜欢不穿秋裤的女孩子？”

其实不是他说的，是沈平川说的，但今汐觉得，这是事实。

荆迟睡醒了，睁开迷迷糊糊的眼睛，冲今汐道：“你学长还就喜欢穿秋裤的女孩，你穿一条迷死他……”

薄延一脚踹荆迟椅子上：“胡扯什么，嘴里放干净点。”

今汐被逗笑了，没再和薄延闹别扭。

次日周末，她和室友去逛街，买了那种薄薄的打底袜和小裙子，想试试看自己能不能撑得住。

小裙子是格子布的，很可爱，今汐还特意梳了两个娇俏的小辫儿，搭在耳后。

收拾妥当，她在镜子前转了一圈，美美的。

当天晚上，她故意在薄延宿舍门口走来走去，瞎晃悠。

然而薄延戴着耳机看书，并没有注意到门外某个戏精。

荆迟摘下耳机，回头手肘戳了戳薄延：“你家小汐出去拿了三次外卖了，你好歹看人家一眼。”

薄延这才反应过来，朝门边望去。

今汐站在门边，装模作样从兜里拿钥匙开门，不过钥匙找了半晌，也没找出来。

为了配裙子，她还特意穿上了带后跟的马丁靴，现在她也变成学校里那种美美的女孩子了。

今汐心里喜滋滋的，心说薄延你快看我呀，看我看我。

荆迟问薄延："你看她有什么变化？"

薄延从上到下把今汐打量了一番，然后费解地问荆迟："她是不是胖了？"

荆迟翻了个白眼，这唯恐死得不够快的姿态，活该找不到媳妇。

马克思主义哲学的最后一节课，要交社会调查报告，不过今汐宿舍这一群女生都属于火烧眉毛才开始着急的类型。

现在连报告的题目都还没有定下来呢。

"关于男生恋爱观的社会调查，题目就定这个。"小组长楚昭拉着宿舍妹子们开大会，"谁有异议可以提出来。"

几个妹子毫无主见地摇了摇头，于是楚昭一锤定音："就定这个，我安排一下工作，你们各自想五个问题，咱们搞个调查问卷，林洛你挨个宿舍发问卷，今汐你现在开始着手写报告，初棠你就负责帮今汐写报告。"

今汐举手："现在就开始写？"

楚昭："对呀。"

今汐："那调查问卷有什么用？"

楚昭："给老师看。"

楚昭说："没时间啦姐姐们！因为明天就要交作业啦！"

女孩们匆匆忙忙整出几个问题，打印了几十张调查问卷，在男生宿舍分发开来。

设计男大学生的恋爱观的调查，完全是因为住在男生宿舍方便，可以在最短的时间里完成问卷搜集。

事实证明，这是非常明智的选择，因为是妹子们的请求，这些个平日里二五不着调的男生对于调查问卷的态度，无比虔诚，每一个选项都是经由认真思考，慎重做出的选择。

小组速战速决，在半个小时内完成了问卷的搜集工作。

"来了来了。"林洛从楼下宿舍搜集完最后四份调查问卷，"快来看看你们学长的恋爱观。"

楚昭好奇地接过她手里的四张问卷："不记名，谁知道是谁啊。"

林洛笑着反问："你想看谁的问卷。"

楚昭脸一红："那就随便挑一份呗，反正……我是无所谓的。"

今汐随手挑了一份，这份问卷是特别有辨识度的小楷字，笔锋遒劲有力，跟其余三份的狗刨字截然不同，除了薄延也没别人。

他既会画画，又会书法，都是跟着家里的老爷子学的。

“这是薄延的。”

“看看学长的回答呗！”

“快念快念！”

今汐念道：“问题一：你谈过恋爱吗？薄延学长的答案是没有；问题二：没谈过恋爱，请说说原因，这个问题薄延学长写的是……长得丑。”

楚昭看了看其余三人的答案，还挺统一，都是“长得太丑”。

今汐继续念道：“问题三：你有过性行为吗？初次性行为是在什么时间？”

她抬头问：“这是谁提的问题啊，太污了吧！”

三个妹子面面相觑，拒不承认，今汐翻了个白眼，知道她们中肯定有人在演戏。

今汐继续往下念：“问题四：你如何看待大学生不受保护的性行为，薄延学长的答案是：这是一种不负责任的行为，会给女孩子造成伤害，我们应该拒绝不受保护的性行为。”

念完之后，她自顾自地评价了一句：“薄延学长的三观很正哦！”

楚昭扬扬手里的问卷，笑道：“看来是标准答案，他们仨的回答一模一样，一个字都没改哦！”

今汐撇撇嘴，继续念道：“问题五：如果你在大学期间有了女朋友，你会要求和她发生性行为吗？喂，我说你们怎么……问题绕来绕去就这些啊？”

林洛道：“男大学生恋爱观，提到关于‘性’的问题，这不是很正常吗？快看看学长怎么回答的。”

今汐低头念道：“薄延学长的回答是，会。”

“相当坦诚呀。”

“很好，不虚伪不做作。”

“下一个问题，如果女朋友不愿意发生性行为，你会强求吗？薄延学长的回答是……”

“怎么不念了。”

“念啊念啊，学长怎么说！”

今汐清了清嗓子：“薄延学长说，我不会强求，但是，我会引诱。”

今汐放下问卷：“哎，不念了，这都什么跟什么呀。”

几个女孩听得也是面红耳赤，小心脏噗噗乱跳，都是没谈过恋爱的豆芽菜，谈及这些禁忌问题，还是禁不住害羞。

晚上，几人分配工作，熬了个通宵，终于在上课之前，完成了几千字的社会调查报告。

楚昭坐在灯下，整理问卷的时候，偷偷将一份调查问卷取出来。

之前在收取问卷的时候，她留了一个小心机，将许朝阳的试卷捏了一个角的褶皱。

调查问卷的第十个问题是：你现在有暗恋的女孩子吗？

这份有褶皱的问卷上，他的回答是：有。

期末考试如期而至，几个女孩为了应付期末考，复习得昏天黑地。

今汐这个月的“大姨妈”都不来问候她了，是肉眼可见的憔悴。

女孩们就赶着最后的审判，每考完一门，心头沉甸甸的包袱便松懈一些。

荆迟趁着两个宿舍的成员都还没有离开，召集喵喵社的成员们开社团大会。

喵喵社日常工作比较繁重，社员们给学校里的流浪猫都戴上了猫牌，给它们打疫苗、修剪爪子、定期定点投喂，有时候如果发现了新来的猫猫，还要抱去宠物医院做绝育手术。

于是，今汐把沈平川抓进来当免费劳动力使唤。

因为喵喵社是野生社团，没有社团经费，所以绝大部分开支是由409几个男生共同凑钱。几个男生除了荆迟以外，家境都不错。

荆迟有自己做小生意的各种收入，也会拿出一部分贴补喵喵社。后来女孩子们加入以后，也说自愿要拿出部分生活费贴补社团。

荆迟没有同意，只让她们出力就行了。

不过沈平川加入社团的时候，可是让几个男孩狠宰了一顿。

按照薄延的原话来说，要是不给沈平川放点血，怎么配得上他豪门沈家大少爷高贵的身份。

现在喵喵社成员都不叫沈平川名字了，恭恭敬敬的统一称呼，沈太子。

沈平川觉得，他还得穿一身貂，手上戴十个翡翠扳指，才配得上这个称呼。

喵喵社的社团会议在三食堂召开，今汐走进食堂，看见东南角的座椅边，薄延早早到了，他怀中抱着一只猫咪。

猫咪全身的毛都是雪白的，一双小肉爪子正勾扯着薄延的灰色毛衣。

薄延任由它撒欢耍赖，眉眼低顺，嘴角微扬，眼底仿佛有光。

今汐有些怔了。

这样的薄延，真的好温柔啊，即便是这零下的冬日里，在他身边总有温暖。

薄延抬头望见她，微笑着冲她扬了扬手。

今汐立刻飞奔过去，趴在他肩膀边，伸手摸了摸白猫。

“你把大白白也带过来了呀。”

薄延将猫咪放到今汐的腿上，说道：“刚刚它跑到八宿门口等我，出来之后一直跟着，我走过去，它便躺下来，翻肚子给我摸，你猜怎么回事？”

“我猜不到，要和你玩吗？”

薄延浅浅一笑，握着今汐的手，摸了摸小白猫的肚子：“它有宝宝了。”

今汐仔细摸了摸，好像是稍稍有些硬。

她惊喜地说：“大白白特意过来告诉薄延学长这个好消息，好神奇呀。”

荆迟坐过来，解释道：“你薄延学长自带猫薄荷气场，学校里的流浪动物，猫猫狗狗都喜欢他。去年有只新来的耷耳小黄狗，被他投喂过几次，一整个学期，每天都来八宿楼下等他，陪他晨练。我们集合之后，那只耷耳小黄狗就在操场守着他，风雨无阻，你能想象小黄有多爱他吗，教官要是凶了薄延，小黄会冲他吠叫，好像要保护他似的。”

几个女孩听得入神了：“好感动哦。”

今汐能够感受到，在和猫咪相处的时候，薄延身上有种说不出来的温柔。

别说小动物了，就连她都想要和他多亲近温存呢。

“现在怎么不见小黄狗了？”

“去年三月份开学初，学校保卫科有过一次清理行动。”薄延嗓音略有些低沉，“很多狗和猫都被卡车拉走了，不知道下落。”

今汐望着薄延，他眸色很深，看不出情绪，但她知道，他心里肯定不好受。

将心比心，那些小动物那么喜欢他……怎么可能无动于衷。

“当时你薄延学长还去保卫处闹了一回，险些被记处分。”

说到这个话题，荆迟脸色也很沉重：“我们喵喵社就是那个时候成立的，学校里剩下那些没被抓走的猫咪，我们给它们做了疫苗和绝育，宠物医院的文件也在保卫科有报备，算是一种相互的妥协吧，现在保卫科的老师见着有牌的小动物，不会驱赶了。”

沈平川笑着说：“你们还真是挺有爱心的哈，就这么几个人，也能干这么多事。”

“这跟人多人少没关系，看你想不想去做。”许朝阳道，“其实这些猫猫和狗子很可怜的，谁对它好，它心里都知道。前两天上课，就那只大橘猫，叼了只老鼠大摇大摆走进教室，搁我面前，看这架势是要请我吃。”

沈平川哈哈大笑起来：“那它对你还是相当不错了。”

“反正沈太子在我们社团待久了，会有感受的。”

成员到齐之后，作为社长的荆迟宣布开会了——

“主要是有几件事要说一下，快放寒假了，寒假期间，我们也需要社员定期来学校看看，频率大概一周一次，每次最好两个人结伴。”

在场除了林洛和荆迟以外，大家都是渝城本地人，都有时间来学校照看着。

“这样，你们就自选队友吧。”荆迟说道，“最好新社员和旧社员搭配着来。”

许朝阳笑着说：“队长你就干脆说男女搭配呗。”

“行了，你们自己私底下商量吧，今天晚上给我个名单就行，散会散会，我‘毛概’还没看完呢，先走了。”

晚上，女生宿舍里，楚昭问今汐：“你和谁组啊？”

“我哥想和我组，但是他一新人小白，我也半个新人，带不动，我得跟个老社员才行。”

“那你和薄延学长吗？”

今汐摇摇头：“不知道，他没有说要和我组。”

于是，楚昭又抬头望向初棠：“亲爱的，你和谁组？”

初棠坐在床上复习功课，闻言，慢条斯理地放下书，反问：“你想让我和谁组？”

楚昭红了红脸：“你爱和谁组，和谁组呗。”

初棠笑了笑：“那我和许朝阳一组好了。”

楚昭：“……”

她踟蹰片刻，但还是什么都没说，默默坐回自己的书桌前拿出书本。

晚上，薄延把今汐叫出去，也没废话，直言道：“寒假我带你了。”

今汐笑着说："沈平川也要找我一组，刚刚夏尤也说跟我一组，我还真是香饽饽呢。"

薄延捏了捏她软软的脸颊，嗓音低柔："是啊，你是个香饽饽。"

今汐伸出手臂要反捏薄延，他侧过头躲开了她的攻击，顺势握住她的手腕，将她反压在了墙边，嘴角微弯，懒洋洋地笑着："还跟老子动手动脚？"

"哎呀，你快放开我。"

"答应和我一组，我就放开你。"他整个身体都贴了上来，压得今汐有些不能喘息了。

"薄延学长，你这不是逼宫嘛。"她还真有点不畏强权的意思，"就你这态度，我也不能答应啊学长。"

薄延松开了她，理了理自己的衣领，淡淡道："大白白的预产期就在寒假，本来想等小猫咪出生之后带你去看，既然你这样不乐意，就算了。"他说完转身就走。

"哎！"今汐一听这话，连忙追上去，"学长我跟你！"

刚出生的小猫咪可不是轻易能见着的，母猫会把小猫藏起来，除非是特别特别亲近的人，否则根本见不着，那只白猫平时高冷着呢，对荆迟、许朝阳爱答不理，就喜欢薄延。

"学长，带我好不好。"

"你学长不要面子？"薄延没有停下脚步，"晚了。"

"学长啊。"今汐急忙拉住薄延的手，学着他刚刚的样子，攥住他的手腕，直接把他壁咚在墙边，"薄延哥，你带我看小猫好不好。"

薄延任由她这小胳膊小腿的把他按在墙边，低着头，嘴角勾了起来，黑漆漆的一双丹凤眼，含笑盯着她看——

"再叫一声。"

今汐超级想看小猫咪，这会儿叫祖宗都行。

"薄延哥，你带我吧。"她拉着他的手哀求，"求你了。"

薄延能感受到她肉肉的小手，紧紧抓着他的手腕，掌腹触感柔软。

"香饽饽？"

"没有没有，我算什么香饽饽呀，我薄延哥才是呢。"今汐这会儿一张小嘴抹了蜜，尽心尽力地讨好着他，"我薄延哥最好了，平时什么都想着我，特别照顾我，这次肯定也带我去看小猫咪的。"

薄延心里被她的话弄得痒酥酥的，他对她勾了勾细长的手指，于是今汐踮起脚凑近他。

薄延在她耳边轻轻说："我可以带你，但是你也要答应我一件事。"

别说一件事，一百件今汐都答应他呀。

"你说。"

"你啊，长点心，以后不要喜欢那么多人。"他的嗓音带着某种沙哑的性感，指尖撩起她的一缕发，挽至耳后，"只喜欢一个人就够了。"

湿热的呼吸拍在她的耳畔，撩得她心痒痒，她的脖颈不禁往后缩了缩，身子颤了颤。

"谁……谁呀？"

薄延浅浅地笑着，没有回答，松开了她，转身溜达回了宿舍——

"你自己想。"

今汐耳朵红扑扑，心跳也噗噗地跳着，她冲他背影喊了声："学长，你还没答应我呢。"

薄延没回头，扬手做了一个"OK"的手势。

国防学院的实践能力测试早早地结束了，而公共文化课考试则与其他学院同期进行。

每个同学选修课不同，考试时间安排也不一样，有的同学考完便收拾行李，早早地离开学校回家过年了。

今汐终于考完了最后一门专业课，收拾收拾，准备回家了。

"今汐拜拜哦。"

"路上小心。"

"洛洛也是，回家路上当心些，别丢三落四。"

和室友们道别以后，今汐提着行李出了门，一下楼就看见 409 宿舍的门拉开了。

拎着牛奶瓶的薄延，扫了她一眼，喃了声："回去了。"

"嗯，学长拜拜！"

薄延踩着人字拖，迈着懒散的碎步子走过来，随手便拎起了她巨大的红色行李箱，另一只手将她的女款书包也拎了起来，单肩背着。

看样子，他是要帮她一并提下去。

今汐愉快地跟在薄延身后，像个小媳妇儿似的，关心地问他："学长什么时候回家呀？"

"还有两门公共课没考。"

薄延提着行李箱下了楼，路上遇到女生，见薄延提着行李，还背着女孩子的包，纷纷向今汐投来艳羡的目光。

“学长过年回去走亲戚吗？”

薄延曼声道：“和往年一样，去爷爷那边，陪老人家过年。”

“哦。”今汐点点头。

到了宿舍楼下，今汐远远望见了继父沈石山的黑色奔驰轿车。沈石山刚下班，还穿着黑色的西服，打扮得体，站在车门边候着今汐。

“薄延学长，我叔叔来接我了，拜拜哦。”

薄延将行李拉杆递给她，揉了揉她的脑门顶：“寒假记得给我发信息。”

“嗯，我会的。”今汐心里有些不舍，走两步回头，“学长，小猫咪的事，说话算话啊。”

薄延无声地笑了笑：“嗯。”

沈石山接过今汐的行李箱，放进车里，笑着说：“刚刚那个男孩挺英俊。”

“是呀，他是我的学长，很照顾我。”

沈石山启动引擎，又问道：“他家里是做什么的？”

“啊，这个……我也不是很清楚。”

“那寒假可以请他来咱们家做客嘛。”

今汐按下车窗：“左拐，最里面的那栋就是哥哥的宿舍楼。”

她不动声色地岔开了话题，再聊下去，估摸着她八卦的继父真的要跟她说对象了。

奔驰车停在沈平川的男十二宿楼下，沈平川拎着大包小包的行李早已经等候多时了。

车停下来，他拉开后备厢，将自己的行李全部放进去。

室友站在路边送沈平川，他跑过去叮嘱室友几句，告诉对方临走时一定要记得做清洁卫生。

没承想一回头，奔驰车“呼”的一声，居然开走了。

沈平川连忙追上去，喊着——

“爸，我还没上车呢！”

“爸！等一下啊！”

沈石山也没注意，开着车便绕出了校园，还对今汐道：“趁早出去，不然晚些时候，赶着下班高峰期，又得堵车。”

今汐摸了摸书包，薄延居然还给她塞了瓶牛奶，她高兴地插上吸管：“那是得快点。”

咦，总感觉好像不对劲，哪里怪怪的。

后视镜里，沈平川一路狂奔，追着奔驰车跑了小半个校园。

最后，沈石山的电话响了起来，来电显示是他儿子。

沈石山惊讶回头：“你哥呢？”

今汐一口牛奶险些喷出来：“对啊，哥呢？”

奔驰车在路口靠边停下来，沈平川拿着手机，气喘吁吁地走过来，拉开车门坐进去，上气不接下气——

“老子不是亲生的！不配坐沈总你的车！”

沈石山是真的把自己这个亲儿子忘了，有些讪讪地，又听他一口一个“老子”，怒斥道：“没大没小！我本来就是来接小汐，顺便把你捎上。”

沈平川很生气，嚷嚷道：“不过一继女，瞧把你宝贝得……”

今汐踹了沈平川一脚，沈平川又回了一脚，两个人在车后座掐了起来。

“打死你！”

“我打死你！”

“啊，你压着我头发了！”

“你属猫的啊！还挠我！”

“沈叔叔你看他！”

沈石山十分头痛地扶了扶额，都上大学了，见了面一言不合还撸袖子干架，上辈子是什么对头冤家。

最后，还是沈平川先消停下来，在今汐一记夺命腿之后，他满脸酱紫地坐到了角落里，手捂着下身，沉着脸一言不发。

今汐知道自己刚刚一脚顶到不该顶的地方了，看着沈平川这闭着眼睛的痛苦模样，她有些心虚，挪过去柔声问：“哥哥，你没事吧？”

两兄妹一路打打闹闹回了家。

家里帮忙的阿姨从厨房走出来，笑着说：“哎哟，这是怎么回事，看这一身乱糟糟的。”

今汐精心梳理的蝎尾小辫子被沈平川给扯散了，沈平川脖子也全让她挠出了红色的抓痕，走路还侧着身，步子都不敢迈得太开。

沈石山没好气地哼了声：“这两人，哪里是去念大学，根本就是建筑工地刚刚搬了砖回来，没一个让我省心的。”

今汐连忙拉沈平川在沙发边坐下来：“你没事吧，我刚刚真是不小心，痛不痛？”

“踹你一脚试试？”

今汐笑了笑："你要是心里不痛快，你打我一下，我不还手。"

沈平川一巴掌拍过来，最后也只是轻飘飘地推了她一把，没舍得打。

他全身的力气都被卸了，躺在沙发上，闭上眼睛，脸色苍白无比，拉长了调子悠悠道："沈家绝后了。"

今汐殷勤地给他端来一杯热水："哥哥，我错了。"

现在知道叫哥哥了，沈平川很不客气地使劲儿揉了揉她的脑袋。

今汐便乖巧地蹲在他身边，抱着膝盖看着他。

"以后不和你打架了。"沈平川没好气地说，"每次都是我吃亏。"

今汐哼道："每次你都这么说，每次你都先动手。"

沈平川立刻哼哼唧唧："啊！绝后了绝后了。"

于是，今汐跟小猫咪似的坐在他身边，拉着他的手臂给他按摩，捶腿捏脚，作为补偿。

虽然力道很小，不过也还算舒服。

沈石山换了衣服出来，见兄妹两人又和好如初了，自小便是如此，两人见面就吵，合不了，却也离不了。

有一年，沈石山带着不过十岁的沈平川去临市参加儿童科技比赛。结果那天阿姨家里有急事离开了，留了年幼的今汐独自在家里，半夜今汐哭哭啼啼给沈平川打电话，说一个人害怕，沈平川便陪着她讲电话到深夜，听着她睡着了，这才能放心睡觉。

后来回家，今汐听见开门声便第一个冲出来，拥抱的不是她平日里嘴上"最好最亲"的沈叔叔，她抱的是"最坏最讨厌"的沈平川。

而今眼见着一双冤家儿女都长大了，相依相偎靠在一起，便组成人世间最温暖的家庭。沈石山心情很不错，准备亲自下厨炒两个菜，给吃了一学期食堂的兄妹俩，打打牙祭。

吃饭前，今汐把沈平川偷偷拉到自己的书房，神秘兮兮地在书包里翻找了半晌，摸出一个精心包装的笔记本，递给他。

"喏，给你的。"

沈平川挑挑眉，接了过来。

笔记本硬纸封皮是浅粉的糖果色，每一页都有漂亮的边框，少女感十足。

沈平川扬扬手里的本子："送我啊？"

今汐解释道："这是我们班的团支书向梦媛托我转交给你的，她今年也进了学生会，你应该知道吧。"

“记得，组织部的。”沈平川看看手里的本子，又望了望今汐，面露狐疑之色，“她托你送我笔记本？”

今汐点头，狡黠地坏笑。

沈平川思忖片刻，将本子拍桌上，大义凛然道：“我不收贿赂，明年的干部评选，能者居之，让她不要动歪心思！”

今汐：“……”

神经病啊！

“谁要贿赂你啊，再说，人家用一笔记本贿赂你，人家傻啊？”她急切解释道，“你是真的不懂还是装不懂，向梦媛喜欢你，这才送你礼物的啊。”

沈平川愣了愣，恍然大悟：“哦……”

他不好意思地挠挠头，翻了翻笔记本，考虑了很久，还是决定让今汐给人家还回去。

这种事当然也强求不来，今汐只能把笔记本收好，想着怎么好好地安慰一下女孩吧。

“沈平川，这学期好多女孩子托我帮忙，说想认识你，就……一个都没有看上的呀？”

沈平川偷偷看了眼门外，见老爸不在，做贼似的关上了门，谨慎地对今汐说：“你别让老爸知道。”

“知道了也没事，沈叔叔又不会管你谈恋爱。”

“你懂个屁，我将来是要商业联姻的，作为他老沈手下的一颗棋子，用婚姻的形式实现优势资源的强强联合。现在谈恋爱，只是浪费时间。”

今汐笑着拍了拍他脑袋：“你以为你拍电视剧呢！还棋子，人家沈叔叔根本没这个想法好吗！”

沈平川撇撇嘴：“那可说不准，不过就算他没这个想法，我也不喜欢向梦媛，她太矮了，不是我的菜。”

“有没有搞错，向梦媛还矮？”

她整整高出今汐半个脑袋呢！

沈平川嫌弃地看了她一眼：“你已经矮得天怒人怨了好吗，比你矮的估计只有小学生了。”

今汐：“……”

“我喜欢个子高的，身体得好，强壮，得有点肌肉，最好要有腹肌，看上去性感，要正直，善良，有爱心，对了，最好是单眼皮。”

今汐：“……”

沈平川想了想："女朋友的事，可遇而不可求，等你……等你找到男朋友再说。"

今汐不解："为什么要等我找到男朋友？"

沈平川抬头，望见了墙上挂着的今汐妈妈的照片，照片里的女人，眉眼温婉柔顺，楚楚动人。

"哪有那么多为什么，出去吃饭去，走走走。"

今汐没再纠结这个问题。

沈平川出门前，又看了遗像一眼。儿时叛逆，他和父亲吵架闹脾气，跑出了大宅，今汐妈妈顶着大肚子出门四处寻他，车祸小产，没能保住性命。

沈平川跪在病床前，死死抱着哭晕过去的小今汐。

他答应了妈妈，一定会照顾好妹妹，这辈子都会好好照顾她。

男子汉，一诺千金。

他抛却了少年人的叛逆，立志成为一名正直优秀的好兄长，不仅要照顾好妹妹，也要让小妹妹以他为荣，以他为榜样。

沈平川心底深处的坚持，让他十年如一日地保持优秀，绝对不做任何有违原则的事情，不违反校纪校规，不抽烟喝酒，成为学生干部，成绩保持年级前列。

今汐当然不知道这位"社会主义未来接班人"的一片苦心，她还纳闷呢，从小拿着变形金刚打打杀杀的捣蛋鬼，是怎么一夜之间变成了祖国的可爱小花朵。

不过她为了给小花朵介绍对象也是操碎了心，本来想着，只要沈平川谈了女朋友，肯定什么心思都花到女朋友身上，就不会再管她了。

不过听沈平川这标准，她这嫂嫂还真是不好找，唯一符合标准的只有她楼下的学长了。

诚然她学长是直得不能再直的铁棍子，如果知道沈平川有这想法，肯定把他揍得爹都不认识。

沈平川和今汐心怀鬼胎地吃着饭，时而你看看我，我看看你，眼神里不知道在交流着什么。

沈石山开口问："平川，六级过了没有？"

沈平川："过了，爸。"

于是，沈石山又转头望向今汐："汐汐，四级过了没有？"

今汐："哈？考了四级吗？"

沈平川想暴揍她，不过他还是决定先给今汐打掩护："大一上学期不考四级，等明年再说。”

今汐感激地望向他，却换来沈平川威胁的一横，估摸着下学期肯定要被他天天盯梢了。

沈石山给今汐夹了一块肉，今汐连忙殷勤地拿去孝敬沈平川他老人家：“来，哥哥你念书辛苦，多吃点。”

沈石山说：“你俩都给我上上心，等实习的时候，就来公司帮忙，熟悉熟悉。”

沈平川说：“老爸，我来公司就行了，小妹就算了吧，爱干啥干啥去，你甭管她。”

“你说的什么话，她也是我沈石山的女儿，是我沈家的人。”

“说到底一小继女，我才是沈氏集团的正牌继承人。”

沈石山捏着沈平川的耳朵：“一天到晚你这脑子都在瞎琢磨什么东西！”

沈平川咧着嘴说：“那可不是嘛，你看这丫头三五不着调的样子，她能管好公司吗？不如放她去做点自己喜欢的事情。”

“老子不和你说这么多。”沈石山转向今汐，“丫头，你也要努力用功，别听你哥瞎扯，将来你要是成器，叔叔不会不管你的。”

今汐知道沈石山这话的分量，沈氏集团可是全国知名集团企业，资产过百亿，沈家也算得上是名正言顺的豪门世家了，养在沈家的她，捡个漏，阴错阳差还成了富二代。

今汐的亲生父母在她四岁那年便离婚了。

她的妈妈出身书香世家，父母是大学教授。

在今汐的印象中，妈妈特别温柔，说话轻轻地，也不会和人争辩，是温润水土里养出来的如玉般美好的女孩子，但柔弱中不乏刚强。

而今汐的爸爸今茂，典型的凤凰男，小地方来的，研究生的时候认识了今汐的妈妈，两个人相恋结婚，今茂后来做生意赚了钱，买了大房子，父母也搬来了渝城居住。

今茂家里面比较传统，看重家里香火传承，尤其是做生意赚了点钱，一心想要生儿子，奈何头胎偏偏是个女儿，家里婆婆对媳妇便没什么好脸色。

今汐的妈妈生了她以后没多久，又被催着生二胎，可是今汐妈妈一则想要拼事业，二则也担心如果生了儿子，家里会亏待女儿，所以不肯再要孩子，没多久，今茂便出轨了。

今茂的出轨对象是自己的女助理。

今汐妈妈不堪屈辱，便和今茂离了婚，带着孩子开始独立创业，后来在生意场上遇到了沈氏集团的沈石山。沈石山迷恋她的柔软与温存，欣赏她的坚强和勇敢，爱她一发不可收拾，很快便和她结婚了。

好景不长，今汐妈妈小产，一尸两命，沈石山伤心欲绝，决意终身不娶，独自抚养家里的两个孩子长大。

今汐的身世很坎坷，不过好在家里的叔叔和哥哥把她当成小宝贝一样疼着养着，半点没让她吃苦受委屈。

吃过晚饭之后，今汐接到了亲生父亲的电话。

“喂，爸爸。”

电话里，今茂道：“今年回家里来过年。”

“啊，这个……我要和沈叔叔商量一下。”

今茂说：“你和他商量什么。你是我的女儿，回家过年是天经地义，再说了，今年你弟弟满六岁，生日也是过年那几天，难道你不回来给弟弟过生日吗？”

他口中的弟弟，当然是他和那个第三者后来生的孩子。

当初父母离婚，今汐还太小，并不懂大人之间的恩怨纠缠。即便是后来长大了，沈石山也从来没有提过这些事，所以今汐对于自己的父亲没有特别强烈的爱或者恨的情绪。

今家虽然重男轻女，但今茂见女儿越发长大了，也担心自己父亲的地位被沈石山夺走，因此也很注意和今汐培养父女感情，经常买东西去学校看望她。

今汐并没有直接答应今茂，她不是什么都不懂的傻白甜，心里也有亲疏之别。

挂掉电话后，她告诉了沈石山这件事，并询问他的意思。

“不成。”沈石山一口拒绝，“过年汐汐必须在我们家，怎么能到他们家去，我不同意。”

沈平川吃饱了饭，坐在沙发上玩游戏，优哉游哉道：“你不同意有什么用，别人家的女儿，你还拦着不让人家回去过年了？”

沈石山气呼呼地说：“我怎么不能拦着，汐汐是入了我们沈家的户口本的，现在是我沈家的孩子，我就是她老爸。”

沈平川笑着说：“人家亲爸还在呢，你算哪门子老爸，别自作多情了，你就我这么一个亲儿子，以后可多想着我吧。”

今汐推搡了沈平川一把：“说什么呀，沈叔叔是我最亲的人，你要是再讲这种话，你就是影响咱们内部家庭和谐，你搞分裂！”

“听见了？”沈石山走过来，夺走了沈平川手里的游戏机，教训道，“你心思给我放到正道上去，别成天总想着你妹妹要抢你什么东西，不务正业。”

“哟，我这说大实话的都还不爱听了是吧。”沈平川躺在沙发上，偏头问今汐，“你继父不同意，过年还回你亲爸那边去吗？”

今汐想了想，说道：“那我就不去他们家过年了，不过弟弟生日那天，我过去一趟。”

“哎，这才是我的好孩子。”沈石山老怀欣慰，还没忘教训沈平川，“你还亲儿子呢，赶不上你汐汐十分之一孝顺。”

“得，你俩父女情深，我是个塑料儿子，行了吧。”沈平川拎着游戏机，懒洋洋地回了房间。

是夜，今汐给薄延发了一条信息——

“薄延哥，在吗？”

薄延和几个室友们连着电脑视频，进行“性感国防生，在线俯卧撑”的宿舍友谊赛。

薄延数着：“294、295、296……”

肌肉充血，热汗淋漓。

几个大男孩都到达了体力巅峰的临界点，就看谁最后这一口气撑得久，哼哧哼哧。

从来都拿第一的薄延，这会儿却最先放弃，坐了起来，拿着手机编辑信息。

几个男孩同时趴倒在了地上，大口喘息。

“王者薄爷居然就这样放弃了。”

“你没看有人给他发信息了吗。”

“你没看刚刚好几个电话打进来，他都没接吗，谁的信息这么重要！”

荆迟用毛巾擦着脸，笑说：“除了小汐，还有谁让薄爷心甘情愿从王者降成‘青铜’。”

薄延一脸臭屁地关掉了电脑视频，拿着手机去了洗手间。

这小姑娘没事的时候，成天学长来学长去，有事找他帮忙，就一口一个“薄延哥”叫得亲亲热热。

薄延脱了衣服裤子，打开花洒开始洗澡，顺便将手机放在水台边，戳了个视频过去。很快，今汐那边也接通了。

“什么事？”

薄延给自己抹洗发水，站在花洒下，开始搓头发。

今汐看清屏幕上的画面，猛地瞪大了眼睛，反应了有十秒之久，不确定地问：“学长你……是在给我直播洗澡吗？”

薄延搓头发的手突然顿住，眼睛被泡沫迷糊着，脑子“嗡”的一声，空了。

他在想什么！

刚刚跟宿舍那几个人视频结束，这会儿薄延的脑回弧完全没反应过来，就直接给今汐戳了视频。

这会儿，薄延像个全身被淋湿的鸵鸟似的，无助地站在视频前，眼睛还被泡沫迷糊着。

在浴霸的强照灯下，应该是被她尽收眼底了。

薄延顺手扯来毛巾，故作镇静地遮住了自己，走过来关上视频。

今汐明显看到，他的手指头在抖。

“拨错了。”

视频结束，今汐愣愣地放下手机，反应了半晌，嘴里吐出两个绵长夸张的音节：“喔！”

509美少女宿舍群，今汐发了一条信息——

“我给你们讲，薄延学长，超级有料！”

楚昭：“哪里有料？”

今汐：“胸肌，腹肌，大腿肌，人鱼线……【狂喷鼻血】”

林洛：“你俩在一起了？”

今汐：“啊啊啊！没有！”

楚昭：“说清楚呀，到底怎么回事。”

今汐：“……不说，反正有料。”

她放下手机，内心躁动不已，不知道该如何纾解，于是踏着风火轮冲进沈平川的房间。

沈平川趴在床上玩游戏，见今汐进来，冲她招招手：“来，陪你哥玩一局。”

今汐跳到床上，掀开他的衣服，看着他平坦的腹部，嫌弃道：“哥，你这腹肌也太小了吧，还打游戏，起来运动啊！”

“你个死丫头。”

“还有你这胸肌，基本就没有嘛。”

“我胸再没有，也比你大！”

她用力踹了他一脚。

沈平川嚷嚷着骂道：“你今晚抽什么风！”

今汐被沈平川赶出了房间，手机群里已经炸开了锅，室友们轮番轰炸今汐——

楚昭：“话说一半，真的很讨厌啊。”

林洛：“快讲，怎么回事！你怎么看到薄延学长的玉体了！”

今汐：“就刚刚……他可能点错了，给我表演了一段洗澡直播。”

楚昭：“哇！”

林洛：“都看见了吗？”

今汐：“嗯。”

楚昭：“嗷嗷嗷！”

今汐：“我只顾着看他腹肌了。”

林洛：“所以，这么好的机会，你眼睛就盯着人家腹肌！”

今汐：“呃。”

对啊，她为什么只盯着他的腹肌看呢？

半小时后，薄延的视频重新拨过来，这次今汐做好准备，全神贯注地盯着手机屏幕。

视频接通。

薄延：“……”

她的眼睛为什么瞪那么大！她想看什么！

今汐见薄延身上穿了一件居家休闲款式的棉质卫衣，错愕地问：“学长，你洗完了啊。”

他极不自然地“嗯”了声。

今汐乖巧地说：“那我刚刚什么都没看到哦。”

薄延无奈：“怎么你还有点小失望？”

今汐心虚地说：“没有，没有失望。”

他坐到沙发边，拿遥控器打开电视，曼声解释道：“刚刚不小心按错了。”

“我知道，肯定是学长按错了。”今汐笑着说，“学长身材很好哦。”

薄延的脸庞有些泛红：“还说什么都没看到。”

今汐挠挠头：“啊，这个，就只看到腹肌而已。”

“你还想看什么。”

今汐偷偷地笑起来，露出两颗小虎牙，像只狡黠的小动物，又还挺娇羞：“没有。”

薄延现在有点丧，窝在沙发里，有气无力地问：“找我什么事？”

今汐这才想起来，她是有事想要咨询薄延。

“想问问学长，六七岁的小男孩过生日，送什么他会比较喜欢呀。”

薄延边看电视，边漫不经心问：“沈平川给你的建议是什么？”

今汐惊呼道：“学长料事如神，沈平川就让我给人家送psp游戏机，我要送了游戏机，老爸家的阿姨铁定给我脸色看呢。”

薄延想了想，问道：“明天有时间吗？”

“有的。”

“我待会儿给你一个地址，你照着地址过来找我，我带你去选礼物。”

今汐狗腿地笑着：“你真好。”

薄延眼角上挑，看着视频里的女孩子，她穿着法兰绒的花边绒睡衣，粉粉的颜色，盘着腿坐在松软的大床上，背景的房间装饰也格外清新。

属于她的一切，都那么可爱。

“学长，你在看什么呀？”

“参观你的房间。”

“哦。”今汐将手机的镜头调到后置，给薄延看自己的公主房，“这些都是我哥弄的。”

“沈平川？”

“对呀，他给我弄这一屋毛茸茸软绵绵的粉色调，直男的恶趣味！”

薄延脱口而出的“好看”两个字，又被他半路磕磕巴巴地咽了回去。

下午六点，今汐走在车流攒动的街头，又接到了来自父亲的电话——

“他有什么权利不让你回家过年，你回的是你爸的家，也是你自己的家，他凭什么拦着不许！”今茂似乎有些来气，“你也答应了？”

今汐坐在路边的横椅上，低头看着自己杏色的雪地靴，闷闷地“嗯”了一声。

“不行，过年必须要回家，也让你爷爷奶奶看看你。他们年纪也大了，想见见孙女。”

今汐说：“弟弟生日那天我会回来，过年还是留在沈家。”

“你这丫头，你还胳膊肘往外拐了，沈家跟你什么关系？说白了就没关系！你认他们当亲戚，他们有没有把你当亲戚这还两说呢，如果你还小，抚养权我就要回来了，现在你大了，爸爸不想伤害你的感情，这才让你留在他们沈家。”

今汐闷声道：“当年妈妈走的时候，你也没有把我要回去呀。”

喋喋不休的今茂听到这话，突然语滞了。

他当时已经有了自己的家庭，今汐也才十岁，因为是女儿，不怎么受家里老人待见。

前妻去世后，沈家并没有主动把女儿送还回来，而是自家养着了。今茂索性也睁一只眼闭一只眼，就让女儿留在了沈家。

现在女儿大了，懂事了，今茂时常回想起当年和原配的感情，也希望和亲女儿多走动走动，培养父女感情。

“总之，弟弟生日的时候，我会回来的。”今汐说完就挂断了电话。

倾盆大雨毫无征兆地落下来，周遭弥漫了一层薄薄的雾气。

行人被突如其来的大雨逼得四散奔逃，今汐连忙躲到街边商店屋檐下避雨。

街道被雨水染湿，倒映着城市斑驳的光影。

今汐摘下自己厚厚的方框眼镜架，用纸巾擦干镜片上的水珠。

她按照薄延给的地址，来到学校后街的一个狭窄小巷里。小巷里开着各种美容美甲或副食小铺，还有各种红灯发廊，光怪陆离。

今汐走到小巷尽头的一间没有招牌的商店门前。

与其说是商店，还不如说是工作室，并不宽敞的店里很没有诚意地放着几张桌椅板凳，墙上挂着油彩画。

许朝阳和荆迟坐在柜台边打牌，见今汐进来，许朝阳冲她扬了扬手:“小汐来了，你学长在楼上睡觉，你等一会儿。”

“这儿就是你们的画室呀！”

“随便参观。”

店里很乱，并不似一般的画店那般明亮整洁，四面的墙上挂着各种风格的素描和水彩画。

“这些都是薄延学长画的呀？”

许朝阳笑说：“他一个人哪能画这么多，这些是美院的学生挂这儿卖的，能卖出去我们拿抽成，铺子是荆迟和薄延合租的，我就没事过来帮忙打工。”

今汐望向荆迟：“荆迟学长还没回家呢？”

荆迟放下手里的牌：“过年这段时间生意好，我留下来看铺子，顺道也照应学校里的猫狗，火车票买的年三十的，反正就在渝城周边的镇上，能赶回去。”

今汐知道荆迟经常在男生宿舍倒卖一些小商品，却没想到他和薄延还真的做着自己的生意，租了这么大一间店面。

难怪喵喵社的开支，全由他们一肩扛呢。

今汐不禁有些佩服他们，在所有的学生都还用着家里接济的时候，他们能够自己挣钱，特别了不起。

今汐来的这半个小时里，就有不少客人上门看画，铺里的画价位在一百到六百之间不等，都是学生自己画了挣外快。

在今汐这个外行看来，这些水彩油墨画都非常漂亮，挂在家里当装饰品，绰绰有余。

这些画丝毫不比城里专业的画廊里的作品逊色，且价格也不算贵，难怪生意好。

“也不知道薄延要睡多久，小汐，你上楼去找他吧。”许朝阳提议，“在这儿干等着，不晓得等到什么时候了。”

“行。”

她沿着楼梯走了上去，楼上是真正的画室工作间，凌乱地摆放着画板、油料盘，还有未完成的画作。

三面的落地窗，视野和采光极好，此刻夜幕降临，窗外一片阑珊的灯火，星星点点。

一盏壁灯懒洋洋地亮着，房间依旧昏惑。

“学长，你醒了吗……”

今汐刚走进去，就被脚下一个东西给绊了一下，直挺挺地往前一扑。

哎哟。

并没有预想的那么痛，不是摔在地上，触感很软，还带了温度?

今汐诧异地抬起头来，灯光下，男人的五官显得极立体，眉宇高挺，眼睛埋入深邃的眼廓中，细密的长睫毛在眼睑边投下阴影，榛色的眸子带了些微倦意。

“唔。”

她绊着他了。

薄延垂眸睨着她，她长发搭在前面，皮肤特别白，身上香香的，是女孩子特有的那种干净的味道，挺好闻。

“学长，你就睡地上啊?”

薄延揉了揉脑袋，闷闷地“嗯”了声，嗓音低沉，带了初醒的懒散。

地上铺着用废的画纸，他刚刚正画画来着，睡意袭来，倒头便睡下了。

今汐则趴在他身上，手撑着他的腹部，隔着单薄的衣料，隐约能感受到他块状的坚硬腹肌。

她的手攥着薄延的衣领，呼吸柔柔地拍在他的颈部，痒酥酥的。

他关心地问："摔着没？"

今汐感受了一下，好像没毛病，她摇摇头。

"那把你的腿，挪挪。"

今汐目光下移，发现自己的膝盖正稳稳顶在他下身的不可言说处……

而她全身的力量，此刻都撑在膝盖上。

今汐心头一慌，连忙挪开膝盖，想要爬起来，却不想没稳住身形，碾了一下。

她明显听到耳边传来男人的一声低沉的闷哼。

"啊，对不起！"

这是肉眼可见的疼痛了。

今汐手忙脚乱地站起身，后退了两步，满心愧疚。

"学长……没事吧？"

薄延正要说踹你一脚试试，不过看着今汐这唇红齿白的乖巧模样，真让他踹……还有点舍不得。

薄延站了起来，长腿笔直，只是扣了个内八字。

看样子……伤得不轻啊。

今汐觉得自己这体质也是没谁，怎么总是一不小心就把身边的男性同胞狠狠"伤害"了呢？她很内疚，关切地问："学长，要不要去医院？"

薄延："……"

让他去看男科，那不如杀了他。

"没事，撑得住。"

这是来自薄延最后的倔强。

今汐真心诚意地夸赞："学长，你真行。"

薄延："……"

薄延缓了缓，感觉好些了，四处收拾了一下，把地上的画板工具挪到边上去，随口问道："怎么现在才过来。"

"刚刚下了一场雨，耽搁了。"

今汐的目光落到了薄延的画板上，洁白的素纸上似乎画了一个女孩子的轮廓，她好奇地走过去："好漂亮。"

然而她还没看清楚，薄延一个闪身上前，将画扯下来卷好。

"学长……"

薄延有些不好意思，脸颊微红："还没画完。"

"没画完不能看吗？"

"嗯。"

"为什么？"

"没有为什么，就是不能看。"

"那……学长画完了给我看吗？"

"看我心情。"

"喊，小气。"

薄延拿着画进了内室，小心翼翼地展开——

画中的女孩子，模样与今汐像了九分，坐在窗台边，屈着膝盖，身体前倾，鹅蛋脸放在膝盖边，侧脸望着他，光从窗外透射而来，她美得宛如一只柔软的天鹅。

只是画里的她，并未穿上衣，宽展柔软的背，漂亮的蝴蝶骨翩跹欲飞，柔软的胸部微压在膝中，边缘位置却有明显的起伏。

这是薄延无数个长夜未眠的肖想。

这画……决不能给她看到，也不能给任何人看到。

薄延收好了画出来，见今汐独自坐在画室的飘窗边，微屈着膝盖，望着玻璃窗外模糊的夜景，微风撩动着纱帘，也撩起了她额间的几缕发丝，倒与画中人有了几分神似。

只是他想象中的她，还是不及她本人的百分之一的美好。

薄延心下一动，柔声道："小汐，什么时候来给我当模特。"

今汐回头望他："啊？"

"给我当画模，我想画你。"

他漆黑的眸子里，闪动着某种认真而虔诚的意味。

今汐有些不好意思："怎么画呀？"

"都可以，姿势随意。"

反正怎样他都觉得好看。

"那可以呀。"今汐点点头，"等下次我穿漂亮些，让学长给我画。"

今汐没忘正事："学长，你说带我给弟弟选礼物的。"

"跟我来。"

薄延踏着懒散的步调下了楼，拉开抽屉，从里面取出一张硬纸板，上面用线条勾勒着繁复的卡通人物轮廓，只需要自由上色就行了。

今汐看出来，这张卡通人物像一笔一画都是他亲手绘制上去的，并非某宝上卖的打印版涂鸦，这种手绘简笔，自行上色的涂鸦效果，应该会非常不错。

“小孩子的益智涂鸦。”薄延柔声解释，“去年暑期，我们办过少儿绘画班，五六岁的小孩挺喜欢画这种卡通涂鸦，你觉得还行，我就给你配一套植物的水彩颜料。”

何止是还行，这简直太行了，今汐本来就是想送这种益智的礼物，比沈平川瞎出主意送什么游戏机可好多了。

“谢谢学长，我就买这个！特别棒！”

薄延将涂鸦画递给许朝阳：“给你学妹装礼盒。”

“学长，这个多少钱呀？”今汐低头摸钱包。

薄延动作顿了顿，侧眸望她，清浅一笑：“你觉得值多少？”

这可不好喊价，她拉了拉薄延的袖子，无比狗腿地说：“薄延哥画的，无价。”

“马屁挺会拍。”许朝阳笑眯眯道，“不过小汐，你薄延哥昨天晚上可是熬了通宵，给你画出来的这么一幅四开的填充涂鸦，你跟他谈钱，不如谈谈感情呗。”

今汐秀气的眉毛皱了皱，低头想了半晌，说道：“那我换别的方式感谢学长吧。”

这么个看起来破破烂烂的小画室，包装方面还真是没得说，涂鸦画经由许朝阳悉心装裱之后，与水彩颜料一起装进了礼盒中，非常拿得出手，丝毫不会比那些高雅画廊艺术品逊色。

这几人还真是正儿八经做生意的，有模有样。

薄延让今汐自己开价，今汐非常狗腿地开了个“无价”，拿钱肯定是不成了，她说要换一种方式感谢薄延。

薄延便让她陪自己去买几件过年的新衣服。

出门的时候，沈平川给今汐的小书包里塞了一个保温暖水杯，杯里装的蜂蜜大枣茶，今汐嫌碍手碍脚不肯带，沈平川手脚并用堵在门边，不带不准出门去。

“外面这么冷，渴了不得喝点热水啊？”

“我可以喝奶茶呀。”

“奶茶有我给你泡的大枣茶好吗！”

“哎呀，麻烦死了。”

“嫌麻烦，你下辈子就别当女孩。”

成长的大部分时间，沈石山忙于工作，今汐几乎是由“管家婆”沈平川给一手拉扯大的，冬天喝各种养生养胃的枣泡水，夏天又给她腌柠檬，做冰冻银耳和绿豆汤。

要是个弟弟，沈平川才不会把自己变成“管家婆”呢。正因为是女孩家，才被他养得格外娇惯。

女孩多金贵啊，柔柔弱弱的，不能轻易磕着碰着，还要提防着别被人欺负了，可不是万事小心吗。

十二岁那年，沈平川给今汐报了一个暑假绘画兴趣班，老师要求大家要交一副《我和妈妈》的水彩绘画，别的小朋友都画了自己和妈妈手牵手的画像。

而今汐的水彩画里，穿漂亮白裙子的小女孩身边，蹲着一只和自己同样高的金毛狗，金毛狗脖子上围着黑色的围巾，张着嘴微笑，吐着大舌头。

金毛狗的头顶，浮着歪歪斜斜的“沈平川”三个字。

在今汐年幼的心目中，沈平川那只蠢笨的大狗，就是像妈妈一样的存在。

天街 A 馆外的广场边，薄延见到了今汐，她穿着白色的披风样式的外套，帽子尖挂着一个毛茸茸的小球，贴身的黑裤下，是一双杏色的雪地靴。

她坐在广场雕塑下的长椅上，左顾右盼，四下里张望着。

她的手里握着保温的暖水杯，时不时地打开瓶盖，对着吸管喝一口。

恰在这时，和她穿同款披风衫的小朋友，蹦蹦跳跳从她面前经过。今汐看看那个小朋友，又看了看自己身上的同款披风，目瞪口呆，手里的水杯都掉了。

她给沈平川发了一条语音过去：“你给我买的童装吗！”

沈平川优哉游哉地回她：“对呀。”

今汐：“……”

沈平川！

薄延捡起地上的暖水杯，打量了今汐一眼，笑道：“这件衣服很适合你。”

“才怪！”

今汐接过他手里的杯子，站起身来，理了理衣领和后衣摆。

要是没看小朋友穿，她还真觉得这件披风挺可爱的，现在一看，还真是童装店的款式。

好气，想立刻回去爆捶沈平川！

薄延其实还挺喜欢今汐的衣服款式，虽然是童装，不过她身板小小的，看上去和小学生没多大区别。

薄延兜着她的肩膀，就像兜了个女儿在怀里。

“闺女，爸爸带你去买衣服好不好。”

今汐：“不好！”

谁是你闺女！

当然，今汐是来陪薄延买衣服的，说好要感谢他，正好过年了他准备买几件新衣服，逛街可是她最擅长的事情了。

天街有 ABCD 四个场馆，各式各样的品牌服饰应有尽有，今汐带着薄延出入各大运动休闲品牌男装店，尽心竭力地替他选衣服。

薄延懒洋洋地跟在今汐身后，看着她这般兴致高涨地挑选架子上的男装。

逛衣服是其次，她为他尽心挑选，拿着衣服在他面前比试的那股子当家主母的劲儿，让薄延觉得特别窝心。

他突然想到一件重要的事：“沈平川的衣服也是你挑选的？”

今汐放下衣服，说道：“才不是，沈平川的衣服全是他自己买的，他瞧不上我给他挑的衣服。”

薄延松了一口气。

就沈平川那种直男穿衣风格，如果是今汐帮他拾掇的，薄延今天还真有点不太敢相信这女孩的眼光。

不是就放心了。

今汐知道薄延嫌弃沈平川的品位，别说他，当妹妹的都嫌弃得不行了。

她一次性挑选了好几件衣服，然后拉着薄延去试衣间更换。

年末将至，商场人流量大，连试衣服都需要排队，好不容易轮到了薄延，今汐将他推进去的时候，薄延顺手也将她给拉进了试衣间。

“哎……这怎么……”

“这里好几件，你帮我参考参考。”

薄延不由分说关上了试衣间的门。

头顶光线很强，她无所逃遁地被关在了逼仄狭窄的四方隔间里。

薄延站在她面前，两个人距离非常近，几乎是贴身站在一起。

这样的距离换了平时或许没什么，但是在这种存在无限种可能性的狭窄空间里，关着一男一女，即便是今汐这种神经粗大的女孩子，都不可能全无察觉，无动于衷。

今汐惊悚地靠在墙边，尽可能地离他远一些：“你……想干吗！”

薄延本来还真没想干吗，不过见她这般惊慌，他心里反而升起了想要捉弄捉弄她的意思。

他卷起了袖子，慢条斯理地走过去，手轻轻落到她的肩膀一侧。

今汐呼吸急促，小脸涨红：“薄……薄……薄延……”

他凑近了她绯红的耳郭，柔声说：“嘘，不要出声，不然别人会以为我们在干坏事。”

闻言，今汐果然紧紧地闭上嘴了，一双黑漆漆的鹿眼紧张地盯着他。

薄延伸手摘下了她的黑色眼镜框，她的视线立刻变得有些模糊，不过男人英俊的五官她看得一清二楚。

此刻，两个人不过咫尺之距。

今汐的手本能地挡在胸前，才勉强隔开了他的威压，只是更衣室太过狭窄，她像是被野兽追到无处可逃的绝境里的善良小动物，只能任由他为所欲为。

今汐急促地呼吸着，小胸脯一起一伏，紧紧闭上了眼睛。

薄延伸手抬起了她的下颌，迫使她的脸仰起来对着他。

“你闭眼做什么？”

“啊？”

今汐睁开眼睛，便看见他嘴角的笑容促狭又玩味，像是坏到骨子里去了。

“等我亲你啊？”

“才……才没有！”

今汐低着头，捂着自己滚烫的脸蛋：“你整我！”

“有点失望？”薄延再度按住她的肩膀，低头便要吻住，“玩真的也可以啊。”

这一次的动作非常之快，今汐猝不及防，在他碰到自己的那一瞬间，她连忙伸手挡住了嘴唇。

薄延的吻落在了她的手背上，轻轻柔柔，还有点冰凉。

如果她不遮挡，兴许自己的初吻就真的要交代在这里了！

“你……来真的！”她生气地推了他一下，当然，这点力量聊胜于无，没能将他推开。

薄延睁开那双漆黑的眸子，眼角勾了一丝撩拨的微笑：“我从不玩假的。”

“你太过分了！”

他眼底依旧含笑，耐心地看着她：“怎么过分了？”

“谁让你亲我的！”

“不能亲吗？”

“不能！”今汐防备地用手肘挡着自己的唇，支吾着说，“你不能亲我！”

“为什么？”

“你这么会撩，谁……谁知道你亲过多少女孩子。”今汐红透了脸，想到什么便说了什么。

薄延闻言，微微一怔，随即低头笑了笑，为她戴上了眼镜：“好了，到此为止，我要试衣服了，你帮我看看。”

因为是冬日，所以只需要换外套和毛衣就好，也没有那么多的禁忌。

今汐心里虽然有些小小的不是滋味，不过还是尽心尽力地替他挑选衣服。

他的身材是真的非常好，胳膊肘的肌肉块非常明显地凸出来，腰身线条也很平展，即便里面穿着打底的衣服，也很难掩饰住他完美的衣架子身材。

这种身材是完全不挑衣服的，今汐觉得无论他穿什么，只要合体，都能让他穿出不一样的味道。

她压根儿给不出意见，觉得自己选的这几件都好看，挑来拣去的，薄延索性全都买了下来。

挑选好了衣服，今汐又拉着薄延去逛了宜家。

她对逛宜家的兴趣超过了服装店，像小仓鼠爱筑窝似的，今汐也很喜欢给自己的小家添置各种各样可爱温馨的日用品。

在一个圆形的白色加湿器前，今汐停下了脚步：“加湿器和精油套卖打折了！啊，想买！”

薄延站在她身边，手揣兜里，随口道：“买啊。”

“宿舍没地方搁了，放在家里肯定让沈平川那个讨厌鬼拿去熏他的臭袜子。”今汐撇嘴叹息一声，“等以后有了自己的家再买吧。”

薄延伸手扑了扑加湿器里喷出的白雾：“我喜欢柠檬的味道。”

今汐恋恋不舍地看了加湿器一眼：“到时候我们就买柠檬味的精油。”

“一言为定了。”

“一言为……”

咦，等等，为什么她要和他一言为定啊！

两个人出了宜家，迎面走过来的一家人，让今汐怔了怔。

他的父亲，今茂。

今茂也有四十五六了，身形有些发福，体格不比沈石山高，也远远不及他壮硕，这一点在两个孩子的身上就有体现，今汐的身高遗传了老爸，也是瘦瘦小小的个子，沈平川则高大健硕。

今茂是苦出身，干过活儿，年轻的时候身材还算不错，有些腱子肉，精神头十足。只是现在做生意赚了些钱，便端了些老板的架子，发胖了，人一旦长胖，再清秀的五官也失了立体感。

今茂的身边跟的自然是他现任的妻子，也是当年他出轨的对象，那位神通广大的女助理。

女助理的年纪比今汐的妈妈小很多，妖娆漂亮，带着妩媚感。书香世家出身的今汐妈妈，总是秉持着一股子大家闺秀的范儿，对于已婚男人而言，诱惑力自然不如外面的莺莺燕燕。

女助理的手边，还牵着他们六岁的儿子。

这和和美美的一家三口，出现在宜家的店门前。

骤然的会面让今汐不知所措，本来想着如果他们没看见自己，她就低着头赶快离开了，却不想今茂看见她了——

“小汐。”

今汐只好硬着头皮走过去，叫了一声：“爸。”

然后，她又转向女助理，叫了一声：“蒋姨。”

“今汐姐姐！”

小男孩圆糯糯的非常可爱，他丢开了自己妈妈的手，过去抓住了今汐的衣角。

今汐揉了揉他胖乎乎的小脑袋，笑着说：“小宝，你怎么又长胖了呀！要多多锻炼身体，知道吗？”

“我知道了。”

蒋姨脸上挂着伪善的微笑：“你看看，这小祖宗，全家人说他都不听，今汐一说，立马答应了。”

今茂顺势对今汐说：“你没事儿还是多回家看看，小宝也很想和你玩，多多培养感情，他才是你的亲弟弟呢。”

今汐点了点头，面无表情道：“小宝生日的时候我就回。”

今小宝拉住今汐的手，说道：“姐姐，你到我家里来玩，奶奶给我买了超大的变形金刚，你到我家来做客，我拿给你看！”

她听着心里莫名有些刺，脸色也不太好看。

今茂道：“小宝，说什么做客，姐姐是你的亲姐姐，咱们家也是姐姐的家，姐姐到家里来不是客人。”

小孩子当然听不出这里面的区别，困惑地看看姐姐，又看了看爸爸：“不是客人，那为什么不和我们一起住？”

这时，蒋姨蹲下身，对自己的儿子说：“因为姐姐已经有了新的家人，新爸爸和新哥哥都很爱姐姐，舍不得姐姐离开，所以姐姐不会和我们住的，不过这也不影响她喜欢你呀。”

今小宝若有所思地点了点头：“那我的爸爸，就是我一个人的爸爸了？”

“当然，你的爸爸是你一个人的，你是我们家的小宝贝呢。”

今汐的手攥了攥拳头，幸而披风宽大，无人察觉。

“爸，我和朋友逛街呢，先走了。”

今茂看了看等在门边的薄延，点了点头：“去吧，晚上早些回家。”

“嗯。”

今汐和薄延离开以后，蒋姨对今茂说：“别说，小汐的男朋友还挺英俊。”

“哼，交往男朋友都不告诉我，看来这个女儿，真是跟我生分了。”

蒋姨将小宝推到他面前：“这才是你的亲儿子呢！”

今汐加快了步伐，匆匆走出了A馆，寒风瑟瑟，她拉紧了衣领。

薄延虽然没有多问，但是刚刚的情况他也看得真切。

虽然是哄小孩子的言辞，不过这蒋姨话里话外都把今汐给摘了出去，从小便在孩子心里埋下了“姐姐是外人”的种子……

今汐明显不高兴了。

“学长请你吃冰激凌。”

“哎……”

薄延不等今汐回答，拉起了她的手，带她走进了正对面的哈根达斯店。

他点了一份超大的冰激凌套餐，蔓越莓、香草、抹茶和巧克力雪球滚在一起，雪球上撒满了奥利奥和巧克力渣，一圈刚刚烤好的酥脆华夫蛋卷漫着热乎乎的香味。

今汐看着这么大一份冰激凌，惊喜道：“学长！这个好贵的吧！”

“对啊，好贵好贵。”

“那我跟学长AA。”

薄延挖了一勺冰激凌糊她唇上："A 你个头。"

"哎！我还没拍照呢，你不准动它！"今汐扯了纸巾擦掉唇上的奶油，拿出手机给冰激凌各种摆拍，配上美美的滤镜和边框贴纸。

薄延有些无奈。

对于这些女孩子而言，吃东西好像并不是特别重要的事情，吃东西之前拍照修图才是正经事。

"能吃了吗？"

"等一下。"

"我想吃了。"

"马上就好。"

"快化了。"

"好了好了。"

今汐大功告成："你快吃吧。"

他拿起小匙，挖了一勺巧克力和蔓越莓混搭的冰激凌，递到她嘴边："张嘴。"

"第一口给我呀。"今汐抬眸看看他，一双黑莹莹的眼睛露出几分笑意，乖乖地张开小嘴。

然而勺子只在她嘴边晃了一圈，便喂进了薄延自己的嘴里。

她推搡了他一下："耍我。"

薄延笑着说："让你顾着拍照。"

今汐给自己挖了一大勺，奶油在舌尖浸开，浓郁的巧克力配着酸酸甜甜的蔓越莓，好吃到没朋友！

她开心地笑了起来，拉了拉薄延的袖子："这两个和这两个搭，好吃，学长你试试！"

薄延也挖了一勺放进嘴里。

"好吃吧！"

"嗯。"

"幸福死了。"

薄延也觉得幸福死了，和她买衣服、和她逛宜家、和她吃同一份冰激凌。

这些甜蜜的滋味汇聚在心里，一点一滴……都是幸福。

冰激凌被两个人你争我抢地吃了个精光，薄延发现，和这丫头吃甜品，还不能点小份了，必须点最大号的，否则肯定不够吃。

"学长，下次咱们得点双份冰激凌。"

“可以。”

今汐意犹未尽地舔了舔唇。

他突然说：“别动。”

今汐立刻不动了，漆黑的眼珠子下移，眼睁睁看着他修长漂亮的指尖，落到了自己的嘴角边，轻轻一拭，一粒华夫蛋卷碎屑跃然指尖。

然后，今汐眼睁睁看着他将那片华夫蛋卷扔进了自己的嘴里！

今汐：“……”

别这样，你要是还没吃够，我再给你打包一份啊学长。

两个人逛到了天黑，薄延送今汐回家。

今汐家的小区管理严格，不让陌生人随意进出。

铁门边，薄延揉揉她的小脑袋，认真地说：“谢谢你陪我逛街。”

“哼。”今汐扯开他的手，“你试衣间捉弄我的事，我还记着呢。”

“我没有捉弄你。”

今汐压低了声音:“你这人……有时候真的很好,有时候又很讨厌。”

想到更衣间的事，她的脸微微有些泛红了，朦胧的月色里，显得分外诱人。

薄延舔了舔干燥的下唇，扬声说：“我没有吻过很多女孩。”

她抬起头，漆黑的眸子望着他。

“我没有吻过女孩，一个都没有。”

一阵微风轻轻扫过，今汐低下了头，耳根开始发烫。

“哦！”

干吗解释。

下楼取外卖的沈平川，正巧听到了薄延的这句话，瞅着这两人含羞带臊的样子，这好像有点要表白的意思了。

他走过来拉起今汐就往门里走，对着薄延大手一挥——

“同学，不约！我们不约！”

今汐不住地回头看他，薄延对她笑了。

她抬头望月，月出树梢，好美。

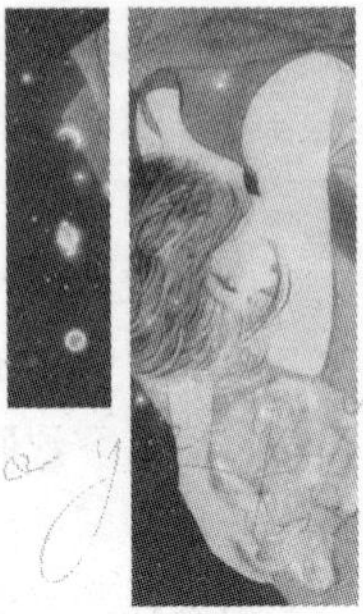

第八章

小汐今天很漂亮

年二十九那天，是弟弟今小宝的生日。

第二天就是年三十儿，按今茂的意思，今汐年三十晚上最好也留下来。

他才是她的亲爸爸。沈家的两个男人，和她半点血缘关系都没有，凭什么过年还留在沈家。

沈石山自然不同意，他拿今汐当亲女儿养的，自然容不得别人横刀夺女。

为了这件事，沈石山亲自给今茂去了一通电话。

今茂对着今汐就是一口一个沈家那老男人，然而电话里，却还是要规规矩矩唤他一声：“沈总。”

而沈石山对今茂的称呼，是“老今”。

两个人身份地位的悬殊差异，在称呼上也能略见端倪。

今茂是一步一个脚印奋斗出来的土老板，虽然这些年气象不错，但资产却远远及不上沈家的积累，说白了一个土老板，一个是真正的豪门。

今茂和沈石山之间的地位，隔着阶层的悬殊。

“老今，汐汐每年都是在我们家过年，家里的亲戚平日里走动少，年三十晚上想看看孩子，我不同意让她去你们那边。”

今茂耐着性子说：“沈总，往年汐汐都是在你们家，可是今年家里的老人想念孩子了，我也是为了成全老人的心愿，今年就让她过来吧。”

“老人家，不是还有你儿子陪着吗，我们家就汐汐这孩子能闹腾，说实话，缺了她还真没什么年味儿，行了，这件事就这样定了。”

“哎哎……沈总，您看再商量商量，要不让汐汐初一回来吧。”

“你这是跟我谈生意呢，老今，没这理儿，啊，今汐是我们沈家的孩子，入了户口本的，她必须在我们沈家过年，行了，就这样。”

今汐和沈平川两兄妹一左一右蹲在沈石山身边，附耳听着电话。

沈平川低声说：“沈总不愧是沈总，拉家常都能拉出一股气吞山河的商业谈判气势。”

今汐赞同地点点头，她亲爸可没有沈石山这份魄力。

最终谈判的结果，今汐在年二十九去给弟弟今小宝过生日，当天晚上就留宿今家，年三十大早，今茂开车把孩子给送还沈家。

临走前，沈平川给今汐的书包里装了换洗的衣服和暖水杯，叮嘱她：“别吃亏，把平时对付我那阵伶牙俐齿劲儿放出来，该骂就骂，该挥拳头就挥拳头，别一过去就㞞得跟老鼠似的，任人摆布。”

今汐还真是个“窝里横”的，也就只敢跟沈平川挥挥拳头，换了别人，她可没这胆子。

“其实我爸爸对我也蛮好。”

沈平川闷哼：“也就你稍稍长大些了他才对你好，小时候他搭理过你没。”

今汐闷声不语。

沈石山开车送她过去，沈平川也跟着，两个男人都不太放心，今汐再三向他们保证，不会吃亏。

今家的大宅坐落在江边的一处高档江景别墅群里，修缮得气派恢宏，家里的家具一应是全实木，有型有款，极具暴发户气质。而相比之下，沈家则低调许多，因为家里人口少，住的是小区花园洋房公寓，论气势比不上今家的大别墅，不过对今汐来说，却十分温馨。

今茂和蒋姨将今汐接进了屋，寿星今小宝拿着变形金刚模型冲了出来：“今汐姐姐来了！小宝今天超开心！”

蒋姨拍了拍今小宝的背：“小宝，你招呼姐姐坐啊，姐姐是客人，你要有主人家的样子。”

“姐姐，坐！”今小宝给今汐端来了小板凳。

“谢谢小宝。”

今汐看了看这偌大的宅子，装潢陈设基本上未变，还是她小时候记忆里的模样。

只是时过境迁，宅子换了主人，她反倒成了客人。

今汐将礼物送给了今小宝，蒋姨礼貌地道了谢，让家里的保姆将礼物收回去。

今小宝拉着今汐的手：“姐姐，我有个 VR 游戏室！爸爸特意帮我装的，我带你去看看！”

今汐跟着今小宝朝着二楼走去，今茂叫住他们：“要吃饭了，看什么游戏室。”

“哎呀，孩子们闹着玩，你就让他们去嘛。”蒋姨笑着说，“小汐难得回来一趟，今天就让孩子们尽情地玩。”

今小宝牵着今汐上了楼。

VR 游戏室的确很大，里面放着真人全身体感游戏机，都是最高端前沿的游戏设备。

今汐的注意力并不在游戏机上，她环顾着整个游戏房，这里……是她小时候住过的房间，现在改造成了今小宝的游戏室。

今小宝拉着今汐要一起打游戏。

父亲今茂心里有愧，将小宝从游戏房拎了出来，不客气地说：“打什么游戏，吃饭了。”

蒋姨见今汐闷闷不乐，于是走过来解释道：“汐汐，你别介意啊，你爸呢，是考虑到反正你也不在家里了，房间空着也是浪费，这才改造成了小宝的游戏室。”

这话明面上是安慰她，可实际上话里句句可都带着刀子呢，想让她明白，她在这个家里已经没有任何位置了。

一整天，今汐脸色都不太好看，即便是笑，也是强挤出来的。

今茂听沈石山说起过，她在沈家的时候可是个开心果，怎么一回了自己家，就拘拘束束闷不吭声了呢？

吃过了小寿星的寿宴饭，爷爷奶奶拿出了大红包打发小寿星。

“祝愿我们小宝，健健康康，开开心心地长大。”

今茂见老人家发完了红包，只有今小宝的，却没有今汐的，以为二老是忘了，于是笑着提醒道：“爸妈，汐汐的压岁钱呢？”

老人家轻轻咳嗽了一声，没有说话。

按照老人家的意思，只有家里的男孩子才能拿压岁钱，女孩子是没有压岁钱的。

蒋姨脸上展露了笑容，今茂显然有些尴尬。

吃过饭后，今茂将今汐悄悄拉到阳台上，给她包了个大红包，让她赶紧揣好，别让爷爷奶奶和蒋姨看见了。

红包厚厚的，今汐稍稍估量也知道数额不少。

不过她是被沈家娇惯着养大的，沈家秉持着“穷养儿子富养女”的原则，今汐日常零花钱是沈平川的三四倍还多，所以她眼里倒也从没有装过钱。

既然是父亲给的红包，今汐也就收下了，却没有出现父亲所期待的那种感动的表情。

她云淡风轻地道了一声谢。

父亲叹息一声，对今汐道："这些年，老爸是亏待你了。"

今汐从来没有感觉到被亏待过，她所有缺失的感情，沈家的父亲和兄长都给她补了回来，把她宠成了掌上明珠。因此她对于这个亲生父亲，总表现得淡淡的。

晚上，今茂吩咐家里的用人，给今汐收拾出一间客房。

入睡前，沈平川给今汐发来了视频聊天。

"哥。"

沈平川盘腿坐在沙发上，劈头盖脸一顿乱问——

"你是打地铺还是睡阁楼？"

"有没有让你做家务？"

"你后妈有没有暴揍你？"

今汐无奈道："你当我是辛德瑞拉，还睡阁楼，想什么呢？"

沈平川嫌弃地说："辛德瑞拉好歹还有南瓜马车和水晶鞋，你有什么，一没人要的小丫头。"

今汐故意讨好着说："我有哥哥呀。"

沈平川听到这话便高兴了，关心地问："饭吃饱了没？"

今汐捂着肚子说："蛋糕吃了好多，没怎么吃饭呢。"

"明天一大早我来接你。"

"好哟。"

沈平川一张大脸凑近了屏幕，挑挑眉："小妹一天都没见哥哥了，想不想哥哥呀。"

"想哦，我想你个头。"

"嘀，老沈你快来听听，平时我说她骂人你还不信，这回亲耳听到了吧！"

今汐："……"

"来，老沈，给你宝贝闺女打个招呼。"

视频画面里，沈石山坐在沙发边，一边看报纸，扶了扶眼镜框："汐汐，不要骂人，要淑女。"

今汐都要哭了，维持了这么久的乖乖女的人设，崩了。

她心虚地说："沈叔叔，没有骂人。"

她骂大猪头呢。

沈石山："想不想你沈叔叔啊？"

今汐："想，可想了。"

沈石山欣慰地说："汐汐，早点睡觉，明天还要守夜。"

"知道呢。"

沈平川的大脸再度充斥了整个屏幕，冲她做鬼脸："小妹，说谎要吞一千根针哟，晚上还会做噩梦哟。"

沈石山白了他一眼："行了，让你妹妹睡觉。"

今汐嘻嘻一笑，心情好了不少。

沈平川拿着手机回了自己的房间，关上门，压低声音问今汐："跟你哥说实话，今天开不开心。"

今汐知道自己什么都瞒不过沈平川，她摇了摇头："不太开心，想快些回家。"

沈平川不再嘻嘻哈哈，他的手指头落到屏幕前，做出揉她额头的样子："明天一早哥哥来接你。"

"嗯。"

今汐挂掉了电话，平平展展地躺到床上，望着天花板发呆，不知道为什么，竟还有些想念沈平川呢。

窗外时不时能听见烟花爆竹声，这是阖家团圆的日子，才会格外地想念亲人。

这里早已经不是她的家了，爸爸也不再是她的爸爸。

今汐将小脑袋塞进被窝里，想着小时候在家里的无忧时光，心情有些低落。

半个小时后，她拿着暖水杯出了房间，想接点热水。

家里人大多已经休息了，今汐走到楼下，恍然间听见后阳台传来蒋姨和保姆说话的声音。

"把这个拿出去扔了，扔远一些，别让人看见。"

"可……这是小姐送给小少爷的生日礼物呀。"

"谁知道这些水彩颜料是不是劣质的化工原料，说不定有毒呢，指不定她就是故意送这些东西，快扔了吧。"

"不会的吧，小姐不会这样做。"

"这丫头平日里不声不响，谁知道肚子里有什么坏主意，我可不能用小宝冒险，让你扔就扔了，哪那么多废话。"

……

保姆刚走出后院，迎面撞上今汐，吓了一跳：“小姐。”

蒋姨闻言，惊了惊，跟着走出来，脸上挂了一丝尴尬的笑意：“汐汐啊，这个……”

今汐面无表情地接过保姆手里的水彩涂鸦：“这个是植物原料，没毒，蒋姨不喜欢也别扔了，还给我就是，这是我朋友费了心血亲手画出来的。”

她抽出画板，看着上面流畅的卡通线条画，捧在怀中宛若珍宝。

她不能忍受薄延的画被人当成垃圾，随意丢弃在路边。

“汐汐，蒋姨不是这个意思。”

“那你是什么意思。”今汐抬头望向她，“你觉得我会对小孩子用这样恶劣的手段吗？”

蒋姨自知理亏，咳嗽了一声，轻声道：“谁知道呢，说不定你嫉妒弟弟。”

今汐心里窝了天大的火气，转身跑回房间。好心当成驴肝，她越想越气，收拾了自己的背包，下了楼。

“这么晚了，小姐去哪里啊。”保姆追上来想拉她。

今汐用力甩开了对方的手。

“我回自己的家。”

“要走就让她走，本来也不是她的家。”蒋姨见今汐是铁了心要走，索性也就不再拦她。

保姆担忧道：“夫人，会不会有事啊？”

蒋姨抱着手臂冷冷道：“又不是小孩子，还能走丢了不成。”

今汐一路小跑，跑出了别墅区。

大街上霓虹闪烁，道旁树上挂着明亮的彩灯和红红的灯笼，非常热闹。

今汐紧紧抱着手中的画板，心疼极了。

今天在家里所受的委屈，全都涌上了心头，她难受至极，忍不住抹了两把眼泪。

这个时间了，周围街景陌生，今汐不知道该往哪里去。

她抱着画蹲在路边，用毛衣的袖子给自己擦了擦眼泪，然后摸出手机，第一反应是给沈平川打电话。

她打开通讯录，首页的第一个通讯号码，是薄延。

今汐手指头顿了很久，终于按了下去。

晚上十一点，薄延已经梦了周公。

手机铃声突兀地响起，他懒洋洋地从被窝里伸出手，摸过床头的手机，也没细看是谁，憋着重重的鼻音道："你薄爷睡觉了，有事明天说。"

电话那端，很久都没有人说话，却又有喧闹的背景杂音。

紧接着，他听到一声轻微的抽气。

薄延睡意全无，睁开眼睛，不确定地问："是……小汐？"

电话那端传来一声轻轻的"嗯"。

薄延听着她声音似乎不太对劲，立刻坐起身来，拉长了调子开玩笑，想让她放松下来："谁欺负你了，告诉我，收拾他去。"

却不承想，听到这句话今汐一下子就哭了出来。

不知为什么便委屈了。

听着电话里女孩战栗的哭腔，薄延的心猛地抽了抽，从床上翻身而起，扯了外套便匆匆出了门——

"你在哪里？"

今汐望望周围陌生的街景："我……不知道。"

"发个定位，我来接你。"

薄延见到今汐的时候，她独自坐在一家便利店门外的塑料椅上，双手交叠放在膝盖上，漆黑的鹿眼，左边看看，右边望望。

夜里寒风一吹，她情不自禁地哆嗦了一下，鼻尖红红的，白色的雪地靴边放着油彩涂鸦礼盒。

薄延加快步伐小跑过去，来到她身边，居高临下地望着她："怎么回事？"

今汐抬起绯红的眼睛看着他，闷声说："和那边家里闹了点别扭。"

薄延坐到她身边，鼻息间发出一声轻微的呼气，手撑着膝盖，俯身检查了一下油彩盒："怎么没送出去？"

"我不送了。"今汐抱起礼盒，面上露出愤愤之色，瓮声瓮气道，"改变主意了，我自己留着。"

薄延大约也能猜到礼物被拒收了，惩戒般拍了拍她的小脑袋："大过年的，不要为小事不开心。"

"这不是小事。"今汐打了个喷嚏，揉了揉鼻子，"算了，不说了。"

薄延索性脱下了自己的羽绒外套，搭在今汐的肩膀上，柔声说："搞得这么狼狈。"

衣服带了他的体温，暖意融融，他给她穿好了，还悉心地拉上拉链，从底拉到了头。

今汐的身形瘦小，穿着薄延宽大的羽绒衣，更显脸小了，整个缩在衣服里面。

她抬头，见他只穿了一件单薄的圆领毛衣："学长，你不冷吗？"

"不冷。"

薄延说完，打了个喷嚏。

"你可算了吧。"今汐说完就要脱下羽绒服还给薄延。

都已经送出去的衣服，再让人家女孩还回来，男人的尊严还要不要了？

薄延单手揪住了今汐的衣领，直接将小丫头提了起来，放到自己的眼前，和她对视："我不冷。"

今汐："……"

不冷就不冷吧，你凶什么呀。

她挣开了薄延的手，像猫咪似的理了理自己的头发："别弄我。"

别弄我……三个字反倒让薄延听出了几分不可捉摸的意味，他笑了笑，拍拍她的后脑："走吧，送你回家了。"

"这时候回去，沈平川肯定会闹起来，我明天早上再回去。"

薄延挑眉问："你想在人家便利店门口坐一晚上？"

今汐站起了身："我准备住酒店来着。"

薄延单手拎着油彩礼盒，带着今汐进了一间酒店，大厅前台，今汐在书包里翻了许久，暖水杯、手纸、唇膏都翻出来了，就是没有摸到身份证。

她尴尬地看向薄延："有没有那种……不要身份证的酒店呀？"

薄延将她零零碎碎的小物件通通装进了包里，随手往自己的肩膀上一挂，无奈道："有。"

今汐跟着薄延来到了他家门口，顿住了脚步。

不要身份证的"酒店"，原来就是他的公寓啊。

薄延摸出了钥匙，见今汐站在电梯口没有动，他回头望望她："怎么了？"

今汐又往后挪了一步，半条腿迈进了电梯里，卡在门边，心虚地问："学长怎么带我回家了？"

钥匙环在他颀长的指尖兜了一圈——

"住我家还是无证营业小旅馆，随你。"

今汐踟蹰着还未说话，却听薄延继续道："听说无证营业的小旅馆，床单很久都不会换，墙壁也不太隔音，嗯……如果有人半夜敲你门，千万不要打开。”

他话音未落，小丫头已经蹿到了他身边，抱着他的手臂，惊恐地说：“我住学长家。”

薄延打开房门，将今汐迎了进去。

房间里的灯光开到了最亮的程度，今汐打量四周，环境并不陌生，三室一厅的大套层，他一个人住，显得有些空荡荡。

一应陈设家具都是简约的风格，房间收拾得干净整洁。

今汐看着墙上两张纪念照片，对他们点点头，低低地说：“叔叔阿姨，打扰了。”

闻言，薄延回头看了她一眼，小丫头还挺真诚。

他抿抿嘴，随手将钥匙扔柜子上，然后打开了暖气。

很快，每个房间都变得温暖而舒适。

今汐抱着自己的小书包，拘谨地坐在沙发边，薄延去了厨房，也不知道在捣鼓什么。

今汐拿着遥控器，打开了电视机，点播了一集《蜡笔小新》。

薄延出来的时候，手里端着两个玻璃水杯，杯子里装着白白的牛奶。

今汐接过牛奶，温度刚好，想来是他刚刚热过了。

薄延见她低头浅浅地抿了一口，上嘴唇环了一圈乳白色，他温煦地笑了笑。

“今汐小朋友，牛奶好喝吗？”

“嗯，好喝的。”

薄延用自己的杯子碰了碰她的，杯间发出一声清脆的响声，随后他将杯子里的牛奶一饮而尽。

今汐抱着温热的玻璃杯，看着薄延：“学长很喜欢喝牛奶，才长这么高？”

“所以你也要多喝牛奶。”

今汐放下玻璃杯，凑近了薄延，小脸在他胸前逡巡着，鼻子动了动，像只小狗似的在他身上嗅着：“我发现，学长身上有一股……”

薄延吓了一跳，往后面退了退。

今汐抬起头来，微笑着说：“学长身上有一股奶香味，特别好闻。”

奶香味？

这是在笑话他吗，他身上除了男人味，怎么可以有别的味道？

薄延有些不好意思，拿起水杯塞她手里，催促道：“快喝，喝完睡觉了。”

女孩子还真是和男孩子很不一样，今汐喝牛奶不会像他那样，一口解决大半杯，她喝一口，似乎要停下来歇一歇，然后再轻轻地抿一口，再歇一歇。

薄延坐在她身边，守着她喝完这杯牛奶，二十分钟便过去了。

好不容易等她喝完了，他拎过她手里的牛奶杯，顺手扯了纸巾给她擦嘴。

终于知道沈平川为什么这么婆妈了，从小养着这样一个慢吞吞的小闺女，再糙的男人都能给磨得平平顺顺。

薄延在水池边洗了牛奶杯，今汐走过来靠在门边，问他："学长，今天晚上我睡哪里呀？"

薄延漫不经心地说："睡我的床。"

今汐连忙往后退了退，说话开始磕磕巴巴："那……那我睡学长的床，学长睡哪里……"

薄延见她这模样，心下觉得有趣，擦了手走出来，拎着她来到房间里，关上了门："家里只有一张床，你说学长该睡哪里？"

房间里还保持着方才他离开时的原样，暖暖的一盏壁灯照得周遭暖意融融，正中间的深蓝色大床上，被单凌乱地敞着，床头放着手机充电线和一个智能小闹钟。

薄延走过去，将手机充上了电，回头重新理了理床单："快过年了，这是早上新换的被单。"

今汐靠在墙边挪不动脚。

根本不是被单的问题好吗！

她惊恐地看着薄延："学长，没有别的房间了吗？"

"有，但是很久没人住了，如果现在让我给你收拾出来，恐怕需要好几个小时。"

"这样……"

她借宿别人家里，总归随主人家的便，不好要求太多。

"那我……就睡这里。"

薄延嘴角淡淡一抿，俯身摸了摸床板，很硬。

他习惯睡硬床，所以床下也没有垫毯子，如今小丫头要借宿在这里，只怕睡不习惯。

他回身便从柜子里取出了厚厚的羽绒毯，平平整整地垫在床上："好了，早点睡吧。"

今汐点点头，将自己的小书包放在了床头柜上，抬头看向薄延。

他穿着单薄的圆领毛衣，露出了修长的脖颈，颈部有一颗突起的喉结，他下颚的下颌弧形优美，棱角分明，薄嘴微微地弯了起来。

今汐的小心脏扑哧扑哧跳个没完，她快速地缩进被窝里，缩在左边的位置。

反正又不是没在一起睡过，有过第一次就不怕第二次了。

“你……你先出去。”她用被子蒙着脸，然后将自己的小书包也抓进了被窝里。

薄延见她在被窝里扑腾得手忙脚乱的样子，舌尖抵了抵后牙槽，笑了起来：“不行。”

不行？

今汐身形微微一顿，明显感觉到身边的床铺凹陷了下去，他……他他他进来了！

她连忙往边上挪了挪，等了半晌，见男人迟迟未有动作，她拉开被单的一角，望向他。

他气定神闲地撑在床边，居高临下地俯瞰着她，嘴角挑起一抹轻佻的微笑：“想和你学长睡觉，没那么容易。”

今汐愣了愣。

薄延伸手拍了拍她的小脸蛋，目光下移，落到她的小胸脯上，挑眉一笑，不再说什么，转身离开了房间，顺带给她带上了房门。

“晚安。”

今汐错愕地低头看了看自己的胸脯。

这是……嫌她小？！

今汐伸手揉了揉自己软软的小棉花，虽然不是那种巨无霸，但好歹还是有点料的吧！

你薄延有……有什么资格嫌弃！

今汐关了灯，气呼呼地钻进了被窝里，紧张的情绪一扫而空。

一夜安好，她睡得格外香甜。

早上，今汐被窗外的一阵鞭炮声惊醒了。

年三十了，外面热热闹闹，一派祥和的节日气氛。

今汐睁开眼睛看了看四周，整洁的房间有点陌生。

这是薄延的家。

她揉揉眼睛，快速穿好了衣服，蹑手蹑脚地走出门去。

客厅的遮光窗帘严严实实地拉着，只有淡淡的晨光从缝隙中泄入，周遭显得幽暗而昏惑。

薄延穿着浅灰色毛衣和居家的棉裤，仰躺在长沙发上，一只手枕在后脑，另一只手随意地落空，身上覆着单薄的小毯子。

沙发不够容纳他颀长的个子，他的腿伸出了沙发边缘，露出一截白白的腿颈。

今汐来到薄延的身边，半蹲下来，趴在他面前，仔细打量着他的睡颜。

他的五官特别锋利，不笑的时候显得有些冷漠，还有些凶，很难让人靠近，尤其是一双狭长的丹凤眼，锐利又冷清。

只是他平日里喜欢笑，笑起来的时候，眉峰线条便柔和了很多，一双眼睛添了几分多情的撩拨。

今汐用手指尖轻轻拨弄着他的长睫毛，男孩子怎么会有这么漂亮的睫毛呀。

而就在这时，男人的手突然伸过来，准确地捉住了今汐的手腕。

今汐猝不及防，连忙缩回，只是男人手上的力度极大，她挣扎动弹不得……

薄延缓缓地睁开了狭长的眸子，露出了漆黑的眼瞳，显出几分冶艳之感，真像只勾人的狐狸。

他将今汐拉近，调子上挑："我好玩吗？"

今汐一个劲儿地后移，奈何这家伙手劲太大了，她根本没有办法挣开："我没有做什么呀，就是……摸摸你的眼睫毛而已。"

薄延淡淡一笑，松开了她："谁允许你随便乱摸。"

"我没有乱摸。"今汐无辜地说，"不该摸的地方，我又没有摸。"

眼睫毛而已嘛，要不要这样小气。

他倒是觉得有些意思，掀开了被单，屈着膝盖坐在了沙发上，反问今汐："哪里是不该摸的地方？"

"唔。"今汐的目光下移。

薄延漫不经心地扯来了被单，掩住了自己，喃道："知道不该乱摸，但也不能乱盯。"

今汐小鸡啄米般地点点头，然后郑重其事地对他说："我是有话要告诉学长。"

"嗯？"

"学长你……以后不要随便带女孩子回家。"

薄延偏了偏头，望向她。她满眼的真诚和担忧："尤其是学长这么好看的男孩，一定要注意安全。”

怎么还教训起他来了？

薄延没好气地撸了撸她的脑袋，将她拍在沙发边：“为什么？”

“我不是坏人，别人就说不定了，总之，你一个人住，一定要注意安全。”

怎么这话听着怪怪的。

薄延按住了她的后脑勺，缓缓凑近了她，严肃且认真地说：“这话应该是我告诉你才对，你绝对、绝对不可以跟除了我以外的任何男生，回家。”

“为什么要除了学长以外？”

薄延松手，懒洋洋地倚靠在沙发靠背上，扬起下颌睨着她：“因为学长爱你啊。”

今汐：“……”

我谢谢你的爱。

今汐的手机昨晚没电了，她放在床头充电，忘了开机，刚刚一打开，几十条未接来电疯狂地涌进来，从早上七点到现在八点四十，每隔几分钟便有一个未接来电。

来电显示：沈平川。

今汐的手机脱手而出，被吓得灵魂出窍，脸色惨白，嘴唇哆哆嗦嗦：“完了。”

薄延捡起她的手机，看了眼：“你真的完了。”

沈平川这哪是什么未接来电，这就是夺命连环轰炸机。

今汐哪能料到他会这么早就去今家接人，平日里这家伙睡到日上三竿才会起床，所以她还打算一早回家，瞒天过海呢。

沈平川是一大早就去了今家大宅，发现她昨天晚上便已经离开了，现在电话又打不通……

从这几十条未接来电就能看出来，沈平川这个时候该有多疯！

“学、学长，我该怎么办呀？”今汐脸色惨白，无助地望向薄延。

薄延给自己倒了一杯水，走到餐桌边，拎着椅子坐下来：“要听我的建议吗？”

今汐连连点头。

薄延说：“搬到我家来，沈平川这辈子都找不到你。”

今汐：“……”

这算哪门子建议啊!

就在这时，魔咒般的手机铃声再度响了起来，来电显示——

沈平川。

今汐拿着手机的手都在抖，哆哆嗦嗦压根儿不敢接，望着薄延，向他求助。

最后，还是薄延拿过了手机，按下了接听。

沈平川的声音压得非常之低沉——

“今汐，在哪里？”

不是歇斯底里的愤怒质问，也不是破口大骂，甚至连称呼都改了，不是小妹，是今汐。

现在的沈平川，宛如平静中酝酿的一场龙卷风，如果说破口大骂是六级愤怒，那么现在的沈平川，绝对是满十级了。

薄延淡淡道：“沈平川，是我。”

电话那端，沈平川愣了愣：“薄延？”

薄延看了眼瑟瑟发抖的今汐，说道：“不用担心，昨天晚上今汐睡在我家。”

说完之后，也不等沈平川反应，他立刻挂掉了电话。

今汐不解地问：“你挂了干吗？”

薄延如实回答：“我也有点怕。”

小区大门边，沈平川开着黑色奔驰车，一个漂亮的漂移甩尾，停在了薄延面前。

他从车里冲出来，重重关上车门，满脸通红，眼睛里布满了红血丝。

今汐宛如做错了事的小孩子，躲在薄延身后，死死攥着他的衣角，压根儿不敢看沈平川的脸色。

“你真是长本事了！”

沈平川怒发冲冠，一张脸气成了猴子屁股，走过来想把今汐拎走：“我还管不了你了！”

“学长，学长救命。”今汐死死攥着薄延，把他当成了挡箭牌，弱小又无助。

薄延挡在沈平川面前：“你别吓着她，有话好好讲，昨天晚上……”

然而不等他说完，沈平川忽然一拳招呼了过来。

拳头稳稳地落在了薄延的脸颊边，他被这股劲头带得往边上趔了趔，嘴角立刻见了血。

今汐惊呼一声，连忙撑住了薄延的手臂，惊叫着回头：“沈平川，你疯了吗！”

沈平川红着眼睛，冲过来揪住薄延的衣领：“你动我妹妹，我杀了你！”

今汐压根儿抵不住沈平川一身蛮劲，拉扯中被带着差点儿摔跤，幸而薄延在混乱中还紧紧攥着她。

“沈平川，他什么都没做！”今汐护在薄延身前，颤声解释道，“我睡房间，他睡的沙发！”

听到这话，沈平川情绪方才稍稍恢复。他扯着今汐的手臂，将她往自己身后拉了拉，远离薄延。

薄延啐了一口带血的唾沫，抬起头望向沈平川，眼神里透出刀锋般的冷冽。

“气消了？”

“没有。”沈平川还想上前，却被今汐死死拉住。

薄延的身手不凡，年年学院格斗赛都是能一挑十拿名次的，沈平川能揍薄延这一拳还安然无恙，不是沈平川牛，而是薄延没打算和他动手。

但这并不代表，薄延会一而再再而三地退让。

“心里有点数啊，你打不赢薄延学长。”

沈平川闻言，满腔的怒火转向了今汐，揪着她的耳朵嚷嚷：“夜不归宿？还住在男人的家里？翅膀硬了我就管不了你了？”

“哎呀，痛……哥，我痛……”

薄延脸色一冷，走过来三两招折了沈平川的手腕，卸了他的力道，将今汐兜自己身边。

她左边小小的耳朵被捏红了。

薄延心疼地揉了揉，回头睨向沈平川，语调冰冷：“骂可以，但是你不能对她动手。”

沈平川微微一怔：“你还管起我妹妹来了，你有什么立场管她！”

又和他谈立场。

薄延的手搭在今汐的肩膀上，就在今汐满以为他要放出什么超级无敌霸道总裁的狠话的时候，薄延却淡淡一笑，轻描淡写地说道——

“我是她债主。”

今汐：“……”

沈平川终究还是没再对今汐动手，倒不是怕薄延，而是因为这小丫头确实被吓得不轻，回家的路上缩在车后座，连看他一眼的胆子都没有。

今汐把昨天晚上发生的所有事情，断断续续地讲给沈平川听，沈平川单手握着方向盘，另一只手撑在车窗边，目视前方，一声不吭，漆黑的眼睛里似有暗流涌动。

“沈叔叔，他……”

“上班了。”沈平川面无表情道，“早上我去接你，那边你老爸听说你没回家，急疯了，把你后妈狠狠数落了一通。我正要去公司找老沈，路上你电话就开机了。”

听闻沈叔叔还不知道这件事，今汐松了一口气：“哥，沈叔叔这么忙，你不要告诉他哦。”

沈平川并没有直接回家，他将车靠边停下，去便利店买了几个热乎乎的包子，拉开车门坐进了车后座。

今汐连忙往角落里缩了缩，防备地看着他。

沈平川将热包子扔她手边，沉着脸没有说话，气还未消。

今汐小心翼翼地打开了口袋，乖乖将包子塞进嘴里，小口小口地嚼着，还时不时抬头看看他的脸色。

“咳。”

她呛了一下，伸手摸到了书包，从里面取出暖水杯，喝了一口。

沈平川手撑着鼻翼，沉声说：“我以为你丢了。”

今汐抬头看他，他脸色有些苍白，微厚的唇间有些干燥起皮。

“我以为你丢了。”他重复了这一句，缓缓闭上眼睛，脑袋靠在座椅上，满脸疲倦。

今汐能够想象，在最初联系不到她的那一个小时里，沈平川经历的是怎样的折磨。

小学那会儿，班上有男同学约沈平川去网吧玩游戏，沈平川以前很少和这些男生鬼混，那一次没忍住诱惑，便去了。

他让今汐自己打车回家，结果晚上回去没见到小丫头的人影，沈平川蒙了，一个人跑出去找。

今汐没有走丢，她拿着沈平川给她打车的钱，买了杯奶茶，坐在街心花园发呆。

见到今汐的时候，沈平川哭得“哇哇”的，那还是今汐第一次见沈平川掉眼泪，以前沈叔叔死命揍他都从没哭过。

他吓坏了。

沈平川一边哭，一边牵着今汐回了家。从那以后，他就再也没去过网吧，每天放学都要在教室外面等她，就算有小朋友约今汐去家里玩，沈平川也都跟着，实在不行就在楼下等，反正是一定要看着她。

这种状态一直持续到初二，今汐渐渐有了自己的朋友闺密，每天要和闺密一块儿回家，他才放手。

今汐见沈平川这样子，于心不忍，拉了拉他的手："哥，我错了。"

沈平川默了片刻，然后径直拉开车门，坐到了驾驶位，启动引擎，将轿车驶了出去。

今汐发现，沈平川并没有往家的方向开，而是朝着……今家的江景别墅驶了去。

"哥，不回家吗？"

"沈平川，我想回家了。"

"停下来呀！"

……

沈平川在今家大宅的门前停了车，今汐拉扯着沈平川的衣袖，想把他拽走："沈平川，你想做什么？"

"讨个说法。"沈平川面无表情，叩响了宅门。

大宅的门打开了，家里张灯结彩一派过年的景象，今小宝穿着红色的新羽绒服，在家里跑来跑去。

不少今家的亲戚小孩也都来了，一大家子人坐在客厅里，热热闹闹拉家常。

两位不速之客的到来，使家里其乐融融的气氛变得有些尴尬。

今茂原本坐在沙发边和亲戚聊天，看见今汐进屋，连忙迎上来，关心地问："小汐，你没事吧，早上听说你没有回家，可把老爸急坏了。"

今汐站在沈平川的身后，没有说话。

蒋姨见状，迎上来笑着说："哎呀，没事儿就好。小汐，以后可不能任性乱跑了，阿姨知道你是想家，不肯待在这里过夜。但你是大姑娘，这晚上一个人跑出去，万一出了事，那可真是要命了。"

"我不是想家。"今汐低声咕哝，却没敢大声说出来。

今茂摇了摇头："小汐，你要是想回家，爸爸也不是不肯，你跟爸爸说，爸爸开车送你回去就是了，你一个人跑什么。"

"我没有。"今汐委屈地说道，"我没想一个人跑，蒋姨要把我送给今小宝的礼物扔了，我有点生气。"

蒋姨连忙说："孩子还小，不好碰油彩这些含铅重的东西，我本来想偷偷收起来，也是为了顾全大家的颜面，谁知道这丫头，竟这样误会我。”

“你的意思……明明就是我要害今小宝！”今汐急得满脸通红，“我气不过，这才走的！”

“谁说你要害他了，这小丫头真不懂事，蒋姨知道，你一直都不喜欢蒋姨，本来嘛，当后妈的说什么做什么都是错，但你也不能这样冤枉我啊。”

“大过年的，就为这点小事，有什么闹的。”今茂望向今汐，无奈道，“蒋姨是为了弟弟好，你长大了，也该懂事了，大人之间的事情，你们小孩子最好不要掺和。”

今汐眼睛一下子红了，死死攥着沈平川的衣袖，心里有好多好多的委屈，眼泪啪嗒地掉出来。

爷爷奶奶不喜欢她，爸爸妈妈离婚，妈妈离开人世，她的爸爸成了今小宝的爸爸，她的家也成了别人的家，这些……她都没有怨过谁怪过谁，大人自己做的一团糟糕，凭什么反过来要她懂事。

“哥，我想回家了。”今汐带着哭腔低声说。

沈平川拍了拍今汐的手，回头看向今茂，冷冷道：“刚刚我打电话告诉你，小汐没有回家，你出去找了吗？”

今茂脸色有些难看：“今天年三十，家里来了这么多亲戚客人，我一时没有脱开身。”

“你是她的亲爸爸，孩子丢了却不去找，反过来要我这个外人帮你找女儿，你和你的家人在这里团团圆圆过大年，天底下哪里你这样的父亲！”

今茂动怒了：“你一个后生晚辈，你有什么资格跟我说这样的话！”

“我的确没有资格对你说三道四，明天我就让她去改姓，从今往后，她跟你们家没有半毛钱关系。”

“你敢！你敢这样做，信不信我闹上法庭，把孩子要回来！”

沈平川冷笑：“我们沈家行商几十年，从不做亏本的买卖。平白帮你养了十多年的女儿，现在你说要回去便要回去，我告诉你，没可能。”

“你这后生晚辈，怎么这样没有教养了！”今爷爷气得拍桌而起，指着沈平川，“你爸妈难道没有教过你，该用什么态度对待长辈！”

沈平川不卑不亢地说：“我爸只教过我一件事，就是保护好我妹妹。”

他的手落到今汐的肩膀上，拍得她往前面突了突：“谁让她受委屈，我沈平川便要讨回一个说法。”

今汐又没出息地往沈平川后面缩了缩。

“受什么委屈，谁给她受委屈了！她来家里，我们难道不是好吃好喝招待着吗？她自己要跑，还能拦着啦？”今奶奶摊手对今茂说，“早就说了，女儿是喂不熟的白眼狼，迟早都是别人家的，还是儿子好。”

沈平川望了望这一大家子人，嘴角浮起一丝轻蔑的嘲意：“小汐在你们家是不值钱的女儿，而养在我们沈家却是掌上明珠。今叔叔，实话告诉你，年前你找我爸谈的项目，我爸全是看在小汐的面上，才跟你合作。如果你今天容忍你的妻子以这样的态度对待小汐，我敢保证，我爸知道了这件事，不仅不会跟你合作，以后你想在渝城做什么生意，恐怕都不会轻松。”

“你这孩子，你还威胁我了是吧。”

沈平川面不改色：“我爸这么多年没有再娶，就是怕委屈汐汐，他有多疼这个宝贝女儿，你要是不信，尽可以试试。”

蒋姨脸色难看地望向今茂，今茂紧抿着绛紫色的唇，气得手都在抖，半晌，他回头对蒋姨说道：“去给小汐道歉。”

蒋姨花容失色：“全家的亲戚都看着，现在你让我给这个孩子道歉，我的脸还要不要了……”

“快去！”今茂没有跟她废话，厉声呵斥，“哪那么多废话，做错了事难道不该道歉？”

蒋姨被今茂这样一凶，吓得不轻，讪讪地走过来，脸上挂着“职业假笑”，对今汐道：“小汐啊，是蒋姨不好，误会你了，你不要放在心上，这事儿过了就过了，一家人没有隔夜仇，以后还是欢迎你来家里做客。”

今汐抓着沈平川的手，鼓起勇气说：“这栋房子是我妈妈和爸爸一起买的，是两个人共同拥有的财产，房子有一半是妈妈的，现在是我的，你没有资格欢迎我来家里做客，因为你才是客人。”

蒋姨脸色难看至极，当着家里这么多的亲朋好友，今天她算是颜面扫地了。她本来就是以第三者的身份嫁入今家的，家里的亲戚在背后颇有微词，今天看了这样一场大戏，以后不知道怎么议论她呢。

今茂说：“这件事过去了，小汐你也不要得理不饶人，行了，快中午了，过来了就一家人吃个团圆饭吧。”

今汐拉了拉沈平川，沈平川爽朗地说：“不必，我们家也要团年了，告辞了今叔叔。”

“那个，今天这事，如果沈总不知道的话，就不要……”

“我爸一早就去公司忙着了，我不会说。”沈平川面无表情道，“以后今叔叔想小汐了就来我们家看她吧，她不会再来这里了。”

“哎……”

今汐回头看看今茂，什么也没说，乖乖让沈平川牵着离开了。

回到家里，沈平川全没有了刚刚在今家的那番气势，“优雅”地瘫在沙发上翻白眼——

“累死老子了，找了你一早上，和薄延打了一架，还跑到那边去闹一场。”

他长长地叹了一声：“感觉身体被掏空。”

今汐连忙给沈平川倒了一杯水，乖乖递过去：“哥，今天的你很不一样哎。”

且不说学生干部居然敢撸袖子和薄延打架，就说他在今家那一番严词作势，居然能把四十几岁的今茂都唬住，生生地逼得蒋姨给今汐道了歉。

这简直……太“霸道总裁”了吧。

沈平川端起杯子一饮而尽，他找了她一上午，滴水未进，现在还真是口干舌燥。

“我今天要重新认识你了。”今汐拍了拍他的胸脯，“哥，你太行了。”

沈平川现在回想起来，自己都觉得不可思议，他在长辈面前一贯立的是“温良恭俭让”的好孩子人设，今天脑子一热，跑到今家去大闹一番，这是他几辈子都干不出来的事情。

“谁让你这么弱。”他无可奈何地看了今汐一眼，“你要不是个小尿包，哪儿还轮得到我去给你出头。”

“刚刚你用沈叔叔去压我爸的行为……”今汐一脸正经地说，“真的很‘社会’，我服了。”

沈平川淡淡道：“这叫‘有钱有势，欺负死你’，不过你可千万不能让老沈知道，他要知道我打他的名号狐假虎威，我别想好好过年了。”

今汐连连摇头：“我不会说！”

沈平川帮她隐瞒借宿薄延家的事，她肯定不会出卖沈平川的，小孩子永远都是绑在同一条绳上的蚂蚱。

今汐狗腿地说：“哥，就冲你刚刚这范儿，你以后肯定会成为最霸道的总裁。”

沈平川挑挑眉，反问：“霸道总裁是什么范儿？”

今汐压着沈平川的肩膀，凑近了他，抽抽鼻子，嗅着他的胳肢窝：“这该死的女人，竟如此甜美。”

沈平川：“……”

三十跨年夜，沈家的亲戚们聚在大酒店吃了年夜饭，沈石山给家里的孩子包了好几个大红包，亲戚们纷纷也拿出了红包打发小孩子。

趁着大家坐在客厅看春晚嗑瓜子聊天之际，沈平川将今汐拉到阳台，两人一块儿拆红包。

“哈，今年你跟我居然一样！”沈平川拿着今汐瘪瘪的红包，“老沈偏心不是一年两年了，今年终于一碗水端平了。”

两人的红包也都只有几张红票子，随便意思意思，换了往年，今汐的红包必定是胀鼓鼓的，比沈平川可多了去了。

沈平川笑着说：“看来小妹也有失宠的一天。”

今汐神秘地笑笑，不言语。

沈平川：“他不会给你私包压岁钱了吧？”

今汐：“没有。”

沈平川疑惑地皱眉：“真的吗？”

今汐终究还是揣不住宝，哈哈地笑了起来，拿出手机扬了扬：“老沈没有私包压岁钱，因为他学会了用微信发红包！”

沈平川看见今汐微信里那一列已收红包，气得抓耳挠腮，跑出去找老沈理论：“见过偏心的，没见偏成这样的！”

沈石山气定神闲喝了一口茶，理直气壮：“妹妹现在念大学，本来花销就比以前更高，大学室友平时聚餐不得花钱？她将来交往男朋友，一起吃饭看电影旅游不得花钱？”

沈平川：“那……万一我交女朋友了，不得花钱啊？”

沈石山：“等你有那本事交到女朋友，再说！”

本来沈家一贯遵循“穷养儿子富养女”的原则，沈平川无话好说，不过最后今汐还是偷偷给沈平川的红包里塞了钱：“交女朋友这个事，妹妹全力支持你！”

沈平川揉了揉她的脑袋，坐到床上玩游戏去了。

今汐站在阳台边，看着远处深邃悠远的夜空，时不时升起一朵璀璨烟花，她的手机里跳出一条红包消息。

今汐好奇地打开，红包是薄延发的，66块。

薄延：“闺女，快给你爸爸拜年。”

今汐撇撇嘴，收了红包以后，又给他发了一个88块的红包——

“赏你的。”

薄延轻笑一声，问道：“视频方便吗？”

今汐看着房间里的沈平川，他戴着耳机沉浸在游戏中，于是今汐坐到床上，打开小夜灯，理了理自己的头发——

“方便。”

很快，薄延的视频通话发了过来。

画面并不是他的家，而是另外一个陌生的环境，家具陈设都是比较老式的木制样式，周围有不少杂音传来，听起来似乎有不少人。

“在爷爷家。”薄延解释。

他坐在高脚凳子上，单手撑着桌台，穿着规整的浅色衬衣，衬衣纽扣随意解开了两颗，露出一截修长白皙的脖颈，他的头发往后梳过，刘海没了，露出了挺阔的额头，看上去非常精神。

不过，他的嘴角位置贴着一个创可贴，是今天沈平川的“杰作”。

“你家里人有没有问你。”今汐指着他嘴角的创可贴。

“问了。”薄延漫不经心道，“我说让猫挠了。”

今汐有些不好意思，代沈平川向他道了歉。

“关心则乱，换我也会这样。”薄延毫不在意，问她，“你看我有没有什么不一样？”

“哎哟。”今汐眼睛眯起来，意味深长地笑着说，“我们薄爷今天梳妆打扮过呢！”

薄延理了理自己的衣领，冲她扬扬下颌：“真不好意思，帅到你了。”

今汐完全不否认，薄延穿衬衣的样子，真的帅到没朋友！

“那薄爷看我有什么变化？”

今汐把手机拉远让薄延看她，因为晚上要和沈家的叔叔婶婶们一起吃饭，今汐特意化了淡妆，还把眼镜摘了，戴了美瞳，自觉今天肯定是美美的。

薄延盯着她，仔细地看了半晌：“你肚子……是不是又吃撑了？”

今汐：“……”

想打人！

今汐反手就想把视频挂了，不过薄延叫住了她：“马上要跨年了，上次你洗澡，没来得及，这次陪我跨年吧。”

“好哦。”今汐还是不想放弃，“不过你就真的没看出来我有变化吗？”

“嗯……”薄延又盯着她看了许久，像做考题似的，不确定地问，“是不是穿了新衣服？”

今汐：“……”

所以为什么女生和男生不能当朋友！女生可是连你今天有没有擦防晒霜都看得出来！男生呢，你化个淡妆在他眼里就是素颜，你稍微涂个口红就约等于浓妆艳抹。

他连她的新衣裳都注意到了，就是没有注意到她变美了吗?
这时候，沈平川的声音悠悠地传来：“傻！”
薄延：“哟，我沈哥还在呢。”
他神情自然，丝毫没有计较今天打架的事情。
今汐坐到沈平川的身边，踢了他一脚：“哥，你给学长说说，我今天有什么不一样！”
沈平川摘下耳机，回头不耐烦地睨了手机屏幕一眼：“她今天懒得洗头，头发超级油，这都看不出来。”
今汐鼓着腮帮子生闷气。
薄延清浅一笑，柔声道：“小汐今天很漂亮。”
“咦?”
今汐看向手机，视频画面里，薄延眉眼柔顺地望着她：“精心打扮过。”
“原来你看出来了呀。”今汐心满意足地说，“刚刚还骗我。”
“穿着睡衣就能下楼取外卖的邋遢鬼，突然打扮起来，辨识度很明显。”
“谁穿睡衣取外卖呀。”
今汐心说，好歹还会套一件羽绒服的好嘛。
就在这时，薄延的手机突然被人抢了，画面变得摇晃起来，一个小女孩的声音响起来：“爸！外公！快看薄延哥哥的女朋友，他和女朋友视频聊天呢！”
混乱的画面里出现了一大家子人，老少皆有。
薄延追出来，声音听着有些微怒：“手机还我！”
今汐连忙将摄像头捂住，心跳扑哧扑哧，脸羞得通红。
而这时，听筒里传来一个浑厚的老者的声音：“没礼貌，把手机还给哥哥。”
“唔……”受到训斥的小丫头把手机还给了薄延。
薄延见屏幕是主页菜单，视频已经被今汐挂了，便按下了锁屏将手机放回兜里，使劲捏了捏表妹的耳朵：“皮又痒了，待会儿收拾你。”
女孩吐了吐舌头，慌忙躲回了父母身边。
满鬓斑白的爷爷望向薄延，问道：“小延，交往女朋友了？”
薄延淡淡一笑：“还没定。”
小婶子柔声说：“小延自小不容易，找个温柔体贴、知冷知暖会疼人的才好啊。”

薄延默了片刻，轻柔地“嗯”了声。

手机的屏幕里一片漆黑，背景音里能听见一大家子人热闹拉家常的碎语。

今汐心虚地挂断了视频通话，一个人愣愣地盘腿坐在床铺边发呆。

沈平川见某人突兀地安静了下来，摘下耳机看了她一眼：“你傻了？”

今汐爬到沈平川身边，蹲在他面前，笑眯眯地问：“哥，你觉得我温柔不？”

沈平川捂着胸口，一副受惊状：“你干吗？”

今汐又笑吟吟说：“哥，你觉得我体贴不？”

沈平川受惊不小：“妹啊，你有啥话就直说，你别这样，老子心里害怕呀。”

“没有呀！”今汐抓起沈平川的手臂，眯起眼睛笑，“哥，你照顾我辛苦了，我给你捏捏吧。”

沈平川爬到床头，惶恐地问：“你……你是不是想我死？”

元宵那日，薄延终于带今汐去看了她期盼已久的小猫咪。

两人在学校门口约了见面，今汐穿着一件浅色的羽绒服，围着薄延送她的兔毛围脖，松松软软的感觉活像一只小白鸽。

她站在学校门边，时而左顾右盼，时而低头咕咕地自言自语说着什么。

薄延嘴角一扬，走了过去。

“哟！”

今汐抬头，见他迎面走来，风衣外套敞开着，打底浅色V领的毛衣，阳光下，清新又温暖。

他提着小口袋，另一只手拿着一个华夫蛋卷冰激凌。

今汐高兴地想要接过他手里的冰激凌：“谢谢……学长。”

呸！一个冰激凌而已。

今汐，你站直了！

今汐还拎着一小袋猫食，是沈平川大早上去市场买了猪肝猪肺，煮熟剁碎了拌饭，猫咪最爱。

薄延嫌她手不干净，索性便替她拿着冰激凌。今汐掌着他的手，踮起脚尖舔了几口。

薄延看着她红润的舌尖，就跟小猫咪的舌头没什么区别，他扬了扬眉，嘴角挂了温煦的笑。

今汐见薄延盯着她，眼神好像还挺渴望，问道：“学长也想吃？”

薄延垂首望着她：“想。”

今汐咬下一块华夫蛋卷，嚼得咯吱咯吱响：“那也不给你。”

冰激凌都是她一个人的。

两人不急不缓地走进学校。

寒假的学校几乎没有什么人，显得冷冷清清，操场上偶有几个打篮球的男生，长长的梧桐道边只有他们两人慢悠悠地走着。

阳光透过梧桐叶缝隙，洒落在地上，光影斑驳。

今汐舔舔下嘴唇：“学长，我们在学校兜了两圈了，猫咪呢？”

薄延淡定道：“不是还在找吗？”

今汐无语。

敢情你说带我来看小猫，你自己都不知道小猫在哪里。

薄延轻咳一声，淡定解释道：“小猫刚满月，大白白把它藏得很好，不会让别人轻易见着，我们只能先找到大白白，让它带我们去看小猫。”

今汐：“那大白白在哪里呢？”

薄延看了看安静的校园，发出一个冗长的音节：“呃……”

今汐：“……”

好的我知道了，继续找吧。

薄延带今汐来了学校北区一座人迹罕至的实验楼，这栋实验楼是上世纪留下来的，因为年代久远，现在已经荒弃了。

灰色的砖瓦墙，墙面爬满了绿色的藤蔓植物。

这栋废弃的实验楼，是校园里许多流浪小动物的据点。

薄延牵着今汐走上青苔横生的台阶，推开了实验楼的北门，木制的大门发出一声悠长的“吱呀”。

实验楼走廊尽头有微弱的薄光，通道空荡荡，有废弃的纸物。

今汐低声问：“学长，大白白在这里吗？”

薄延轻轻地吹了一声口哨，口哨声回荡在走廊里。

不知哪里传来几声“喵喵”叫，今汐眼前一亮：“呀！”

薄延对她做了个嘘声的动作，然后带她走了进去。

因为年代久远，空气中弥漫着某种陈旧而腐质的味道，穿堂风阵阵，寒冷阴森，今汐情不自禁地拉住了薄延衣袖。

“学长，这里好黑呀。”

“嗯。”

“大白白在这里吗？”

“不知道。”

今汐情不自禁地又靠薄延近了些。

这时，有一对男女从教室里出来，突兀地闯入了两人的视线。

这对男女看上去非常疯狂，男孩直接将女孩按在了墙边热吻。

今汐猛然瞪大眼睛，这时，她感觉一只温热的手抚上了她的唇，捂住了她，没让她出声。

他站在她身后，另一只手从她脖颈边横过来，将她往后带了带，紧贴着墙边，隐没于黑暗中，避免被那对缠绵的恋人看到。

今汐被薄延从后面揽着，她的背紧贴着薄延坚硬的腹肌，他的手则横在她锁骨的位置，将她紧紧反扣着。

黑暗中，薄延垂下眸子，目光下移，瞥见小女孩脸蛋红扑扑，耳根滚烫，睁大了一双鹿眼，目不转睛地盯着人家看。

薄延：“……”

他伸手遮住了她的眼睛。

却没想到，小丫头还掰开了他的手指，露出一条小小的缝隙，眨巴眨巴，继续看。

他微微俯身，在她耳畔轻轻吐气，气息温热：“就这么好看？”

“唔……”

今汐乖乖地把他手指的缝隙合拢，不看了。

那对恋人纵情忘我，声浪很强。

薄延明显感觉到，小丫头的呼吸变得越发急促，她的手攥紧了他的衣角，一张小脸温度升高，快要不行了。

不知人事的小丫头尚且如此，他一个血气方刚的大男孩又如何能够幸免。

今汐伸手想要摸摸自己的后腰，好像有什么东西硌着她了。薄延的手快速落下，一把攥住了今汐的手，沉声警告：“不要乱摸。”

“哦。”

薄延轻声说：“走吧。”

“怎……怎么走？”

薄延不等她反应，攥着她的手，带着她朝前方走廊尽头走去。

天知道这对男女什么时候结束，薄延可不想跟今汐一起看完他们的全程表演。

那对男女没想到这里竟会有人，顿时惊慌失措。

薄延目不斜视，攥着今汐经过他们身边，未曾看他们一眼，手还没忘捂着今汐的眼睛。

“对不起，打扰了。”今汐边走边慌慌张张地解释，“我们什么都没看到，你们继续。”

两个人几乎是一路小跑，一口气跑出了实验大楼。

“我的天啊。”今汐捂着起伏不平的胸口，喘息着说，“他们胆子也太大了吧！”

见薄延没有回应她，今汐好奇地回头：“学长……”

薄延背对着她，站在一棵树边，沉声道：“别过来。”

“你怎么了？”

“让你别过来！”

薄延突然加重语气，今汐吓了一跳，身子耸了耸，连忙往后退了几步。

“你……凶什么。”

薄延摘下了背上今汐的小书包，挡在自己身前，转身便走。

“哎，学长……”

“去三运等我。”

薄延说完也不等她反应，一路小跑，跑没了影。

今汐疑惑地站在原地，什么毛病?

第三运动场草坪枯黄，今汐踱着碎步子来到观众座席边，恍然想起自己的书包被薄延带走了，她的水杯还在包里呢，现在口干舌燥。

今汐摸出手机，给沈平川发了一条短信——

“川川，刚刚发生了一件超级无敌尴尬的事，居然有情侣在实验楼那个，被我和学长撞见了。”

沈平川：“哪个？”

今汐：“亲热啊。”

沈平川：“哟，会玩。”

今汐：“烦死了，猫猫也没有看到。”

沈平川：“薄延呢？”

今汐：“不知道，跑了，让我等他，都半个小时了还没回，不晓得干什么去了。”

沈平川：“呵，男人。”

今汐：“？”

沈平川：“没事。”

……

正说着，薄延拎着她的小书包走了回来，脸颊绯红，眼底漾着水色，看上去竟然还挺诱惑。

今汐学着沈平川刚刚的调子，冲他道：“呵，男人。”

薄延脸色更红了，他手揣兜里，坐到她身边，脑袋直挺挺倒在了她单薄的肩膀上：“汐汐……”

他声音里，竟还带着些许撒娇的味道。

今汐好奇地问：“你刚刚干吗去了？”

薄延蹭了蹭她的肩膀：“你不知道我干吗去了，乱呵什么呵。”

“我就随便呵一呵。”

薄延靠在她的肩头，望着远方夕阳西垂，倒是觉得分外惬意。

他的短发撩着她耳根痒痒的，肩膀不止承受着他脑袋的重量，这家伙全身的力气都压在了她身上——

今汐嫌弃地垂眸看他：“软骨头吗？”

薄延又往她身上靠了靠，蹭着她的肩骨：“汐汐，你什么时候长大？”

金黄的夕阳在她柔软的脸上洒下一抹暮色，她随口说道：“你管我什么时候长大呢。”

薄延抬起头，对着她耳畔吐着湿热的气息：“学长快忍不住了。”

今汐不明所以：“什么啊？”

而就在这时，身后传来一声：“喵喵。”

两人回头，却见一只大白猫坐在观众席位上，尾巴绕在脚边，看着他们。

今汐惊喜地喊了声：“学长，大白白来了！”

薄延冲大白猫招招手，白猫蹿过来，敏捷地爬上了他的腿，亲亲热热地在他怀里撒娇。

“大白白，好久不见啊。”今汐摸了摸它的下巴，柔声问，“你的宝宝呢？”

薄延放下猫咪，冲它扬了扬手中的猫粮。大白白似乎明白了什么，扬起了尾巴，迈着猫步缓缓地走下了观众席。

今汐和薄延立刻跟上了它。

两个人尾随着一只猫，离开三运，路过墨绿色的湖畔，穿过两栋教学楼之间狭窄的小道，来到了国防学院训练基地边的一块儿空白场地。

场地边堆着几块预制板，预制板下，传来了一连串“喵喵喵”的叫声。

今汐小跑过去，在几块预制板堆叠的草丛中，发现了三只黑白间配的小猫咪，小猫咪不过巴掌大小，一只在呼呼大睡，另外两只正玩闹着……

薄延修长的手伸进去，将三只小猫抱了出来，放在空地上。

大白白“喵喵”地叫了几声，满脸自豪之色，似乎是在向薄延炫耀着自己当妈妈了。

薄延摸摸它的小脑袋，以示鼓励。

今汐把沈平川准备的“猫咪最爱粮”打开，递给了大白白，大白白心满意足地叼着口袋去边上享用。

几只小猫咪丝毫不怕人，薄延坐在草地上，它们便踉踉跄跄慢慢爬到了薄延脚边去蹭蹭，用小爪子挠着他的黑裤。

薄延将小猫咪抱到今汐的手边，结果小猫咪不搭理今汐，全部又都爬到了他身上，这让今汐感觉非常不可思议，他真的自带猫薄荷技能，以前接触过的猫猫便罢了，这几只小猫咪可是第一次见到薄延呀。

“它们都好喜欢你哦。”

今汐蹲在薄延身边，羡慕地说：“学长上辈子是拯救了小动物的神仙吗，怎么会这么招小动物的喜欢啊。”

薄延将小猫咪一只一只全部提到了今汐身边，奈何小猫咪就只亲近他，一个劲儿往他身边凑。

小猫咪全都不搭理今汐，只围着薄延，挠他，蹭他，往他身上爬。

薄延单膝微屈，另一条腿伸直了搁在草地上，揉着小猫咪的脑袋。

夕阳照着他，暖洋洋的。

今汐蹲在他身边，一言不发。

薄延见今汐默不作声，抬眸望向她：“怎么了？”

今汐撇撇嘴：“宝宝吃醋了。”

它们都不和我玩。

薄延嘴角微弯，眼角浮现出前所未有的温柔之色，他伸出手，像揉猫咪一样，揉了揉她的小脑袋：“别醋，学长更爱你。”

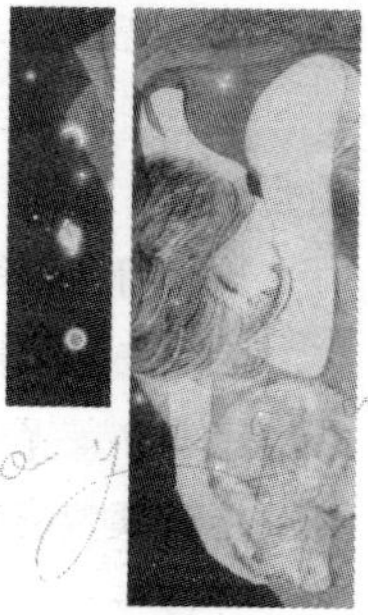

第九章

和好吧

寒假结束，三月初，莺飞草长，迎来了热闹的开学季。

消失了整一个学期的文学社，终于在开学之际召开了一次社员大会。

教室稀稀落落也不超过十个人，今汐和楚昭糊里糊涂就被抓壮丁，成了文学社组织部的干事。

今汐低声对楚昭说：“校级五星社团的萧条程度，和咱们喵喵社有得一拼了。”

楚昭回道：“咱喵喵社好歹还有你薄爷颜值担当，荆迟哥财富担当，许教官劳力担当，文学社……”

这时，一个男生走进教室，立刻抓住了所有女生的目光。

组织部长，简斯寻。

简斯寻生得白白净净的，一双风流多情的桃花眼，笑起来令人如沐春风。

私底下大家都叫他四哥，因为曾有女生向简斯寻表白，唤他为“你是人间的四月天”，虽然最后那女生惨遭拒绝，不过“你是人间的四月天”这个梗却留了下来，衍生为了简斯寻的外号——四月学长。

他一个人，可以说是整个文学社的颜值与才华担当。

他刚走进来，文学社的妹子们便躁动不已。

“我四哥来了。”

“嗷嗷，加入文学社就是为了我们四儿啊。”

今汐瞅着，这位简学长还挺有偶像气质。

简斯寻进了教室以后，径直走到今汐面前，低头看着她。

伴随着他的步伐，全场所有女生的视线都落在今汐身上。

什么情况？

她心虚地望望身边的简斯寻，又望望楚昭，低声嘀咕：“这个简学长要干吗？”

楚昭同样不解：“难道看上你了？”

今汐老脸一红，不会吧，这就看上了，言情小说也不带这样的呀。

她不好意思地揉了揉头发。

简斯寻嘴角微扬：“同学，你坐到部长的位置了，麻烦让让。”

“……”

今汐用力捅了捅旁边的楚昭，楚昭朝边上挪了挪，今汐挪到了楚昭的位置上，简斯寻在她身边坐了下来。

尴尬。

简斯寻是组织部的部长，时而低头和今汐、楚昭小声说几句。今汐和楚昭和他对视的时候，都有被电到的感觉。

这什么神仙学长，这双黑幽幽的眼睛也太好看了吧！

简斯寻不仅长得好看，且非常有才华，参加过全国大学生古诗词竞赛，拿了名次还上了电视，被誉为“渝大最有才华男神校草”。

现在“男神校草”活体就坐在今汐和楚昭身边，和所有女孩一样，两人同样好奇又激动。

“关于谷雨诗会的事情，刚刚社长已经说过，我就不再重复了。”简斯寻对今汐和楚昭说，“接下来我安排一下咱们后面的工作。”

“等等，刚刚社长说了什么的吗？”

“什么谷雨诗会？”

俩妹子只顾着看男神了，社长在讲台上口干舌燥噼里啪啦一大堆，她们一个字都没听进去。

简斯寻无奈地摇摇头：“那我就再重复一遍，这下听好了。”

今汐和楚昭立刻正襟危坐，打起了军训时的十二分精神。

“谷雨时节，文学社会举办一场校级谷雨诗会，这是每年的惯例，需要社员们齐心协力，把诗会办好。”

楚昭说：“所以文学社消失了半年，现在突然出现，是为了抓我们干活呀。”

今汐手肘戳戳她：“净说大实话。”

简斯寻似乎并不生气，轻咳道：“我们文学社的活动一般都是在下学期开春了进行，上学期新生刚来学校，很多方面不适应，匆匆举办活动，效果可能不是很好。”

今汐和楚昭乖乖点头：是是是，你长得好看说什么都对。

简斯寻建了一个微信群，将今汐和楚昭拉进了组织部的群里，方便接下来安排工作。

这之后的大半个月，今汐和楚昭隔三岔五便要抬着小木桌，来到学生们较多的食堂门口，宣传谷雨诗会，吸引同学们报名参加。

第一天摆摊的时候，今汐看着小木桌上挂着的宣传海报，陷入了深深的沉思中。

“谷雨诗会”四个方块字写得还行，但是周围的几朵小花花，画得也……太丑了吧。

楚昭点评：“这菊花……”

今汐：“啊，这明明是荷花。”

楚昭：“这次的海报真的丑出新高度，墙都不扶就服他们宣传部。”

简斯寻站在边上，尴尬地说道：“那个……其实这是海棠花，是我画的。”

今汐抱着手臂，若有所思地点点头：“楚昭，我觉得这海棠一枝独秀真的好看呢，你觉得呢？”

楚昭一本正经：“对的呢，抽象与写意交融的现象级画作，没点功底真的不敢轻易尝试呢！”

简斯寻：“……”

我谢谢你们捧场。

下课铃响，同学们纷纷走出了教学楼，朝着食堂这边走过来，不过他们大多扫了一眼海报便离开了。

楚昭疑惑：“为啥没有人报名呢？”

今汐：“这锅肯定不是出在海报上。”

简斯寻看了眼自己的海报，说道：“还是要吸引眼球，你们有什么才艺吗？”

今汐和楚昭相互对视一眼。

楚昭指着今汐：“她会胸口碎大石。”

简斯寻：“可以，那今汐就给大家朗诵一首诗歌吧。”

今汐：“……”

黄昏时分，薄延和荆迟等人从训练场下来，穿着短袖，拎着迷彩外套衫，走在夕阳下，倒影狭长，走得张扬野迈。

刚结束一场无障碍穿越，他们的手臂和衣服上都沾染了不少泥灰，几人身形高大，英挺俊朗，走在路上非常引人注目。

路过三食堂门口，青涩脆生的嗓音传进薄延耳中——

“我如果爱你，绝不像攀援的凌霄花，借你的高枝炫耀自己。”

“薄爷，一起吃饭啊？”

“我不饿，你们先吃。”

薄延循声朝着人群中大步流星走过去，穿过拥挤的学生，看到了站在小桌边念诗的今汐。

她小脸绯红，双手紧张地交握着放在胸前，傻了吧唧——

“你有你的铜枝铁干，像刀，像剑，也像戟；我有我红硕的花朵，像沉重的叹息，又像英勇的火炬。”

薄延挤进人群中，个儿高出了周围男孩一大截，很有辨识度。

今汐看见他，不知道为什么，反而更加紧张了。

他穿着绿色的迷彩T恤，肩上挂着外套，手臂胳膊肌肉线条匀称而流畅，脸上沾了灰，衣服上也有灰，不过丝毫没有影响他的英俊，恰恰相反，还添了几分粗犷不羁。

他扬起下颌微笑，漆黑的眸子里扫出懒洋洋的霞光。

今汐嗓音抖了起来——

“爱，不仅爱你伟岸的身……身躯，也爱你坚持的位置，足下的土地。”

对着他念诗，感觉怪怪的。

荆迟走到薄延身边，轻轻拍了拍他的肩膀：“听什么这么入迷。”

薄延神情很认真：“我小汐给我念诗。”

“你就自作多情吧，人家怎么就念给你听了。”

“就是念给我。”

“行行，您老人家说是，那就是呗。”

薄延将肩上的迷彩外套抖了抖，重新给自己穿上，走到今汐的小桌边，雄赳赳地喊出一声：“小汐！”

周围女生纷纷投来异样的目光。

今汐脸上还挂着绯红的流云，愣愣地唤了声：“薄延学长。”

薄延走过来，熟稔地揉了揉她的脑袋：“在干什么？”

她递给薄延一张宣传纸：“诗会，了解一下？”

薄延对诗会倒没什么兴趣，低头睨着桌边那张宣传海报，怎么看怎么难受：“这你画的？”

“不是，是……”

简斯寻走过来：“这是我画的。”

薄延挑挑眉：“你这荷花挺有性格。”

今汐拉了拉他，低声说：“这不是荷花，是海棠。”

简斯寻也知道自己这几笔海棠，可以说是毁了整个谷雨诗会，他索性将海报叠好收了起来：“我请美院朋友帮忙重画一张吧。”

楚昭望了望薄延：“不用请别人了吧，咱这儿不是有位现成的大神吗，薄延学长，要不劳烦你帮我们画一张海报？”

今汐扯扯她的衣袖：“学长训练很忙。”

薄延含笑望着今汐，淡淡道：“你开口，我不忙。”

楚昭使劲儿给今汐使眼色，今汐本来是真的不想给薄延乱添麻烦，不过话都说到这茬了，算是赶她这小鸭子上架。

“那……那就麻烦学长帮我们画一张，好吗？”

“行，明天给你。”

今汐瞥见薄延灰不溜秋的袖子，走过来，认认真真地替他掸去了衣服上的泥灰和草芥。

“学长你是到哪里去偷鸡摸狗，把身上弄这么脏。你帮我画海报，衣服脱下来我给你洗吧，今天就洗好，不耽误明天穿。”

薄延爽快地脱下外套，挂在了今汐肩膀上。

“洗干净。”

“知道啦。”

待他离开以后，今汐将迷彩军装规规矩矩地叠好，小心翼翼装进了自己的书包里。

次日，文学社摊位边，巨幅的手绘海报引起了不少同学的围观。

“谷雨诗会”四个行楷大字，遒劲有力，行云流水，丝毫不逊于今汐在书法展览馆看到的艺术作品。

除了“谷雨诗会”四个行楷大字以外，周围点缀着几簇蜡梅，泼墨的枝丫上，几点嫣红，配色美极了。

同学们被海报所吸引，纷纷驻足拍照。

简斯寻叹道：“你的这位国防学院的学长，深藏不露啊，居然还会写书法。”

今汐怔怔地看着这张海报，眼底泛着光：“他……是很厉害的。”

简斯寻从她神情中读出了某种不同寻常的意味，不仅仅是崇拜。

薄延这个名字，简斯寻时常听两人提及，楚昭倒还罢了，主要是今汐，几句话便离不开“薄延学长”四个字。

“薄延学长好像又长高了，你说女生得要多高才配得上他啊。”

“薄延学长射击比赛又赢了，他怎么那么强呢。”

“薄延学长又被告白了，啊，这该死的魅力！”

……

从她们的话语间，简斯寻大概领略了这位“薄延学长”的人气究竟有多高。

然而事实上，女生们的闲言碎语窃窃私谈中，又怎么会仅仅只有一个男孩呢。

“简斯寻”这个名字，在509宿舍被提及的频率也是直线飙升。

“简斯寻学长竟然拉到了瑞达集团的赞助，太牛了！”

“简斯寻学长自己也准备了诗歌，我觉得可能没其他人什么事了，都是陪练。”

“简斯寻学长的双眼皮真的很漂亮，实名羡慕。”

……

这些话，当然不全是今汐说的，但提及“漂亮的双眼皮”的那一把嗓子……被刚好回宿舍的薄延听到，妥妥是今汐无疑了。

他走回宿舍，拿起夏尤桌上的镜子照了照，镜子里的他，狭长的丹凤眼，透着一股子疏懒寡淡的意味。

荆迟说：“别看了，你这个小单单，再看也变不成双眼皮。”

薄延手里的镜子“啪”的一下拍桌上：“双眼皮就那么好看？”

荆迟笑了笑：“那要看长在谁的脸上，简斯寻，上过电视的渝大男神，公认的校草，你说好不好看。”

薄延冷嗤：“那他会做负重二十公斤的单手俯卧撑吗？”

荆迟：“不会，但他会吟诗。”

薄延：“……”

下午，宿舍楼开展了一次大扫除，走廊刚刚拖洗过，非常湿滑。

楚昭因为赶着给部长简斯寻送一份资料，出门一路小跑，结果“吧唧”一下，摔在了楼道里。

409宿舍门敞着，荆迟拿着笔，正在他的小本上仔仔细细地记着收支盈余，听见楼道里传来一嗓子“哎呀妈呀”。

声音还挺熟悉。

他放下计算器，懒洋洋地走出门。

不远处，楚昭坐在地上，捂着自己的脚，咬牙皱眉，疼痛不已。

荆迟倚在门边，幸灾乐祸地看着她。

楚昭和荆迟有私人恩怨，两人见面就吵架，楚昭对他也从来没有好脸色。

要说深仇大恨，其实也算不上，无非是荆迟发现了楚昭好像有点喜欢许朝阳。

而后，荆迟无情地告诉楚昭：“你心大的许教官压根儿没把大冒险闹着玩的那个吻放在心上，且你也不是你许教官喜欢的款，你许教官喜欢辣妹，不是书呆。”

许朝阳对楚昭没心思是真的，因为他看上了艺术学院播音主持专业的系花，春心萌动，每天都在宿舍叨叨系花多美，身材多好。

那一次的调查问卷，许朝阳说有喜欢的人了，说的就是系花呢，是楚昭误会了。

荆迟曾经试探性地问过许朝阳，楼上四个妹子，让他选一个，他选谁。

许朝阳选了林洛都没有选楚昭，那时候荆迟就知道，楚昭这种萌妹子不是许朝阳的菜，许朝阳喜欢气场强势，身材火辣的女孩。

自从少女心事被戳破，楚昭就再也不理荆迟了。

荆迟慢条斯理地溜达过来，将边上的一块黄色三角注意牌拎到楚昭面前，轻笑道——

“小心地滑。”

楚昭努力将地上散落一地的文件收回来，没搭理他。

“楚昭同学，铁了心再也不和我说话？”

荆迟撑着膝盖，半蹲在她面前，笑了笑：“难不成，这辈子都不理荆迟学长了？”

楚昭脸蛋红透了，咬着下唇，唇肉泛着粉白：“走开，讨厌鬼！”

他轻轻碰了碰她的粉色喷泡球鞋：“受伤没？”

楚昭忍不住“嘶”了声：“疼！”

“扭了。”荆迟无奈道，“得去校医院看看，上点药。”

说完也不等她反应，他一只手从她腋下穿过，撑着她的背，另一只手落在弯曲的膝盖下，稳稳当当地将她横抱而起。

楚昭猛地睁大眼睛，小脸就跟烧开的水壶似的，噗噗噗地冒着热气。

她还从来没被男生这样公主抱过。

“放我下来！”

“偏不。”荆迟笑了，抱着她“噔噔噔”快速下楼，她的手没地方搁，只好顺势环在了他的脖颈位置。

荆迟和许朝阳他们都不一样，他的皮肤没那么好，并非是那种白白净净的男孩，恰恰相反，他的肤色泛着某种麦黄，就像阳光下饱满的谷粒，充满了能量。

楚昭能感受到他手臂肌肉紧绷的力量。

她将脸埋在了他颈项的位置，低着头，不想被别人看见。

“多管闲事。”

她的声音几乎轻不可闻，不过窝在他耳朵边说话，所以荆迟听得清楚真切。

“终于肯开口和我说话了？”

她闷哼。

楚昭是真的讨厌他，讨厌他那洞悉一切了然于心的眼神，也讨厌他告诉自己那所谓的真相。

自以为是的家伙。

今汐拿着冰激凌走进宿舍大门，正好看见荆迟抱着楚昭出来，楚昭小鸟依人地埋在他的怀中，一张小脸通红不已。

“喔！”

她睁大了眼睛，怔怔地看着两人从她面前经过，吓得手里的冰激凌都掉了。

这是在演什么王子公主的校园梦幻言情大戏?

今汐一脸蒙，而同样蒙的还有宿管阿姨。

宿管阿姨蓬松自然卷的脑袋从值班窗口探了出来，抻长了脖子，饱受惊吓地看向那两人的背影，然后锐利的目光扫向今汐。

今汐立刻撇清关系：“我不认识他们！”

宿管阿姨气冲冲走出值班室，将面前小黑板上的“宿舍不准高声喧哗，不准传播不健康读物”的粉笔字擦掉，改成了：“男寝女寝不准相互串门，不准拉拉扯扯，不准谈恋爱！”

今汐匆匆忙忙跑上楼梯，冲到409门口，迎面撞上薄延硬邦邦的腹部。

薄延伸手拎住她的衣领，俯身看着她那惊恐的鹿眼，沉声道：“见鬼了？”

今汐一只手里抓着已经没有了头的蛋卷冰激凌，另一只手拉着薄延的袖子，急匆匆带他来到阳台边，指着不远处的荆迟——

“快看他们……他们……”

“嗯？”

“你说他抱着她是去哪里呀？”

“我不知道，你觉得呢？”

今汐眼底露出一抹狡黠的坏笑：“去那个了。”

薄延惩戒一般地轻轻敲了敲她的额头：“什么这个那个，你这小朋友脑子里整天装不健康的东西。”

“那你说，他们干吗呀，还公主抱呢！”

薄延解释：“你室友摔跤了，荆迟抱她去医务室。”

今汐恍然：“摔了呀，那我得去看看她。”

然而，她刚走到门边，便又匆匆地跑回来：“完了完了，宿管阿姨上来查寝了！”

今汐吓得六神无主，直接往厕所里躲，薄延拎住她的后衣领，说道：“阿姨查寝，进来第一件事就是检查厕所信不信。”

今汐有些慌了，乱跑男生宿舍这要是被抓住，通报批评那可就丢脸了。

宿舍四四方方就这么点空间，平日里藏点违规电器还算容易，要藏个大活人可不是那么容易的事情，完全没地方躲啊。

“算了。”薄延沉声说，“我不喜欢这样。”

“不喜欢怎样？”

“不喜欢让女孩躲躲藏藏，你在我的宿舍，这没什么。”

“什么没什么呀！”今汐着急道，“宿管阿姨查男女寝谈恋爱呢！要是被揪住，麻烦就大了。”

“有麻烦我顶着。”他素来磊落，直言道，“即便是谈恋爱，谁还能管着不成。”

“谁谈恋爱了。”今汐嘟哝着，“没影的事，我才不要被人误会。”

薄延脸色冷了下来：“你不想被谁误会？”

宿管阿姨的脚步声近了，今汐想往阳台边躲，薄延反手握住了她的手腕：“躲也没用，不如面对。”

今汐使劲儿挣扎，奈何薄延就是牵着她，非常用力，骨头好像都要被他捏碎了似的。

恰在这时，宿管阿姨推门而入，见到的就是两个人拉拉扯扯纠缠不清的画面。

宿管阿姨微微一愣，勃然大怒，中气十足地斥责道：“你们两个，躲在宿舍里做什么！”

男生们好奇地凑到了宿舍门口，八卦地朝着屋里探头探脑——

“哇，居然真的有被抓到的！”

“孤男寡女能有什么好事。”

“薄延可以啊，这就把妹子拐进宿舍了。”

……

今汐低着头，脸红得都要滴出血来了，手还被薄延死死地攥着。

他漫不经心道：“大学生谈恋爱也要管，阿姨，这说不过去吧。”

“年轻人谈恋爱我不管。”宿管阿姨愤怒地说，“但是不能在宿舍，男八宿混住，我就要管着你们规规矩矩！要是谁都像你们一样，男女谈恋爱互相串门，宿舍岂不是乱套了？”

男生们眼神里透出些许玩味。

阿姨记下了两个人的宿舍和名字，转身下楼。

今汐满脸羞色，用力甩开薄延的手，狠狠地瞪了他一眼，带着哭腔说：“薄延，你为什么总是这样不讲道理！”

她跑回了自己的宿舍，重重关上门。

薄延脸色冰冷，抬起漆黑如潭的眸子，对众人吼了声：“看够了还不滚！”

众人一哄而散。

薄延脑海里旋着她带了哭腔的那句“你不讲道理”。

他无比烦躁，一脚踹向宿舍紧闭的房门。

楚昭的脚是真的扭伤了。

医务室里，女医生给楚昭上了跌打的药，嘱咐她这些天要小心些，伤筋动骨一百天，得好好养着。

方格玻璃窗外，碧绿的树梢发出嫩芽，在日光里显得无比鲜活。

楚昭看着窗外绿枝，居然会觉得心情不错，想笑。

女医生见她摔跤了还这么开心，自然是有别的乐事，女医生眯着弯弯的眼睛，说道：“你的男朋友很帅，抱你进来，一路好多人都在看呢。”

楚昭心下一慌，连忙解释道：“他不是我的男朋友！”

怎么可能，那种自以为是的家伙……

女医生笑了笑，不再多说什么。

荆迟给楚昭取了药，回到病房，医生叮嘱他：“这位同学的腿上需要格外小心了，少走路，实在不行你也要多搀着些。”

“我知道了。”

荆迟坐到楚昭身边，低头看着她的左脚，光洁的脚踝位置有瘀青，上过药之后，楚昭给自己穿上了袜子。

他捡起了地上的粉鞋，松开鞋带，让鞋口张到最大，抓住了她的小脚，轻轻地灌入。

“疼的话，告诉我。”

他低着头，漆黑的眼睛透着认真与专注。

平日里他总是吊儿郎当不正经，喜欢开玩笑，很少见他这般用心的样子，帅是真的。

讨厌也是真的。

他给楚昭慢慢地穿上鞋，碰到伤口的位置，有些刺疼，楚昭的小手不禁用力捏了捏他的衣角。

荆迟察觉，放缓了动作，轻轻拍了拍她的手：“你不说话，我怎么会知道呢？”

楚昭感受着他那双温热的手掌，捧着她的脚，一点一点地给她穿鞋子，动作温柔极了。

终于穿好了鞋子，他也松了口气，为她系了个扎实的蝴蝶结。

“你有没有说？”

他漆黑的眸子望向她：“说什么？”

楚昭微微抿了抿红润的唇，低声说：“你有没有告诉许教官，我……我喜欢他的事。”

荆迟低头轻笑一声，无可奈何道：“我怎么可能说，说了你约他自习，他还能去吗，动动脑子。”

楚昭急切道：“你千万不要说！”

荆迟心里有点涩涩的，沉声道：“我抱你回去。”

“你背我就好。”

“也行。”荆迟蹲下了身，楚昭撑着手臂，趴到了他的背上。

他稳稳地站起身，托住了她的臀，让她双腿分开架在腰间，顺手拎起了她的书包：“走咯。”

楚昭注意到，他的肩膀非常宽，趴在上面很有安全感。

“小昭学妹，以后不要胡冲乱撞了，小心一些。”

“我知道了。”

很奇怪，这男人本来应该是楼下宿舍最不着调的那一个，此刻却让人感觉格外安心。

好像也没那么讨厌他了。

宿舍楼下，楚昭向宿管阿姨解释清楚了事情的原委，宿管阿姨关切地询问了几句，便叮嘱她要注意休养。

回到宿舍，荆迟将楚昭放到了床上，对她说道：“你有需要打电话叫我一声，我就在楼下。”

“谢谢。”

晚上，今汐不想待在宿舍，一个人去了三运的操场边坐着。

想到刚刚被宿管阿姨抓包的场景，想到那些讨厌的男生在背后窃窃私语，今汐羞愤难当，委屈极了。

她从小到大，规规矩矩，不爱调皮捣蛋，也没有顶撞过老师和家长，最多……和沈平川斗斗嘴。

在沈平川的看护下，她也从未受过什么大的委屈。沈平川平日里看她很紧，连和男生单独看场电影都没有过。

薄延是除了沈平川以外，今汐最信赖的男孩子。她都单独去过他家里了，几乎把他当成了自己最亲近的人。

他怎么能拉扯着她，在宿管阿姨面前说那样让人误会的话，还让这么多讨厌的男孩看她的笑话。

他就完全不考虑她的感受吗?

她紧咬着下唇，直到唇肉隐隐发白。

其实也不是什么大事，但她就是心里特别特别难受。

今汐揉了揉眼睛，挤掉了眼角冒出来的不争气的眼泪。

她才不哭呢，这算什么大事，根本不值得掉眼泪。

这时，今汐接到了简斯寻的电话：“小汐学妹，因为小昭不小心扭伤了腿，关于瑞达赞助的事情，可能需要你帮忙接洽一下，有时间吗？”

“啊，有的。”

“你现在在哪里，我来找你。”

“我在……三运。”

很快，简斯寻来到了三运，球场上奔跑着男生们的矫健身影。

简斯寻四下望了望，见她孤零零坐在观众席，手揣在橙色的卫衣兜里，戴着连衫帽，乌黑的发丝搭在脖颈两端，帽子上还挂了两个熊耳朵，甚是可爱。

简斯寻大步流星走到她身边，坐了下来，直入主题——

“是这样的，明天咱们得去一趟瑞达公司，本来应该是小昭跟我去，但今天她扭伤了脚，就要麻烦你了。这是赞助合作的策划书，你拿回去看看，明天和我一起过去，也算是锻炼学习。”

今汐接过了资料，闷闷地听简斯寻说话。

“本来咱们的校园活动，是拉不到瑞达公司这样的大赞助，不过瑞达近期推出了一款校园交友 APP，想要借助咱们的谷雨诗会帮他们宣传，这也算是歪打正着了。”

“啪嗒”，一滴眼泪掉在了策划书上。

简斯寻立刻识相地闭了嘴，坐在她身边，眨巴眨巴双眼皮，默默地看着她。

今汐用袖子使劲地擦了擦眼睛，吸吸鼻子。

简斯寻立刻东摸西摸，从包里摸出一袋纸巾递给今汐，小心翼翼地问：“学妹，你……是不是失恋了？”

今汐摇头，用纸巾擦了擦鼻涕。

简斯寻陪在她身边，专注地望着她，好像几辈子没见过女人哭似的。

看得那叫一个目不转睛。

今汐抬起湿润的眼睫看他一眼，他便立刻坐直身子，时刻准备着什么。

准备什么，他自己也不知道。

今汐这女孩，不可能扑进他怀里哭，但是万一呢……他的肩膀，还算坚实可靠吧。

反正看着这女孩掉眼泪，他挺心疼的。

“小汐学妹，我带你去吃哈根达斯吧，学校外面新开了一家。”

今汐心里一刺。

那次薄延见她不开心，也说请她吃哈根达斯，念及此，她哭得更厉害了。

“我最讨厌吃冰激凌了。”今汐咬着唇，上气不接下气，“我这辈子都不想吃冰激凌了。”

简斯寻连忙哄道：“你别哭，咱们去吃麻辣烫？”

今汐摇了摇头：“我不想吃东西。”

简斯寻轻轻地叹了一声，又抽出一张纸巾，替她擦了擦眼泪：“那明天我叫别的同学吧，你好好整理一下情绪。人生路很长，以后会遇到更多的坎坷和波折，一些小事，不值得掉眼泪的。”

今汐用力点头，擦掉眼泪：“对，不值得，我不哭了，学长明天我和你去。”

简斯寻嘴角扬了扬，觉得她好乖，是那种很能听进劝的女孩。

他露出一抹温煦的微笑：“那就好。”

今汐怔怔地看着他，终于明白为什么有女孩说他是人间的四月天，他笑起来的样子，就像四月里的风，暖融融吹拂着柳梢，很治愈。

国防学院夜训集合，在学校梧桐主干道踢着正步。

路灯下，一排排墨绿色的队列，连影子都保持着高度的整齐划一。

不少女生拿出手机，对着国防学院的队伍“咔咔咔”拍照。

简斯寻送今汐回宿舍，两人走在梧桐道上，他手里拿着纸巾，给今汐擦了擦脸上残余的泪痕——

“走一会儿再回去吧，省得室友们担心。”

今汐点点头，迎面便遇上了国防学院的队列。

薄延走在左边的第一排第一列，今汐望见他，怔怔地停下了脚步。

眼睛又红了。

薄延的帽檐微抬，阴影中，那双刀锋般凌厉的眼，扫向她。

只有几秒的时间，他立刻抽回目光，视线平视前方，迈着步子从她身边经过，再不看她一眼。

今汐也不理他，拿袖子擦擦眼睛，加快了步伐匆匆朝宿舍走去。

简斯寻不明所以，赶紧追了上去，低声安慰着。

薄延眸低暗流涌动，心里横生了一根尖锐的刺。

一晚上没回来，他就怕她躲到哪里哭去，急得要疯了。

却没想到……

教官吹响了解散的口哨，薄延转身朝着梧桐道尽头走去，荆迟和许朝阳见势不对，赶紧追上去。

薄延走到路边，猝不及防间，猛地踹向了道旁的垃圾桶！

只听“哐”的一声巨响，铁质的垃圾桶整个连根断，倒在路边，吓得路过的女孩子惊声尖叫。

许朝阳和荆迟连忙跑过来攥住了他，生怕他一个急火攻心，有什么踹什么，垃圾桶就算了，误伤路人那就真的夭寿了。

薄延眼底划过一丝狠绝，挣开两人，手攥紧了拳头，猛地砸向了路灯杆子。

又是沉闷滞重的一声响，路灯都晃了晃，几只飞蛾扑扇扑扇着，绕着光源，四处翩飞。

“薄延，你发什么疯！”教官走过来，看着倒地的垃圾桶，愤声道，

“吃饱了有力气没处使，去给我跑操！跑一晚上！”

薄延阴沉着脸，转身跑上了操场。

男八宿，荆迟训练结束，回到宿舍时，又转身上了几个台阶，朝上喊了句：“小昭，好些没？”

楚昭坐在床上背诵四级单词，包扎好的脚晃荡在床檐边：“不疼了。”

“明天上午几点的课？”

“十点半。”

“行，我有时间，背你去教室。”

“谢谢学长。”

荆迟故作不经意地喃了声：“刚刚解散了，路边有个垃圾桶丑到你薄爷，二话没说，上去一脚踹翻了。”

林洛不解地问：“他怎么这么大火气呀。”

“可能吃错药了吧。”

荆迟又道：“这傻子，作死也不挑时候，刚解散就胡来，被教官逮个正着，现在被罚跑操场，估计没个大半夜是回不来了。”

今汐突然站起身走到门边，对荆迟说：“不早了学长，你该回去了。”

说完，她也不等荆迟反应，“砰”地关上了房门。

床边的楚昭抬抬脚：“他是来找我的，你赶他干吗？”

今汐噘着嘴坐了下来，心情烦躁。

让他乱发脾气，活该。

不就是跑跑步吗，几百个俯卧撑都能做下来，还能跑坏了不成。

自以为是的家伙，就该多吃吃苦头。

今汐冲了个热水澡，早早地爬上床，钻进了被窝里，什么都不想，强迫自己闭上眼睛，睡觉。

很快，室友们也都陆陆续续地爬上了床铺，熄了灯。

今汐没有睡着，在床上辗转反侧。

窗外，一声春雷乍起，随后，沙沙的雨声漫天覆地。

及时的一场春雨，万物复苏，柔和的微风带着雨点，浥入了屋里。

今汐跳下床，穿上拖鞋跑到窗边朝外望，路灯下，细密的雨线明明灭灭，打在地上溅起水珠。

林洛探出脑袋：“小汐，不睡觉看什么呢？”

今汐轻声说：“下雨了。”

她打了个呵欠，懒懒道：“我知道下雨了，乖，快睡了。”

今汐连忙跑到她的床边：“洛洛，你是不是有楼下宿管的门禁卡？”

“哎，你怎么知道。”

“耐克哥说他卖了你一张门禁卡。”

“他还真是欺负了你一回，就对你言听计从了。”林洛坐起身，神秘兮兮地说，“这事儿可千万保密，要是宿管阿姨知道，我们都完蛋了。”

宿舍门禁卡，也不知道是谁这么神通广大，居然从宿管阿姨那里偷来，想办法重新制作了一模一样的，又神不知鬼不觉地给阿姨放了回去还没被察觉。

八宿好多男生手里都有，回宿舍晚了，偷偷开门混进来，的确是方便了不少。

今汐从林洛抽屉里拿到了门禁卡，拎了伞便要出门，林洛连忙叫住她：“你可小心些，别被宿管阿姨发现了！”

“我知道。”

今汐匆匆下楼，站在角落边探头探脑地望向值班室，现在已过了午夜，值班室的灯已经灭了，想来阿姨已经睡下。

她猫着身子走到了铁门边，将门禁卡递到了凹槽边，只听“嘀”的一声，铁门开了。

今汐不敢闹出太大的动静，侧着身子从门缝中钻过去，然后轻轻关上了铁门。

这一阵春雨伴雷，不算瓢泼，但雨量也不小，淅淅沥沥，夹杂着微凉的风，寒意刺骨。

今汐撑着伞，加快了步子，朝着三运的操场走去。

周围没有行人，路过的宿舍楼，有的窗户还亮着灯，大部分都已经熄灭了。

雨滴拍打着伞面，传来整齐细密的哒哒声。

运动场的高射灯已经灭了，路边的几柱昏暗的路灯照耀下，隐隐约约，可见操场上有男人奔跑的身影。

绿色的迷彩军装已经全部湿润了，头发湿答答地贴在额头上，脚下迈着虚浮的步子，绕着操场小跑着。

教官早已经离开了，没有人看管，那句让他跑一整夜的话，不过是气话，薄延根本没有必要再这样，也不知道他在和谁过不去……

今汐撑着碎花伞，躲在树干后面偷偷地望他。

薄延抬头，看见了女孩单薄的身影，渐渐地停下了脚步。

两个人隔着半个操场，遥遥地对视了小半晌。

薄延顿了顿，迈开了步子，朝着她所在的方向走了过来。

今汐心跳加快，手足无措地往后退了两步，直到靠着铁丝网，退无可退。

薄延走到距离她三四米的地方，停了下来。

雨水顺着他高挺的眉弓滴落下来，他眼睛有些睁不开，眉心微微皱着，望向伞下的女孩——

“你来做什么？”

“我怎么……”

今汐嗓音有些哑，她轻轻咳嗽了一下：“我怎么知道。”

薄延不着痕迹地舔了舔唇上的雨水，沉声说：“快回去。”

今汐看了看周围，操场空空荡荡，一个人都没有，黑漆漆的。

她身子缩了缩，打了个寒噤，一副可怜样儿。

薄延想到那个什么校草给她擦眼泪的样子，心情无比烦闷，一脚踹开了脚下的小石头。

只有大雨能洗掉他心里的不痛快。

这些日子，他变得越发不像自己了。

惦记着一个人，心里七上八下，恨不得把自己所有的、最好的都给她，怕她知道，又怕她不知道，每天晚上都在想她，想到了骨子里，却连伸手抱抱她的勇气都没有。

人家根本没拿你当回事。

你就像个笑话。

天际闪过一声惊雷，她情不自禁地瑟缩了一下，几乎整个牛仔裤小腿部位都被雨水润湿了。

薄延跑过去一把攥住了她的胳膊：“我让你回去，听不懂吗！”

今汐被他拉着，就跟风雨飘摇的木偶似的，伞也掉了，她身子轻飘飘，根本承受不住他的力道。

“薄……”

薄延不等她说完，按着她的肩膀，声音压得很沉，听起来还有些凶狠：“你以为我很在乎你吗，淋个雨我就会心疼吗，你以为你是谁，你凭什么左右我！”

今汐突然就控制不住自己，眼泪顺着脸颊滚落，和雨水混在了一起。

她颤抖着，用力挣开薄延的手，退后两步，带着哭腔说：“明明……就是你不对。”

“明明就是你不对，你还凶我。”

眼泪很不争气地从她的眼眶滚了出来，她的眼睛本来就红肿着，此刻眼泪润得眼睫毛耷拉着，一双琉璃般的黑瞳如水洗过一般莹润，饱含了委屈。

薄延感觉自己的心脏都抽搐了，他微微张嘴，还想说点什么，可是酸涩堵在喉咙里，他一句话都说不出来，只觉得心肝都绞在一起，拧成了疙瘩。

“你别……别哭。”

他招架不住她的眼泪，什么火什么气全都烟消云散了，现在除了心疼没别的感觉。

“我不凶你。”他慌张地走上前去，伸手抚过她的脸颊，“汐汐，求你了，别哭。”

今汐往后退了一步，薄延便又上前一步，想把她摁进怀里，却又怕抱坏了。这样一个柔软娇弱的小女孩，他纵使满身的力气，却总是没处发泄。

憋得难受极了。

今汐愤恨地瞪他，颤声说：“你只顾着自己，从来不顾我的想法，我说了我不想那样，不想让别人看我的笑话，可你根本不听，不在乎。”

薄延看着她哆哆嗦嗦的身体，听着她带了哭腔的控诉，第一次觉得真的该……

王八蛋。

活到如今二十年，他一直觉得，男子汉就应该仰不愧天俯不愧地，干什么偷偷摸摸躲躲藏藏，他喜欢这女孩有什么丢人。

可这是他的想法，不是她的……

你让人家丢了面子，你让人家委屈，你还把人家弄哭了。

薄延真的恨不得给自己来两拳，他算什么男子汉。

她身体在雨水的冲刷下，已经是一片冰冷，嘴唇哆嗦着。

薄延心疼至极：“汐汐，对不起。”

大雨顺着他的脸颊下颌滑落，他凶狠的眼神已经软了下来，调子也软了下来：“我错了，好不好？”

近乎恳求了。

“你就看在我每天给你温牛奶的分上……要不，看在大白白的分上，不要生我的气，好不好。”

今汐用袖子擦了眼泪，不哭了，但是也没理他，兀自低着头。

他身体宛如一块滚烫的烙铁，身体的温度顺着他的手传导到她的身上，成为唯一的热源。

薄延感受到她身体的冰冷，想也没想，一把将她拉到自己身边，然后抱住了她。

他的手不住地摩擦着她的后背，为她生些热量。

“女孩子不能淋雨着凉。”薄延紧紧地抱着她，为她提供温度，“以后会不容易有宝宝。”

今汐用力地推他，可是这力量几乎没有任何作用。

她吸吸鼻子，生气地说：“你扯什么宝宝。”

她和他的事情都还没完呢，这家伙……扯那些乱七八糟的。

薄延捡起地上的伞，给她撑着，带着她快速离开：“你抱着我就没那么冷。”

今汐不肯抱他，薄延便牵起了她的手，环在自己的腰上。

今汐不肯，薄延便牵着她的手让她抱着，几次之后，她终于妥协，手颤颤巍巍地……环住了他滚烫的身体。

靠着他真的很舒服，很温暖。

“汐汐，都是我的错。”

今汐没有说话。

薄延柔声道：“你讨厌我，不如杀了我。”

瑞达公司也是比较有名气的企业，在市中心拥有一栋独立的写字楼，能拉到瑞达的赞助，对于校级社团来说，算得上是件值得庆贺的大事了。

学校不少社团春秋两季都会举办学生活动，但并非所有的学生活动都可以拉到商家赞助。

瑞达公司的办公室里，简斯寻穿着合体的黑色西服，坐在桌前，与瑞达公司市场部的工作人员洽谈赞助的事情，举止从容，神情稳重。作为干事的简斯寻不仅有才华，还很有领导组织能力和交际能力，瑞达公司的赞助全靠他一人谈下来。

今汐坐在简斯寻的身后，花边白衬衣打底配小风衣外套，扎着马尾，看上去很精神。

她仔细地听着简斯寻和对方的商谈，他需要什么资料，她便赶紧从文件袋里翻出来，递过去。

两个小时的洽谈，双方敲定了赞助合作的具体细节。瑞达的工作人员也爽快地签了合同，说赞助款项这两天就会给他们汇过来。

走出写字楼，两人都松了一口气。

简斯寻擦了擦额间的薄汗："刚刚真是紧张死了。"

今汐回想方才，他谈笑风生镇定自若，以至于她还跟着傻乐，完全放松了下来，也不害怕了。

结果他说他紧张死了，影帝也不带这么会演的啊。

"跟学长出来，学到了很多。"

这话今汐完全不客套，说得是真心诚意。

至少让她提前见识到了一些职场上的风景，同时，今汐也感觉到，和学校里那些社团小打小闹不一样，简斯寻是真正在用心地做事情。

她感觉，在这样的学长手底下做事，肯定能锻炼自己。

现在时间不早，两个人正好又在市中心，于是简斯寻提议，去附近一家音乐餐厅吃晚饭，犒劳犒劳今天辛苦的自己。

今汐欣然同意。

音乐餐厅装修极具小资情调，台上有驻唱歌手，弹吉他唱民谣，曲调悠扬，周遭绿植掩映，静谧幽雅。

两人选了靠窗的座位坐下来，服务生递来菜单。

在等餐的过程中，今汐的手机屏幕上横出一条微信消息，来自薄延。

薄延发来一段短视频，视频中，他穿着迷彩的外套，单腿微曲，坐在训练场的枯草地上。

猫咪大白白趴在他的膝盖上，喵喵地叫了几声。

薄延握住大白白的肉垫爪，对着镜头打了个招呼："大白白说，汐汐怎么还不理学长呢。"

大白白："喵。"

"大白白说，汐汐不要生学长的气，学长知道错了。"

大白白翻开白肚皮："喵。"

"大白白说，汐汐要是不理学长，我就不和汐汐玩了，小猫咪也不和汐汐玩了。"

大白白："喵喵喵？？"

今汐的嘴角不觉浮起了一丝笑意，她编辑信息："你是你，大白白是大白白，它才不会不和我玩。"

不过写好之后，今汐踟蹰片刻，还是全部删掉了。

不想和他说话。

热腾腾的精致菜肴呈了上来，江湖惯例，还是先拍照。

简斯寻耐心地等最后一道菜上齐了，今汐摆拍完成，才动筷子。

越和简斯寻学长接触，就越觉得人家有礼貌，有绅士风范。

薄延每次见她拍照，都使劲催催催，讨厌死了。

这时，社团两个女生挽着手逛街，路过落地玻璃窗边，看见今汐，冲她挥手打招呼。

今汐也连忙回应，几个女生目光不住地往简斯寻身上飘，露出了意味深长的神情。

简斯寻可是学校里鼎鼎有名的校草男神，还是单身，从来没有见他和女生单独吃过饭呢。

有八卦的女孩走到角落，拿出手机偷偷拍下了两人在音乐餐厅吃饭的照片，然后发到了自己的宿舍小群里。

宿舍小群又转发到社团群，社团群转发到干事群，干事群又转到闲置物品交换群，再转到菜鸟驿站快递群……

不过几个小时的时间，四月学长和女孩约会的谣言，传得满城风雨。

照片是沈平川最先在快递群里看见，然后以迅雷不及掩耳之势转发给了薄延——

“小妹谈恋爱了？？？！！！”

薄延双腿分开，坐在障碍墙顶端，黏着泥污的脏手放大了手机里的照片。

照片中的女孩穿着好看的浅蓝色小风衣，没有扣纽扣，衣服随意地敞着，很精神。身后的壁灯泛着暖黄的光，映着她红扑扑的鹅蛋脸，脸上挂着一抹浅浅的微笑。

她笑起来多好看。

“薄延，磨蹭什么！”教官的呵斥声从底下传来。

薄延跳下两米高的障碍墙，却没有再继续接下来的障碍穿越，他独自走到休息棚边，接了水，猛喝一气。

胸前的衣襟被水染湿了一大片，颜色更深。

“薄延，重新入队！”教官命令。

薄延小跑入队，教官又道：“谁让你训练还带手机！收好。”

他摸出手机，漫不经心地往草丛里一扔，嗓音懒散：“满意了？”

周围训练的男孩纷纷停下脚步，看向他——

他看似在笑，眼底却结着一层凉薄的寒霜。

胆子不小啊，居然敢这样跟教官说话。

“原地四百个俯卧撑！”教官背着手，不满地说，“跟吃了几百吨火药似的。”

两个小时后，天色暗了下来，训练场已经没有人了，夜空中，几点星子，稀稀落落。

薄延翻过身，躺在枯草地上，胸脯起伏不平，大口地喘息着。

大白白竖着尾巴走过来，然后爬上他的身体，蹲坐在他的腹肌之上，“喵喵”叫了两声。

薄延望着天，嗓音有气无力，似自言自语——

“她可能……真的不要我了。”

今汐穿着卡通睡衣，披着小薄毯蹲在松软的靠椅中，给她哥疯狂解释简斯寻的事。

“我们是谈完了赞助顺便去吃个饭啊，不是特意约的啊！”

“你这人……怎么不听人话呢！”

“啊啊啊真的没有！”她快崩溃了，“简斯寻学长可是校草级别的男神！你也太看得起你妹啦！”

今汐还把策划书拍下来发给沈平川看了，沈平川这才有点相信她。

沈平川：“就你那破社团，还能拉到瑞达的赞助？”

今汐：“所以我说学长厉害吧。”

沈平川发了个哼哼的表情图：“我和简斯寻共事过，他的确是挺厉害。”

“对啊，我觉得有他在，谷雨诗会肯定能办得特别盛大。”

沈平川：“那他跟你哥比，谁更能干。【左哼哼】”

今汐发去一个【憨笑】的表情包：“你要听客观事实，还是听我心里的主观想法。”

沈平川：“当然是客观事实。”

今汐：“简斯寻学长。【憨笑】”

“那他跟你薄延学长比呢，这次我要听你心里的想法。”

今汐的手指尖顿了顿，说道：“你别告诉别人哦。”

沈平川：“放心，别人并不在意你怎么想。”

今汐舔了舔柔软的下唇，一双琉璃般的眼睛里泛出了柔和的神色——

“在我心里，谁都不能和薄延比。”

就算他总惹她生气，肉眼可见的一千一万个不好，但谁都不能和他比。

虽然沈平川满口答应，绝对不告诉别人，不过反手就是一个截图，直接甩到了薄延的微信上。

薄延本人又不是别人。

没毛病。

沈平川："你在我妹心里的分量还挺重的，快跟老子平起平坐了。"

良久，薄延回了一条："就你，还想跟我平起平坐？"

沈平川：？？？

室友们发现，薄延这几天变脸跟变天似的，上一分钟阴云密布，下一分钟，一个人看着手机屏幕，露出无声无息的谜之微笑。

看得还挺瘆人。

早上，今汐刚下楼，就看见薄延穿着黑色的短袖T恤，起身一跳，双手敏捷地抓住门框，开始引体向上。

他抓着宿舍门的门檐，手臂上的肌肉因为用力轻微地鼓胀着。他皮肤太白了，所以手臂上青色的脉络也特别明显。

黑T恤衣角下，几块腹肌若隐若现，人鱼线向下蔓延，一直延伸到他的长裤里面。

他吊在门框上，一边做引体向上，一边用沉滞的声音和她打招呼："小汐，早上好！"

大清早，薄同学就甩她一脸腹肌。

今汐翻了个大大的白眼，"砰"地关上了门——

神经病！

课间，今汐收到一条来自薄延的信息："我明天要带小猫咪去收养人的家里，一起？"

今汐知道，喵喵社有微博和微信公众号，上面会经常发布小猫咪和小狗的收养信息，粉丝还不少。

学校里的流浪猫狗，很多都会被好心人家收养，拥有自己的家。

大白白生的三只小猫，已经送出了两只，现在还剩一只身上有白斑的小黑猫，明天也要送出去了。

今汐当然超级想去，前两次因为课程耽误，她都没机会去送猫咪，明天刚好周末，很好的时机。

只是……

她犹豫是因为这几天薄延给她的消息，她一条都没有回过，憋着这口气，难不成要为了小猫咪，泄了吗？

今汐握着手机，纠结地想了很久。

薄延似乎察觉到她的小心思。

“这样，明天下午三点，我在学校门口等你，等十分钟，你想过来就过来，好吗？”

今汐莹润的小手指头，抚了抚屏幕，松了一口气。

还有时间呢，再考虑考虑。

次日下午，文学社的社干们开了一场大会，报名这几天便要结束了，谷雨诗会定在四月初。

因为拿到了瑞达公司的赞助，高额的奖金吸引了不少同学积极参与，也给干事们增加了不少工作量。

今汐坐在位置上，时不时戳亮屏幕，看时间。

2：45，2：50……

社长正在分派比赛当天的现场工作，因为文学社干事人数不够，每项工作都是要落实到每个人身上。

这个时候，她不方便请假离开。

“到时候组织部就分管整个现场，维持现场的秩序……”

今汐双腿轻轻地磕着地面，又看了看时间。

2：58。

身边，简斯寻注意到她心神不定：“你是有什么事吗？”

今汐低声道：“没、没事。”

反正她也没答应薄延一定要去，他说是等十分钟，等不到他也会走的。

简斯寻：“如果不是特别重要的事情，还是坚持一下，等组织部工作安排全部落实，就可以走了。”

今汐点头。

组织部要统筹整个比赛的现场管理，今汐则组织安排选手入场进行比赛，还要联系艺术学院播音专业的学姐学长们，过来担当评委。

事情还挺多的。

等社长安排完具体的事项以后，已经是3：30了。

今汐也来不及等会议结束，向简斯寻匆匆告了假，拎着自己的书包朝着校门口跑过去。

她跑一阵，体力不支，便停下来歇一阵，跑了小十来分钟，才到校门口，气喘吁吁。

她抚平起伏的胸脯，左右望了望。

同学们进进出出的校门口，并没有看到薄延的身影。

今汐蹙起眉头，又仔仔细细地找了一遍，确定薄延是真的走了，失落的情绪阵阵地涌上心头。

本来就是自己失约，没什么可说的。

薄延只等十分钟，她隔了半个小时才过来，难不成还期待着他一直等她吗。

今汐低下头，踢开了脚边的碎石子。

她好像的确是在期待着。

像个傻瓜。

碎石子一直滚，滚到了路边的梧桐树下，然后被人一脚踩住。

“迟到了半个小时，我该怎么罚你。”

熟悉的嗓音，声线略带了某种沙哑的质感，低沉而有磁性，宛如树叶般轻飘飘地落下来。

今汐错愕地抬起头，见薄延抱着手臂，懒洋洋地倚靠在树边。

阳光下，他那榛色的眸子宛若玻璃般，清澈澄明，漆黑的丹凤眼勾着清浅的笑意，凝望着她。

“你还没走啊？”

薄延走到她身边，使劲儿地薅乱了她的刘海，神情温柔：“本来想走了，但心里总有声音说，小迷糊或许记错了时间，再多等十分钟。”

然后他就一直等着，等了好几个十分钟。

今汐轻轻咬住了下唇：“那……和好吧。”

薄延单手插兜，挺直的背上挂着太空舱包，走在街上。

小猫咪从玻璃窗里探出脑袋，好奇地观望着四周，引来不少人驻足围观。

今汐像小尾巴似的跟在薄延身后，自言自语和小猫咪讲话：“到了新家，你要乖一些哦。”

“没有给你取名字，就让新妈妈给你取吧。”

“有时间我也会和薄薄学长来看你的。”

薄延停下脚步，今汐一脑袋撞他背上，又被他拎到前面来：“薄薄？”

“呃。”今汐揉揉脑袋，解释道，“猫咪还小嘛。”

薄延颀长的指尖点了点她的额头：“我觉得你也还小，幼稚得像个小学生。”

今汐不服气，看向趴在圆窗边的小猫咪：“全世界就你薄延学长是大人，别人都是小朋友，猫咪，你说对不对。”

小猫咪“咩咩”地叫了两声。

薄延狭长的丹凤眼微微一勾，勾起一段风流意态，顺手拍了拍她的后脑勺，拍得她往前突了突。

她低着头，像鸽子似的叽叽咕咕骂着他。

等一个红绿灯。

以前过马路时，沈平川总会伸出手牵着她，就算后来长大了，这个习惯也没有改变。

所以几乎是出于本能，在绿灯亮起来的时候，今汐将手递了上去，牵住了薄延的手。

薄延微微一怔，低头。

小丫头脸色如常，依偎在他身边，无比乖巧。

她掌心柔软干燥，手温比他低很多，微凉。

薄延的手情不自禁地握紧了。

当然，愉快的时光永远都是短暂的，过了马路，今汐丢开他几乎可以说是毫不犹豫，完全没有意识到不对劲。

她把薄延当成了沈平川，当成是自己最亲近的人。信赖他，也依赖他。

薄延的掌心虚无地握了握，还在回味刚刚转瞬即逝的感觉。

两人来到一处高档小区，按照地址找到了收养人的单元号，上了楼。

收养人是一位新婚不久的小姐姐，这里是她的婚房。

她有计划想养只猫咪，本来准备去买宠物猫，不过无意中看到朋友圈转发喵喵社关于小猫的送养信息，于是决定收养一只小奶猫。

微信公众号一直是荆迟在管理，经由同学们转发以后，散布传播范围广泛，很多人报名收养。

喵喵社会对收养人进行谨慎的评估筛选，尽可能避免将来产生遗弃的悲剧。

温馨的新房里，小姐姐早已经准备好了柔软的猫窝和营养猫粮，还有清洁用的猫砂，万事齐备。

薄延将黑白间色的小猫咪从太空舱背包里取出来，送到了小姐姐的手中：“没有取名字，由新主人来取吧。”

“好的，谢谢你们。”

“请好好照顾它，定期疫苗，这是喂养指南。”

小姐姐接过了薄延手中的手绘小本，内容也全是手写字体打印，每一页都绘着可爱的猫咪卡通简笔画。

“好可爱啊！”

今汐自豪地说：“每一页都是我们学长自己画的。”

“你们真用心。”

在薄延帮忙设置猫窝的时候，小姐姐低声对今汐说：“你的男朋友，超帅的！”

“哈。”今汐怔了怔，“他不是……”

薄延站在门边，对今汐招了招手：“小孩，走了。”

今汐：“……”

回学校的时候，恰好赶上了下班的高峰期，地铁上人头攒动，拥挤不堪。

这样的环境里，薄延当然得护住今汐了。

他心安理得地把今汐堵到了角落里，一只手撑在墙上，另一只手吊着把手。

今汐被他圈在了一个拥挤狭窄的小空间里，进退不得。

她抬头便能望见他那脉络分明的脖颈。

今汐回想方才，小姐姐看薄延的时候，眼睛都在冒光。

他并非简斯寻那种浓眉大双、一眼就能分辨的帅，恰恰相反，他五官特别有味道，神情是活的，气质是流动的。所以帅得深沉，帅得隐忍，帅出了绝尘隐士的高深莫测。

今汐不再看他，低头轻轻吸了吸鼻子。

地铁人多，本来味道间杂着不好闻，不过现在，她鼻息间全是他的味道，反而觉得好闻了。

有点奶，淡淡的。

男孩身上会有奶味，今汐倒是头一次遇到，她又凑近了他的衣服，吸吸气。

这一次，嗅到的是衣服的洗衣粉清香，间杂在一起，融合成了薄延独特的体味。

哺乳动物对于味道是敏感的，雌性生物也会根据雄性身上散发的味道来挑选自己的配偶。

今汐脑子里莫名冒出了《动物世界》的画外音：一年一度交配的季节又到了……

薄延的味道，一定是所有雄性生物中，最致命的。

旅程还在继续，今汐摸出手机和室友们扯淡聊天。

薄延低头望见她头顶的两个小旋儿。

她盯着手机咯咯地笑，她笑点很低，随便什么弱智的冷笑话都能让她开怀。

薄延也摸出了手机，给她发去一条信息："小汐。"

今汐手机"咕咚"一下，薄延的消息蹿进来，她抬头问他："干吗给我发信息？"

"我有事要跟你说。"

今汐也随了他莫名其妙的癖好，发送信息——

"说吧。"

发完，她抬头疑惑地望着他。

薄延葱玉般的指尖快速按着手机屏幕，今汐看见他好像打了很多字，但是最后又全部删除了。

"咕咚！"消息进来。

今汐好奇地戳开，他给她发来一排字："以后，你可以对很多人笑，但是……"

她问："但是什么？"

薄延编辑短信——

"但是只准在我面前哭。"

看完那一行字，今汐蓦然抬头，他也正望着她，漆黑深邃的眸底，隐着某种炽热的光，把她的心给烫了烫。

……

你可以对很多人笑，但是只准在我面前哭。

深夜里，今汐缩在被窝里，将薄延微信对话框的这句话，反反复复地看了很多遍，最后轻轻地笑着说："幼稚死了。"

三月，因为诗会的事情，今汐和简斯寻的接触变得十分频繁。

好几次，薄延晚上训练回来，走到男八宿门口，还能看见简斯寻拿着策划书跟今汐说话。

他放下肩上的迷彩外套，抖开给自己穿上，慢条斯理一颗颗地扣好扣子，溜达到两个人身边，停了停。

听来的三言两语，也都是关于谷雨诗会的事情。

薄延与今汐擦身而过，瞥了她一眼。

她那双漆黑的鹿眼紧盯着简斯寻，全神贯注地倾听他讲话，时而点点头，生怕有丝毫的遗漏。

这么认真。

连他经过都没有发觉。

薄延走进了门内，偏头望了望宿管阿姨值班室，走了过去。

值班阿姨坐在窗口小桌边，正在看中央八套播出的家庭剧。

薄延手肘撑在窗口边，道了声："阿姨晚上好。"

值班阿姨是认识薄延的，上次男朋友女朋友的事儿闹得很大，后来薄延找到阿姨，再三解释，阿姨才相信他和今汐在宿舍的确没有做什么坏事。

"臭小子，有什么事？"

长相俊朗又会讨巧的男孩总是深受广大中老年妇女喜爱，宿管阿姨对薄延那真是又爱又恨，但总的来说，还是前者多于后者，即便他偶尔回来晚了，阿姨也会过来给他开门，顺利放行，换了旁人可没这份优待福利。

薄延看了看手表，笑道："怕阿姨看电视忘了时间，十点该门禁了。"

"忘不了，电视剧广告的时间，刚好十点，还没到呢。"

薄延耸耸肩，索性便撑在窗口，陪宿管阿姨一起看电视。

宿管阿姨知道这小子是无事不登三宝殿，她探头朝门边望了望，看见了今汐和简斯寻两人，没好气地说："女朋友跟别的男孩好了？"

薄延嘴角挂上一抹轻痞的笑意："都跟阿姨解释好多遍了，您可别打趣我了。"

宿管阿姨做了这么多年学生工作，什么事看不明白，薄延这点小心思，还能瞒得过她？

她走出值班室，对门外的男女道："门禁了门禁了，有什么事明天再聊，都回了啊。"

今汐连忙钻进了铁门里，回头对简斯寻告别："学长，我回去咯，明天再聊。"

简斯寻似欲言又止，良久，他说道："晚安。"

今汐转身，路过薄延身边时，望了他一眼。

薄延假装翻阅架子上的报纸，漫不经心地背过了身去，等今汐的脚步声远去了，他再回头，却发现简斯寻还没走，怔怔地望着今汐的背影。

还挺不舍。

简斯寻的目光在薄延心头拧了一块小疙瘩。

薄延回宿舍以后，坐在椅子上越想越不爽，抬头问荆迟："文学社那个校草，什么来头。”

荆迟整理着他满床的套套，漫不经心道：“那是一个拥有百度百科的男人，动动手指头自己看。”

薄延打开电脑，搜索了简斯寻的名字，果不其然，这家伙真的拥有自己的百度百科，号称“渝大最有才华的男神校草”，曾经参加过电视台举办的古典文学知识竞答比赛，斩获第二名，第一名是名校中文系的研究生。

这闪瞎眼的履历。

顺藤摸瓜，薄延又摸到了简斯寻的微博，他的微博有四十多万粉丝，微博认证就是“渝大校草”。

薄延看着他的资料，舌尖不爽地顶了顶后牙槽，喃了声：“多大脸，自封校草。”

荆迟说：“还真不是人家自封的，全校妹子认证。这年头长得好看不算什么，咱学院那些狗崽子收拾打扮出来，个个都是校草。只有集颜值与才华于一身，才担得起‘男神校草’四个字。”

薄延的照片曾经也被好事的女生弄到论坛上参与什么校草的评选，后来结果如何，他也没在意过。

而现在，他翻阅着简斯寻的资料，深感竞争对手的强大。

这个全校女生心目中的男神，现在虎视眈眈地觊觎着他对门的傻学妹，他怎么可能还坐得住！

薄延问荆迟：“女孩子都喜欢这样的？”

荆迟放下记账本，说道：“比起他简斯寻，我倒觉得你薄延的人气更高。”

但他没有四十万的粉丝。

荆迟理智地分析：“这就是人设问题了，看看人家简斯寻，走到哪儿都是面带微笑，谦和有礼；再看看你，走哪儿都是一副已婚男人矜持的冷淡相，生怕人家妹子不知道你心里有人了似的。”

薄延：“……”

薄延现在非常不爽简斯寻。

次日黄昏，谷雨诗会报名的最后几分钟时间里，薄延训练结束，带着一身沸腾腾的热气，走到诗会报名点，大笔一挥，写下了自己的名字。

今汐叼着棒棒糖，站在桌边，略感诧异地看着他。

他穿着迷彩短袖T恤，身形颀长，体格健硕，胸肩都有明显的肌肉块头，弯着腰填写报名表，臂膀有力地撑着桌面，白皙的皮肤翻出淡青色脉络。

今汐将棒棒糖抡到了左边脸颊，鼓出了圆滚滚的轮廓，囫囵地说：“学长，你会念诗吗？”

薄延写完报名表，随手扔了笔，漫不经心道：“不会。”

“那你报名参赛，这是要表演什么？”

荆楚说：“你学长不用表演，站在台上就是一枝独秀。”

今汐：“……”

好的，重在参与。

简斯寻拎着薄延的资料报名表，对他说：“这么多届诗会以来，薄同学是第一位来自国防学院的参赛者，我很期待你的表现。”

薄延直起身子，个头便比简斯寻要高了半个脑袋，此刻居高临下地望着他，颇有些威压之势。

“我也很期待赢你。”

众人：“……”

是什么给了你这么大的自信。

简斯寻长相清秀俊朗，笑起来给人一种四月艳阳天的温暖感觉；而薄延的五官轮廓，极具攻击性，狭长的丹凤眼埋在深邃的眉弓之下，挑出几分危险的意味，仿若寒冬里静止的深潭，让人不寒而栗。

两个人对视了片刻，同时察觉到了对方眼底的不善，情敌之间总是保持着某种心有灵犀的默契，看破不说破。

薄延淡漠地开口：“听某人说，有简斯寻学长参加的比赛，其他人都是陪练。”

今汐又拆开了第二颗棒棒糖，叼进嘴里，眨眨眼睛。

这话可不是她说的，是楚昭说的。

简斯寻温和地笑笑，连连摆手：“怎么会，我报名不过是凑个数，主要还是为了唤起同学们对于诗歌的兴趣和热情，这是我们举办诗会活动的初衷，也是我本人最大的愿望，所以薄同学能来参加诗会，我真的很高兴。”

薄延发现，简斯寻这家伙说起话来，这一口的官腔，和沈平川是一个调调。

不过按荆迟的话来说，这种虚伪的官腔是最讨女孩子喜欢的，看上去大义凛然的样子，没心眼的小女生最喜欢这样的学长。

果不其然，今汐鼓着棒棒糖腮帮子，开口道：“我相信，通过学长的努力，一定会让更多同学热爱诗歌！”

薄延看着她眼底流露的崇拜之色，不爽地磨了磨后牙槽。

她怎么就不能睁大眼看清楚，这种人，有什么值得喜欢的！

简斯寻对薄延说道：“届时我就期待薄延同学的表现了，一定要好好准备，别紧张得上不了台。”

“不会让你失望。”

薄延顺手扯掉了今汐嘴里的棒棒糖，叼着离开了。

晚上，409 宿舍。

许朝阳正刷着牙，听到薄延说 409 要一起参加谷雨诗会，惊得口吐白沫：“诗会？什么东西？你想干吗？”

荆迟解释：“跟你薄爷一起站到万众瞩目的舞台上，吟诗。”

许朝阳咕噜咕噜地漱了口：“这还用我们几个吗，薄爷自己站上去，就是诗一首。”

薄延随手拎了本《诗歌大全》招呼到他脑袋上。

许朝阳敏捷地躲开：“非得哥几个都上，我能不能不去？”

荆迟说：“你薄爷的意思，在台上整段垮掉的时候，多个人就多张脸皮，加在一起厚如墙，无所畏惧。”

许朝阳：“……”

“不想去也没关系。”

薄延低头看着手机里的朗诵视频，漫不经心道：“听小汐说，他们会邀请曲萱萱同学来担任评委，播音系的系花，到时候见着了，我们会帮你问好。”

薄延祭出播音系的系花，许朝阳立马精神了：“我萱萱女神也会来，还当评委？！”

他连忙捡起地上的《诗歌大全》：“我必须好好表现，让萱萱女神知道，国防学院才不是头脑简单，四肢发达！”

荆迟笑着说：“说你自己，少带上别人，国防学院的高考录取分数超重本四十多分，谁敢说我们没脑子。”

对于这个问题，薄延倒不是很在意：“别人爱说什么说什么，拿下冠军，你们也可以用实力打他们的脸。”

“拿下冠军谈何容易。”许朝阳翻着书，喜滋滋道，“不过能在我萱萱女神面前大展拳脚，也不错。”

次日清晨，今汐下楼，见 409 宿舍门虚掩着。

她看看四周无人，蹑手蹑脚地猫在门缝边，听墙脚。

宿舍里传出抑扬顿挫的男声，清晰爽朗，听着像是许朝阳。

就在今汐贴着门仔细听的时候，不想木门往里一拉，今汐重心不稳，脚底踩空，直直地跌了进去。

混乱中，她扑住男人劲瘦的腰。

腰线很硬，脑袋像砸在硬邦邦的墙上似的，还是有点疼……

她抬起头，迎上薄延那漆黑的眸子。

他低头望着她，笑了笑："一大早赶过来给你学长投怀送抱。"

今汐攥着他的衣角，稳住了身形，咕哝道："我是过来看看，你们准备得怎么样了，朗诵的题目选好了吗？"

薄延抱着手肘，挑眉问："你很关心？"

今汐当然关心，也很忐忑，她不知道薄延参加比赛的目的，但是她隐隐的……总是害怕他出什么差错。

仿佛表演不好，尴尬的会是她自己一样。

"学长，你会朗诵吗？"今汐试图向他讲解，"不仅仅是要念出来噢，还要有情绪，能打动人心。"

薄延顺手揉了揉她的脑袋，语气略有不满："你觉得，就简斯寻会念诗？"

"我不是这个意思。"今汐掰开他的手，"这样吧，比赛的时候，我帮你们把表演顺序排到第一。"

薄延问："为什么排第一？"

今汐想了想，低声说："那个，没有对比就……没有伤害。"

"臭丫头。"薄延反手要拧她，今汐见势不妙拔腿开溜，躲得远远的，边跑边说——

"学长你放心，整段垮掉的时候，我不会笑话你的，顶多假装不认识你！"

那几天，409 宿舍的几个男生每天晚上夜训结束以后，都要留在空旷的训练场，进行诗歌朗诵练习。

他们系主任是相当支持这几个小崽子参加谷雨诗会这种有意义的文娱活动，亲自给他们选了《历史的天空》这种气壮山河的红诗。且每天晚上都要留下来，指导他们，让他们给国防学院争争气。

今汐时不时会去训练场，躲在树后面偷看他们训练，有几次被薄延望见，小丫头心慌意乱拔腿就跑，遮遮掩掩像是见不得人似的。

也不知道她哪来这么多的心思。

比赛定在周二晚上七点，当天下午，今汐亲自去艺术学院接播音系大三的学姐曲萱萱。

楚昭悄眯眯跟在今汐后面，被今汐发现了。

“礼堂现场布置忙成一锅粥，你还跟着我干什么？”

楚昭好像还化了妆，脸蛋光洁白皙，睫毛卷翘着，眼影是地色，唇色浅粉，很自然。

她故作淡定：“我去见见我情敌。”

今汐知道楚昭喜欢许朝阳，然则许朝阳却在元旦晚会上，一发不可收拾地喜欢上了劲歌热舞的曲萱萱。

一开始吧，楚昭知道许朝阳有喜欢的女孩，还以为是自己呢，直到荆迟无意间察觉她的小心思，在她进一步行动之前，及时地戳破了她的美梦，告诉她，你许教官已经芳心暗许了。

楚昭着实难受了好一阵子，但年轻女孩的初恋，总是有一股子倔强不服输的冲劲儿，她不想就这样放弃。

曲萱萱何许人也，播音系的系花，漂亮得像上辈子拯救了银河系似的，神仙姐姐一个。

“你去见了她，又能怎么样呢。”今汐无奈地说，“只会让自己更难过而已。”

曲萱萱是标准的女神，不仅漂亮，还多才多艺，任何女孩在她面前都会有自惭形秽的感觉。

楚昭咕哝着说：“我就看看她是怎么样的人。”

终究还是不服气，意难平。

艺术学院的录音室门外，今汐和楚昭见到了曲萱萱，曲萱萱穿着干净的白色连衣裙，外搭一件坎肩小外套，脸上带了精致的淡妆，眉眼如画，举止落落大方，声音也是甜美动人。

“学妹不用亲自来接我，我待会儿自己找过去就行了。”

她的微笑，给人一种如沐春风的感觉。

“社长交代了，让我们来接学姐。”今汐礼貌地说，“学姐先忙，忙完了和我们一起过去，不着急。”

“我这儿没什么可忙的了，走吧，现在过去。”曲萱萱锁上了录音室的门，和两个妹子一起走出了艺术学院大楼。

“学妹是文学院的吗？”

“是啊，学姐。”

“文学院出美女呢，你们很漂亮。”

“谢谢学姐。”

楚昭一直没讲话，只留今汐和曲萱萱不咸不淡地全程尬聊。

今汐把评委评分的流程交给了曲萱萱：“届时学姐就按照这上面给的四个标准打分就好了，和其他评委的分数汇总之后，就可以排出名次，然后每组选手朗诵结束以后，还要请学姐点评一下。”

“没问题。”

比赛定在学生活动中心的大礼堂进行，礼堂修得气势恢宏，呈阶梯状，足够容纳几百人观赏比赛。

观赛的同学们已经陆陆续续入场了。

今汐带曲萱萱学姐进了礼堂，安排在评委席入座，随后又被简斯寻叫去组织选手进入各自的赛场。

尽管忙碌，但她还是留意着薄延几人的身影。

这个时间本来是有训练的，但是教官破天荒地提前放了几人的假，让他们回去收拾打扮，规规整整地去参加比赛。

几个大男孩依旧穿的是迷彩绿军装，英俊挺拔，很有辨识度。刚走到大学生活动中心门口，便在女生堆里引发了阵阵喧闹。

“都不想比了，想去看薄延学长的朗诵。”

“学长加油啊！”

今汐穿过拥挤的人群，拉着薄延的衣袖：“快跟我来，我给你们安排在实力稍弱的理工科的同学后面，这样胜算更大。”

薄延顿住脚步，脸色有些沉——

“小汐，这么看不起你学长。”

今汐拽了薄延几下，纹丝不动，她无奈地解释道：“不是看不起你啊，就……拿到名次就有操行分加了，你们辛苦这么多天，总得要有回报吧！”

她苦心孤诣地筹谋着，一定一定要帮自家学长们拿到名次。

“我不是来加操行分的。”薄延将她的手一点点从自己的衣袖边扯开，“我是来……”

不等他说完，荆迟插嘴：“你家薄爷是来吊打简斯寻的。”

今汐轻轻笑了一下：“他怎么惹着我们家薄爷了。”

“夺妻之恨不共戴……”荆迟话音未落，薄延踹了他一脚：“闭嘴。”

许朝阳左右张望着，问今汐道：“曲萱萱学姐呢？”

"喏，评委席。"今汐努努嘴，"你可以过去跟她说说话。"

许朝阳含羞带臊说："现在不去，待会儿比赛的时候在她面前帅一波，结束了再去搭讪。"

他说这话的时候，楚昭兴冲冲地走过来，想鼓励鼓励许朝阳，却不想听到他说要找曲萱萱搭讪的话。

笑容卡在脸上，有些尴尬。

今汐无可奈何地叹了声，带他们去后台准备。

活动中心空寂无人的楼梯口，楚昭独自坐在楼梯上，偷偷地抹眼泪。

曲萱萱真的很漂亮，就算是女孩子都很难抵挡她浑身上下散发的个人魅力，更何况是男孩。

许朝阳对曲萱萱的倾慕毫不遮掩，这让楚昭心里难受极了。

她又想起了那个吻，她的初吻，那二十多秒的时间，是她人生中最意外的时间，事后回想起来，也是充满惊喜的。

纸巾被她揉成了团，润润的，她越想越觉得伤心，根本顾不得什么工作了。

这时，有拖沓的脚步声从走廊边传来。

楚昭连忙擦掉了眼泪，将脸埋进膝盖里，只希望路人别理她，赶紧离开。

脚步声渐渐近了，最后在她身边停下来。

楚昭润着眼抬头，见荆迟半蹲在她面前，皱着眉，很无奈地望着她。

许朝阳那傻子竟然半点都没有觉察到楚昭对他的心思，刚刚当着人家的面，一口一个"我女神萱萱"，楚昭当时眼睛就红了。

本来荆迟是想过来说说风凉话，劝她别满心记挂着许朝阳那二货，然而此刻看着她独自抹眼泪的模样，什么刻薄话都说不出来，只觉得难受、憋屈，想打人。

"你喜欢他什么啊。"

荆迟拎着裤腿坐到楚昭身边，低着头看她："就亲了你，你就喜欢他，是不是我亲你一口，你也就喜欢……"

楚昭推了他一把，生气地说："你走开，讨厌死了。"

荆迟拉住她的手，沉声说："许朝阳对你没想法，你这样跟自己过不去，有什么意思。"

"不要你管。"楚昭挣扎，荆迟没有放开，一张粗砺的大手，劲儿大得惊人。

“如果不甘心，你就去跟他告白，让他明明白白地拒绝你，然后死心。”荆迟将她拉近自己，手用力禁锢着她的肩膀，就像捉着一只小鸡仔似的。

他黑眉横斜，眸子里泛着冰冷的光，嗓音低沉：“你不敢告白，拿不起又放不下，只敢一个人委委屈屈地躲着哭，谁会心疼你，嗯？”

楚昭全身的力气用完了，只能软绵绵地被他拿捏着，低着头，眼泪跟珠子似的往下掉——

“我不甘心，我都没有试过，我不甘心就这样放弃，我真的好喜欢他，我第一次这样喜欢别人。”

她带着哭腔，声音软软糯糯，还有些沙哑，听着很让人怜惜。

荆迟感觉自己的心被戳了个血口子似的，嚯嚯嚯地漏着风。

“是我的错。”

他终究还是松开了她，嗓音柔和了许多：“我最后悔的事，就是那晚……我不该起哄，不该出那种馊主意。”

他理了理她凌乱的领口，又用衣袖给她擦了擦眼睛：“好了，别哭了，我来想办法，让那傻子看到你，然后喜欢你，好不好。”

楚昭抬起头望着他，琉璃般的眼眸宛如水洗过一般清澈：“你愿意帮我？”

荆迟皱着眉头，柔声说：“只要你别再哭了，就算哭，也不要躲着一个人，多难受。”

楚昭擦了擦眼泪：“我不哭了。”

荆迟站起身：“我要去比赛了，记着，以后不开心就来找我，发微信也成，反正你得让我知道。”

“嗯。”

楚昭起身目送他：“学长加油，一定没问题的。”

荆迟嘴角扬了扬，笑容里多少有些酸楚的滋味，为着这一句“学长加油”，他觉得自己真的什么都可以不要了。

不知道是人为还是巧合，薄延的出场顺序，恰好在简斯寻的后面。

上场前，夏尤看着前排简斯寻的背影，低声道：“肯定是那家伙故意安排的，把我们排在他后面，没有对比就没有伤害，他是想把我们狠狠地按在地上摩擦啊。”

薄延指尖拎着一支笔，随意地转着，眼角划过一丝冷冽：“鹿死谁手，还说不准。”

荆迟说："你真的觉得，就咱们这朗诵水平，能干得过他？"

薄延："打仗亲兄弟，上阵父子兵，咱们这么多人，他一个人，怕什么。"

荆迟："……"

你以为这是打群架吗！

简斯寻朗诵的诗歌是戴望舒的《雨巷》。

他穿着规整的白衬衣，站在台上，聚光灯的强白光落在他清秀的脸上，更显得俊秀出尘。

这首诗，也很适合简斯寻。

伴随着轻柔的背景音乐缓缓溢出，简斯寻那柔美的嗓音，徐徐地吟出——

"撑着油纸伞，独自，彷徨在悠长、悠长，又寂寥的雨巷……"

此时此刻，他仿佛如同那结着愁怨、宛若丁香一般的姑娘，独自彷徨。

全场都被他细腻的嗓音，还有他丰富的情绪代入了情境之中，安安静静，仔细聆听。

音乐结束，诗歌吟诵完毕，每个人都还沉浸其中，没有回过神来。

简斯寻已经不仅仅是在朗诵诗歌，更像是独白，是有剧情的表演。

台下掌声如雷。

简斯寻下台的时候，特意朝着薄延投来微笑的一瞥。

这一个眼神，被薄延视之为挑衅。

两个男人之间，火药味也渐渐浓烈起来。

简斯寻朗诵之后，有中场休息十分钟。

这会儿就连信心满满的许朝阳，都有些忐忑了："要不……还是算了吧，咱们比不过人家专业的水平。"

荆迟往后一仰，靠在松软的椅子上："我已经看开了，这种比赛本来就不是我们的专长，有本事让他来和咱们比狙击和越野啊，看谁干得过谁。"

薄延被这帮"衰兵"弄得心烦，索性起身离开了礼堂。

今汐站在靠墙的过道边，认真看完了简斯寻的朗诵。

简斯寻上台那一股范儿，台风可以说非常稳了，看得出来是很有表演的经验。

她不禁为薄延捏了一把汗。

薄延沉着脸走出礼堂，手里拎着烟盒，朝男厕走去。

今汐连忙追上去："薄延学长。"

在薄延走进男厕的前一刻，今汐揪住他的袖子："下一场就该你们了，别抽烟，保护好嗓子。"

诗歌朗诵跟唱歌跳舞一样，一个停顿接不上，整个表演就全毁了。

今汐见薄延脸色不好看，知道是简斯寻的表演珠玉在前，他心里没底了。

她小心翼翼地将薄延手中的烟盒拿走，塞进自己的挎包里，柔声说："我帮你保管，比赛完再还给你哦。"

薄延任由她拿走了烟盒，转身走到阳台边，手撑着台面，望着远处阑珊的宿舍楼，眉心微蹙。

"小汐，如果我赢不了怎么办。"

连日来，他都表现得踌躇满志，这还是今汐第一次……见他这般的不确定。

"赢不了就赢不了呗。"今汐背靠着护栏，轻松地说，"又不会怎么样。"

薄延低头看着她，她化着淡妆，马尾辫儿利落地扎在脑后，黑眼睛里闪烁着光芒，睫毛又弯又长，小小的一双招风耳，红扑扑的。

"你会不会觉得，我不如他。"

薄延总算鼓起勇气，问出了心底的话，问完之后，他脸上挂起了迷之红晕。

今汐突然一笑，伸手拍了拍薄延的背："学长啊，你是不是傻呀！"

薄延觉得自己真的就是个傻子。

既然薄延向他交了心，今汐也不隐瞒，说道："这样讲，学长，当你觉得窘迫的时候，我也会觉得窘迫；你紧张，我也会觉得超紧张；相反，你要是从容淡定，我会安心；你表现一级棒，我会跟你一样开心，知道为什么吗？"

"为什么？"

今汐踮着脚，伸手弹了弹薄延挺阔的额头："小傻瓜，我们是自己人呀！"

薄延怔怔地望着女孩，她眼神清澈如泉，微笑的时候，嘴角挂着两个好看的梨涡。

所以她经常跑到国防学院训练场，偷偷躲在树下看他的朗诵练习，还"滥用私权"，想方设法帮他们拿到名次。

因为在她心里，薄延上台就和她自己上台一样。

自己人，同气连枝，荣辱与共。

薄延的心情一下子变好了，心里堵塞的情绪一瞬间……豁然开朗。

去他的比赛，他就好好走完这一场，只当是为了她！

休息时间很快过去，薄延重新回到后场，几个大小伙儿正在后台哼哧哼哧进行着热身运动，俯卧撑的俯卧撑，原地跑的原地跑，还有吊在门上引体向上的……

薄延漆黑的眼底透着笑，喊了声："注意！"

几个小伙儿立刻列队站齐，然后小跑上台，在台上整整齐齐站了一排，动作标准，一模一样。

这股子气势倒是一下子将观众的眼球吸引了过来。

工作人员将配乐放了出来，伴随着气势雄壮的旋律，他们齐声朗诵道——

"今夜。翻过七十三张历史厚重的扉页，应该记得那段带有刺骨朔风的峥嵘岁月，沿着风雨飘摇的红色轨迹，一种金戈铁马般的呐喊，开始在我的耳膜边炸响……"

所有人的声音都消弭了，整个礼堂充斥着男孩们中气十足的朗诵。

今汐望着台上的薄延，他眉宇高挺，神色肃穆，眼睛里凝着坚毅和庄严。

周围所有的一切仿佛都变成了黑白色，只有他那一抹绿，成了最鲜明的存在。

"那时的天穹不曾苏醒，那时的土地布满伤痕，那时的面孔只剩下麻木，徘徊于亡国灭种的边缘……"

"让所有欺压者明白，让所有世界人民明白，我们中华，从来不缺少挺直的脊梁！"

他们的声音雄浑而低醇，激荡着男儿最昂扬的血性。

今汐竟也觉得全身的血液都烧了起来，家国情怀不止男孩有，女孩也有，那是深埋在整个民族血脉里的东西。

她仿佛被他们代入到了那个激情燃烧的时代，和北平与上海的青年大学生，一起走上街头，为民族的崛起而奔走呐喊。

朗诵结束，全场掌声如雷，不少同学都掉了眼泪，那一张张单纯的面孔，饱含着最真挚炽热的情感。

薄延望向今汐，今汐一个劲儿地为他鼓掌，手拍得啪啪啪的。

薄延这一组没有什么朗诵技巧，却凭借着雄浑的气势和真挚的情感，赢得了评委和老师们的青睐，拔得头筹。

与他们相比，简斯寻的朗诵虽然抑扬顿挫且很有技巧，但是显得气势上有不足。

比赛结束，薄延几人走出了礼堂，今汐迫不及待地冲过去，一把抱住了薄延："天啊，积分第一！你们表现太棒了！"

薄延眉宇间蕴着一份从容不迫："你学长不是好惹的。"

今汐笑了起来："这就飘了，刚刚也不知道是谁，还问我会不会觉得比不上别人呢……"

话音未落，薄延突然将她按进了怀中，俯着身，脑袋搁在她的肩膀上，有力的手臂紧紧地环着她的背。

这个拥抱，用力而持久。

"呃……"

今汐拍了拍薄延的背，又道了一声恭喜，而他似乎没有要松开她的意思。

"那个，这么多人看着呢。"

今汐本来还想礼貌地再拥抱一下荆迟和许朝阳，结果薄延一直兜着她，没让其他人碰她一根手指头。

薄延看到了对面的简斯寻，脸上浮现一丝淡笑。

简斯寻同样报之以微笑："你赢了。"

若是换了别人，或许还会虚伪地回一声"承让"，但薄延并没有，他只是云淡风轻地说："你输了。"

"虽然不太服气，不过输了就是输了，没什么好说的。"简斯寻理了理袖子，面无表情道，"可是薄延，这并不代表，你一定比我强。"

薄延眼角泛着丝丝冷意："是吗？"

两个男人眼神之间的暗流涌动，就连傻愣愣的今汐都察觉到了，她挺想不明白，为什么薄延总是针对简斯寻，他平时可不像是会与人计较的性格。

而让她更不明白的是，简斯寻那种温柔又平和的男生，竟然也会真的接了薄延的招，暗暗地和他杠上了。

这两人唱哪出呢？

谷雨诗会的比赛视频上传到学校的论坛，引发了一阵不小的轰动。

以前国防学院从来没有学生参加过此类的文娱活动，而薄延几人的诗歌朗诵，倒是让不少同学刮目相看。

相比于其他男生，薄延组在台上，就是暴走的荷尔蒙。

国防学院的系主任看过比赛的视频，不能更满意了，坐在办公室里直言高呼，这才是他们国防学院的好儿郎！是中国少年！祖国的栋梁！

最终决赛前三名，由薄延、简斯寻以及另外一名播音系女生包揽，因为有瑞达公司的赞助，除了高额奖金以外，名列前茅的参赛选手，将参加由文学社组织的四天五夜的郊游活动。

今汐和楚昭作为郊游承办社团的一员，当然也要随行，而同时，作为感谢，评委学姐曲萱萱也被邀请参加郊游。

临行的前一天晚上，今汐和楚昭去了超市进行大采购，正巧碰上楼下宿舍几个男孩也要去超市，索性同行了。

薄延推着购物车走在今汐的身畔，她流连在一排排的货架间，时而抬头，时而低头，也没有计划，就看见什么买什么。

“唔，薯片要买，咱们这么多人，要多几包才行。”

“方便面也要，万一没有时间吃饭……”

“还有还有，水果也买一点吧。”

今汐专心致志地挑选着商品，薄延则耐心地跟着她，看着她挑挑拣拣，时不时提醒道：“少买一些，不是出远门。”

女孩子真的是天生的购物管家一把好手，什么都给你安排得妥妥帖帖，周周到到。

薄延随手捡起一片毛巾，扔进购物车里。

今汐连忙制止：“你怎么挑也不挑，就随便买了呀。”

“挑什么？”

她无奈俯身，仔细地挑选质地不同的几条毛巾，翻来覆去地对比，看看价格，摸了又摸，最终选出了价格适中，质感又相对柔软的毛巾，放在了购物车里。

毛巾的颜色由之前薄延选的深蓝色，变成了卡通浅粉色。

薄延无可奈何地说：“你确定？”

今汐郑重其事地点点头。

薄延也只好要了这条浅粉色毛巾，尽管回去可能会被几个室友笑话八百年，他也认了。

家里从来没有女人，薄延的生活质感就像那又冷又硬的铅块，过得很糙，也很无所谓，买东西从来不会货比三家，更不知道原来挑挑拣拣，就会以更合适的价格，得到更好的东西。

看着购物车里的零食和用品，他恍然发现，原来生活也是可以变得这样精致温馨，变得柔软，变得毛茸茸的舒服。

他简直快要爱上和今汐一起逛超市的感觉了，当生活被喜爱的女孩子一手安排起来的时候，那种幸福感是无可言说的。

今汐停在了男士内裤的货架前。

薄延眼睁睁地看着她，取下了几条内裤，看了看 size，然后诡异的目光，落到了薄延的腰臀位置。

薄延惊悚了一下：“不是吧。”

今汐一本正经说：“出门在外，你们这些男生懒起来，内裤都不知道多久才换。”

她将好几条大号 size 的内裤扔进了购物车，然后踱步离开。

薄延推着车追上来，故作随意地解释了一句：“我和他们不一样。”

今汐问：“什么？”

薄延嘴角扬了扬：“你学长每天都洗澡，绝对干净。”

今汐眨眨眼睛，反应了小半晌……耳朵红了。

呸！你爱洗不洗，关我什么事。

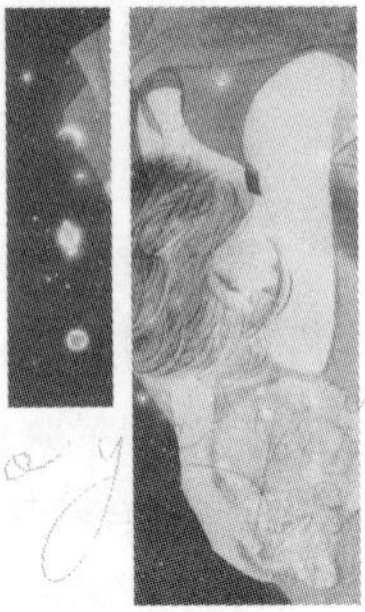

第十章

从今以后，你是我一个人的

清晨，学校安排的旅游大巴车停在三食堂门口。

作为文学社干事，也是郊游活动的承办方，今汐和楚昭自然早早地出发，坐在车上等候参赛选手的到来。

薄延和室友们出了早操，回宿舍大澡堂洗了个滚烫的热水澡，穿上各自轻松随意的便装，来到三食堂门口。

一路上，大家嘻嘻哈哈打打闹闹，和训练时整肃的样子，全然不是一个画风。

原本安静的大巴车，因为这几个男孩的到来，一下子充满了活力和朝气。

今汐觉得，他们就像太阳似的，无论走到哪里，总是散发着光和热。

简斯寻放下书包，不咸不淡地说：“大清早，他们挺精神啊。”

今汐说：“他们每天早上五点就起床训练呢。”

不知道为什么，她就觉得特骄傲。

男孩们捡了空的位置，随意落座。

今汐和简斯寻因为是干事的身份，所以坐在最前面并排的两个位置，这样方便和导游交流。

薄延上车扫了她一眼，然后坐到了最后排。

今汐情不自禁地回头看他，他随意地坐在大巴车最后排的正中间，穿着迷彩T恤和外套，双腿微微敞开，书包放在旁侧的位子上。

凤眼微挑，眸光锐利，在她望过来的瞬间，他似笑非笑地冲她扬了扬下颌。

不知道为什么，今汐莫名还有些小心虚。

身边的简斯和她讨论这几天的工作安排：“因为咱们是主办方，很多事你需要多看照些，别让人走丢了。”

“放心吧，学长，我一定会做好的。”

“嗯，我相信你。”

简斯寻回头望了望薄延，目光带着一丝挑衅。

薄延的脸色顷刻沉了下去。

楚昭特意坐在后排的两人座，她坐里面，将身边的空位留了出来。

带着一丝希冀，她的心上人或许会坐过来。

许朝阳上车以后，环扫了一圈，发现曲萱萱学姐还没有来，于是他抱着与楚昭同样的心理，也选了一个空闲的双人座，将自己身边的空位留出来。

楚昭见他在前排落座，不免有些失望。

荆迟倒是自然而然地坐到了楚昭身边，道了声：“早上好。”

“呃，你也早上好。”

荆迟笑了笑，喊道：“许朝阳，我们换个位置，我晕车，想坐前面。”

许朝阳回头，不满道：“前面这么多位置，你干吗一定跟我换。”

“我想坐你的位置，行不行。”

“有病啊，不换不换。”

荆迟还要坚持，楚昭突然按住他的手，示意他——千万不要再说了！

荆迟无奈，只好轻轻拍了拍她的手背。

这时候，曲萱萱和另外一名播音系的女选手上了车。

曲萱萱依旧穿着一身清淡的白色裙子，乌黑如瀑的长发披散及腰，两条腰线在长裙的修饰下，流畅婀娜，一米七的女神身高，更衬得她气质不凡。

许朝阳眼睛都亮了：“萱萱学姐，早上好。”

曲萱萱对他礼貌地笑了笑：“许朝阳，早上好。”

“学姐，坐这儿吧。”许朝阳将自己身边的位置让出来，“我正好有几个朗诵发音的问题，想向学姐请教。”

“行啊。”

曲萱萱大大方方地坐到了许朝阳的身边。

荆迟鄙夷地翻了个白眼。

所有人到齐，大巴车缓缓启动。

许朝阳将自己早已经准备好的问题，拿出来和曲萱萱交流，两人热热闹闹地聊了起来。

车里气氛挺奇怪，大家都没有说话，只听得见许朝阳和曲萱萱的声音。

曲萱萱："你们的朗诵真的很棒，虽然不是专业的，但是很有感情，是能打动人心的作品。"

许朝阳："是啊，这几天除了出训以外，几乎所有时间都在练习朗诵，教官还给我们找了老师。"

曲萱萱："你们的精神面貌是最大的优势，现在拥有这样阳刚之气的男孩可不多了。"

许朝阳含羞带臊地笑了笑："学姐是这样想的吗？"

"对啊，你们真的很优秀。"说这话的时候，她意味深长地忘了薄延一眼。

……

楚昭偏着脑袋，视线一直凝望着窗外。

她心里涌着酸楚，眼睛里泛着水色。

荆迟心头一阵烦闷，再度开口道："许朝阳，我们换位置。"

许朝阳正和曲萱萱聊得高兴呢，哪里舍得和荆迟换位置，压根儿就没理会他。

"许朝阳！"

许朝阳有些来气了："荆迟，你什么毛病！一定要跟我作对是不是！"

"我就是不爽你坐在那里！"

"我招你惹你了？"

这时，车后传来薄延的一声怒斥："要吵滚下车去，吵干净了再上来！"

薄延嗓音微怒，带着不容辩驳的威严气势，荆迟和许朝阳讪讪地闭嘴了。

虽然薄延的年纪不算最长，但无论是本事还是气场，妥妥是他们中的老大无疑。

他开口了，哥几个都会给他面子。

楚昭扯了扯荆迟的衣角，感激地看着他，低声道："没关系的，你不用为了我这样……我就和你坐。"

荆迟从自己的黑色背包里抽出降噪耳机，轻轻地戴在了楚昭的耳朵上，然后连着自己的手机，为她播放歌曲。

切了好几首，荆迟选了一首曲风甜美轻快的少女系小情歌，调子轻松，避开了感伤和愁绪。

楚昭没想到，这个看上去大大咧咧的男孩，手机里居然会有这样甜美的小调儿，她当然不知道，他只是希望她能快乐起来。

楚昭抬眸看向荆迟，他的瞳子并非全然的黑，而是某种巧克力般的深榛色，阳光透入，显得宛如玻璃珠子般澄澈透明，非常好看。

他嘴角浅浅地抿了起来，似乎在对她笑，又似乎不是。

楚昭闭上眼睛，沉浸在音乐的世界里。

前排的今汐已经有些昏昏欲睡了，不过很快，下身的一股暖流，让她陡然清醒。

不是吧！

千万不要啊！

这种时候……她的亲戚不会这样和她开玩笑吧。

今汐紧张不安起来，她问了问司机："师傅，还有多久到啊？"

司机回道："早着呢，至少还有两个小时的高速。"

"那……前面有服务区吗？"

"有，快了，还有二十分钟。"

今汐忐忑不安地蜷起了身子，一动也不敢动。

简斯寻见状，询问道："不舒服吗？"

今汐摇摇头："没事。"

她给楚昭发了一条短信："救命，有没有姨妈巾呀！"

不过楚昭好像是戴着耳机睡着了，脑袋偏靠着荆迟，没有看手机。

这种事又不好声张，今汐现在连起身离开座位的勇气都没有。

这一车大多都是男生，女生除了楚昭就是曲萱萱，她又没加曲萱萱的微信。

没多久，"咕咚"一声，薄延的微信消息横了出来——

"回头。"

今汐回头，那家伙单手撑在膝盖上，担忧地看着她，比了一个无声的口型："怎么了？"

或许是她东张西望坐立不安的神情，引起了他注意。

今汐低着头，踟蹰了半晌，编辑短信回道——

"我……我亲戚可能来了。"

薄延低头看着那条信息，还反应了半晌。不过因为上次的乌龙事件，他很快明白了前因后果。

"别急，有我在。"

今汐看着信息，心说你一大男人能顶什么用啊。

终于盼到了服务区，汽车停了下来，薄延一个箭步走上前来，快速脱掉自己的迷彩外套，搭在了今汐的身上，自己则站在她的身后，手落在她肩膀上，紧紧地贴着她，挡住后排众人的视线。

面对众人不解的目光，薄延扯开嗓子说："小汐，陪你学长下去买点东西。"

他一贯是这样霸道且不讲道理，所以众人也没有多想，只有简斯寻说："今汐可能不太舒服，要买什么你自己去买，不要让她下车了吧。"

薄延冷冷睨他一眼，没说话。不过简斯寻还是从他充满了攻击性的眼神里读出了他的话——

关你屁事。

下车后，薄延拐着今汐快速去了服务区的洗手间。

今汐套着他的外套，小跑着进了洗手间。

而薄延则像守候在产房外的年轻父亲似的，搓着手，紧张地踱着步子。

很快，洗手间里的今汐给薄延来了一条短信："学长，我完蛋了。"

"别、别急，我想办法。"

薄延放下手机，心跳"噗噗噗"开始八百迈加速，他回头看到了边上的便利超市，狂奔着冲了进去，找到目标，不管三七二十一，各种颜色的都买几袋。

"我买到了，我给你送进来。"

"不！我自己出来取！！！"

……

今汐再度从洗手间出来，脸色缓和了很多，一看薄延，四月的凉天里，他额头上冒出了一层细汗，看到她的时候，手足无措，眼神慌乱。

今汐："……"

要不要这样紧张，又不是给你生儿子！

两个人重新回到车上，这一次，都不用薄延开口，今汐跟着薄延径直来到最后一排，坐在了他身边。

简斯寻不解地回头，却看不明白这两人究竟是怎么回事。

薄延将自己的外套垫在座位上，让今汐坐下来。她嘴唇略白，脸颊和耳根却在发烫，看上去绯红不已。

今汐注意到，薄延将黑色的口袋装进了他的黑色书包里，他这傻子，一口气买了七八包，跟抢商店不要钱似的。

她的小书包装不了，也只能装在他的书包里。

这种事，让男生陪自己解决，实在是无可奈何了。不过好在对方是薄延，她的顾忌倒没那么多。

薄延就像是和沈平川一样亲近的存在，对别人绝对讲不出口的事，面对薄延的询问，她可以毫无防备地说给他听。

薄延见今汐发呆，以为她肚子不舒服，温热的手掌覆了过来，捂在了她的腹部。

今汐掰开他的手："哎呀，没事的。"

薄延的神情却好像很紧张，如临大敌般，丝毫不敢懈怠，非得要把手伸过来捂着她。

捂着就捂着吧，今汐闭上眼睛，想休息片刻。

"暖水杯带了吗？"

"带了。"

今汐已经预料到薄延要说什么，果不其然，薄延开口："多喝热水。"

今汐："……"

除了这句，你就没别的话了吗！

其他人或许看不出来，不过曲萱萱立刻察觉了端倪，她询问过许朝阳之后，加了今汐的微信，关切地询问："学妹，是不是姨妈来了？"

今汐："嗯。"

曲萱萱："哎呀，你应该告诉我的，也怪我，没有早些加你，这种事，让男生帮忙总是不方便。"

今汐心里暖暖的，连忙回道："谢谢学姐，没事了。"

曲萱萱："你和薄延的关系真好啊。"

今汐："我们是'邻居'嘛，出门在外，相互关照。【憨笑】"

曲萱萱："总之，后面有事都可以找我，我比你们大两届，理应照顾你们。"

今汐："好的，学姐。"

旅行的目的地是距离B城不远的大峡谷，现在是四月春，峡谷和苍南山的花都开了，很适合郊游踏青。

酒店位于风景区，山风带着清润的气息，徐徐地吹拂着树叶，沙沙作响，众人感觉精神一阵，兴致也昂扬了不少。

晚上，众人约着要去市区吃晚饭，今汐因为身体不太舒服，便说不去了。

薄延正要开口，曲萱萱赶在前面说道："这样吧，我留下来陪着学妹。"

曲萱萱不去，许朝阳立刻说："那我……我也不去了，我还没饿呢。"

楚昭的脸色沉了下来："还是我留下来陪汐汐吧。"

今汐无语了，怎么她还成了香饽饽呢，以前也没见这些家伙这么贴心。

当然，只有荆迟把当前局势看了个清清楚楚，真正想要留下来陪今汐的人，从始至终只有薄延一个。

曲萱萱这一路盯了薄延多少眼，荆迟都替她数着呢，估摸着是看上了，不想让薄延留下来陪今汐，这才开口，说自己留下来。

而许朝阳则是爱神丘比特附体，平时食堂抢饭跑得比谁都快，这会儿饭都不吃了，只想留下来陪曲萱萱。

楚昭是不爽许朝阳的行为，索性自告奋勇。

这混乱的关系！

最后，今汐把他们全部都赶出去了，留个清净。

她一个人躺在松软的大床上，惬意地躺着，百无聊赖地看了会儿电视，肚子饿得咕咕叫了，索性摸出手机，点了个口味清淡的外卖。

十分钟后，门铃响了，今汐诧异，居然这么快，这里的外卖是开火箭送的吗！

她好奇地将房间门拉开一条缝。

薄延穿着瞪眼熊黑 T 恤，手里拎着清淡的蔬菜粥，还有几样小菜，懒洋洋地倚在门边："叮，外卖送到。"

她眨眨眼，诧异地问："学长，你怎么又回来了！"

他弯起嘴角，无声地笑了一下："我和沈平川有君子协议，你现在是我的人，我有义务要喂饱你。"

饭店，大家围坐在桌前，桌上摆着几样当地的特色菜。

薄延连饭都顾不得吃，直接问服务员做了清粥小菜，他打包带走。

曲萱萱起身叫住他，说好歹吃点东西，垫垫肚子，再回去也不迟。

薄延说不用管他，拿到饭盒便直接叫了出租车，马不停蹄地赶回了酒店。

曲萱萱掩饰着脸上的失望之色，笑着说："薄延学长真是很关心学妹，很有爱心呢。"

许朝阳立刻接茬："可不是，他最有爱心了，有一次学校后山小花园的流浪狗生病了，他也是连饭都顾不得吃，抱着狗赶去了宠物医院。别看他外表冷冷淡淡，其实心肠最好了。"

曲萱萱眼底泛着柔软的神色："这样的男生，真好。"

楚昭撇了撇嘴。

明眼人都能看得出来，曲萱萱对薄延抑制不住的欣赏之意，偏偏许朝阳这个"大猪蹄子"，傻兮兮的什么都不懂。

"你怎么能把流浪狗和汐汐对比呢。"楚昭对许朝阳说，"薄延学长可不是对谁都像对汐汐这样好的。"

许朝阳呵呵地笑了声："那倒也是，薄爷还真的从没有对什么女孩，有对小汐这般上心。"

楚昭瞥了曲萱萱一眼，说道："所以啊，萱萱学姐，薄延学长暗恋汐汐，这谁都看得出来。"

桌下，荆迟拉了拉楚昭的衣袖。

她对曲萱萱的敌意，表现得太明显，也太强烈了，这样非常不好，如若曲萱萱察觉到里面的前因后果，那么楚昭一定会处于被动状态。

曲萱萱玲珑剔透，自然也感觉出来，这个小姑娘一路上气鼓鼓的小心思。

她看了看许朝阳，又看了看沉着脸的荆迟，突然有些明白了。

她什么也没说，和众人谈笑聊天，吃完了这顿不那么愉快的晚餐。

今汐穿着卡通色的小睡裙，坐在松软的白沙发上，一只腿蜷着，另一只腿耷拉在沙发边缘。

薄延坐在她正对面的茶几边，慢条斯理地吃晚饭，先是吃完了买回来的蔬菜粥，接着又把今汐点的外卖煲仔饭也吃掉了。

今汐只喝了一瓶热牛奶，吃了几口粥，便吃不下去了，索性抱着膝盖坐在沙发里，看薄延吃饭。

他动作很慢，修长的指尖拿着筷子，一口饭，一口菜，细嚼慢咽，吃相优雅，全然不像许朝阳他们饿死鬼投胎似的狼吞虎咽。

相比于填饱肚子而言，他更像是在品尝食物，一口一口，慢条斯理，吃得香极了。

因为每天运动消耗量大，虽然他看着斯文，但是胃口也是挺恐怖的。

今汐看着他吃东西，越看越觉得香，于是又捡起筷子，跟着吃了几口。

薄延抬头，看着咯吱咯吱小口吃饭的今汐，笑说：“你在家里也这样吃东西？”

“怎么了？”

“吃饭的时候，也能发呆走神？”

今汐咕哝：“我不是在看你吃饭吗？看着看着，就走神了。”

“看我做什么？”

“你吃饭，好慢啊！”今汐感叹，“你在学校也这样慢？”

“不会。”薄延说，“因为训练很紧迫，每天解散之后，吃饭、午休时间都是固定的，没有很多时间给我挥霍。”

今汐这就好奇了：“那学长为什么吃得这样慢呀？”

薄延手中的筷子搅动着碗里的白米饭：“我喜欢跟你吃饭，感觉就像……和爸爸妈妈吃饭一样。”

今汐怔了怔，这是第一次从薄延的口中，听到“爸爸妈妈”几个字。

她听荆迟说起过，薄延的父母是在边境出缉毒任务的时候，壮烈牺牲的，那个时候薄延才八岁。

他一定特别特别想念他们。

今汐坐直了身子，拿起桌上的筷子，一个劲儿给他夹肉：“你多吃点。”

薄延看她，她便冲他甜甜地笑——

“儿子，以后你要是想和妈妈吃饭，就提前给妈妈发短信。”

薄延伸手捏住了她的小脸蛋:“你个黄毛小丫头,你还想当妈妈了。”

“哎哎！”今汐吃痛，连忙挣开了他，“我怎么就……就不能当妈妈了，我也是女孩子，我迟早都要当妈妈的。”

“那也行。”薄延笑着说，“勉为其难，同意你给我儿子当妈妈。”

今汐绕了半晌，反应过来，一脚给他踹过去：“你想得美呀！”

两人打打闹闹地吃了晚饭，百无聊赖地坐在沙发上看了会儿电视，然后又瞎斗了几句嘴。

她抱着靠枕坐在沙发里，穿着浅色的卡通睡衣，露出了白皙的一截锁骨，领口敞开，隐约能见淡青色的肩带。

薄延漆黑的眼微微挑起：“小汐，来玩个游戏。”

今汐见他奸诈的模样，知道他在酝酿坏主意。

“什么游戏呀？”

薄延从桌下找来一盘黑白五子棋：“会玩吗？”

“这谁都会玩好嘛！”今汐卷起袖子，蹲坐在了沙发边，“我技术好着呢！”

“真的？”

“那当然。”

今汐帮他摆好了棋盘，两个人来了几局，每一次今汐都被薄延堵得无路可走，但是每一次都能绝处逢生，薄延的棋艺的确不错，但是比她嘛……还是差了些。

几轮激战，薄延无一不是以失败告终，最后，他说道：“这样玩，没意思，不如来下点赌注。”

今汐赢了几局，满心得意，喜滋滋地说：“你想怎么玩，本姑娘都奉陪到底。”

薄延眼角微弯，带了些轻佻促狭的味道：“不如……输一局，脱一件衣服。”

今汐：“……”

这什么流氓玩法！

“怕了吗？”

怕！她几时怕过，五子棋可是她最拿手的游戏，薄延显然不是她的对手，她有什么可怕的。

“我就穿了这一件，我能不能多穿几件再玩。”今汐踟蹰说，“虽然、虽然你肯定不是我的对手，不过……”

以防万一，总是没错的。

薄延欣然同意：“随你，穿多少都可以。”

今汐从沙发上一跃而起，跑到行李箱里翻找了半晌，把她带的所有衣服都穿上，还戴了帽子，最后连被单都裹在了身上。

“为了公平，你也可以回去多穿几件。”今汐说。

薄延淡定一笑：“不必。”

“呵，手下败将的你，哪来那么大的自信呢？”

薄延已经整理好了黑白子：“手下败将的我，今晚肯定扒光你。”

“看谁扒光谁！”

今汐裹得跟丐帮帮主似的，坐在薄延对面，严阵以待，专心致志地走着每一步棋。

然而，第一局不过走了几步，她便输了。

今汐诧异地看着棋盘上的五子连珠，心说她真是轻敌了，绝对是大意！

“再来！”

“等等。”薄延看着她，“先脱，再玩。”

今汐摘掉了鸭舌帽：“帽子可以吧。”

“可以。”薄延气定神闲地重新收起了棋子，摆好棋盘。

然而让今汐意想不到的是，第二局、第三局、第四局……她全部败下阵来，死得那叫一个透凉。

她不可思议地看着黑白相间的棋盘，又抬头看看薄延，薄延颀长白皙的指尖衔着一枚黑子，笑得月明风清：“学妹，脱吧。”

“你装了什么外挂，刚才明明还不是我的对手……”

薄延耸耸肩：“你学长就是外挂本人，不好意思。”

今汐全部的装备都被扒光了，她低头看了看，就剩了一件睡衣，最后，她想了想，把自己的袜子扯下来。

“你……这都行。”

“你又没说袜子不可以。”

“行吧。”他点点头，依了她的小赖皮，“还来吗？”

今汐是抱着最后一把“不成功便成仁”的死亡赌徒心态，振臂一挥：“再来，这局我肯定赢你！”

薄延漂亮的指尖把玩着棋子，睨了眼她单薄的睡衣，睡衣勾勒着她姣好的轮廓，隐隐约约，令人垂涎——

“学妹，劝你止步，如果这局输了，是真的……要脱哦。”

今汐绝对不是一个心理素质好的赌徒，但一定是最受赌场欢迎的那种赌徒，她是输红了眼，偏不信这个邪——

“再来！”

薄延整理了棋盘，这一局，今汐步步小心，全神贯注，每一子，都思量再思量。

没想到最后这一局，竟然真的让她给扳回一局。

今汐五子连珠的时候，高兴得都要跳起来了：“啊，赢了！轮到你脱了！”

薄延嘴角含笑，没想到让她赢这一把，赢得这么开心，看来真是输红眼了。

他也只穿了一件T恤，毫不犹豫便脱了下来，露出了光洁的臂膀，胀鼓鼓的胸肌和漂亮的巧克力板块状腹肌。

他的胸口挂着一个红绳吊坠，是一块玉质的观音。

今汐瞪大眼睛，盯着他的身体看了半晌，居然还含羞带臊地冲他竖了大拇指，笑了起来：“学长身材棒棒。”

薄延重新整理好棋盘："不知道学妹的身材，是不是也值得期待。"

今汐心里有点尿了，下一局，如果她输，脱衣服在所难免，但如果薄延输，他就要脱裤子了啊！

"学长，还……还玩吗？"

薄延漫不经心说："随你。"

今汐咽了口唾沫，艰难地说："那就……不玩了吧，咱们别太过火了。"

薄延挑眉看她："你倒是挺会见好就收，把我看了，就不玩了。"

今汐嘻嘻一笑："愿赌服输呗。"

薄延坐到她身边，随手拿起桌上的烟："怎么都觉得是我吃亏了，怎么办呢。"

"你说怎么办。"

薄延将打火机递到今汐手上："帮你学长点根烟，游戏就算完了。"

"行。"今汐爽快答应，拿着打火机，凑近了薄延。

"咔嚓"一声，火苗蹿了上来，今汐用手捧着火苗，小心翼翼地递到烟头前。

烟头泛着橙红的火光，一点点地燃了。

今汐盖上打火机，正要起身，却发现薄延的手紧紧握着她的手腕。他吸了一口烟，捏在手中，烟雾袅袅。

浓郁的薄荷烟雾中，薄延那一双狭长的眸子，微微一勾，勾出一段倜傥风流。

他伸手抬起她的下巴："小汐，你觉得学长怎么样？"

他的嗓音带着某种沙沙的质感，在这缭绕的烟雾中，显得格外性感。

今汐目光落到他坚实的胸膛位置，如果真的要她来回答，她会说：我觉得学长的胸，比我的大。

当然，这种羞耻的话她没真的说出来。

"学长身材好。"

对，这是事实。

薄延淡淡地笑了一下，伸手撸了撸她额前头发丝："什么时候，你才会开窍呢。"

今汐目光下移，落到他双指间衔着的烟头上，一截烟灰看上去即将掉落，莫名，紧张了起来。

薄延俯身，将烟头捻进了烟缸，回来的时候，凑近了她，轻轻地嗅了嗅。

她身上有股属于女孩子的淡香，很软，很舒服。

“小汐，你应该知道我的心意。”

这个姿势，或多或少有些暧昧了，今汐红着脸，本能地想往后缩，奈何薄延攥着她的手腕，反而将她拉近了自己。

今汐重心不稳，手撑在了薄延坚硬的腹肌之上。

滚烫。

只听“咯吱”一声，房间门打开，楚昭走了进来：“小汐，我给你带了烤串……”

周围，是无比凌乱的衣物，而沙发里，今汐趴在未穿上衣的薄延身上，动作无比惹人遐思。

楚昭捂着嘴，目瞪口呆：“打、打扰了！”

她连连后退，猛地一把关上房间门，站在门外平复心绪，还没忘冲门内喊了一嗓子——

“薄延学长，我劝你善良！”

标准间两张大床上，今汐和楚昭裹在被窝里，只露出了小脑袋，柔软的夜灯亮着，两人大眼瞪小眼。

良久，楚昭含羞带臊地笑了笑，什么都没说。

今汐无语了：“不管你在想什么，马上停！我和学长什么都没做，我们只是在……下五子棋。”

她语气渐弱，有点小心虚。

楚昭笑着说：“屋里好大一张床，衣服扔得到处都是，薄延学长光溜溜，你们下的什么情趣五子棋。”

今汐：“……”

不解释了！爱咋地咋地！

她将被子掀过头顶，闭上眼睛。

这时，楚昭突然又问：“小汐，你有没有想过，未来的男朋友是什么样子的呢？”

今汐睁开眼睛，看着墙壁上的夜灯，夜灯周围笼着一圈微弱的光芒，宛若黑暗中独行的帆船。

“齐天大圣。”她说。

楚昭不解地望向她。

今汐喃喃说道：“小时候我就一直在想，我未来的男朋友是要像齐天大圣一样，他会爬树，会打妖怪，一个筋斗云十万八千里，如果我被妖怪抓走了，无论他在哪里，都会翻山越岭赶到我身边。”

楚昭拧着眉头：“这也……太不切实际了吧。”

“对啊。”

这是今汐豆蔻年华懵懵懂懂之际，对于爱情最初的幻想。

可是除了齐天大圣，她想不到自己未来的心上人会是什么样子。

“别说七十二变了，你去哪里找一个会爬树的男朋友。”

今汐从来没想过这个问题，问楚昭：“那你呢？”

“我的要求一点也不高，开朗乐观，典型的阳光大男孩，蠢蠢的什么都不懂，允许他胆子小，但如果我遇到危险，他会毫不犹豫地朝我跑来，救我于危难。”

今汐：“好了，你不用说了，这就是许朝阳本人谢谢。”

楚昭老脸一红：“上次在密室，他都被 NPC 吓成那样了，最后却还是哭着跑来救我。”

“你记到现在。”

“对呀。”

今汐严肃地看着她：“可是昭昭，你有没有想过，若是换了别人，我，或者洛洛，你许教官一样会救啊，他是个大好人没错，但他是对谁都好啊。”

楚昭抿了抿嘴：“我都知道，你不用说了。”

道理谁都懂，但不是谁都能轻易放得下。

次日清晨，几人乘坐景区的观光巴士，来到了大峡谷。

峡谷里微风清润，温度较低。

不过这里的空气质量非常好，令人神清气爽，心旷神怡。

一路走过来，山花遍野，茂林繁翠，郁郁葱葱。

简斯寻站在悬崖边的人工筑梯边，看着大好的风景，诗兴大发，念道：“人间四月芳菲尽，山寺桃花始盛开。”

几个男生走在后面，谁也没搭他的话，于是今汐说道：“是白居易的《大林寺桃花》。”

简斯寻回头看了看今汐，微微笑道：“你们上古代文学史的课程了吗？”

今汐摇摇头：“没有，下学期才上呢。”

简斯寻说：“可以提前背一背《古文选》上的诗歌和文段，期末考和考研的测试，都能用得着，这是一个长期积累的过程。”

“嗯，谢谢学长，不过教材还没发呢。”

“回学校之后，我借给你。”

薄延走在最后面，时而抬头望望前面两个人。

今汐穿上了稍稍厚实一些的卷绒白外套，看上去就像一只小羊羔。

也不知道在说什么，她笑得那样开心。

他的心情有些不太美丽。

身边许朝阳说：“不知道这种文绉绉的男生有什么好，怎么女孩都喜欢这样的。”

荆迟说：“这叫才华。”

许朝阳不忿：“会念几句酸诗，这就才华了？”

荆迟翻出许朝阳刚发的朋友圈：“你以为谁都跟你似的，只会发‘这也太美了！’，你要这都能找到女朋友，我免费送你十盒套套！”

许朝阳一开始没察觉，后来对比简斯寻，越想越觉得自己没文化了，他翻出手机删掉了这条状态，一个人暗搓搓在边上悉心斟酌了小半晌，重新发送——

“春天出游，美景洗涤心灵，感受世界的美好，心情舒畅！”

配图是一张红艳艳的山花。

中老年人灵魂的朋友圈。

“能聊到一块儿去，这叫心有灵犀，灵魂伴侣。”荆迟继续教育许朝阳，“你说说，你和女孩在一块儿，你跟人家聊什么，战役战术核突击还是纵深打击？”

许朝阳若有所思：“这好像有点道理。”

“所以，我给你一个建议。”荆迟循循善诱，“眼光不要放得太高了，找个喜欢你的女孩，不管你和人家说什么，人家都会感兴趣。你要是找曲萱萱那种女神级别的女孩，以你这程度吧……还真不一定能长长久久。”

许朝阳充满疑惑地看着荆迟：“我怎么听着……你这是一环套一环呢？”

荆迟无辜地耸耸肩：“我又不喜欢你女神，套路你做什么，这叫忠言逆耳，你自己好好想想吧。”

薄延加快了步伐，和简斯寻一左一右地走到今汐身边，简斯寻就像个语文老师似的，一路上滔滔不绝地给今汐讲着文史知识，今汐听得还算认真。

她时不时地瞥薄延一眼，这家伙面无表情跟在她身边，一言不发，这让她有些不安。

简斯寻无视了薄延的存在，继续对今汐道："学妹，你对汤显祖的'至情论'，有什么看法吗？"

今汐："这个……"

薄延："学妹，你对天边那朵云，有什么看法吗？"

今汐："呃……"

简斯寻继续道："学妹，关于'至情论'，我有些观点，想要和你分享。"

薄延："学妹，关于天边那朵云，我准备写一篇论文，你觉得怎么样。"

今汐："……"

神经病！

她加快步伐，走到楚昭身边，才不理会边上这俩人。

简斯寻和薄延相互对视了一眼，火花四溅。

岩梯陡峭，从上往下看，深翠的峡谷中，坐落着一座四四方方古风古韵的四合院，乌黑的墙瓦，周遭有绿竹陪衬，宛若置身于画卷一般。

某部电影里有一段峡谷追杀的画面，便是在这座四合院取景，从上往下的俯瞰角度，正好可以将峡谷全景尽收眼底。

众人纷纷拿出手机拍照。

路过一段狭窄陡峭的斜梯，薄延和简斯寻同时回头，寻找今汐的身影。

今汐拿着手机拍照，慢吞吞地下了楼，眼见着俩冤家好像又杠上了，这一人一边，跟门神似的卡在斜梯边，等着她。

她索性一把攥住了许朝阳的衣角："许教官，你带我下去。"

"好嘞。"

"暖男"许朝阳欣然同意，牵着今汐下了岩梯。

路过薄延和简斯寻身边，许朝阳还冲他们笑了笑："你俩杵在这里眉目传情呢？"

薄延："……"

简斯寻："……"

悬崖底有商铺贩卖玉米烤肉和水一类的食物，给沿途的游客补充能量。

简斯寻见今汐脸蛋红扑扑的，有些闷热，于是去小摊贩那里买了瓶冰冻红牛递给她："学妹，喝点水解解渴吧。"

薄延跟着也从自己的黑书包里取出了今汐的暖水杯："红枣水，热的。"

今汐："……"

谁的都不想接。

这时，薄延恰如其分地祭出了他的"终极武器"——沈平川。

"听话，这是你哥吩咐的，必须喝热水。"

今汐顿了顿，最终还是接了薄延手中的暖水杯，打开瓶盖，小小地喝了一口，然后对简斯寻说："谢谢学长，我这几天不能喝冷饮。"

简斯寻："没关系。"

薄延嘴角淡淡地扬了扬，露出一抹胜利者的微笑，顺手拿走了简斯寻手里的红牛："别浪费，我帮她喝。"

前面几轮平局，这一回合薄延险胜。

简斯寻脸色下沉，低声说："走着瞧。"

薄延："我等着。"

游玩了风景如画的峡谷，几人又坐观光巴士去了天生桥。悬崖边，突兀地横出了一截玻璃栈道，栈道透明，站在玻璃上，仿若置身于悬崖。

有恐高症的人走在玻璃栈道上脚会发软。

今汐低头看着脚底的万丈悬崖，紧张又兴奋，拿出手机咔嚓咔嚓给自己拍照。

简斯寻站在入口的位置，看样子好像有些害怕，一直没过来。

今汐走过去，问道："学长有恐高症吗？"

简斯寻无奈道："是啊，一个人不太敢走。"

"那可怎么办？"

"没关系，你不用管我，自己去玩吧，我就站在这里看看。"

"好可惜噢。"今汐想了想，"那我带着你吧，没关系，一点危险都没有。"

简斯寻欣然同意："好啊，麻烦小汐了。"

他的手刚刚落到今汐的肩膀，就听远处"吧唧"一声，玻璃栈道上，薄延直接晕倒了！

今汐惊呼一声，朝着他跑过去——

"薄延！"

"奥斯卡影帝"趴在玻璃栈道上，似弱柳扶风般，扶了扶自己的额头："好晕。"

今汐扶着薄延站起来："学长，你恐高吗？"

薄延虚弱地点点头，揽着她的肩膀："是的。"

"那你快坐到边上休息一下，千万不要往下看了。"

今汐扶着薄延坐到边上的休息椅，拿出自己的暖水杯给他喝。

她很关心他，非常非常关心。

"小汐，你陪我。"

"我当然陪你啊！"

荆迟看着薄延的影帝本色，扶了扶额。

还有完没完了，什么天大的矛盾不能打一架解决问题，两个大男人，这是在演校园宫心计吗？

果然，简斯寻受不了了，面无表情地走过来，冷冷睨着薄延："薄延学长你这随地就晕的身体素质，很难相信是国防学院的十项全能优等生。"

薄延眼角颤了颤，看着从玻璃栈道平平稳稳走过来的简斯寻："简学长你这随手就来的浮夸演技，很难相信是文学院最高冷的男神校草。"

简斯寻："我是装的，难道薄延学长不是吗？"

薄延："我不是，我真恐高。"

谁比谁厚脸皮。

今汐看着针锋相对的两个人，半点毛病都没有。

她甩掉了薄延的手，站起身，愤怒地说："你们两个什么毛病，还有完没完，好好的心情都让你们毁了！"

她拉着楚昭的手离开，再不想和这两人说话。

薄延站起身目送她，唇峰微抿，脸色沉了沉。

荆迟走过来，拍拍他的肩膀："伤敌一千，自损八百，两个大男人争宠吃醋，有什么意思。"

"争宠？"薄延睨他一眼，冷哼道，"他有什么宠，不过是仗着小汐心地善良。"

荆迟笑了笑："难道你不是？"

薄延："……"

后来今汐真的不理他俩，拉着楚昭拍照游玩。

薄延觉得索然无味，索性架好了画板，调好色盘，准备开始写生了。

不过无论怎么画，他的心情总是静不下来，荆迟的那句"难道你不是"，宛若灵魂拷问，让他的心情染上了一圈又一圈的烦闷。

其实一直都拿捏不准，所以他不敢贸然相问，害怕自作多情，也害怕到最后，一无所有。

以前薄延是何等的决断，从来不会瞻前顾后畏畏缩缩，想要的，无论是争还是抢，他都不会有半分犹豫，那个无人敢招惹的薄家少爷，好像变得不再那么浑了。

他不敢，因为这丫头，他抢不来……

半个小时后，楚昭跑到玻璃栈道边，气喘吁吁地说："薄延学长，刚刚今汐手机掉坡下了，她去捡，结果自己也滚下去了，现在上不来呢，不知道该怎么办？"

"在哪里？"

楚昭指了指："就在前面。"

薄延连画板都来不及收，沿着楚昭所指的栈道，狂跑过去。

不远处的山道木桥上，简斯寻扶着栏杆，跃跃欲试地往下探身——

"今汐，你等着，我马上下来。"

薄延朝着坡下望了眼，这是一段小山坡，斜面约莫四十五度。今汐站在坡底，抱着一棵粗壮的大树，瘦弱的身子动也不敢动，害怕地望着上面："哎，你们快些打紧急电话吧，不要冒险下来了，我还能撑得住。"

她往下看了看，底下的坡度还要陡峭许多，如果滚下去，那是真的非常危险。

薄延单手撑着木桥直接翻了下去，手臂扶着树干，另一只手直接将身形笨拙的简斯寻给托了上去。

"大才子，你可省省吧。"

简斯寻手臂实在没力，支撑不了太久，见薄延这般轻松地一跃而下，他想了想，还是决定放弃。

赶来的荆迟和许朝阳合力将简斯寻拉了上来。

简斯寻紧张地说："快，快打电话叫人来！"

荆迟往坡下望了望，淡淡一笑："用不着，这种难度的障碍，对薄延来说不算什么。"

果不其然，薄延瞬间便攀爬了下去，脚踩着坡地光秃秃的岩石，伸出手臂，将今汐捞了过来，关切地问："受伤没？"

今汐死命地捞着薄延的颈子，吓得一动不敢动："没、没事。"

薄延单手揽住她的腰，将她往上面提了提，让她的腿勾在他的腰间，手环着他的脖子，宛若抱崽子的树袋熊似的。

他望了望四下，在一堆枯草藤边发现了今汐的手机，手脚并用攀了过去，捡起了手机，然后攥着树藤往上攀爬，身形敏捷，手臂肌肉张力感明显。

今汐近距离地望着薄延。

他脸颊微红，眉弓挺阔，睫毛又密又长，眼弧自然地上挑，给人一种轻佻随意之感，但是眸子里的神情却是无比的坚毅。

我喜欢的人是齐天大圣，一个筋斗云十万八千里，只要我遇到危险，无论他在哪里，都会翻山越岭赶到我身边……

今汐的呼吸轻轻柔柔，拍在薄延的眼边，轻轻撩着他的睫毛，他柔声问：“你看什么？”

“我觉得你像一个人……”

“谁？”

“齐天大圣。”

薄延嘴角淡淡一扬：“因为我会爬树吗？”

今汐红了脸：“对。”

景区的酒店距离市区稍稍有些距离，晚上没有什么娱乐活动。

薄延和荆迟拿了桌游牌，来了今汐的房间玩狼人杀。

酒店的原木地板上铺着松软的地毯，非常暖和，几人坐在地毯上围着茶几玩桌游。

薄延背靠沙发坐着，一条腿盘着，另一条腿伸直，手肘撑着膝盖，随意地倚着，颀长漂亮的指尖衔着一张狼人牌。

今汐依旧穿着白日里的小绵羊外套，戴着毛茸茸的连衫帽，靠坐在了薄延的腿边。

薄延发现，今天晚上的小汐好像格外温顺，过去狼人杀她虽算不上王者，但好歹小脑瓜子够用，扮猪吃虎也是铂金级别水平吧。

今晚这家伙脑子里跟塞了糨糊似的，说话前言不搭后语，完全没有逻辑，宛若猫咪似的依偎在他身边，时不时看看他，又看看他手里的牌子。

一反常态。

薄延还莫名有点小紧张，生怕她是要憋个大，套路他。

然而几轮之后，他看明白了，今天晚上小绵羊是真的“磕药”了。

“靠我这么近，不怕我是狼人灭了你？”他低醇的嗓音传来。

“不怕，学长才不会灭了我呢。”今汐柔顺地说。

薄延指尖捏着牌，丹凤眼微弯。

今汐觉得，这人不穿军装的样子，看上去真是斯文败类极了。

不过这种斯文败类型，别说，有时候感觉还挺带感。

今汐靠他坐得更紧了些。

薄延以为自己是挤着她了，于是一个劲儿地往边上退，最后都退到没路了，他无奈道：“你到底想干吗？”

今汐盯着薄延看了许久，嘴角噙了笑：“以前怎么没发现，薄延学长好帅的。”

薄延愣了几秒钟，拿手里的牌拍了怕她白皙的额头：“你今天是不是把脑子摔傻了？”

今汐痛得捂了捂脑袋，横他一眼，噘起嘴：“讨厌。”

话虽如此说，薄延的脸颊还是微微发烫，将腿抽回来，端端正正地盘腿坐好，矜持地理了理衣领和袖口，神情整肃。

今汐依旧靠着他，两人亲昵地坐在一起。

楚昭中途出去了一趟，因为许朝阳今晚没有过来玩，她有些担心。

一般这种游戏局，许朝阳都是最热心的，他今天竟然缺席，还真是非常奇怪。

曲萱萱也没有来。

楚昭心里琢磨着，这两人不会在一起吧？

怀着某种忐忑不安的心情，她走到许朝阳的门边，轻轻敲了敲：“许教官，你在吗？”

房间门竟然没有锁，楚昭推门进去，赫然发现许朝阳趴在地上，身体蜷缩着，脸色惨白，表情非常痛苦。

楚昭惊呼着扑到他身边：“许教官！许教官你怎么了？”

许朝阳嘴唇发白，额间渗出了一层细密的薄汗，他虚弱地说：“肚子……肚子痛。”

“你等一下，我马上……马上叫人来！”楚昭连滚带爬地跑回了房间，大喊着，“许……许朝阳他好像生病了！你们快去看看！”

男生丢下牌，几个箭步跑回了房间。

今汐拉着楚昭的手，发现她的手冰凉，看样子这丫头吓得不轻。

房间里，薄延将许朝阳扶了起来：“怎么回事？”

许朝阳皱着眉头，无比虚弱地说：“肚子里像有条屁眼虫在钻洞。”

“……”

“打电话叫救护车吧。”今汐摸出了手机。

薄延轻而易举将许朝阳横抱了起来：“不用，这货就是胡吃海吃，吃坏肚子了，叫辆车送他去医院吧。”

救护车一来一回也挺折腾。

许朝阳勾着薄延的脖颈，由他一路“公主抱”，抱下了酒店大楼。

楚昭秀眉紧蹙，跟在薄延身后，跟上了出租车。

车上，她坐在许朝阳身边，见他连说话的力气都没有了，她又不敢多问什么，只能攥着他的衣角，担忧地看着他。

路上许朝阳好几次叫停车，跑出去一阵狂吐，吐得肚子里都没了东西，只能干呕。

楚昭陪在他身边，轻轻拍着他的背，拿纸巾给他擦嘴。

急诊科，薄延给许朝阳挂了肠胃科，值夜班的医生问了他些许症状之后，说是急性胃肠炎，挂水吃药，再观察观察。

病房里，许朝阳吃了止痛药，手上挂着水，倒是缓和了许多，虚弱地躺在床上，昏昏欲睡。

忙完了这一切，薄延和今汐两人靠在另一张病床上凑合着睡着了。

楚昭一直陪坐在许朝阳身边，在他熟睡以后，她偷偷地捏住了许朝阳的手指。

他的手也很白净，一根根指头细长，骨节分明，看得出来，是那种富贵人家生养出来的一双手。

也只有这种温厚水土里才能养出来这样单纯的人。

荆迟倚在门边，看着女孩握着许朝阳的手，忧心忡忡。

要说不羡慕，那是不可能的，有的人，生来什么就有，没有那么多计较，性格也好，温暖又大方，这样的男孩总归是吸引女孩喜欢的。

可惜，自己不是她喜欢的样子。

荆迟走过来，低声对楚昭说："你去休息会儿，他应该没事了。"

楚昭摇头："没关系，我现在还不困。"

荆迟估计她也睡不着，索性便陪坐在她身边，和她聊聊天。

"你看他们，别说，两人还真挺搭。"

楚昭回头望了望对面的床铺——

今汐猫咪似的靠在薄延的腿上，睡得正香，小脑袋一个劲儿地往薄延身边拱，本能地向着温暖源靠近。薄延的手环过来，搭在她深陷的腰窝间。

画面很美好，像童话故事。

楚昭挺羡慕他们。

"许朝阳是个好男孩，也很单纯，你这么聪明，搞定他不难。"

夜里，荆迟的嗓音放得很低。

楚昭抬头看着他："可你之前还说，我不是许朝阳喜欢的类型。"

荆迟轻轻拍了拍她的肩膀："感情的事情，谁能说得准，不管成功还是失败，总要试一试，这样才不会有遗憾。"

楚昭低头看向许朝阳，他的侧脸埋在洁白的枕头里，睡颜安静，没了白日里的张扬莽撞。

“荆迟，谢谢你。”她感激地对他说，“谢谢你这样帮我。”

荆迟笑了笑，没作声。

次日，许朝阳的情况有所好转，肚子倒是不疼了，不过全身脱力，很虚弱，连路都走不稳，需要由人扶着才行。

楚昭、今汐和薄延几人留下来陪着许朝阳，而简斯寻则带着曲萱萱等剩下几人，去苍南山游玩。

许朝阳感动得眼泪汪汪的，病床边，他抱着薄延的手臂，说一定要报答薄延，必要的时候，以身相许完全没问题。

薄延无比嫌弃地推开了他。

荆迟漫不经心说：“昨天晚上一直守着你的人是楚昭学妹，你要是真的以身相许，许你学妹吧。”

楚昭呼吸一滞，白皙的脸颊有些热。

许朝阳伸手揉了揉楚昭的小脑袋，开玩笑道：“人家学妹也不要我啊。”

荆迟看着他，似笑非笑说：“你又没问过，怎么知道学妹不要你。”

楚昭脸红透了，心脏也跳得厉害，可是许朝阳却没再继续这个话题了。

到旅游的第四天，许朝阳的身体也渐渐恢复，没能去苍南山游玩，有些遗憾，不过简斯寻发了不少风景照在群里，也算是给他们饱饱眼福了。

回程的大巴车上，薄延依旧坐在最后排，这一次，今汐难得地主动坐到了他身边。

汽车缓缓启动，驶上了高速路，带着旅途的疲倦，众人靠在椅子边，昏昏欲睡，车厢里非常安静。

薄延的领口开了两颗纽扣，露出了脉络分明的脖颈，颈部的肌肤显白，喉结突出。脖子上挂着一个淡杏色的 U 形靠枕，脑袋往侧边偏移，双臂自然地合抱在胸前，闭上了眼睛。

他的睫毛又黑又长，带了一点自然的卷翘，嘴唇比较薄，唇色偏淡。

他真的是个非常漂亮的男孩。

似乎察觉到有人盯着自己看，薄延警惕性地睁开了眼睛，今汐猝不及防被他逮了个正着，四目相对，她眨眨眼睛：“唔……”

薄延防备地问：“干吗？”

今汐直接闭上眼睛往他身上一靠：“好困呀，这几天都没有睡过一个好觉。”

薄延感觉到这丫头的小脑袋压在了他的肩头，她柔软的发丝撩得他皮肤微痒。

他垂下眸子瞥向她，她的小手攥着他的衣袖，温顺地靠着他，闭上了眼睛。

她的皮肤是真的白，因此也显得眼睛尤为黑，嘴唇尤为红，给人一种玲珑剔透感。

薄延问：“很困？”

今汐轻轻“嗯”了一声。

于是，薄延站起身说：“你躺着睡吧，会舒服一些。”

说完这话，他还体贴地将自己的书包放到了座位上，给她垫着脑袋，脱下外套搭在她身上，起身坐到了荆迟的座位边上。

今汐：“……”

这男人，有什么毛病。

荆迟回头看了看发蒙的今汐，笑着摇了摇头：“傻。”

薄延：“你说谁傻？”

荆迟没上他的当，指了指前排的简斯寻，说道：“你要是非得在这个时候掉链子，前面那位才子学长不介意帮你给你学妹当靠枕。”

薄延眨眨眼睛，似乎反应过来什么，他连忙回头问：“小汐，你想靠着我睡觉吗？”

声音之大，整个车厢都听到了。

今汐平躺在最后一排椅子上，揪着他的外套，闭着眼睛一脸冷漠：“不想，滚。”

薄延：“……”

好像错过了什么。

五四青年节，国防学院会举办一场大型的比武检阅。

楼下宿舍的几个男孩投入了艰苦的训练中，每天早上五点便出操了，晚上十点之后才会回来，平日里楼下大门紧闭，几乎见不到他们的人影。

偶尔饭点在食堂里碰见，说不上几句话，他们匆匆忙忙吃完了饭，便又要去训练场集合了。

林洛不禁感叹：“每当这个时候，才会真切地感受到国防学院的同学们，和咱们普通学生的区别，要让我每天早上五点起床，那还不如要了我的命。”

今汐抬起头，望向食堂东南角的几个迷彩军装男生，他们专心致志地埋头吃饭，动作非常快，争分夺秒一般，丝毫不敢耽误。

楚昭道：“这叫‘宝剑锋从磨砺出’，不然国防学院的男生怎么就比其他学院的男孩要帅几个维度呢！”

林洛含笑：“我怎么觉得，某些人是意有所指呢，具体说说啊，是你许朝阳教官帅，还是你荆迟学长更帅？”

楚昭皱眉：“喂，干吗要把他们放在一起比。”

“他们俩怎么就不能比了？”

“根本就不是一回事。”

……

俩女孩你一言我一语地打着太极，今汐快速吃完饭，对室友道：“我去散步了。”

楚昭不怀好意地笑了：“你又去散步啊，你这一天早上也散步，中午也散步，晚上还要散步，学校的绿道石板路都要让你给磨平了吧。”

“……”

散步怎么还碍着你了，我愿意！

今汐说完收了盘子，小跑着出了食堂。

林洛不解地问：“看上去另有隐情啊，所以你们这次出游，到底发生了什么事？”

楚昭嘴角勾起一抹微笑：“荒山野林里，被她发现了一只会爬树的孙大圣。”

林洛更是诧异：“这是什么哑谜。”

正西的日头宛如鸡蛋黄，晕染着周遭的云霞，训练场地常年生长着短枯草，在夕阳的映照下越发显得恹恹的。

几十个穿迷彩装的男生们分散开来，在训练场各处进行自由搏击练习，今汐迈着碎步子，漫不经心地围着网栏兜了一圈。

在那片绿色的海洋里，她凝神定睛，仔细地寻找着，依旧没有见到那抹熟悉的身影。

她轻轻地叹了声，正要转身，赫然发现正对面站着几个迷彩军服的大男孩儿，其中有她认识的荆迟、许朝阳，当然也有她不认识的陌生面孔。

薄延就站在他们中间，袖子挽到了手肘的位置，露出了流畅精壮的小臂，夕阳斜照着他，他挺阔的眉弓微蹙起来，眯着眼睛望向今汐。

肩头勾着一把黑幽幽的狙击枪，显出冷森森的质地。

被他这样远远地凝望，今汐呼吸一顿，心跳莫名加速，有些进退不得。

有不认识的男生吹了声口哨：“小学妹，好几天了，你每天都来，是看上哪位哥哥了，说出来我们帮你介绍啊？”

“肯定不是你，这么热心做什么。”

“关你屁事。”

几个少年肆无忌惮地笑了起来。

今汐脸颊发烫，手紧紧攥住了斜挎包的肩带：“我……我来找……”

找找找，找了半天也没找出个所以然来。

薄延笑着，慢条斯理地走了过去，揽着她的肩膀，将她带到铁丝网边：“找我？”

今汐红着脸点了点头。

他的声音很温柔，和他这一身冷硬的装备倒是非常不搭：“有事吗？”

今汐一双漆黑的眼珠子左右望了望，慢吞吞地说：“我就是……好几天没见着你了。”

得有十多天了吧，感觉真的过了好久好久。

她耳郭绯红，这次不是自然的红，而是充血发烫的那种红。

薄延清浅一笑：“你不是每天都来看我训练，怎么能是好多天没见？”

“啊。”

意外被抓包，今汐呼吸都快要不顺畅了，脑子烧成一团糨糊，本能地否认：“没有！”

“我看见你了。”薄延眼底晕着意味深长的柔光，“每天都来，有时候一个人，有时候会带着你的小室友。”

危急时刻，今汐果断卖队友，毫不犹豫且斩钉截铁：“楚昭一定要过来看许朝阳！对。”

“那现在？”

今汐犹豫了小半晌，终于从自己的挎包里取出了暖水杯，顶着一张红透的小脸，低声说：“我给你泡了菊花茶。”

星子散乱地落在夜空中，训练场晚风微凉，周遭草木里时不时传来几声不知名的虫啼。

休息的时候，众人要么拿一次性纸杯，要么就喝矿泉水，只有薄延画风迥异，手里握着浅蓝色的哆啦A梦暖水杯，格外突兀，还带了几分可爱。

几个大男孩围坐在枯草地上，望着天空的星辰发呆，薄延突然喃道："我要向她求婚。"

"噗。"

荆迟刚喝了一口水喷出去，咳嗽了起来："神经病啊，害老子差点儿呛到。"

薄延那漆黑的瞳子凝望着远方明明灭灭的星辰，说得格外认真："我要给她买最漂亮的钻戒，举办最盛大的婚礼，我要给她全世界最好的一切。"

荆迟："少年，醒醒，别做白日梦。"

薄延低头看着怀里的水杯，柔软的声音宛若梦呓："真想时间过得再快些。"

"我也有想娶的姑娘。"荆迟手往后一撑，"可惜人家不愿意嫁给我，而且，老子也太穷了。"

薄延抬头睨他一眼："现在说穷没意思，过几年看你的本事。"

"过几年，姑娘都是别人的了。"荆迟放下水杯，"算了，都是瞎扯。"

许朝阳听着这两人的话，笑道："一个两个连女朋友都没着落，就想着娶媳妇，你以为媳妇这么好娶的啊？"

薄延放下水杯，目光里透出坚定之色："等忙完这段时间的五四检阅，我就去表白。"

"我记得某人可是被拒绝过一次。"

"她要是再拒绝我，我就……"

众人满以为他会说"我就放弃"这样的字眼，却不承想，薄延嘴角一咧，露出一个轻狂且败类的微笑——

"我就再求求她。"

"……"

真有出息！

五四青年节前夕，学校给同学们放了一天的假，各大社团和学生会都组织了内部的联谊活动。

今汐其实挺想看薄延的五四检阅，不过听说学院内部举行，并不会对外开放。

检阅结束，薄延迫不及待地跑回了宿舍，洗了一个小时香喷喷的热水澡，然后关起门来给自己好好地打扮了一通，为今天晚上的告白行动做足了准备。

他给自己吹了个清爽的发型，刘海全部薅了上去，露出了高挺饱满的额头，看上去非常精神。

荆迟洗了澡回宿舍，看见薄延桌上的两个粉红色信封，他冲许朝阳努努嘴，眼神里蕴了坏主意。

许朝阳一瞬间秒懂，就在薄延回身的刹那，他一跃而起、扑过去用背顶住了阳台的门，将薄延关在外面。

荆迟走到薄延桌前，拆开了他桌上的粉红色信封。

信封里是薄延写给今汐的告白情书，用的是清爽的浅绿色信纸，他还在边缘位置画着可爱的卡通动物简笔画，纸面散发着一股淡栀子香。

薄延将门砸得“砰砰”响，沉声威胁道：“你们想死吗！”

许朝阳憋红了脸，痛苦地催促荆迟：“我快顶不住了，薄爷的情书写的什么，快念啊！”

荆迟捏着信纸，念道——

“亲爱的汐汐：这几日，学长训练太忙，没有时间关心你的学习和生活，不知你最近过得好吗？”

许朝阳顶着背后的大门，兴奋地大叫：“鸡皮疙瘩掉一地了！”

荆迟笑着继续念：“这段时间，我在训练场每每看见你的身影，都会忍不住心跳加速，全身充满了力量，我知道，这是爱的力量。”

“我快不行了，太肉麻了！”

荆迟问：“还听不听？”

“听！”

荆迟继续道：“亲爱的汐汐，我没有办法停止想你，停止爱你……”

半晌，他停了下来：“不念了！受不了了！”

阳台上，薄延已经要暴走，直接拿起塑料桶开始砸门，就连左邻右舍的同学都被吸引过来了：“隔壁吵什么呢！要拆房子吗！”

许朝阳放开了门，薄延沉着脸走进来，一把夺过了信纸，小心翼翼地叠好，装进信封里，用力瞪了许朝阳和荆迟一眼。

两人立刻退后几步抄家伙，一个拿着撑衣杆，另一个拿着拖鞋，严阵以待。

薄延冷冷地抽回目光，矜持地理了理自己的衣领和袖子，今天他才懒得和他们动手，他要保持干净，保持美丽，等他的小汐回来，向她告白。

荆迟见薄延放过他们了，凑过来笑说道："薄爷，这都什么年代了你还写情书啊，太老套了吧，你见哪个和你告白的女生，是写情书的。"

薄延放下信封，问道："不然？"

"个人觉得，发微信都比你这肉麻情书更能让妹子接受。"

"发微信，太不正式。"

许朝阳提议："你想要正式，要不我给你做个告白的ppt吧，明天你拿到今汐她们班上去放！"

薄延："……"

他捏着自己的粉红色情书，思来想去，决定把情书内容背下来，然后今天晚上，当面说给她听，这样既正式，又不乏浪漫。

于是接下来漫长的半个小时里，两条单身狗的耳膜备受煎熬。

"喜欢一个人是很傻的事，为什么我却依然执迷不悟？"

"看着你那美好的微笑，我真的觉得，喜欢你的我，是这个世界上最幸福的男人。"

"汐汐，我喜欢你。"

许朝阳抱头崩溃："啊啊啊啊！我受不了了！"

荆迟淡定地给自己堵上了耳塞。

其实薄延并非记不住内容，但是因为太紧张了，看了上句忘下句，总是无法保持最佳状态，这样下去，今晚还告什么白啊！

荆迟好奇地望向薄延："对了，你桌上还有一个信封，是什么？"

薄延将底下的另一封信取出来："这是求婚的情书，准备将来给她。"

荆迟咧咧嘴："你还真是准备充分啊，连求婚的台词都准备好了，没考虑过今晚被拒绝，一切泡汤？"

薄延嫌弃地瞪他。

"乌鸦嘴。"

求婚的情书比告白的情书要简单一些，只写了几个字：汐汐，我爱你，我们结婚吧……

至于后面的内容，在未来的甜蜜相处过程中，再慢慢填充，他一定会很疼很疼她，在一起的每一天，他会让她快乐。

薄延这厢兀自激动了大半晚，连今汐的影儿都没见着。

情报员许朝阳去楼上宿舍打听了，今汐参加文学社的内部联谊，还没有回来呢。

薄延肾上腺素一直保持着高速分泌的状态，坐立不安，时而去阳台边望望，时而又去走廊上兜兜转转。

有些沉不住气。

今晚的文学社联谊，社团里的干事们AA去吃了自助烤肉。晚饭后，又去KTV唱歌，大家玩得很开心，说要不醉不归。

今汐也被朋友们闹着喝了几杯酒，简斯寻见状，过来替她挡开了众人的敬酒，温和地说："我替她喝。"

众人开玩笑道："四月学长，你是你，今汐是今汐，你有什么身份替她喝啊？"

简斯寻浅浅一笑："我是组织部长，今汐是我的干事，我当然有身份替她喝。"

众人逮着话里的歧义，起哄道："哟，今汐是'你'的干事，你俩这算是公开了吗？"

"别开玩笑。"简斯寻皮肤很白，脸颊泛起的酡红非常明显，不知是醉意还是害羞。

今汐拉了拉简斯寻："学长，少喝一些。"

简斯寻果真听话地放下了手里的杯子："那我就不喝了。"

又有男生起哄道："四月学长，你这也太听媳妇的话了吧，标准的妻管严啊。"

"你们别胡说！"

文学社里的确有很多人在传简斯寻喜欢今汐，还有说他们在谈恋爱的。今汐从来没有把这些空穴来风的话放在心上，本来同学们就挺八卦，最喜欢传谁谁谁在一起了，有时候两个人稍稍走近了些，他们就能曲解是非，这没什么好在意的。

今汐看了看时间，已经快九点了。

手机里还横着一条微信消息，来自薄延——

"早些回来，我有话要跟你说。"

消息是半个小时前发的，KTV太吵了，她没有听见铃声。

今汐靠在角落里，低下头准备回复信息，简斯寻突然凑过来，低声对她说："今汐，你跟我出来一下，我有话想跟你说。"

今汐的信息敲了一半，又删掉了。

怎么今天晚上谁都有话要跟她说？

而就在这时，荆迟给楚昭也发了一条短信："怎么还没有回来？"

楚昭："我们还在KTV呢学长，估计还有一会儿。"

荆迟："那薄延可难熬了。"

楚昭：“怎么了？”

荆迟：“我告诉你，你不要告诉今汐。”

楚昭最喜欢听秘密了，连声说：“我保证！不说！”

荆迟：“薄延准备今天晚上跟今汐告白。”

楚昭：“嗷！刺激！”

荆迟：“你早些带她回来吧。”

楚昭犹豫了片刻，对荆迟道：“学长，我给你说哦，情况可能不妙，刚刚简斯寻学长把小汐叫出去了，我看他这架势，说不准也是要告白呢。”

荆迟抬起头，望了望站在阳台上吹冷风抽闷烟的薄延，心说今天这是什么好日子，怎么各路人马都凑同一天了。

荆迟思忖片刻，走到阳台边对薄延道：“有件事提前告知你一声，有个心理准备。”

KTV 走廊七拐八绕，简斯寻领着今汐来到稍稍安静一些的角落。

简斯寻看起来似乎有些紧张，眼底晕着些许醉意，脸也很红。

今汐关切地问：“学长，你还好吗，要不要回去休息？”

简斯寻认真地说：“不用，我没有醉，我现在头脑很清晰。”

今汐“哦”了声，问道：“那你要跟我商量什么事？”

她本能的反应就是简斯寻有工作要交代给她，毕竟两个人在一起，也多是聊关于工作的事情。

简斯寻清了清嗓子，郑重地说道：“小汐，我想告诉你，我可能喜欢上你了。”

……

今汐反应了半晌，确定简斯寻此时此刻是认真的，没有开玩笑，也不是喝醉了。

她一时间不知该做何反应：“呃……”

简斯寻眼底含光，期待地看着她。

不得不说，单就容貌而言，简斯寻算得上男生中数一数二的相貌，他温文尔雅，身上有种出尘的气质，若放在古代，那就是诗里面描绘的“陌上人如玉，公子世无双”的类型。

但他不是今汐的菜。

今汐想要的男朋友是大闹天宫的孙大圣，简斯寻……更像是清秀娴静的唐三藏，或许人人都稀罕他，但今汐不喜欢。

“学长，我觉得我们可能……”

“不太合适”四个字还没来得及说出口，简斯寻立刻道：“我明白，今晚贸然告白十分唐突，我们相处的时间不长，你对我也不算了解，或许可以再多了解了解彼此。”

“那个……”

“今汐，我是真心诚意的，希望你能好好考虑。”

今汐顿了顿，还是坚持着把话说完了：“学长，我已经有喜欢的人了。”

想到他，今汐眸子里一片柔软，嘴角浅浅地抿了起来。

简斯寻从她的眼神中看出来，这不是借口，她是真的已经有了心上人。

只需要这一句话，简斯寻准备的一番深情告白，全被遏在了喉咙里。

他轻轻地叹了一声，虽有不甘，更多的是翻涌而来的失意。

今汐也不知道该说什么好，两个人站在空荡荡的走廊里，相对无言。

隔壁包间里有人正唱着撕心裂肺的“死了都要爱”。

“是我来迟了。”简斯寻艰难地开口，“其实早已经猜到了，但总是觉得不甘心，抱着一丝侥幸，哪怕只有百分之一的概率，我也想要试一试，现在知道答案，我的心就算落定了。”

这个时候，再问“如果我比他早出现在你身边，你会喜欢我吗”这样的话，已经没有了意义。

简斯寻不再坚持。

走在回男八宿的梧桐道上，楚昭逮着今汐的袖子，好奇地问：“简斯寻学长跟你说什么？”

“没什么。”

“哎，你怎么还瞒着我了！”

今汐无可奈何道：“就是你心里想的那样，别问了，也别到处讲。”

楚昭深吸一口气：“所以你是拒绝了。”

“当然。”

楚昭笑着说：“简斯寻学长那是什么级别的白马王子啊，你居然把他拒绝了，全校女生都想要掐死你了。”

今汐哆嗦了一下：“所以让你千万不要出去讲。”

两人走到男八宿门口，今汐看到一抹熟悉的身影，孤零零地站在路灯下。

薄延。

他穿着白衬衣和黑西裤，衣领的领口敞开，露出白皙的脖颈和一截漂亮的锁骨，手随意地揣在兜里，听见她的声音，他抬起视线望过来。

他斜倚在灯柱旁，眉眼深邃，激荡着某种汹涌澎湃的躁动与不安。

楚昭自觉地进了宿舍大门，一只脚刚迈进去，便被埋伏在门口的许朝阳给拉了过来，捂住嘴——

“嘘，好戏要开始了。”

薄延站直了身子，迎着今汐。

他的皮肤很白，在明耀的灯光下，唇色越发的红，将他的五官勾勒得分明。

晚风带了初夏的潮热，今汐心跳加快。

她走进路灯的光晕中，乖小的身影被暖得有些朦胧。

薄延准备了好多好多的话，情书被他翻来覆去地背了几十遍，可是临到此刻，思绪像被这燥热的夜风吹散在空中，什么都说不出口了。

今汐故作无恙，漫不经心地走过去，问道：“这么晚了，学长呆呆站在这里做什么？”

薄延张嘴轻轻地“啊”了声，随口道：“我，赏月。”

今汐抬头，漆黑深邃的夜空里，连半个月亮的影子都没有。

薄延抬头，望了望顶上的路灯，说了人生第一句让自己看起来像个傻子的无聊话——

“你看它，像不像月亮。”

所以，赏灯吗?

薄延学长可真有雅兴。

今汐慢吞吞地走到他身边，抬起头望着路灯，陪着他一块儿“赏灯”。

门后偷看的一众人：“……”

绝配。

薄延低头望着身边的女孩，路灯下，她的皮肤越发白皙，乌黑的眉目分外鲜明，她眨巴眨巴眼睛，冲他浅浅地微笑。

薄延收起纷乱的心绪，深呼吸：“你刚刚没有回我信息。”

“哦！”

今汐这才恍然想起，之前薄延给她发了信息：“刚刚简斯寻学长把我叫出去了，回来我就……忘了。”

“对不起哦，学长，”她挠挠头，甚是抱歉，“你说有事情要告诉我，是什么呀。”

“简斯寻跟你告白了？”

今汐讶异地看着他：“你这都……”

不等她说完，他情不自禁地握住了她的手腕，急切地问：“你答应了？”

今汐感觉到他温热的手掌略微有些湿润。薄延手腕力气很大，捏得她有些疼。

“我答应……”

她本来是想说“我答应什么呀”，可是话到嘴边，突然留了一个心眼：“答应了啊。”

薄延脑子“嗡”的一声响，脸色变得惨白。

“你为什么要答应他！”

情急之下，他的嗓音都快要变声了，这话用了力气问出来，竟像是质问和责难——

“你怎么能答应！”

今汐本就是开玩笑逗逗他，蓦然被他凶了这一下子，心里慢慢爬上细密的酸楚和委屈，推了他一把：“你凶什么凶。”

若是换了从前，随便薄延怎么凶她骂她，她嘻嘻哈哈也不会当回事，可是现在却不知道为什么，偏偏就没有办法接受，好像变得小气了，也变矫情了。

又或许，变得更加在意了。

今汐转身朝宿舍门走去，薄延一把拉住她，将她单薄的身子拉回来按在灯柱边，沉声问：“你喜欢他？”

“我不喜欢他，难不成喜欢你吗？”

“你为什么不能喜欢我？”

“因为你很讨厌啊！”今汐想要挣脱他的手，“总是这样，自以为是，好像我就应该等着你跟我告白，你不跟我告白，我就应该一直等下去。”

哪有这样的事，凭什么所有的一切对于他来说都是理所当然！

“我现在就跟你告白。”薄延按着她，恶狠狠地说，“你给我听好了。”

他微微张口，一阵风过，他又闭上了嘴。

被她这一激，什么都不记得了。

今汐的小胸脯因为激动，上下起伏得厉害，她错愕地望着他，不知道他葫芦里卖的是什么药。

说啊，告白呢，怎么不说了？

薄延心一横，手伸进裤子口袋里，取出了情书信封塞给她：“你……你自己看吧，我想说的都写在上面了，你别念出来，看着就好了。”

说完，他转过身，深呼吸，心跳加速，手都开始抖了——

今汐错愕地看着手里皱巴巴的信封，居然还是粉红色的。

她抽出信纸，只看了一眼，便将信纸重重地拍在他的背上：“薄延，你是傻吗！”

薄延诧异地回头，信纸轻飘飘地落在了地上，信纸上写的是——

“汐汐，我爱你，我们结婚吧。”

今汐愤怒地转身，红着脸跑回了宿舍。

靠在墙边的许朝阳摸了摸自己的口袋，从里面拿出了另外一封粉红情书，眨眨眼睛，冲薄延扬了扬：“哥，你拿错了……”

今汐愤然离开，薄延沉着脸回了宿舍。

荆迟和许朝阳两个闯祸精你看看我，我看看你，临到睡前，都没敢讲话。

晚上，薄延翻来覆去睡不着，摸出手机给今汐发短信道歉——

“汐汐，对不起，信拿错了，再给我一次机会，好不好。”

信息发送出去，左边出现了一个标红的感叹号。

“……”

被拉黑了？

楼上宿舍，今汐蜷在被窝里，脑袋对着洁白的墙壁，手里握着手机，看着微亮的屏幕发呆。

这家伙，真是蠢死了！

不仅蠢，还凶，凶起来像是要吃人似的。

从小到大，沈平川也没少凶她，今汐不是玻璃心的女孩。可是偏偏薄延对她说了重话，她便受不了，觉得委屈。

对床的楚昭用被单把自己裹成了毛毛虫，只露出了一张小脸，好奇地问今汐：“薄延学长的情书写了什么，这样惹你生气？”

今汐揉揉凌乱的头发，嘟哝说：“他说叫我和他结婚。”

“噗。”

楚昭没忍住，哈哈大笑起来：“你薄延学长的深情告白，还真是不走寻常路。”

“什么告白，这家伙摆明了就是在恶搞，整我的！”

今汐决定再不搭理他了。

次日清晨，今汐拿着书和室友们一起去上课，正好遇上楼下宿舍出早操回来的几个男孩。

他们操练结束，T恤襟前颜色很深，浸着明显的一层汗，擦肩而过的时候，还能感受到他们身体散发的腾腾热量。

薄延的脸色不太好看，眼角晕着浅浅的一层黑眼圈，路过今汐身边的时候，他伸手拉了拉她："小汐……"

今汐挣开薄延的牵扯，闷声说："难闻死了，别碰我。"

此言出，薄延立刻松开了她，往后退了退，沉着脸朝公共浴室走去。

几人离开后，楚昭才说道："哪里难闻，你薄延学长身上最干净了。"

"他就是臭男人。"

今汐心情烦闷极了，她总算明白什么是伤人一千自损八百，对薄延的恶语相向，只会让她心情更加糟糕。

她怎么会变成这个样子，好像自己都有点讨厌自己了。

今汐整天都是闷闷不乐。

中午，沈平川约了今汐一起吃饭。

三食堂二楼的小炒窗口，沈平川端了盘子走过来，习惯性地将盘子里最大块的肉选出来放在一边。

平日里的这个时候，今汐这小馋猫肯定会虎口夺食，把他盘里的瘦肉挑走。

不过今天倒是很奇怪，这丫头拿着筷子，若有所思地捯饬着碗里的白米饭，也没吃几口，全程走神。

沈平川叫她一起吃饭，是想要提醒她四级考试的事。

"准备得怎么样了？上次咱爹问起，我帮你打了马虎眼糊弄过去，这学期要是再通不过，神仙都救不了你。"

今汐愣愣地望向她："四级什么时候考？"

沈平川放下筷子，愤慨道："连什么时候考都不知道，你到底有没有好好准备！"

"有啊，我每天都在背单词。"

今汐说着还拿出了口袋里的单词本，以证清白。

沈平川没好气道："好好准备，争取一次考过，下学期过六级，大三就开始备战考研。"

"你都帮我安排好了啊？"

沈平川理所当然道："我是你哥，这些事，当然应该我帮你安排，本来呢，是想让你考个雅思出国读研，不过想了想，还是算了。你这丫头迷迷糊糊，一个人出国我还真不放心，留在国内，到时候念本校也行，你想考更好的大学也可以。"

"然后呢？"

"然后你就可以挑选喜欢的工作，做喜欢的事情。"

"那我能去沈叔叔的公司吗？"

沈平川防备地问："干吗，又想跟我争家产啊？"

今汐笑起来，露出两颗白白的小虎牙："咱们兄妹一条心，争什么家产。"

沈平川伸手揉了揉她的脑袋，柔声说："沈家积重，旁系众多水深似海，没你想的那么简单。总之，有哥一口饭吃，就饿不着你，不用担心，你可以做你想做的事情。"

今汐"哦"了声，不再继续这个话题。

吃饭的过程中，沈平川漫不经心地问："你是不是谈恋爱了？"

今汐呛了一口辣椒饭，剧烈地咳嗽了起来，眼泪鼻涕都被呛出来了。

沈平川看她这样子，皱眉道："还真是啊？"

"没有！"今汐连忙否认，"谁会跟他谈恋爱啊！"

沈平川疑惑："他？真有人啊。"

今汐看着碗里的白米饭，心慌意乱："你听谁乱讲呢。"

沈平川笑了起来："我诈你的，傻。"

今汐听了想打人，回想起以前念高中的时候，沈平川可没少诈她，不过她问心无愧，他的套路从没成功过。

沈平川放下筷子，疑惑地问："那男人是谁？"

"没有。"今汐有些小心虚，低声说，"没有谁。"

沈平川："……"

"我知道了。"他眼底已有了然之色，愤声说，"果然是他，那臭小子！敢在老子眼皮底下搞我妹妹！"

今汐脸颊红透了，慌忙辩解："没有，不是他！"

"这么长时间，你没事儿就往社团跑，除了简斯寻那个伪君子，还能有谁！"

今汐愣了愣。

"哈？"

沈平川不爽道："跟你明说，简斯寻那样的，我就不同意！"

今汐心里的石头重重落地，松了口气，还有点得了便宜卖乖的意思：“为、为什么呀？”

“在学生会我和他打过交道，这家伙……”

沈平川仔细想了想，简斯寻性格谦和，办事周道，好像还真挑不出什么错处。

“反正就是不行！他……他身体不够强壮，连肌肉都没有，怎么能当我的妹夫！”

在沈平川看来，全世界就没几个男人配得上他宝贝妹妹，如果让他选，他肯定要给她挑最好的。

“那哥哥觉得，许朝阳学长呢？”今汐小心翼翼地声东击西，“他身体强壮啊。”

沈平川连声否决：“那地主家的傻儿子还想当我妹夫，做白日梦！”

“那荆迟学长？”

“他倒是没什么毛病，就心思太多，你这傻丫头控制不了那种腹黑。”

“那……”今汐兜了一圈，连沈平川的室友都挨个问候了，最后，终于绕回了那个人身上。

她紧张地抬眼看他，问道：“那薄延学长？”

“他嘛。”沈平川的眉头拧在了一起，想了半晌，“他……”

今汐的手紧紧捏着筷子，盯着他都快要不能喘息了。

“哎，我说小妹，你是不是套路我呢？”

“哥，我晚上去图书馆复习四级，拜拜！”

趁着沈平川还没回过味来，今汐赶紧起身开溜。

连着好几天，今汐都没怎么搭理薄延。

薄延心下琢磨着，这样下去终究不是办法，他必须要有所行动了。

五月底的某个下午，烈日骄阳，晒得人睁不开眼睛，薄延双腿横跨在训练场的障碍墙上，望着远方的几片浮云，久久未动。

他身后，荆迟三两步攀了上来，见薄延坐在上面发呆，拍了拍他肩膀：“在想什么？”

薄延望着远方飘着的几片流云，喃道：“置之死地而后生。”

荆迟看着他眼底蕴着某种“风萧萧兮易水寒”的决绝之色，还没反应过来，薄延双眼一闭，只听“吧唧”一声——

他从三米高的障碍墙上一跃而下，直挺挺地栽在枯草地上。

荆迟惊呆了。

他赶紧翻下障碍墙，查看薄延的伤情，这人挺有技巧，避开了所有重要部位，膝盖着地，磨出血了，身上却没大碍。

“你这也太狠了吧！”

荆迟扶起薄延，对匆匆跑过来的许朝阳喊道：“快去医务室叫人！”

薄延一把攥住许朝阳，把自己膝盖磨破的鲜血，糊了他一脸：“去图书馆叫小汐，说我要死了。”

校医院飘着淡淡的消毒酒精味。

薄延坐在病床边，将长裤挽到了膝盖以上。

穿白大褂的护士将涂了药的纱布，仔仔细细地缠在了他膝盖伤口的位置。

荆迟站在门边放风，回头压低声音冲薄延道：“来了！”

伤口处理室突兀间发出一声惨叫，把护士吓了一跳。

紧接着，某人宛如戏精上身一般，直挺挺晕倒在了病床上。

护士吓得连忙站起来，一脸不知所措。

发生了什么事？她做了什么？

“同学，同学你怎么了！”

这时，许朝阳推门而入，今汐紧张地跟在他身后。

薄延微微睁开眼，望向床边的今汐，气息无比虚弱：“小汐，你来了。”

今汐看着他膝盖上缠绕的厚厚纱布，紧咬着下唇，唇肉被她咬出一圈粉白。

“没事。”

他勉强支撑着身子坐起来，还轻轻地咳嗽了一声，有气无力道：“小伤，你学长撑得住。”

护士觉得自己的眼睛都要瞎了，这不过是膝盖受了点皮外伤，怎么弄得好像绝症晚期似的，你还喘，你喘个什么劲啊！

不过当她看到小女孩绯红的眼角时，立马明白过来这是怎么一回事。

刚刚给伤口上消毒药水，最疼的时候，都没见这男孩哼一声，这会儿倒是嗷嗷叫了。

敢情是女朋友过来了，这是要开始撒娇了。

今汐还是没有理薄延，而是转向护士，紧张地问：“姐姐，他伤怎么样啊？这样严重，是不是要送医院？”

护士回头看了看薄延，薄延眼睛里冒着星星，这诚恳劲儿，就差给她跪下了。

“嗯……情况不太乐观。”

护士姐姐于心不忍，昧着良心说：“膝盖伤得挺重的，流血过多可能影响智力，总之，需要关爱跟呵护。”

“噗。”旁侧的许朝阳听到“关爱跟呵护”几个字，差点儿笑场。

这护士姐姐也是个人才。

待护士离开病房后，荆迟立刻拉着演技不佳的许朝阳离开：“走走，跟我拿药去。”

荆迟还非常贴心地给他们轻轻掩上了房门，冲薄延眨眨眼。

脚步声渐渐远了去。

午后的阳光透过米白色的窗帘，斜着射入窗棂，房间笼上一层暖黄的色调。微风掀起柔纱的窗帘，驱散了屋里的燥热。

薄延曲着受伤的膝盖，抬起眼睛，看看她，有些小心，有些心虚。

因为一路小跑赶过来，现在她的呼吸还有些急促，胸脯起伏，剔透的黑眼睛有些湿润。

她轻轻咬住了下唇，带着愠怒，又像是受了委屈。

两个人相对无言。

最终，薄延扯住了她腰间的裙子系带，将她往自己身边拉了拉。

今汐夺回带子，讨厌地瞪他。

薄延重新给她扎好蝴蝶结，宽厚的手掌捧着她的腰窝，直接将她揽到了自己身边。

“汐汐。”

今汐坐在病床的边缘处，低着头闷声道：“许教官说你快死了，我……这才来的。”

薄延突然附身下来，额头搁在她单薄的肩膀上，身体沉甸甸的重量也落在了她身上。

“你干吗？”

“让我抱一下。”

他的前胸贴在了她的背后，灼烫的体温透过单薄的迷彩 T 恤，传到她身上，她的后背像是烧了一团火。

此时病房格外安静，窗外微风拂过树梢，传来沙沙作响的声音。

今汐甚至能够感觉到他左边胸膛疯狂跳动的心脏。

“你……放开我。”她回头，左边的那只小耳朵擦过了他的鼻梁。

薄延顺势用鼻翼轻轻蹭了蹭她的耳垂，手臂环着她的腰，收紧了力度。

“我好想你。”

他嗓音低柔，像铅笔划过素描纸发出的沙沙声。

她不再挣扎，也挣脱不开，闷声道：“每天抬头不见低头见，有什么好想的。”

“你不理我，这比杀了我还难受。”他的气息近在咫尺，那灼烫的湿润轻轻扑在她耳边，撩动着发丝，痒痒的。

“不要折磨我。”他抿着唇，轻轻刮着她的耳垂。

今汐的脊梁骨蹿上来一个激灵。

“你……你干什么。”

在他的撩拨之下，她声音软绵绵的，全身使不上来劲儿。

“当我的女朋友，我会很疼你。”

这才是他的表白，真心诚意，满腔热忱。

这种情况之下，今汐的脑子根本没有办法思考，只感觉自己掉进了一个巨大的旋涡，掉进了他编织的巨网里，被越缠越紧，都快要无法呼吸了。

“你快……快停下来。”她缩着身子，闭着眼睛说，“你不要这样，很……很痒。”

薄延抬起头，见她的耳朵早已经红得快要滴出血了，他嘴角微微一勾，稍稍远离了些，说道：“你也太敏感了。”

今汐愤然转身，鼓起腮帮子狠狠瞪他：“你流氓。”

“哪里流氓。”薄延清浅地笑着，“我在跟你告白啊。”

“哪有你这样告白的！”

“不然呢？”

“简斯寻就很礼貌，没有动手动脚，真情实感地说了好多感人的话。”

“可你还是拒绝他了。”

“你烦死了。”

薄延很享受听她着急又带了些娇嗔的调子，忍不住伸手捏了捏她红扑扑的脸蛋：“从现在开始，你就是薄延的女朋友了。”

“你别乱讲，我还没有答应呢。”

薄延的微笑加深，宛如一只轻佻的狐狸：“你喜欢我，对吗？”

“才没有。”今汐脸红透了，固执地否认，“谁瞎了才喜欢你这浑蛋。”

“原来你不喜欢我啊，那是我自作多情。”薄延指尖不知何时多出一个粉红的信封，在她眼前晃了晃，“八百字真情实感的情书也白写了。”

还真有情书啊。

今汐伸手去拿，薄延指尖一收，没有让她够到。

“算了，扔出去，肯定有很多女孩愿意捡。”

今汐连忙拉住了他的手臂，想要夺过他手里的情书。薄延扬在指尖，举高了，她索性站起来，踮起脚，伸长手臂去抢夺。

“怎么这样！写给我的，还转送给别人。”

“你又不要。”

“谁说我不要！”

抢夺过程中，今汐的手肘不小心碰着他的膝盖伤口处，薄延轻轻地“嘶”了一声。

今汐立刻停下来，手逮着他的袖子，急切地问：“我弄疼你了吗？”

薄延重重地点了点头：“好疼。”

今汐伸手过去，不敢用力，宛如羽毛般轻飘飘地碰了碰他膝盖上的纱布，心疼道：“你千万不要动了。”

薄延靠在病床的枕头上开始耍赖撒娇：“好疼，疼疼疼。”

“我去给你叫医生！”

“不用。”薄延拉住她的手腕，“这样，你叫一声亲爱的，可能我就没那么疼了。”

今汐知道他是在戏弄自己，甩开了他的手，背过身去：“你就是活该，疼死你好了。”

他的手从后面伸过来，坚实有力的臂膀环住了她的肩，颀长漂亮的指尖将情书信封送到她眼前，扬了扬——

“写了一个晚上，我想对你说的话，我的心意，都在里面。”

今汐接过情书，正准备打开，薄延突然按住她的手：“打开它，就算你答应了。”

她脸颊绯红，那白皙莹润的手指尖划过信封的边缘，终于还是打开了用胶水黏好的封口。

薄延的手落到她的腰线间，轻轻地掌住，她并没有挣开，以准女友的身份，默许了他的任何亲昵动作。这令薄延欣喜若狂，他想用力抱住她，将她按进自己的身体里，想狂热地吻她，抚摸她……

然而，他终究什么也没有做，只是靠在了她的耳畔，深呼吸，嗅着她身体的味道，享受这片刻的温存。

从今往后，这是他的姑娘，不可轻薄。

他将会用余生，敬她，爱她，守护她。

信纸取出来一半，今汐想了想，又把它放了回去。当着他的面拆开信纸，阅读这肉麻麻的情书，多尴尬啊。

今汐扶着薄延回宿舍。

宿管阿姨见薄延受伤了，连忙从值班室出来，关切地问："这是怎么回事啊，怎么伤成这样啊？"

薄延笑了笑，答道："训练的时候不小心，没事，皮外伤。"

"那可要多多注意了，这几天就不要出操了，哎呀真是……怎么这样不小心呢你这熊孩子。"

"阿姨，我这才到哪儿啊，你是没见过熊的，我们宿舍就有一个，昨天引体向上直接把门框拆了。"

"哼，你们这些狗崽子，都成年了怎么还跟小孩儿似的，快回去休息吧，别瞎折腾了。"

"走了，阿姨再见。"

今汐觉得薄延真的挺厉害，不仅讨小动物喜欢，还能讨得这位以脾气暴躁闻名的宿管阿姨的喜欢。

每天他路过值班室，宿管阿姨有好吃的水果啊糕点什么的，都会给他捎带上。

这男人，到底是什么狐狸精转世啊。

回到宿舍，今汐将薄延搁在床上，仔细地叮嘱他："医生说你最好少走动，你需要什么，就打电话给我。"

"嗯。"

今汐准备离开，薄延却拉住了她的手："陪陪我。"

他的手掌宽厚有力，掌心温热，抓着她柔软的小手，用力回拉，她便自然而然地跌坐在了他身边，就像被老鹰叼住小兔子似的，无处遁逃。

今汐的心脏噗噗直跳，不敢直视这男人灼烫的目光，感觉周遭的空气瞬间沸腾了起来。

她从来没有谈过恋爱，半点经验都没有，和这血气方刚的男人待在一起，一切充满了未知。

薄延见她脸色吓得惨白，他稍有动作，这丫头便敏感地往后退，看起来是怕他，怕得不行了。

他不解地问："你怎么这样怕我？"

"我哪有。"

今汐死不承认。

薄延做了一个吓唬她的假动作，今汐立刻敏捷地挪到床角，抓着枕头护在身前。

“不要！”

“不要？”

薄延舌尖抵着下齿，意味深长地念着这两个字：“你以为我要怎样？”

今汐见他笑得促狭，知道自己被耍了，将枕头砸在他身上，清澈的眸子里蕴了些许怒意。

薄延挑眉微笑：“我发现你这小姑娘，满脑子都装着不健康的玩意儿。”

“才没有。”今汐脸颊红扑扑的，不知道是羞的还是气的，跺跺脚，转身走出宿舍，低声骂着他“大猪头”。

薄延微笑着，摸出手机，向室友们汇报情况——

“一切顺利。”

荆迟：“请吃饭必须了。”

许朝阳：“吼吼吼，我要吃蒸汽海鲜！狠宰薄爷一顿！”

薄延：“想吃什么都可以，但有一点，受伤这事必须保密，她要知道了指不定跟我急。”

荆迟：“那肯定。”

许朝阳：“人头保证！”

沈平川：“我想吃澳门豆捞，对了，谁跟你急？”

“……”

“……”

薄延：“哪个傻子把他拉进来的！！！”

荆迟：“呃，好像是你自己。”

薄延：“哦，那踢了。”

他毫不犹豫便将沈平川踢出了409宿舍群。

几分钟后，今汐似想起了什么，走到409宿舍，对薄延道：“你……你把衣服脱了。”

薄延搁下手机，反应了一会儿，笑说：“这……也太快了吧？”

“少废话。”

“那你转过身去。”

今汐转过身面对着白墙，身后传来男人脱衣服窸窸窣窣的声响，当她再回头的时候，这“大猪蹄子”已经缩进了被窝里。

“汐汐，我好了。”

他白皙流畅的左臂将毯子拉到胸前，遮掩着自己的身体，而衣服和裤子都已经规规整整脱下来放在边上。

他害羞地问：“要学长带伤上阵吗？”

今汐咧咧嘴，你可滚吧！

她捡起他染了血的衣裤，说道：“流氓学长，我拿去帮你洗了。”

她转身离开，重重地关上了房门。

薄延舒舒服服地躺在被窝里，望着上铺那粗糙的木制板，嘴角情不自禁地勾了起来。

被人疼着的感觉，真挺好。

六月初，国防学院给一众兵崽子放了十多天的假期，让他们专注备战四六级。

别看他们平日里体能训练的时间比较多，但是学院对他们公共文化课的要求更加严格。

他们的直系教官系主任已经下达了最后通牒——

大一的冲四级，大二的保四冲六，大三的必须过六级。

每个人都是立了自己的军令状，过了有奖，过不了就面临严重的惩罚。

许朝阳向上一届学长打听过，大二生如果在今年六月还过不了四级，面临的体能惩罚极有可能会要你半条狗命。

六月初，国防学院兵崽子们跟疯了似的，图书馆的自习室现在已经被军绿色的浪潮席卷了。

不仅如此，今汐走在操场上，还能看见有学长倒挂单杠练腹肌，手里拿着新东方单词小红本一顿狂背。

不怕当兵的野，就怕当兵的勤奋好学。

这让今汐越发感觉自己是个废柴。

当初她哥沈平川念大一的时候，上学期干四级，下学期杀六级，且分数全在 570 分以上，现在已经开始冲专四专八了……她却还徘徊在奋战四级的道路上。

今汐抱着厚厚的单词听力阅读书，来到图书馆，按照薄延给她短信里的坐标位置，找到了图书馆五楼的一间自习室。

从门缝里向内望去，整间自习室全是国防学院的男孩们，有的在专注看书，有的趴在桌上呼呼大睡，更有甚者，在过道边单手俯卧撑，另一只手拿着单词本。

今汐感觉自己好像进入了什么奇怪的世界，她踟蹰了片刻，摸出手机给薄延发送短信——

“学长，我到了。”

两分钟后，薄延从自习室里走出来，将她领了进去。

见有妹子进来，自习室的男孩们不约而同放下了手里的书，齐刷刷望向今汐。

今汐不太好意思，红着脸冲他们礼貌地点点头。

见薄延将妹子领到自己的座位上，安静的氛围仅仅持续了几秒钟，男孩们顷刻炸开了锅，纷纷簇拥过来——

“薄爷交女朋友了？”

“妹子好小一只啊！”

“你可别太禽兽啊。”

“成年了吗？大几啊，哪个学院？什么时候和我们薄爷好上的啊？”

……

“成年了，大一，文学院……”

今汐耐心地回答他们的问题，看上去乖巧极了。

一帮崽子嗷嗷地叫着，不知道薄延是从哪里拐了这么一个可爱的小妹妹当女朋友。

薄延坐到她身边，眯起眼睛扫了众人一眼，不耐烦道：“查户口吗，该干什么干什么去。”

说到底是有纪律的兵，一阵玩笑之后，众人自觉地转过了身干各自的事情，给后排这对小情侣留出了空间。

薄延的迷彩外套披挂在靠椅之后，今汐坐在他的位置上，很有被保护的安全感，同时也有令人安心的归属感。

薄延从黑色书包里取出了温热的牛奶及一盒小面包，递到她手边。

今汐诧异地看着他：“你怎么知道我没吃早饭。”

“懒觉睡到现在才过来，食堂已经不售早饭了。”

“对哦。”她不好意思地吐吐舌头。

薄延替她将吸管插在了牛奶盒上，递到她手边，提醒道：“别吃太多，马上就要吃午饭了。”

牛奶还带着余温，非常暖胃。

薄延见她叼着吸管，小口小口地喝着，很有种养小动物的成就感，如果能一辈子这样养着她，呵护着她，为她挡风遮雨……

幸福啊。

盒装的面包有七八个，今汐拆开面包盒，将第一块送到了薄延嘴边："学长先吃。"

"学长吃过早饭了，都是你的。"

"那也学长先吃。"

今汐坚持要把第一个喂给他，在她看来，第一口的总是最好的，以前在家里和沈平川在饭桌上打架，争的永远是第一份鸡腿，哪怕帮厨的阿姨重新做了再多份，也永远比不上第一份。

现在她有了男朋友，亲密度超过了所有人哪怕是沈平川，是她最亲最爱的人，所以今汐愿意把自己觉得最好的都给他。

薄延并不知道今汐有这样的想法，叼走了她手里的小面包。

分明应该做三四口吞咽的面包被他一口咬进了嘴里，咀嚼，浓浓的淀粉麦香，总是让人充满能量，精神振奋。

吃过了早饭以后，两个人开始复习英语。

自习室很安静，能听见沙沙的写字声，每个人走路说话都是轻轻的，避免打扰到其他人。

相较于其他学院而言，国防学院的男孩子私底下比谁都闹腾，但是绝对分场合，他们的组织纪律性，比别人更强，非常懂得自我约束。

今汐侧头，看见薄延修长的指尖拎着六级的单词书，一页一页地翻着。

阳光斜入窗框，将他那精致的五官照得白皙透亮，那浅榛色的眸子和殷红的薄唇形成鲜明的对比。

看书的时候，他相当之专注，视线随着书页的内容而游走，一页一页，今汐注意到，几分钟的时间里，他都翻了好几页了。

这是什么背单词的学习机，好像他全都能记住似的。

今汐听许朝阳说起过，薄延的记忆力好到没有人性，公共课所有课程，他都能拿下全班最好的成绩，这样的水平还没过六级，好像有点说不过去。

今汐低声问他："你也考六级？"

"嗯。"

"还以为学长这么聪明大一就把六级过了呢。"

薄延抬头望向她，粲然一笑："二刷，上次 599，这次准备冲 6，学妹有什么想法？"

今汐："……"

有种不想和他做朋友的想法。

薄延四十多分钟差不多把单词本看了小半，然后伸了个长长的懒腰，关节咔咔作响。

男孩的身体骨骼总是异常活络。

今汐趴在桌上，仔仔细细地做着英语阅读，非常专注，也万分地艰难。

她穿着一件碎领的柔软白T恤，质地非常顺滑，同样也非常单薄，透过衬衫，隐约能见她肌肤的色泽，因为颜色很透，她内里还穿着一件白色的小背心作为保护。

薄延的目光移到了她袖口的位置。

从他的角度，透过短袖的袖口，能看到里面的风光。

她的胸脯宛若微凸的小山丘，在背心的包裹下，显出浑圆的弧形。

薄延喉结动了动，干痒难耐。

面前这姑娘乖巧地趴在桌上，宛如含苞未绽的一枝春桃，即便只是瞬间的春光乍泄，他都感觉自己的身体快要炸了。

薄延立刻抽回了视线，不敢再乱盯乱看，否则会出麻烦事。

“学长，你帮我看看这个长句子。”

今汐将阅读书递过来，身体也挪了过来，浑然不觉他的旖旎心思。

薄延看了看句子，拿笔帮她划分了成分，分析讲解，比参考答案要详细多了。

今汐若有所思地点点头：“懂了。”

薄延向她的身边挪了挪，与她坐得更近了些。

今汐并没有意识到这样的亲近有什么问题，回头对他笑笑，然后心安理得地靠在他的手臂间，拿着草稿纸，继续看着长句子。

不知不觉间她恍然发现，薄延的手不知何时落到了她的腰间，轻轻地撑住了。

他的掌心灼烫，透过单薄的衣料，传达到她敏感的肌肤上。

初夏的燥闷感伴随着薄延的触碰，渐渐漫上她的心头。

今汐的心跳不知不觉地开始加速，耳郭漫上一层红晕。

这是正常的，今汐告诉自己，她现在是在谈恋爱，她允许身边的男人对她的接触。

不过这是在教室啊！

今汐握住了薄延的手——

“不要这样。”

她的声音软绵绵没有力气。

薄延停下动作。

今汐松了一口气。

半晌，他凑近她的耳畔，说道：“汐汐，我快死了，被你弄死了。”

今汐回头望他，一脸无解，又无辜。

明明做坏事的人是他啊，怎么就赖她了？

薄延懒洋洋地推了推她，趴在桌边，有气无力地说：“算了，你离我远点，不要再碰我了。”

今汐：“……”

我碰你什么了？

六月中旬，四六级考试如约而至。

上午四级，下午六级，每个人的死亡时间都安排得明明白白。

早上，薄延将今汐送进了考场，今汐攥着薄延的手，舍不得松开。

他穿着白衬衣，领口随意地敞开着，露出了颈部白皙的皮肤，高挺的鼻梁上架着一副装酷的平光眼镜，准备下午六级的时候伪装成四眼学霸。

没穿军装的薄延学长，别有一番斯文败类的渣男气质。

今汐紧张地说：“我这学期要是再过不了四级，沈叔叔肯定会觉得我是个猪，配不上当他们沈家的女儿，要是他把我赶出去，薄延哥，我怎么办？”

薄延扶了扶鼻梁上的眼镜，思索了片刻，说道：“我们薄家的大门永远……”

今汐满心期待地看着他，却不想他话锋一转，冷笑道：“我们家大门永远不会对过不了四级的家伙敞开，搁我这儿哭唧唧地撒娇，不如鼓起勇气滚进去考，薄延的女人永不认输。”

今汐抬脚要踹他。

薄延敏捷地闪开，笑着将她的橙黄色小书包挂在肩上，透明笔袋递给她，安慰道：“不要紧张，听力注意抓关键词，实在听不懂瞎猜，学长相信你，考个426分应该没有问题。”

426，还是你亲生的女朋友吗？

“行了，快去吧，别太有压力。”

今汐捏着透明笔袋来到教室，找到了自己的座位，她的手机放在书包里，由薄延给她保管着，待会儿考完之后他再来接她。

上午，薄延在射击室练了两个多小时，掐准了考试即将结束，拎着书包朝着二教学楼走去。

走廊边，今汐的考室门口，薄延一过转角便发现了沈平川。

沈平川也是来接妹妹的，他搓着手站在教室外，焦虑地等待着。

薄延转身便要走，然而沈平川已经看到了他——

“嘿，薄延！”

薄延转过身，皮笑肉不笑：“沈哥，真巧。”

沈平川疑惑地问：“你在这里做什么？”

薄延溜达到他身边，扩了扩胸，说道：“散步啊。”

“奇怪，你来教学楼散步？”

“奇怪，你管我在哪里散步。”

沈平川显然是不相信，他一眼望见了薄延肩上背着的书包，怎么看怎么熟悉。

“奇怪，你怎么背着我小妹的包？”

薄延面不改色，继续演戏：“奇怪，我怎么背着小汐的包？”

沈平川眉头皱了起来：“薄延，你该不会……是来等我妹妹考四级的吧？”

“薄影帝”哈哈一笑：“这么聪明又机智、风流又倜傥的沈爷的妹妹，居然还没过四级，这也太奇怪了。”

沈平川被他这一捧，心情倒是舒畅，念着这单眼皮还挺会说话。

“她没你想的那么聪明，就是个迷迷糊糊的小傻蛋，这次要是再考不过，我把她吊起来揍一顿。”

薄延脱口而出：“你敢……”

沈平川眼底射出一丝锐利的寒光。

薄延立刻改口：“你是个干大事的，四级都过不了，这必须揍啊。”

沈平川轻哼一声。

就在这时，教学楼广播响起来：“四级考试结束，请同学们立刻停笔，依次有序离开考场。”

很快，教室门打开，今汐垂头丧气走出来，抽抽气，一脸哭相张开双臂要抱抱：“薄延哥，我好像又考砸了。”

沈平川一脸蒙地和她对视着。

今汐的手臂僵在半空中。

图书馆的咖啡店，薄延撕开原木色的奶茶吸管，正要给今汐插进去，却被今汐自己接了过来。

她意味深长地看了薄延一眼，眼底的暗示非常明显。

沈平川坐在他们对面，眉头紧蹙："你们……"

"薄延学长一直在给我辅导四级考试。"今汐率先开口解释，"他帮我预测了四级作文,这次都吻合哎！我把他交给我的范文都写上去了。"

"这么厉害，所以你能过 425？"

今汐捧着温热的奶茶杯，轻轻地叹息："这……随缘。"

沈平川翻了个大白眼："你这家伙，平日里玩闹的时候怎么没见你随缘。"

今汐笑着说："到时候成绩出来就知道了，现在谁能保证呀，反正今年过的概率肯定比去年大，今年有我薄延学长保驾护航，肯定事半功倍。"

"我平时追着赶着要给你补习四级，你见了我就跑，怎么他给你保驾护航，你就巴巴地凑上去了？"沈平川有些吃味，"别人家的米总要香一些是吧？"

今汐那双漆黑的杏眼眸子弯了起来，笑着说："我跟学长，我们方便嘛。"

沈平川看看今汐，又望望薄延："我感觉，你俩有猫腻。"

今汐："绝对没有。"

坐在高脚椅上一直没有讲话的薄延，此刻稍稍坐直了身子，正要说什么，今汐突然握住了他的手，柔软的指尖捏了捏他的掌心肉。

不要说！

她给他的眼神里传递着这样的信息。

薄延其实并不想掩饰，他和今汐在一起，坦坦荡荡，为什么不能说，即便是沈平川反对，那又如何。

过去沈平川总说他没有立场，现在他有立场了，且他的男朋友立场似乎比沈平川的继兄立场更加坚固，为什么不可以说。

今汐叼着吸管，恳求的小眼神漫不经心地飘向薄延。

琉璃似的黑眼瞳就像会说话似的，他根本没有办法拒绝，就这么一个小女朋友，他总是什么都要顺着她依着她。

薄延平展的眉心蹙了蹙，迎向沈平川："当初让我看顾她的人是你，现在平白猜忌的人也是你，沈平川，如果你总是这样，小汐我还给你，以后有什么事我都不管了，爱怎样怎样。"

他说完起身要走，沈平川见他像是有些动怒了，连忙拉住他："哎，薄延，别这样。”

薄延冷声道：“我不喜欢被人怀疑。”

沈平川连忙道：“别别，薄延，我给你道歉，行吧。这样，咱们的君子协议还有效，小汐你还帮我看着，她既然肯听你的话，四级六级，还有期末复习，你老人家就多多费心，以后查寝我睁一只眼闭一只眼，行不。”

“每个月再加两箱牛奶。我考虑考虑。”

沈平川：“完全没问题。”

今汐看傻了。

性感薄影帝，在线飙演技。

这人的套路也太深了吧，就她傻哥哥这级别，完全不够他吊打的。

晚上，今汐和薄延并没有直接回宿舍，而是来到了学校外的一间欢乐迪 KTV。

庆祝四六级考试结束，许朝阳约了几位伙伴一块儿过来唱歌放松。

薄延和今汐进入包间的时候，房间沙发上已经坐了不少人，有国防学院的男孩们，几个经常在薄延身边见到的熟面孔，还有林洛和楚昭，甚至曲萱萱也在。

夏尤正拿着话筒唱蔡健雅的《红色高跟鞋》。

房间里光线昏暗，薄延挑了角落的位置，和今汐落了座。

男孩们还点了几箱啤酒，打算今天晚上不醉不归，薄延一进来，几个男孩端着酒杯便凑了过来。

迟到了要罚酒，谈恋爱了也要罚酒，什么理由都能想得出来，几个人打定了主意要灌薄延的酒。

薄延眼底含笑，心里高兴倒是来者不拒，一杯复一杯，他眼底渐渐笼上了一层氤氲的醉意。

今汐挡在薄延身前，不叫他喝了。

荆迟笑着说：“今汐，这就护上了。”

“当然，又不是什么好东西，还能像喝奶茶一样吗？”

“那可不行。”荆迟将酒杯递过来，“薄延是我们宿舍最早脱单的，今天晚上无论如何，咱们也必须把他掀翻了。”

“不行不行！他再喝就真的醉了。”

薄延看着今汐一本正经护犊子的模样，真像只毛茸茸的小白兔挡在了狐狸的身前，不让张牙舞爪的野兽有可乘之机。

他接过了今汐手里的酒杯，柔声说：“小朋友喝什么酒，你就乖乖喝饮料。”

薄延没扫兄弟们的兴致，仰头饮尽了那杯酒，剩了空落落的玻璃酒杯，搁在众人面前：“最后一杯了，再喝我姑娘真的要生气了。”

薄延平日里素来是个张扬跋扈的，竟不承想，女朋友一句话便能让他这般顺从。

众人也不再逼迫，各自回了位置上。

曲萱萱坐在许朝阳的身边，抬头望了薄延和今汐一眼，低声问：“他们，在一起了？”

“对啊。”许朝阳说，“我薄爷为了把小汐追到手，那可算是机关算尽，连苦肉计都用上了。喏，你看薄延的左腿，伤口刚刚结痂，还没好全呢！”

“怎么回事啊？”

许朝阳邀约了曲萱萱一块儿来 KTV 唱歌，曲萱萱不冷不热，看似礼貌实则疏离，话也不多。一整晚许朝阳也没和她说上几句话，既然她主动开口询问，他自然是知无不言。

“要说薄爷，对自己是真狠，三四米高的墙，这家伙说跳便跳了，玩了一招釜底抽薪，这才把小汐追到手。”

曲萱萱手攥了攥裙角，不动声色地问：“伤得重吗？”

“皮外伤，没事。”

曲萱萱默了会儿，突然对许朝阳热情了起来，还和他唱了一首《好心分手》的情歌。

许朝阳简直受宠若惊，整晚都在和她说话，眉飞色舞，拿出了自己看家的本领，逗得曲萱萱好几次掩嘴微笑。

楚昭坐在荆迟身边，假装毫不在意，甚至视线都刻意地避开了他们。

此刻，她倒真希望自己能变成木头人，没有心，就不会嫉妒，也不会疼。

可她不是啊。

杯里的啤酒，她当饮料一般喝着。

就在这时，温热的大掌按了过来，将她手里的啤酒杯挪开了。

楚昭抬起头，迎上了荆迟的目光。

她笑了笑，没说什么。

荆迟站起身，坐到曲萱萱身边，打断了两个人的聊天：“萱萱学姐，我想敬你一杯。”

“好啊。”曲萱萱端起酒杯，和他碰了碰。

“学姐，你大三应该很忙吧，还有时间过来跟我们一块儿玩啊？”

“我暑假会去电视台实习，这几天正好没什么事，想着跟你们一块儿玩还挺开心的，这就过来了。”

“是挺开心。”荆迟嘴角挂着一抹稍冷的笑，“毕竟我们朝阳小朋友，挺会逗趣儿。”

许朝阳见着这两人要聊起来了，一个劲儿给荆迟使眼色，让他别破坏自己的好事。荆迟却视而不见，和曲萱萱聊得很开心。

“对了，朝阳，你去看看，你楚昭学妹今晚有点上火，拿啤酒当汽水喝呢。”

“我……”

“你看看她去吧，别真的喝醉了。”

许朝阳虽然挺舍不得离开，不过他也是当过教官的人，一直觉得自己理应好好照顾身边这几个小学妹。

他起身坐到了楚昭身边。

“昭昭学妹，啤酒虽然度数低，但也不是你这样的喝法，你要是口渴，我给你点杯果汁。”

许朝阳一坐过来，楚昭便有些傻眼了，她没预料到荆迟竟然会这样帮她。现下，她有些不知所措，低低地“哦”了一声，便放下了酒杯。

许朝阳见她这般听话，心下也是很高兴，觉得自己比荆迟那家伙有用多了，他顺手挠了挠楚昭的脑袋：“以后许教官不在场，不许喝酒，知道吗？”

一股温暖的感觉沿着楚昭的皮肤，细细密密地蔓延至全身。

他也没有离开，一直坐在她身边，她能明显感觉到他身体散发的热量。楚昭的心脏嘭嘭打鼓，感觉周遭的空气都变得燥闷了许多。

许朝阳全然没有注意到女孩的情绪变化，他抬头看看荆迟，低声对楚昭说：“我感觉，这家伙想和我抢女人？”

楚昭低声说：“荆迟学长不会的。”

“每次我一有机会接近萱萱学姐，他总是莫名其妙蹿出来，破坏我的好事。”

楚昭紧攥着自己的衣角，看向许朝阳：“你真的很喜欢萱萱学姐？是非她不可的那种喜欢？”

许朝阳想了想：“非她不可，倒也不至于，不过女神嘛，谁不喜欢，如果我能追上她……”

他没有接着说下去，反而乐了，嘴角扬着一抹灿烂的微笑，似乎幻想到将来和曲萱萱在一起的光景，便非常开心。

这边许朝阳陪楚昭有一搭没一搭地聊天，那边荆迟非得拉着曲萱萱尬聊，若换了别的女孩，会以为荆迟对自己有意思，不过曲萱萱非常聪明，一眼便看懂了眼下的情形。

“把自己喜欢的女孩往别的男人怀里推，忍辱负重到你这种程度，我挺佩服。”

曲萱萱捏着酒杯，轻轻碰了碰荆迟的。

都是聪明人，荆迟索性也不再遮掩：“你如果对许朝阳有意思，我绝对不会瞎掺和，但你看不上他，何必吊着人家的胃口。”

曲萱萱掩嘴轻笑了一声，精致的五官格外生动：“不管追男生还是追女生，最好靠自己，纵然你这军师再怎么神通广大，难不成还能代你的小学妹和许朝阳谈恋爱吗？”

荆迟没再说话。

几分钟后，楚昭点了一首情歌对唱的歌曲，然后将话筒递给了许朝阳：“许教官和我一起唱吗？”

“可以啊。”许朝阳欣然接过了话筒。

情歌缠绵婉转，两个人的嗓音都非常好，许朝阳时而望望楚昭，脸上露出笑意。

荆迟端起酒杯，碰了碰曲萱萱：“我这小学妹，还挺争气，对吗？”

KTV 的光线昏暗，墙面上巨幅的显示屏幕散发着银白的光，一盏旋转灯游着斑驳的光影。

中途，今汐接到了沈平川的电话。

她告诉他今天晚上可能会晚些回宿舍，叫他不要太担心。挂掉电话刚一转身，她迎面便撞上了薄延。

薄延在她身后不知站了多久，今汐走过去，捏了捏他的手：“你怎么出来了？”

薄延顺势反握住了她，他的掌心干燥而柔软，指尖的位置略有些粗砺，很硬，是常年握枪射击磨出来的茧子。

“想和你说会儿话。”薄延说，“里面有点吵。”

“说什么呀？”

今汐耐心地看向他，他领口的扣子开了两颗，露出了一段白皙的颈子，横着漂亮的锁骨。

他穿着柔软的衬衣，衣上带有某种淡淡的洗衣粉的清香，给人一种特别干净的感觉。男孩子通常都会有体味，或浓或淡，当然，薄延身上也有，但是他的味道很淡，混在衣服的清新里，是薄延特有的那种味道。

今汐吸吸鼻子，记住了他的味道，这似乎是哺乳动物的天性，熟悉自己配偶的味道，将其标记为是属于自己的。

薄延开口询问："今天为什么不让我告诉沈平川？"

这个问题，他肯定已经憋了一晚上了，一直没有机会问她。

今汐回答道："我哥那人，你知道的，就觉得全世界的男孩都配不上我，如果让他知道我们在一起了，肯定叽叽歪歪要说好多好多。"

薄延垂眸望着她，似乎是想从她的眼神里判断她的话。

"不对，不是这个原因。"

他的眼睛在幽暗的光线里，宛若黑色的猫眼石般深邃通透。

好像……什么都瞒不过他似的。

她的手轻轻地攥住了他的衣角，柔声说："薄延哥，我如果告诉你，你会不会生气？"

薄延又朝她走了一步，呼吸轻轻地拍着她的头顶，湿湿热热。

"你可以试试。"

他的嗓音宛如铅笔划过磨砂纸一般，带着某种低醇的性感。

今汐叹息一声："我从小没有妈妈，沈平川也没有妈妈，我是被他带着长大的，他每天带我上学，等我回家，他为了我努力学做饭，学着做家务，学着了解女孩子成长过程中会发生的一切。从某种意义而言，他只有我，我也只有他，如果他知道我有男朋友了，可能会……难过，我想过段时间，找个合适的时间告诉他，薄延哥，你看这样可以吗？"

女孩眉心微蹙着，眉宇间流露出某种前所未见的柔软质地，绯红的唇微抿着，上唇中间有莹润的唇珠。

她并非如表现出来的无忧无虑，她的心里也装着很多复杂而深刻的感情，从来不会在沈平川面前表现出来，但是她会默默地为他着想。

她和沈平川之间的因缘际遇，已经远远超过了普通的亲生兄妹，他们之间没有血缘的纽带，可是，将他们紧紧联系在一起的……

是死亡，是丧失至爱的悲伤，是成长的孤独。

薄延很难理解这样的感情，他有些羡慕，但也有些嫉妒。

今汐说完了这话，他伸出手臂，落到了她的背后，稍稍用力，便将她整个摁在了胸口位置。

今汐猝不及防，整张脸便已经贴在了他的胸膛。

隔着单薄的衬衣布料，她能清晰地感觉到他身体的温度，感受到他紧致的肌肤，以及肌肤之下燥热鲜活的心跳。

他的手臂开始用力，她的身体本能地前倾，不仅仅是脸，还有腰、腹、腿，全部都紧紧地贴在了他的身上。

“你……”

她的脸燥红不已，嗓音都有些变了，紧张，害怕，同时又隐隐地带着些兴奋，最后，所有的情绪全部化作了安心。

他的声音从头顶上方传来，带着些许沉闷：“我有点吃醋了。”

“唔。”

“抱我，我不开心。”

今汐垂在两边的手，缓缓地抬了起来，用力环住了他劲瘦的腰。

她乖乖地将脸蛋贴在他滚烫的胸膛位置，轻轻抱着他，一种巨大的满足感漫上她的心尖。

紧紧地拥有另一个人的感觉，是那样满足而幸福。

周遭偶尔有人经过，似乎对情侣拥抱的场面已经见怪不怪了，今汐却觉得有些羞，她想要松开他，却不想被薄延抱得更紧了，他几乎是整个将她抵在了墙上。

就在这时，今汐明显感觉到，冰凉的唇落到了她的颈边。

她的心猛地一颤，伴随着他的吮吸，她整个灵魂好似都要被抽空了一般，阵阵愉悦的感觉蔓延至全身。

“薄……薄延哥，你做什么……”

他并没有胡乱开垦，只停在她后颈的那一处，细细密密地啃噬着：“标记一下。”

今汐全身软了下来，手攥着他的衣角，想要推开他，可是那点力量在这个强大的男人面前，丝毫起不了任何作用。

终于，男人松开了她。

今汐软绵绵地趴在他身上，一点力气都没有了。

“你太讨厌了。”她将脸整个埋进他柔软的衣服里面，红着脸根本不敢看他。

薄延看着她颈边那株嫣红的小草莓，满意地笑了笑——

“汐汐，从今以后，你是我一个人的。”